Sandra Meijer

Das Blumentattoo

Buch

Bei Bauarbeiten in einem Waldstück in der Nähe von Berlin werden acht Kinderleichen neben einem alten Bunker gefunden. Die Todeszeit liegt bereits zwanzig Jahre zurück. Hans Baumann übernimmt die Ermittlungen und schnell wird klar, dass es sich um die Tat von Kinderschändern handelt. Eine DNA-Spur führt zu einem weiteren vermissten Jungen. Ist er eines der Opfer oder gehört er zu den Tätern? Eine deutschlandweite Suche beginnt. Doch auch ein ehemaliger Bordellbesitzer aus Hamburg hat ein großes Interesse daran, ihn zu finden und ihn endgültig zum Schweigen zu bringen.

Derweil findet die Chirurgin Rosalie einen Obdachlosen in ihrem Garten, den sie kurzerhand bei sich aufnimmt. Schnell merkt sie, dass seine Vergangenheit ihn nicht loslässt und auch sie trägt Wunden in sich, die nicht verheilen wollen. Gemeinsam fahren sie ans Meer und gehen den Dingen in sich auf den Grund. Dabei entwickelt sich mehr als reine Freundschaft.

Widmung

Dieses Buch ist für Dich. Am Anfang steht immer eine Idee. Die durch Worte zum Leben erweckt werden. Doch erst dadurch, dass Du ihn liest, wird er zu einem Roman. Ich habe auf meiner Reise schon so unfassbar viele Momente erlebt. Meine Worte waren Inspiration, Entspannung und Freude zugleich. Und ich hoffe, dass Dich dieser Roman ebenso berührt, wie mich. Versinke in den Zeilen. Und jage mit den Augen durch die Seiten. Dann werden meine Worte zu einem Roman.

Du bist der Grund, warum es ihn gibt. Und Du bist der Grund, warum ich immer weiter mache. Vielen Dank.

Autorin

Geboren im Mai 1981 wuchs Sandra Meijer mit zwei Brüdern und zwei Schwestern in Telgte auf. Einem Wallfahrtsort nahe Münster. Nach ihrer Schulbildung absolvierte sie eine Ausbildung zur Bürokauffrau und arbeitet heute als Teamassistentin in der Baubranche. Bereits in der Grundschule hat sie das Schreiben für sich entdeckt. Angefangen von kleinen Gedichten bis hin zu den ersten Gehversuchen im Romanbereich, mit denen sie ganze Schulhefte füllte. Im März 2016 erfüllte sie sich mit der Veröffentlichung ihres ersten Romans einen Lebenstraum. Der zweite folgte nur sieben Monate später.

Sandra Meijer

Das Blumentattoo
Zeig mir die Narben auf Deiner Seele

Roman

Bibliografische Information der Deutschen Nationalbibliothek:
Die Deutsche Nationalbibliothek verzeichnet diese Publikation
in der Deutschen Nationalbibliografie; detaillierte bibliografische
Daten sind im Internet über http://dnb.dnb.de abrufbar.

© 2016 Sandra Meijer

Cover:
Fotografin: Nicole Rothbrust
Model: Sylvia Deymann
Fotobearbeitung: Sandra Meijer

Herstellung und Verlag:
BoD – Books on Demand, Norderstedt

ISBN: 978-3-7412-9595-9

Für Dich

Teil I

Der Tag, obgleich so lieblich schön,
verbirgt mein Herz vor aller Welt.
Ist für mich ein grau in grau.
Ist meine Stimme nichts, was zählt.
Wenngleich ein Lachen über meine Lippen dringt,
ist es nur ein lauter Schrei in die Leere.
Weit entfernt von dem was ich bin,
hallt es dumpf im leeren Raum.
Ich fühle nichts.
Ich sehe nichts.
Ich höre nichts.
Ich lebe nicht.
Ich bin nur hier.
Verloren in der Zeit, in der ich einst war.
Verloren auf dem Weg.
Und doch immer noch da.
Wo nur finde ich mein Glück?
Wo finde ich mein echtes Lachen?
Wo finde ich mich?
Oder bin ich am Ende nur ein Traum
und mein Weg nichts weiter als ein Hauch,
der vor langer Zeit die Kerze löschte?
Wie das Lachen in mir und mein Leben.
Doch sieht man mich nicht,
nur an mir vorbei.
Verloren in der Leere in mir.

1. KAPITEL

Ein kalter regnerischer Novembermorgen starrte Hans Baumann durch die Autoscheiben entgegen. Sein junger Kollege hatte ihn vor einer halben Stunde von seiner Wohnung abgeholt. Der obligatorische Pappbecher mit Kaffee wärmte seine Handflächen, mit denen er ihn fest umschloss. Die Scheibenwischer surrten mit leisem Knarren über die Windschutzscheibe. Der Regen nahm ab. Oder es lag daran, dass sie an Geschwindigkeit verloren hatten, seit sie auf dem Waldweg eingefahren waren.

„Sie sollten die Waschanlage Ihres Wagens mal nachsehen lassen, Fuchs." knurrte er zur Fahrerseite.

„Ich werde sehen, was ich tun kann."

Hans warf ihm einen Blick zu. Seit er ihn abgeholt hatte, waren dies die ersten Worte aus seinem Mund. Er sah müde aus. Und eine Sorgenfalte hatte sich tief auf seiner Stirn eingegraben.

„Wollen Sie mir nicht sagen, was wir haben?"

„Sie sollten sich wirklich lieber selbst ein Bild machen."

Es war eine kurze Nacht für Hans. Viel zu lange hatte er wieder dort gesessen und all die alten Fotoalben durchgesehen. Es ging auf Weihnachten zu. Seine Erinnerungen quälten ihn immer etwas stärker zu dieser Jahreszeit. Er hatte sich den Rest des Jahres besser im Griff. Doch um kurz nach fünf hatte ihn der schrille Klingelton seines Diensthandys geweckt und Kriminaloberrat Michael Krause, sein Vorgesetzter, teilte ihm mit, dass es Arbeit geben würde.

Er war auch ein echter Freund gewesen. Damals, als sie noch gemeinsam in Hamburg gearbeitet hatten. Bevor Michael nach Berlin gewechselt war und eine steile Karriere hingelegt hatte. Doch die Freundschaft zwischen ihnen blieb bestehen.

Hans blieb in Hamburg. Wegen ihr. Sein Herz schmerzte wieder beim Gedanken an sie. Nach der Trennung fiel er in ein tiefes Loch. Er trank zu viel und schlief zu wenig. Versuchte den Schmerz zu betäuben, so gut es ging. Und eines Tages, vor sechs Jahren, tauchte sein alter Freund wieder auf.
Er stand plötzlich vor Hans, als der sich mal wieder an einem dieser vielen Abende in einer Kneipe volllaufen lassen hatte. Ohne ein Wort, schleifte er ihn raus, verfrachtete ihn in seiner Wohnung ins Bett und ließ ihn schlafen.
Am nächsten Morgen sah er ihn nur durchdringend an und sagte bestimmt „Es reicht!".
Er legte ihm das Infoblatt einer Entzugsklinik und ein Umsetzungsgesuch auf den Tisch, bevor er ohne ein weiteres Wort die Wohnung verließ. Wenige Monate später folgte Hans ihm nach Berlin und ließ Hamburg und Birgit weit hinter sich.

Fuchs lenkte den Wagen auf einen kleinen Parkplatz, auf dem Wagen an Wagen stand und der dem Andrang nicht gewachsen zu sein schien. Verschiedene Fahrzeuge der Polizeieinheiten und die schwarzen Wagen der kriminaltechnischen Untersuchungseinheit, mit großen weißen Buchstaben KTU an der Seite, standen dichtgedrängt im Regen.
„Hier ist ja ganz schön was los."
Hans drückte den Knopf seines Gurtes, der mit einem leisen Surren wieder in die Verankerung verschwand.
„Ja."
Die bedrückte Stimme seines Kollegen ließ ihn innehalten.
„Lange Nacht?" fragte Hans.
Er nickte zaghaft und starrte ins Leere.

„Was halten Sie davon, wenn Sie im Wagen warten. Ich werde den Kommissionsleiter schon finden."
„Kriminaloberrat Michael Krause" sagte Fuchs.
„Ja, ich weiß, er hat mich angerufen."
Hans stieg aus. Wenn der Chef der Kriminalpolizei höchstpersönlich an einem Tatort anwesend war, war das sicher kein gutes Zeichen. Und bei dem Gesichtsausdruck des Kollegen, wappnete sich Hans mit dem letzten Rest seines Kaffees für einen langen und harten Tag.
Er folgte den Geräuschen aus dem Wald und traf bald auf die Absperrung mit Flatterband. Dem Kollegen, der Wache hielt, zeigte er nur kurz seinen Ausweis und er ließ ihn durch. Über eine groß verteilte Fläche waren sehr viele Kollegen emsig am Werk. Mehrere grüne Pavillons waren auf einer Fläche von ein paar hundert Quadratmetern aufgebaut. Etwas erhöht stand eine Art Zelt. Michael stand darunter und besprach sich hektisch mit anderen Kollegen.
Als Hans näher kam, hörte er noch einige Wortfetzen, die für ihn vorerst keinen Sinn ergaben. Das Gespräch erstarb, als er angekommen war.
„Guten Morgen. Was haben wir?"
Er warf einen Blick auf die Fotos und Berichte, die wild verstreut auf einem Tisch lagen.
„Guten Morgen, Hans."
Er zeigte zu dem Herrn mit dem er sich soeben noch unterhalten hatte. „Du kennst sicher Herrn Professor Doktor Klinge?"
Hans reichte dem Leiter der Forensik die Hand.
„Ja, wir hatten schon ein oder zwei Mal das Vergnügen."
„Guten Morgen." grüßte ihn der Professor.

„Okay, wollen wir?" fragte Michael und setzte sich augenblicklich in Bewegung.

Zu dritt traten sie unter dem Zelt hervor. Sogleich benetzte sie der feine Regen, der den Weg durch die Bäume fand.

„Also, gestern Abend meldeten Bauarbeiter einen Leichenfund." Michael zeigte auf einen stillstehenden Bagger.

„Ein paar Kollegen und Mitarbeiter von der Spurensicherung kamen her, um alles aufzunehmen."

Ihre Schritte wurden abgefedert von dem dicken Blätterteppich, der sich auf den Boden gelegt hatte. Ein leises Rascheln erhob sich durch jeden ihrer Schritte.

„Sie fanden ein männliches Skelett."

„Ein Junge." schaltete sich jetzt der Professor ein. „Etwa vierzehn Jahre alt. Genaueres erst nach der Obduktion."

„Die Leiche ist noch hier?" fragte Hans verdutzt.

„Ja, das ist sie." seufzte Krause. „Weil sie noch mehr gefunden haben."

Sie hielten vor einer Art Grube, vor der der Bagger stand. Die Schaufel hatte sich ins Erdreich geschoben und in dem Sand, den er hätte ausheben sollen, lagen die Überreste des Jungen. Die Kleidung war größtenteils verrottet. Von seinem Körper war nur noch das Skelett übrig. Den Rest hatte sich die Natur bereits geholt. Eine Jeansjacke lag ein Stück abseits, sie fiel Hans sofort ins Auge.

„Die gehört nicht zur Leiche." stellte er fest.

Sie war einige Nummern größer als der Torso des Jungen.

Michael seufzte und kratzte sich am Hinterkopf.

„In der Tat. Das haben die Kollegen auch erkannt und Verstärkung angefordert."

Der Regen prasselte auf das Dach des Pavillons, den man zum Schutz aufgestellt hatte.

„Und?"

„Sie fanden mehr Leichen."

„Wie viel mehr?"

Hans hob seinen Blick und sah zu den anderen Pavillons.

„Bisher haben wir sieben weitere Leichen entdeckt."

Hans schluckte schwer. „Sieben?"

„Ja, aber wir suchen noch."

Ein Fluch wollte ihm über die Lippen, doch er nahm sich zusammen. Stattdessen räusperte er sich laut.

„Ist das Ihre professionelle Auswertung, Herr Baumann?" fragte der Professor spöttisch.

Hans verzog das Gesicht zu einem Grinsen auf Grund seines Tonfalls.

„Bisher schon. Was haben die Bagger hier überhaupt zu suchen?"

Michael zeigte auf etwas hinter der Anhöhe, auf dem das Zelt stand.

„Das Stadtgebiet endet etwa einen Kilometer von hier. Man will es erweitern. Die Bagger sollten die ersten Grundzüge schaffen und den Bunker dort abreißen."

„Einen Bunker?"

Hans sah auf und sah in die Richtung, in die Michael genickt hatte. Grauer Beton hob sich deutlich sichtbar aus einer Erhöhung des Bodens.

„Der stammt noch aus dem zweiten Weltkrieg."

„Hat sich da drin schon einer umgesehen?" fragte Hans.

„Nein, bisher noch nicht. Sie sind noch bei der Sicherstellung der Leichen. Hans, wo zum Teufel…"

Hans hatte sich in Bewegung gesetzt. Er zog eine Taschenlampe aus seiner Tasche.

Die schwere Eisentür war offenkundig sehr lange nicht mehr geöffnet worden. Und bei den Witterungsverhältnissen waren die Scharniere verrostet. Doch Hans war sich sicher, dass diese keine Überbleibsel vom zweiten Weltkrieg waren. Er leuchtete mit der Taschenlampe darauf und untersuchte sie genauer.

„Wie lange, sagen Sie, liegen die Leichen schon hier?" fragte er laut.

Michael und der Professor waren ihm gefolgt. Der Professor stellte sich neben ihn und beäugte interessiert die Scharniere, die Hans untersucht hatte.

„Genau kann ich das noch nicht sagen, aber an Hand der gefundenen Kleidung der Opfer würde ich sagen, fünfzehn bis zwanzig Jahre."

„Könnte passen." murmelte Hans, war sich allerdings alles andere als sicher.

„Die KTU soll sich die Tür ansehen." sagte er zum Professor gewandt.

Dann leuchtete er in den Gang. Doch Michael hielt ihn am Ärmel fest. „Was hast Du vor?"

„Ich sehe mir das mal an."

„Auf keinen Fall gehst Du da rein. Das Ding kann jederzeit einstürzen."

Hans lächelte. „Das bezweifle ich sehr."

Er leuchtete zur Decke.

„Das ist massiver Beton. Der wird nicht so schnell klein bei geben. Die Frage ist eher, ob sie ihn überhaupt abreißen können."

Michael sah ihn skeptisch an.

„Du kannst ja hier bleiben."
Und schon trat er in die Dunkelheit.
„Was dagegen, wenn ich mich anschließe?" fragte der Professor.
Hans schüttelte den Kopf. Michael blieb seufzend alleine zurück. Er drehte sich um und machte sich auf die Suche nach Mitarbeitern der KTU, die sich die Tür ansehen sollten.
Der Schein der Taschenlampe huschte über die grauen Wände. Ein langer Tunnel führte tief in den Bunker hinein. Als Hans den Lichtstrahl zur Decke lenkte, entdeckte er mehrere Halogenstrahler.
„Die sind sicher nicht aus dem zweiten Weltkrieg." sagte der Professor, der dicht hinter ihm blieb.
„Nein. Ich denke auch, dass der Bunker seitdem noch mal in Benutzung war."
Nach etwa zehn Metern gingen drei Gänge nach rechts ab und zwei große Räume zur linken Seite. Hans entschied sich für den ersten Gang nach rechts. Und der Professor folgte ihm. Der Gang endete bereits nach etwa zehn Metern. Rechts und links waren kleine Zellen. Der Professor sah Hans über die Schulter, als dieser sie ausleuchtete
„Das waren die Unterkünfte im Bunker. Ich habe schon ein paar gesehen, aber ich wusste nicht, dass es noch unentdeckte Bunkeranlagen gibt. Aber normalerweise…"
„Lassen Sie mich raten, sie haben keine Gitter vor den Türen?"
Hans lief ein kalter Schauer über den Rücken als er auf dem Boden einer der Zellen einen verwitterten Teddybären liegen sah.
„Ja, das ist wirklich ungewöhnlich." sagte der Professor.
„Ich fürchte nicht. Lassen Sie uns zurückgehen."

Sie drehten um und kehrten zum Hauptgang zurück. Das wenige Tageslicht, das durch den Eingang auf den Boden fiel, schien endlos weit entfernt. Hans ging in einen der großen Räume. Eine Art Bühne stand mitten im Raum. Kabel und Kabeltrommeln lagen wirr herum.

„Was ist das hier?" fragte der Professor leise.

„Die Hölle." sagte Hans matt. „Wir brauchen hier mehr Licht. Die Kollegen müssen das ganze Ding hier auf links ziehen. Ich will jede Faser, jede Spur, alles was noch nicht verloren gegangen ist."

„Kriegen Sie."

Ohne ein weiteres Wort drehte sich Hans um und ging energischen Schrittes zum Ausgang. Kaum draußen, wandte er sich ein paar Meter ab und sein Magen würgte den Kaffee wieder heraus. Er spuckte ihn in das Laub. Michael kam auf ihn zu. Ein paar Kollegen der KTU waren bereits dabei die Tür zu untersuchen.

„Alles in Ordnung?" fragte er Hans und leise, sodass sie nicht gehört wurden, fügte er hinzu „Du hast doch wohl nicht getrunken, oder?"

Hans schüttelte den Kopf.

„Herr Gott. Du bist kreidebleich. Was hast Du gefunden?"

„Das muss sich erst noch rausstellen. Aber ich denke, dass hier…" er zeigte über die Fläche. „… ist der Friedhof vor der eigenen Tür."

„Wie meinst Du das?"

„Ich bete einfach nur, dass wir nicht noch mehr Leichen finden."

Krause sah ihn ein paar Minuten schweigend und aufmerksam an. Dann nickte er.

„Du kriegst, was Du brauchst. Ich muss los, der Bürgermeister hätte gerne eine Information. Du übernimmst die Leitung der Sonderkommission und ich erwarte, dass Du mich auf dem Laufenden hältst."

„Selbstverständlich. Lass mich erst Fakten schaffen, dann kriegst du Deine Antworten."

„Okay." Noch einmal sah Michael ihn an. Bevor er sich ohne ein weiteres Wort abwandte, den Hang hinaufkletterte und verschwand.

„Professor?" Hans sah sich suchend um. Der Gerichtsmediziner war im Gespräch mit einigen Kollegen, entschuldigte sich jedoch sofort und trat zu Hans.

„Wie kann ich Ihnen helfen?"

„Wie weit ist Ihr Team mit der Untersuchung der Leichen."

„Soweit das hier möglich ist, haben wir unsere Arbeiten fast abgeschlossen."

Wieder sah Hans sich um und winkte einen Kollegen zu sich.

„Guten Morgen."

„Guten Morgen, Kriminalkommissar Baumann. Was kann ich für Sie tun?"

„Ich will die gesamte Mannschaft am Einsatzzelt. In zehn Minuten. Sie sollen alles stehen und liegen lassen."

„Geht in Ordnung. Ich kümmere mich darum."

Hans war gerade dabei, die Fotos und Unterlagen zu sichten, über die sich Krause und der Professor bei seiner Ankunft gebeugt hatten, als der Kollege, den er losgeschickt hatte, sich räusperte.

„Verzeihen Sie, Herr Kriminalkommissar. Wir sind bereit."

Hans sah auf. Eine große Gruppe Kollegen hatte sich vor dem Zelt versammelt.

„Okay." Er trat vor.

„Guten Morgen." sagte er laut, sodass ihn alle hören konnten.

„Ich weiß, Sie alle hatten eine lange Nacht. Aber ich fürchte, unsere Arbeit hier ist noch nicht getan. Ich will zwei frische Staffeln der Spürhundeeinheit hier. Sie sollen das Gebiet weiträumig absuchen. Ich will, dass wir hier nichts übersehen. Die KTU bitte ich, ihre Arbeiten an den bisherigen Fundstellen schnellstmöglich abzuschließen und sich dann dem Bunker zu widmen. Priorität Nummer eins ist vorläufig, die Untersuchung der Leichenfunde abzuschließen. Wenn eine Leiche fertig ist, will ich, dass sie unverzüglich in die Forensik geht. Der Professor und sein Team sollten schnellstmöglich mit den Obduktionen beginnen."

An den Professor gewandt fügte er hinzu „Ich wäre Ihnen überaus dankbar, wenn wir die Ergebnisse schnellstmöglich erhalten."

Der Professor nickte. „Selbstverständlich."

Er wandte sich wieder an die Gruppe.

„Okay. Sauber und schnell. Ich will alles dokumentiert haben, was Ihr finden könnt. Ihr sollt jeden Stein umdrehen, aber versucht das möglichst schnell abzuarbeiten. Ich weiß, Ihr seid müde. Ich weiß, Ihr seid bereits die ganze Nacht auf den Beinen. Wenn möglich, werde ich Euch Unterstützung besorgen. Schnellstmöglich. Aber wir dürfen hier keine Zeit verlieren. Also los."

Es war später Nachmittag als sich Hans endlich losreißen konnte und sich von Fuchs zum Büro fahren ließ. Er hatte so viel

Zeit wie möglich am Fundort der Leichen verbringen und einen großen Teil der Untersuchungen im Bunker beaufsichtigen wollen. Doch im Büro warteten die ersten Ergebnisse, die er sich ansehen musste.

Leise plänkelte das Radio vor sich hin, während sie schweigend durch die Straßen von Berlin fuhren. Sein Kopf explodierte fast von den Erkenntnissen, die sie bisher vor Ort gesammelt hatten. Er war erleichtert gewesen, dass keine weiteren Leichen zu finden waren. Sie hatten also acht Opfer. Obwohl Hans die Befürchtung nicht abschütteln konnte, dass es mehr sein könnten.

Fuchs sah konzentriert auf die Straße. Er hatte sich im Laufe des Tages kaum blicken lassen und Hans vermutete, dass er sich im Wagen ein paar Stunden schlafen gelegt hatte. Er sah ausgeruhter aus als am Morgen. Hans konnte es ihm nicht verübeln. Er war einer der ersten am Abend zuvor gewesen und war auch derjenige, der die Entscheidung getroffen hatte, nach weiteren Leichen zu suchen. Diese Ermittlung würde ein Marathon werden, gut, wenn Fuchs mit seinen Kräften hauszuhalten wusste.

Die Melodie des Klingeltons drang aus seiner Jackentasche. Er nestelte sein Telefon heraus. „Baumann"

„Hallo Hans, Michael hier. Gibt es schon Neuigkeiten?"

„Ja, ich bin gerade auf dem Weg zur Wache. Wir haben in zehn Minuten eine erste Einsatzbesprechung, willst Du dabei sein?"

„Nein, das schaffe ich wohl nicht. Informierst Du mich danach?"

„Natürlich. Ich melde mich."

Damit beendete er das Gespräch.

„Was sagt die Presse eigentlich?" fragte er an seinen Fahrer gewandt.

Der deutete auf das Radio. „Sie haben heute Morgen eine Meldung rausgegeben, allerdings alles sehr vage. Bei Bauarbeiten wurden Leichen gefunden. Die Polizei ermittelt. Keine genaue Ortsangabe, keine weiteren Informationen."
„Sehr gut. Ich will, dass das vorerst so bleibt. Könnten Sie vor der Einsatzbesprechung noch eben zur Pressestelle gehen?"
„Selbstverständlich, wird erledigt."
In der Wache angekommen, verschanzte sich Hans zunächst in seinem Büro. Sein Telefon zeigte Dutzende Anrufe in Abwesenheit. Er würde sie später beantworten. Er ging zum Fenster und sah in den trüben Himmel hinauf. Zwei Minuten. Nur zwei Minuten den Kopf leeren. Nichts denken.
Einatmen.
Ausatmen.
Die Müdigkeit brannte in seinen Augen. Er nahm einen Schluck aus dem dampfenden Kaffeebecher, den ihm eine Kollegin auf dem Flur in die Hand gedrückt hatte.
Sein Puls fuhr langsam wieder runter, das Adrenalin sank langsam ab. Tage wie dieser waren der Grund gewesen, warum er in seinem Leben keine Kinder hatte haben wollen. Etwas so sehr zu lieben, dass es dich zerstört, wenn Du siehst, was Tiere mit ihnen anstellen können.
Es gab nach wie vor keine tatsächlichen Beweise für den Ablauf der Taten, aber er konnte es sich nur zu gut vorstellen. Und er würde diese Monster von Menschen hinter Gitter bringen. Mit einem lauten Knall zerbarst die Tasse in tausend Teile als er sie mit voller Wucht gegen eine der Wände schmetterte.
Fuchs steckte vorsichtig den Kopf durch die Tür.

„Wir wären soweit." sagte er. Mit einem Blick auf die am Boden verstreuten Scherben der Tasse fügte er hinzu „Alles in Ordnung?"
Hans nickte, griff im Gehen nach seinem Handy auf dem Tisch und folgte Fuchs hinaus in den Flur zum Besprechungsraum.

Beim Eintreten hatte er das Gefühl er käme in einen Bienenstock. Aufgeregtes Chaos beherrschte den Raum. Rund dreißig Kollegen liefen durcheinander, brachten Informationen an einer langen Tafel an, die eine gesamte Wandseite in Anspruch nahm. Die Lamellen an den Fenstern waren verschlossen. Hunderte Zettel lagen wild verstreut über dem großen Tisch im Besprechungsraum.
„Okay. Legen wir los." sagte Hans laut in die Runde.
Und augenblicklich kehrte Ruhe ein. Alle Anwesenden suchten sich einen Sitzplatz und Fuchs setzte sich ans Kopfende. Er würde die Besprechung leiten. Als Hans ihn darüber vor der Tür informiert hatte, war er rot geworden. Hans hatte schon öfter Fälle mit ihm zusammen bearbeitet, er sah großes Potenzial in ihm. Und Hans war nicht darauf erpicht, sich auf den Ablauf der Besprechung zu fokussieren. Er musste sich darauf konzentrieren, welche Informationen es gab.
„Was haben wir zu den Opfern?" setzte Fuchs sogleich nach der Begrüßung an.
Eine junge Kollegin erhob sich und ging zur Tafel. Hier waren Fotos der acht Leichen aufgehängt worden.
„Nachdem die Forensik den Zeitpunkt der Tode auf etwa 1991 bis 1995 eingegrenzt hatte, haben wir die Vermisstenanzeigen durchgesehen."

Sie zeigte auf einen großen Stapel Akten, der an ihrem Platz lag.

„Mit Hilfe der DNA-Abgleiche konnten wir die Identitäten klären. Die Ergebnisse erhielten wir vor dreißig Minuten."

Sie zückte einen Boardmarker und ging zum ersten Bild.

„Lukas Hinrich"

Sie schrieb den Namen unter das erste Bild und heftete ein Foto über das Bild des Leichnams. Die Aufnahme zeigte einen lächelnden Jungen, der neben einem Hund hockte.

„Vermisst im Alter von zwölf Jahren am 28. Mai 1991. Er kam von einem Spaziergang mit dem Familienhund nicht mehr zurück. Den Hund fand man später tot im Park. Sie hatten ihm die Kehle aufgeschlitzt."

Sie zückte wieder den Stift.

„Todesursache war ein Genickbruch. Vermutlich stumpfe Gewalteinwirkung."

Die Daten schrieb sie unter die beiden Bildern. Sie ging weiter zu Bild zwei.

„Jörg Weiss."

Erneut schrieb sie den Namen an die Tafel und hängte ein Foto auf. Er saß auf dieser Aufnahme konzentriert an einem Klavier.

„Vermisst im Alter von dreizehn Jahren am 06. Dezember 1991. Er kam von einer Klavierstunde nicht mehr zurück. Man hatte zunächst den Klavierlehrer in Verdacht, konnte ihm aber nichts nachweisen. Todesursache wie bei Lukas Hinrich." Sie notierte die Daten.

Bild drei war ‚Felix Hoffmann'. Sein Foto war eine Aufnahme vom Strand. Er strahlte in die Kamera.

„Vermisst im Alter von zwölf Jahren am 16. Juli 1992. Er war mit einem Freund an einem See verabredet. Kam dort allerdings nie an. Todesursache ebenfalls Genickbruch."
Sie schrieb die Daten wieder an die Tafel, wandte sich zum Raum und erklärte. „Das ist, mit einer Ausnahme, bei allen weiteren Opfern so."
Dann drehte sie sich wieder zur Tafel und ging zum vierten Bild. „Martin Lehmann. Vermisst im Alter von vierzehn Jahren am 3. Mai 1992."
Sein Bild zeigte ihn in Siegerpose mit einem Pokal in der Hand.
„Sein Tennistrainer hatte ihn nach Hause bringen wollen. Doch Martin hatte das lachend abgelehnt, er sei schließlich kein Baby mehr. Er kam nicht zu Hause an."
Bild Nummer fünf zeigte „Christoph Peters. Vermisst im Alter von zwölf Jahren am 26. Juni 1993."
Das Foto zeigte ihn, Arm in Arm mit einem anderen Jungen. Deutlich älter als er.
„Auf dem Bild sehen wir auch Jonas Richter. Die beiden Jungen verschwanden gemeinsam an einem Badesee. Sie wurden noch am frühen Abend gesehen, danach verlor sich die Spur."
„Ist Jonas eines der weiteren Opfer?" hakte Hans nach.
„Nein. Wir haben ihn nicht gefunden. Christoph Peters ist die Ausnahme, bei ihm konnte bei der Obduktion nicht mehr festgestellt werden, was die Todesursache war."
Sie wandte sich dem nächsten Bild zu.
„Simon Lange ist Opfer Nummer sechs. Vermisst im Alter von elf Jahren am 13. Oktober 1993. Er verschwand auf dem Heimweg von der Schule."
Sein Bild zeigte ihn in einem Freizeitpark.

„Seine Eltern steckten gerade mitten in einer Scheidung. Die Mutter verdächtigte den Vater und umgekehrt. Doch es konnte beiden nichts nachgewiesen werden."

Sie wandte sich dem nächsten Bild zu.

„Einen Monat später verschwand Mark Ritter. Er war ebenfalls elf zu dem Zeitpunkt. Am 04. Juli 1994 gab es Streit zwischen ihm und seiner Mutter. Er rannte wutentbrannt aus dem Haus und wurde nicht mehr gesehen. Man vermutete er wäre einfach ausgerissen."

Sie heftete ein Bild des Jungen an die Wand.

Die Tür des Besprechungsraumes ging auf und ein Kollege in Hans Alter trat ein. Er nickte Hans kurz zu und setzte sich auf einen der letzten freien Plätze.

„Und der letzte ist Robert Schäfer. Sein Verschwinden ging wochenlang durch die Presse."

Sie heftete das Bild eines Jungen und seines Vaters an die Tafel.

„Er verschwand am 08. Juni 1995 im Alter von zwölf Jahren. Sein Vater..." sie zeigte auf das Foto. „... war zu der Zeit im Wahlkampf für ein Mandat im Bundestag. Es gab diverse Drohungen gegen ihn. Und als sein Sohn nach einem Fußballtraining nicht mehr nach Hause kam, vermutete man zunächst eine Entführung. Doch es gab keine Lösegeldforderung oder etwas dergleichen."

Sie legte den Stift zurück auf die Halterung an der Tafel und setzte sich wieder. Hans ließ seinen Blick einen Moment über die Angaben zu den Opfern schweifen, während Fuchs einen Zeitplan erläuterte, den man aus den Daten zusammengestellt hatte und ihn ebenfalls an die Tafel hängte.

Der Kollege, der während der Besprechung eingetreten war meldete sich zu Wort.

„Verzeihen Sie die Verspätung, aber ich hatte einen Anruf aus der Forensik und wollte die Ergebnisse schnellstmöglich mit einbringen."

Er stand auf und trat vor die Tafel. Er zeigte auf das Foto von Christoph Peters und Jonas Richter.

„Wir haben die DNA von Jonas Richter gefunden."

Er zog zwei Fotos aus einem Stapel Papiere, die er in den Händen hielt. Es zeigte die gefundene Jeansjacke. Und eine Vergrößerung davon. Beides hängte er neben das Bild der beiden Jungs.

„Auf der Jeansjacke wurde getrocknetes Blut sichergestellt. Der DNA-Abgleich zeigt eine Übereinstimmung mit Jonas Richter."

Er nahm den Stift von der Halterung und schrieb den Namen über das Foto.

„Auf Grund des Fundortes der Jacke nehmen die Forensiker an, dass sie zur Leiche hinzugelegt worden ist. An Hand der Menge des Blutes denkt Professor Dr. Klinge jedoch nicht, dass es sich dabei um eine tödliche Verletzung gehandelt hat. Ebenfalls dafür spricht, dass wir seine Leiche nicht finden konnten. Was bedeutet, wir haben entweder einen weiteren Fundort oder einen Überlebenden."

Hans ging auf den Kollegen zu und der überreichte ihm die Akte mit der Auswertung.

„Noch etwas ist interessant." setzte der Kollege wieder an. „Die Mutter des Jungen war alleinerziehend. Sie hat den Verlust ihres Sohnes nicht verkraftet. Sie nahm sich im Sommer 1994 das Leben."

Er reichte Hans eine weitere Akte.

„Doch durch den DNA-Abgleich fanden wir seinen biologischen Vater."

Hans sah auf und zog eine Augenbraue hoch.
„Er ist aktenkundig?"
„Oh ja."
Mit großen Buchstaben schrieb der Kollege einen Namen an die Tafel. ‚Achim Koch'. Hans ließ beinahe die Akten fallen. Der Name war ihm lange nicht mehr begegnet. Es war sein letzter Fall mit ihr. Und das Ergebnis war mehr als enttäuschend gewesen. Er räusperte sich und gab den Lebenslauf wieder, soweit er ihn noch im Kopf hatte.
„Achim Koch war ein Kleinkrimineller. Seine Karriere begann in den 1980er Jahren in Berlin. Er begann mit Diebstahl, Betrug und war im damaligen Drogenverkauf involviert. Er wurde ein paar Mal verhaftet, erhielt ein paar kleinere Strafen und wurde wieder auf freien Fuß gesetzt. Anfang der 1990er Jahre wurde es still um ihn. Er scheint jedoch einen Weg gefunden zu haben, Geld zu machen. Denn 1996 tauchte er in Hamburg auf und eröffnete aus dem Stand zwei Bordelle und mehrere Kneipen. Ich war damals bereits im Dienst in Hamburg und hatte ihn selbst einmal im Verhör. Wir ermittelten gegen ihn wegen Zwangsprostitution, Verschleppung, Drogengeschäften, Körperverletzung und sogar wegen Mordes. Doch er hatte sehr gute Anwälte, die er sich viel kosten ließ. Unsere Zeugen lösten sich buchstäblich in Luft auf oder wurden eingeschüchtert. Und letzten Endes konnten wir ihm nichts nachweisen. Er arbeitete nicht allein. Hatte eine richtige Bande um sich. Drei Männer im engeren Vertrauenskreis, weitere kamen und gingen. Ein paar davon konnten sich nicht so leicht rauswinden und wir haben sie festgesetzt, aber an Achim Koch kamen wir nicht ran. Vor einigen Jahren hat er alles verkauft und sich ‚zur Ruhe gesetzt'. Er lebt immer noch in Hamburg und besitzt dort eine große

Villa. Man vermutet zwar, dass er immer noch in Straftaten verwickelt ist, kann aber weder nachvollziehen in welche, noch gibt es Beweise dafür."

Seine Faust ballte sich zusammen. Er wandte sich an den Raum und riss den Blick von dem Namen an der Tafel.

„Okay. Der Name ‚Achim Koch' verlässt nicht diesen Raum. Wir wissen derzeit zu wenig, um ihn mit dem Fall in Verbindung zu bringen."

Der Kollege, der neben ihm stand, wischte den Namen weg.

„Wir müssen erst mehr wissen, bevor wir Hamburg um Hilfe bitten. Da wir die Identitäten der Opfer geklärt haben, teilen wir uns auf, um den Angehörigen die Nachricht zu überbringen."

Er nannte die Namen der Opfer und übertrug sie jeweils zwei Kollegen.

Am Ende sagt er: „Christoph Peters übernehmen Kommissar Fuchs und ich. Der Rest von Euch nimmt sich bitte viel Zeit für die Befragung der Angehörigen. Wir müssen wissen, wie die Opfer ausgewählt und ihre Entführungen organisiert wurden. Jedes Detail kann wichtig sein. Achtet besonders darauf, ob sich irgendwelche neuen Freunde vorgestellt haben. Fragt auch nach diesem Jonas Richter. Vielleicht ist er derjenige, der die Opfer angelockt hat. Nehmt ein Foto von ihm mit. Wenn Ihr Eure Befragungen abgeschlossen habt, könnt Ihr Feierabend für heute machen. Wir werden in den nächsten Wochen noch genug Nachtschichten absolvieren müssen. Wir treffen uns alle hier wieder morgen früh um neun Uhr. Dann gehen wir die neuen Informationen durch."

Er nickte in die Runde und ein lautes Knarren von Stühlen erhob sich, als die Kollegen aufstanden und nach und nach den Raum verließen. Schließlich waren nur noch Hans und sein

Kollege Fuchs im Raum. Hans blickte gedankenverloren auf das Bild von den zwei Jungen an der Wand. Fuchs räusperte sich.

„Wollen wir dann?" fragte er.

„Ja. Gleich. Ich will vorher noch mal in die Forensik und zu Kriminaloberrat Michael Krause. Wir fahren in einer Stunde. Lesen Sie sich noch mal in die Akte von Christoph Peters ein. Wir treffen uns am Wagen."

Fuchs nahm die Akte und verließ den Raum.

„Achim Koch." murmelte Hans. „Sollte ich tatsächlich noch einmal die Gelegenheit bekommen, Dich an den Eiern zu packen?"

2. KAPITEL

Sie fuhren die Auffahrt eines stattlichen Einfamilienhauses hinauf. Hans legte die Akte vom Selbstmord von Agnes Richter, die er während der Fahrt studiert hatte, zurück in seine Tasche.
„Ich übernehme die Befragung." sagte er zu Fuchs.
„Selbstverständlich, Herr Kriminalkommissar."
„Hans."
Ein Lächeln flog über das Gesicht des Kollegen.
„Markus." antwortete der und schaltete den Motor aus.
„Okay." Hans atmete tief ein und aus. „Dann mal los."
Eine Frau in den Fünfzigern öffnete ihnen die Haustür.
„Ja, bitte?"
Ihre Stimme klang schwach. Matt. Ihre Augen sahen stumpf ins Leere, an ihnen vorbei.
„Frau Peters?"
Sie nickte.
„Kriminalpolizei Berlin."
Hans und Markus zückten ihre Ausweise.
„Können wir uns kurz drinnen unterhalten?"
Sie zögerte einen Moment. Suchend blickte sie in die Gesichter der zwei Fremden vor ihrer Tür. Dann nickte sie zaghaft und schob die Tür weiter auf.
„Kommen Sie herein."
Das Haus war nur spärlich beleuchtet. Sie führte die beiden in ein Wohnzimmer. Große Bilder von der Frau, einem Mann und dem Jungen, den sie gefunden hatten, hingen an der Wand. Alle waren in schwarzen Rahmen eingelassen. Vor einem der Bilder stand ein Schrank, darauf eine brennende Kerze.

„Ist Ihr Mann zu Hause?" fragte Hans vorsichtig.
Frau Peters schüttelte den Kopf. Tränen stiegen ihr in die Augen. „Er verstarb vor einem Jahr an Krebs."
Sie drehte ihr Gesicht weg und sah auf eines der Bilder. Das würde ein langer Abend werden.
„Kann ich den Herren etwas anbieten?"
Markus schüttelte den Kopf, doch Hans meinte lächelnd „Ein Kaffee wäre sehr nett."
Er wollte ihr Zeit geben, sich wieder zu sortieren. Sie nickte und ging in die Küche.

Leise klimperte der Löffel in der Porzellantasse. Sie hatte kein Wort mehr gesagt. Wieder und wieder rührte sie ihren Kaffee um. Obwohl sie weder Milch noch Zucker hineingetan hatte. Sie blickte auf die Bewegung, die ihre Hände machten.
„Haben Sie Angehörige, die vielleicht in der Nähe wohnen?" fragte Hans vorsichtig.
Sie schüttelte den Kopf. Blickte jedoch von ihren Händen auf und Hans direkt in die Augen.
„Haben Sie ihn gefunden?" fragte sie.
Der Schmerz der ihm entgegenblickte, nahm Hans den Atem. Er nickte. Wieder blickte sie auf ihre Hände. Sie legte den Löffel an die Seite und nahm die Tasse.
„Das ist gut." sagte sie ruhig.
„Sollen wir Sie einen Moment alleine lassen?"
„Nein." sie blickte wieder auf. „Ich will alles wissen. Ich habe auf diesen Tag schon viel zu lange gewartet."
„Wir haben ihn letzte Nacht auf einem Baugrundstück am Stadtrand von Berlin gefunden."
„Wie lange ist er bereits tot?"

Die Klarheit ihrer Stimme überraschte Hans.

„Seit zwanzig Jahren etwa, den Zeitpunkt können wir noch nicht genau bestimmen."

„Wissen Sie, wie er gestorben ist?"

„Noch nicht. Die Untersuchungen laufen noch."

„War Jonas bei ihm?"

Er horchte auf. „Jonas?"

„Ja. Sein Freund. Er war bei ihm als er verschwand."

„Nein, war er nicht. Können Sie mir mehr von den Beiden erzählen?"

Sie stand auf und ging zu dem Schrank auf dem die Kerze stand. Sie nahm einen kleineren Bilderrahmen aus einer Schublade und setzte sich wieder zu Markus und Hans an den Tisch.

„Das hier ist Jonas."

Sie legte den Rahmen auf die Tischdecke und strich über die Abbildung ihres Sohnes. Es war eine Aufnahme von ihm und Jonas Richter. Ähnlich dem Bild, das jetzt an der Tafel in der Wache hing.

Sie blickte ins Leere und sagte: „Ich weiß gar nicht mehr genau, wann Jonas und Christoph Freunde wurden. Aber eines Tages brachte ihn Christoph mit nach Hause und er stand dort im Flur."

Sie zeigte in Richtung Eingangstür.

„Mit großen Augen und schüchtern."

Sie lächelte.

„Als mein Sohn von ihm erzählte, dachte ich, es wäre ein Junge in seinem Alter. Als ich hörte, dass er zwei Jahre älter war, hatte ich mir erst Sorgen gemacht. Doch dieser große Junge, der da eines Tages im Flur stand, war alles andere als angsteinflößend. Er wirkte schlaksig und unbeholfen. Als wäre er über

Nacht von einem Jungen, wie meinem, zu einem großen Jungen geworden und zwei Jahre gealtert."
Wie um sich selbst zu bestätigen, nickte sie.
„Er war sehr höflich. Seine Manieren waren überdurchschnittlich. Und ich dachte, vielleicht könnte Christoph noch was von ihm lernen. Er blieb an dem Abend zum Essen. Sprach jedoch nicht viel. Außer man fragte ihn etwas oder wenn er um etwas bitten wollte, wie das Salz."
Ihr Blick wanderte zum Stuhl neben dem von Hans.
„Er hat immer dort gesessen."
„Immer?"
„Ja, nach seinem ersten Besuch kam er häufig. Er brachte Christoph nach Hause, wenn sie gemeinsam unterwegs waren. Einen Abend hatte er eine aufgeplatzte Lippe. Ich war darüber sehr erschrocken. Doch Christoph meinte nur, da wären Jungs gewesen, die ihn in der Schule geärgert hätten und Jonas hätte das für ihn geregelt. Ich verabscheue Gewalt. Aber, dass es jemanden gab, der meinen Sohn schützte, war doch irgendwie beruhigend. Er gab sich wie ein großer Bruder. Und ich machte mir weniger Sorgen um Christoph, wenn die zwei zusammen unterwegs waren."
„Haben Sie je seine Mutter kennengelernt?" fragte Hans.
„Ja." Sie seufzte.
„Einmal. Nachdem sie verschwunden waren, stand sie eines Tages vor der Tür. Ein merkwürdiges Ding."
Sie rümpfte die Nase.
„Sie hatte viel geweint, wie ich. Das konnte man ihr deutlich ansehen. Doch sie wirkte auch vollkommen weltfremd. Sie sah mich nicht an. Sprach sehr melodisch. Sie trug ein weißes Kleid. Sie kam mir vor, wie eine Fee aus einem Märchen. Sehr

sanft und verletzlich. Das war etwa einen Monat, nachdem die Jungs verschwunden waren. Ich bat sie hinein, aus Angst, was die Nachbarn von ihr halten würden. Sie setzte sich auf den Stuhl, auf dem ihr Sohn normalerweise saß. Und stellte Fragen über Fragen, die ich ihr nicht beantworten konnte. Die ich mir allerdings auch immer wieder stellte."

Wieder schweifte ihr Blick durch den Raum und verfing sich in einem der Bilder an der Wand.

Nach einem Moment der Stille, nur unterbrochen von dem Klicken des Sekundenzeigers der Wanduhr, fuhr sie fort.

„Jonas hatte nie von ihr gesprochen. Ich nahm an, dass er sich für sie schämte oder dass sie keine gute Mutter war. Doch als sie hier saß, wusste ich, dass sie nichts mehr liebte als ihren Sohn. Ihre Seele war zerbrochen, als er verschwand. Sie blieb einige Stunden und wir saßen schweigend zusammen. Irgendwann stand sie auf und ging. Einige Tage später las ich in der Zeitung, dass eine Frau sich in dieser Nacht hier ganz in der Nähe vor einen Zug geworfen hatte. Ich wusste irgendwie, dass sie es war."

Wieder seufzte sie tief und Tränen stiegen ihr in die Augen.

„Ich hätte sie nicht gehen lassen dürfen."

Sie schüttelte den Kopf. Und die Tränen rannen ihr über die Wangen.

„Ich hätte sie einfach nicht gehen lassen dürfen."

Hans langte über den Tisch und griff nach ihrer Hand.

„Sie können nichts dafür." sagte er beruhigend.

Hans und Markus blieben noch eine Stunde. Nachdem sich Frau Peters beruhigt hatte, erzählte sie noch einige Details aus dem Leben ihres Sohnes. Doch nichts davon, schien Hans Antworten zu liefern, die ihn zu den Entführern und Mördern führen konnte. Er versprach, sie zu informieren, wenn es Neuigkeiten geben würde und die beiden verabschiedeten sich.

Wieder im Wagen startete Markus den Motor und ließ ihn rückwärts von der Einfahrt rollen.

„Was hältst Du von diesem Jonas?" fragte Hans.

Er sah aus dem Fenster in die Nacht.

„Wenn ich es auf dieses Gespräch basieren muss, dann ist er für mich nicht Teil der Entführung."

„Nein." Hans schüttelte den Kopf. „Das denke ich auch nicht."

Wieder kramte er in der Tasche nach der Akte vom Selbstmord.

„Aber irgendwas ist mit diesem Jungen."

Markus fuhr sich durch die Haare. „Und was ist mit ihm passiert?"

Hans nickte. „Das ist letztlich die einzige Frage, die mir im Augenblick wichtig erscheint."

3. KAPITEL
<Chucco>

Leise klimpern die Münzen zurück in den Metallbecher, der vor mir auf dem Boden steht.

„Hey Chucco!" flötet eine Stimme.

„Hey Lissie!" grüße ich zurück.

Ich zähle zu Ende und hebe den Kopf. Ihre Augen funkeln mir entgegen.

„Hier."

Sie reicht mir einen dampfenden Papierbecher.

„Kaffee für Dich."

Sie lehnt sich gegen die Hauswand und lässt sich neben mich auf den Boden sinken. Im Schneidersitz hält sie einen zweiten dampfenden Becher in der Hand. Sie linst in meinen Metallbecher.

„Wow. Fette Ausbeute!"

Ich lache hohl.

„Ja. Naja. Fünfzehn Euro. Es reicht auf jeden Fall für ein Abendessen. Ich war spät dran heute."

„Ist mir aufgefallen. Bleibst Du noch?"

„Ja." Ich sehe zu einer roten Neonanzeige, die die Uhrzeit anzeigt. „Die Geschäfte haben noch eine halbe Stunde auf."

„Gut." Sie kuschelt sich an meine Seite und kramt eine Zeitung aus dem Innenleben ihrer Militärjacke, die zwei Nummern zu groß ist.

„Wie lief Dein Tag?"

„Kaffee." Sie hebt den Becher hoch. „Und eine Zeitung."

Ich lache leise. „Mehr nicht?"

„Keine Lust heute. Außerdem habe ich mit den anderen gequatscht."
Ein Lächeln huscht über mein Gesicht.
„DEN anderen? Oder einem bestimmten anderen?"
Sie knufft mich in die Seite.
„Du bist doof!"
Lissie ist jung. Viel zu jung für die Straße. Doch es gibt viele junge Obdachlose in Köln. Normalerweise sammeln sie sich auf der Domplatte, weswegen ich es vermeide, dort zu sitzen und es Lissie immer wieder dorthin zieht.
Meine Knochen schmerzen vom Regen und der Kälte. Ich hebe den dampfenden Kaffeebecher hoch. Der wohltuende Geruch zieht in meine Nase.
„Wow. Es gibt schon wieder einen tollen neuen Hollywoodfilm!" Die Seiten der Zeitung rascheln, als sie sie durchblättert.
„Oh. Und hier. Horoskope. Welches Sternzeichen bist Du?" Ihre funkelnden Augen blitzen mich an.
„Netter Versuch, Kleines." Ich schmunzle.
Sie verdreht die Augen. „Dann nicht."
Lissie und ich trafen uns vor zwei Jahren in München. Sie war von zu Hause weggelaufen. Über die Gründe wollte sie nicht reden. Und ich habe nicht weiter nachgefragt. Das Gefühl, etwas für immer hinter sich zu lassen, kenne ich nur zu gut. Als mich wieder diese Ruhelosigkeit überkam und ich überall ihre Gesichter sah, war es Lissie, die auf die Idee kam, nach Köln zu gehen. Sie fand es ‚cool'.
Ohne eine weitere Diskussion schleifte sie mich zwei Minuten nach dem Gespräch zum Bahnhof, kaufte zwei Tickets und verfrachtete mich in den Zug.
Lissie bekam, was sie wollte.

Immer.

Es war lange her, dass ich einen Menschen so nah in mein Leben ließ. Doch wie schon gesagt, was Lissie wollte, bekam sie auch. Und Lissie war nicht gern alleine. Sie brauchte das Gefühl, dass da noch jemand bei ihr war. Und ich genoss, dass sie mich dafür ausgewählt hatte. Ich hatte das Gefühl, etwas wiedergutmachen zu können.

„Sieh mal." Sie hebt die Zeitung auf und zeigt auf ein Foto.

„Wer ist das?"

„Das war mal ein Kunde."

Eine leichte Röte steigt in ihre Wangen.

„Der war vor ein paar Wochen da. Ich wusste, der ist nicht ohne. Ein Politiker."

Ihre Augen fliegen über die Zeilen des Artikels.

„Was ein Wichser. Hier…" Sie streckt sich und liest vor. „Der Politiker und Familienvater wurde für sein soziales Engagement ausgezeichnet."

Sie lacht.

„Oh ja, danke, dass Sie mich gefickt und mir schlappe fünfzig Euro dafür hingeblättert haben."

„Nicht so laut." raune ich.

Doch die Passanten gehen desinteressiert weiter.

„Ach. Ist doch egal. Die haben doch keine Ahnung, was ich meine."

Lissie ist das mit dem Betteln nicht einträglich genug. Deshalb verdient sie sich was ‚nebenbei', wie sie es nennt. ‚Schnelles Geld' meint sie dann immer. Ich finde es schrecklich, dass sie sich das antut. Aber meine Meinung dazu tut sie immer mit einem Lächeln ab.

„Du musst das so sehen, Chucco." sagt sie dann immer. „Wenn ich mir ihre Kohle nicht hole, tut es eine andere."
Doch ihr Lachen ist nicht echt. Aber wer bin ich, ihr Vorwürfe zu machen?
Mein Blick schweift über die Seite. Bei einem Artikel gefrieren meine Adern. Ich reiße ihr fast die Zeitung aus der Hand.
„Hey!" tadelt sie mich.
Doch ich bin versunken in den Worten, die unter der Überschrift ‚Massengrab in Berlin gefunden' stehen. Sie zuckt ihre Schultern, greift nach meinem Metallbecher, steht auf und beginnt Passanten anzusprechen.
Ich lese Zeile um Zeile des Artikels und mein Herz pocht so laut, dass es in meinen Ohren dröhnt. Sie haben ihn gefunden! Nach all den Jahren, haben sie ihn tatsächlich gefunden. Doch in dem Artikel steht nicht viel. Lediglich, dass die Untersuchungen noch laufen und die Polizei für Hinweise dankbar ist.
Ja, klar. Als ob ich zur Polizei gehen würde. Könnte ich es ihnen noch leichter machen, mich zu finden? Und vor allem wofür? Ist alles lange vorbei. Und ihn rettet das auch nicht mehr. Doch mit jedem gelesenen Wort flammen die alten Bilder wieder in mir hoch. Voller Wut zerknülle ich die Zeitung in meinen Händen und werfe sie weit weg. Sie landet in einer Pfütze.
„Ach Mann, Chucco. Das wollte ich noch lesen."
Lissie steht vor mir aufgebaut mit den Händen in den Seiten.
„Entschuldige." sage ich kleinlaut.
„Ist alles okay? Du bist doch sonst nicht so."
„Ist nur das Wetter. Und ich glaube, ich kriege wieder eine Erkältung." rede ich mich raus.

Sie strahlt mich an. „Ach so, das habe ich fast vergessen. Ich habe super Neuigkeiten."
Sie legt den Kopf schief und sieht mich erwartungsvoll an.
„Wirklich?" raune ich gespielt.
„Konny hat uns einen Schlafplatz klar gemacht?"
„Also doch, der bestimmte Eine."
Ich lache.
Sie sieht mich böse an.
„Mein Gott, ja. Ich hab Konny oben am Dom getroffen. Der war halt auch zufällig da."
Ich weiß, es ärgert sie, deswegen zwinge ich mich mit dem Lachen aufzuhören.
Junge Liebe!
„Also. Was hat Dein Konny denn nun besorgt?"
„Er ist nicht MEIN Konny. Und wenn Du Dich weiter wie ein Arsch benimmst, pennst Du halt weiter im Obdachlosenheim."
Ihre Wut lässt ihre Augen bedrohlich funkeln.
„Mann, da kriegt man ja schon vom Einatmen Läuse."
So übel waren die Unterkünfte nicht. Aber sie hasste es, in großen Schlafräumen zu schlafen. Von Frühling bis Herbst schliefen wir deshalb meist draußen. In einem Park, in einem Wald oder was sich eben ergab. Aber wenn die Temperaturen kälter werden, versuche ich, was Vernünftiges und vor allem Warmes zu finden. Doch meine Ansprüche scheinen sich nicht mit ihren zu decken.
„Also? Was ist das jetzt für eine Unterkunft?"
„Eine Freundin, von einem Bekannten, von dessen Freund…"
Sie zählt an den Fingern die Personen ab.
„… und dann die Tante."
„Komm zur Sache."

„Da gibt es so einen Schrebergarten an der Königsstraße. Und da ist eine Hütte. Voll isoliert und so. Und die Besitzerin ist eine alte Dame. Sie meint, wir können da übernachten. Im Winter braucht sie die eh nicht."

Sie wühlt in ihren Taschen.

„Und wir dürfen auch alles benutzen. Wir sollen nur nichts kaputt machen und hinterher aufräumen."

Ein silberner Schlüssel taucht auf und sie hält ihn hoch.

„Und hier ist der Schlüssel."

„Du machst Witze."

„Nein."

Energisch schüttelt sie den Kopf, sodass ihre roten Haare umher wirbeln. Doch sie sieht dabei auf den Boden. Ein deutliches Zeichen, dass sie nicht alles erzählt hat. Seufzend sage ich mit meiner besten Großer-Bruder-Stimme ihren Namen. Dabei ziehe ich den Vokal am Ende extra in die Länge.

„Ja. Okay."

Sie sieht mich wieder an.

„Ich war bei ihr heute Nachmittag. Und sie hat wohl irgendwie das Gefühl ein junges Mädchen von der Straße zu holen. Weißt schon, jeden Tag eine gute Tat. Hat sogar Suppe gemacht."

„Lissie. Was hat sie dazu gemeint, dass Du nicht alleine dort einziehen wirst?"

Und an ihrem Blick sehe ich, dass ich voll ins Schwarze getroffen habe.

„Naja. So ganz habe ich das nicht gesagt."

„Dann nein. Ich meine, Du kannst da schlafen, aber ich habe keine Lust auf Ärger."

„Ach man, Chucco. Die Alte merkt das doch gar nicht."

Tadelnd blicke ich zu ihr auf.

„Die ‚Alte' vertraut Dir ihre Gartenlaube an. Du solltest den Leuten wirklich mehr Respekt entgegenbringen."
„Jetzt reg Dich ab." erwidert sie trotzig. „Dann fragen wir sie halt."
Ein tiefes Lachen dringt über meine Lippen.
„Hast Du mich schon mal angesehen?"
Wie zum Beweis zeige ich an mir herunter. Meine Klamotten trage ich schon seit vielen Jahren. In meinem Gesicht wächst ein dichter Bart und meine wirren Haare hängen mir bis in die Stirn.
„Und?" fragt Lissie als würde sie nicht verstehen, was an mir auszusetzen wäre.
„Du meinst im Ernst, dass die alte Dame einem Straßenköter wie mir erlaubt, ihre Behausung zu bewohnen? Die wird die Bullen rufen, sobald sie mich sieht."
„Wer nicht wagt, der nicht gewinnt."
Sie baut sich vor mir auf und hält mir ihre Hand hin.
„Na los. Komm schon, alter Sack."
Ihre Lippen verformen sich zu einem schelmischen Grinsen. Da ich weiß, dass es keinen Sinn hat, mit ihr zu diskutieren, ergebe ich mich meinem Schicksal. Ich packe die wenigen Habseligkeiten zusammen, die ich um mich herum verteilt hatte und packe sie in den alten Rucksack.
Um ihre eigenen Worte zu bestätigen, sagt sie: „Du brauchst mal wieder etwas Ruhe. Und wenn es klappt, brauchen wir uns für den Winter keine Sorgen mehr machen."
Als ich aufstehe und den Rucksack über die Schulter werfe, drückt sie mir meinen Becher in die Hand.
„Hier, du darfst nachher das Essen bezahlen."

Und so folge ich ihr, wieder einmal, während wir uns im Dunkeln auf den Weg zu einer alten Dame machen, die – wie ich befürchte – heute Abend den Schock ihres Lebens bekommt. Die Zeitung liegt ungeachtet in der Pfütze. Durch das Wasser sind die Buchstaben verlaufen und nicht mehr zu lesen.

4. KAPITEL

Es war bereits nach Mitternacht als Hans den Rechner runterfuhr. Er war nach seiner Rückkehr noch die neuesten Meldungen durchgegangen. Seine Augen brannten vor Müdigkeit. Gerade als er die Jacke vom Haken an der Wand nahm, klopfte es.
„Herein."
Markus öffnete die Tür.
„Du bist noch hier?" fragte Hans verwundert.
„Ich hatte noch einen kurzen Abstecher zu den Kollegen der Sitte gemacht. Das hier solltest Du Dir ansehen."
Er wedelt mit einer DVD in seiner Hand.
„Okay. Meinetwegen."
Er hängte die Jacke wieder an den Haken und startete den PC erneut. Mit einem leisen Klicken ging das DVD-Fach auf.
„Kleiner Tipp, mach die Lautstärke aus. Du willst es nicht auch noch hören."
Markus Gesicht war fahl.
„Bist Du müde?" fragte Hans besorgt. „Ich kann es mir auch alleine ansehen, wenn Du nach Hause willst."
„Nein, schon gut. Es dauert nicht lange. Danach brauchen wir beide sicher frische Luft."
Während Hans auf dem Schreibtischstuhl Platz nahm, stellte sich Markus hinter ihn und lehnte sich an die Schränke an der Rückwand. Der PC rechnete einen Moment, dann begann das DVD-Fach zu surren. Und es öffnete sich das Programm zum Abspielen von Filmen. Und einen Moment später, wurden Hans' Befürchtungen bittere Realität.
Er erkannte den Raum sofort wieder. Die Tribüne, die in der Mitte stand. Gut ausgeleuchtet und gepflegt. Ein Junge, dessen

Gesicht er an diesem Morgen auf einem der Fotos gesehen hatte, tauchte auf. Zwei nackte Männer führten ihn zur Tribüne. Ihre Gesichter hinter schwarzen Masken verborgen.
Markus langte an Hans vorbei und schloss das Videoprogramm.
„Entschuldige." sagt er mit belegter Stimme. „Ich dachte, ich könnte es noch mal sehen. Aber ich kann nicht."
Hans lehnte sich in seinem Stuhl zurück. „Das ist okay. Ich bin mir nicht mal sicher, ob ich es überhaupt sehen will."
„Ich fasse es für Dich zusammen. Diese Wichser vergehen sich in allerübelster Form an dem Jungen. Das ganze Schauspiel geht etwa eine halbe Stunde. Und…" seine Stimme brach.
„Gott, was sind das nur für Tiere? Ich weiß schon, ich sollte abgehärtet sein. Wegen des Jobs. Aber Kinder?"
„Schon gut." versuchte Hans ihn zu beruhigen. „Es würde mich sehr wundern, wenn es Dir anders gehen würde."
Mit zwei Klicks schloss er alle offenen Programme und schaltete den Rechner wieder aus.
„Komm, lass uns hier raus. Ich habe genug für heute."
Markus nickte und folgte Hans aus dessen Büro.
„Ich bring Dich nach Hause, wenn Du willst." Markus zeigte auf seinen Wagen als sie aus der Tür traten.
In tiefen Zügen sog Hans die frische, eiskalte Nachtluft in seine Lungen. Er nickte nur. Erst im Wagen fand er seine Stimme wieder.
„Wo haben die Jungs von der Sitte es her?"
„Eine Razzia bei einem Pädophilen-Ring vor fünf Jahren. Sie gehen ihr Archiv durch und schauen, ob sie mehr finden können."
„Haben Sie was über die Männer im Video?"

„Nein. Nichts. Weder aus der Auswertung der Videos, noch durch die Verhöre seinerzeit. Die Verkäufer ließen sich nicht zurückverfolgen. Sie haben sie nur zuordnen können, wegen des Fotos des Bunkerraumes."
Felix Hoffmann.
Der Junge auf dem Video war Felix Hoffmann. Das Foto vom Strand mit dem strahlenden Jungen, das die Kollegin am Morgen an die Wand geheftet hatte, kam Hans in den Sinn. Was musste dieser Junge nur ertragen haben?
Im Video war er nur noch ein Schatten des Jungen vom Foto. Wie lange war er da schon in ihrer Gewalt? Wie lange hatte er es noch ertragen müssen?
„Ich will, dass sich einer unserer Computerspezialisten das Video noch mal ansieht. Vielleicht haben die von der Sitte was übersehen."
„Ist schon arrangiert. Die DVD in Deinem PC ist eine Kopie für die Akte."
Dumpf dröhnte der Motor in der Stille. Die Nacht war rabenschwarz. Doch die Lichter der Stadt huschten über den Wagen und ihre Gesichter.
„Wir werden den fassen, der dafür verantwortlich ist." sagte Hans bestimmt. „Und auch wenn ich ihn nur für die Morde noch dran kriegen kann."
Die Wut pochte wie ein Zug in seinem übermüdeten Körper. Wieder und wieder tauchten die Bilder der Jungen vor seinen Augen auf. Bis Markus vor seiner Tür den Wagen zum Stehen brachte.
„Soll ich Dich wieder abholen nachher?" fragte er.

„Nein, danke. Ich werde selber fahren. Und es reicht, wenn Du zur Besprechung da bist. War ein langer Tag. Schlaf ein bisschen."
„Gute Nacht."
„Gute Nacht." Damit verließ Hans den Wagen.
In seiner Wohnung war es still. Er wanderte einige Minuten hin und her. Unentschlossen, wie er die Gedanken aus seinem Kopf kriegen sollte. Schließlich schaltete er den Fernseher ein und schaltete so lange um, bis er eine Politik-Talkshow entdeckte. Er legte sich auf seine Couch und war bereits nach wenigen Minuten eingeschlafen.

5. KAPITEL
<Chucco>

Lissie schläft. Sie schnarcht leise. Ich lächle. Trotz der geschlossenen Tür zum Schlafzimmer, höre ich sie deutlich. Dass ich jetzt hier bin, kann ich immer noch nicht ganz glauben. Die ‚alte' Dame entpuppte sich als rüstige Früh-Rentnerin. Sie war keine sechzig Jahre alt. Aber gut, für jemanden wie Lissie war das natürlich alt wie Methusalem.

Sie hatte sich sichtlich gefreut, Lissie so schnell wieder zu sehen und wollte sie schon ins Haus ziehen, um ihr ein Abendessen zu servieren, als Lissie mich zaghaft vorstellte. Doch statt der üblichen abschätzigen oder angewiderten Blicke, strahlte sie sofort. Sie winkte mir zu und lud mich ebenfalls in ihr Haus ein. Trotz unserer Bemühungen, ließ sie sich nicht davon abhalten, sofort in die Küche zu marschieren und uns etwas zu essen zu kochen. Uns wies sie an, im Esszimmer auf sie zu warten. Ich war total überfahren von so viel Nettigkeit und dem Gottvertrauen, dass sie uns entgegenbrachte. Sie plauderte in einer Tour vor sich hin.

Am Ende des Essens sah sie mich prüfend an. Ob sie mich wohl um einen Gefallen bitten könne. Ich sagte natürlich sofort zu. Und sie ging mit mir in den ersten Stock. Eine Glühbirne austauschen. Weil ich doch so groß wäre. Und sie so klein. Dankbar für ihre Freundlichkeit, tat ich ihr selbstredend den kleinen Gefallen.

Beim Abschied an der Tür drückte sie mir mit einem breiten Strahlen einen Zettel in die Hand. Wenn ich einen Moment Zeit hätte, da wären auch am Gartenhaus noch ein paar Dinge zu erledigen.

Ich habe ihn auf den kleinen Couchtisch gelegt, der neben dem Sofa steht, auf dem ich liege. Einige Gartenarbeiten und ein paar Reparaturen am Häuschen.
Ich werde das in den nächsten Tagen in Angriff nehmen. Oder eher heute. Meine Augen schweifen zur alten Kuckucksuhr an der Wand, die leise vor sich hintickt. Es ist halb eins.
Ich weiß, warum ich nicht schlafen kann. Ich drehe mich auf dem Sofa auf die andere Seite. Sobald ich die Augen schließe, sehe ich ihn vor mir. Wie er da liegt. Das Leben aus seinem Körper erloschen. Das dröhnende Lachen in meinen Ohren. Die Wut und der Hass wieder in meinen Adern.
Für einen Moment, als wir bei der alten Dame waren, hatte ich den Artikel tatsächlich vergessen. Doch kaum waren meine Augen geschlossen, schossen die Erinnerungen zurück in meine Gedanken. Als hätten sie nur auf den richtigen Moment gewartet. Eine Träne löst sich von meinen Augen und rollt über meine Wangen.
Nach all den Jahren und all meiner Mühen, nach Tagen voller Angst und auf der Flucht, jedes Mal, wenn sie näherkamen, konnte ich nicht vergessen.
Keine Sekunde.
Keinen Geruch.
Kein Geräusch.
Keine ihrer Stimmen.
Keinen ihrer Schreie.
Ich kann sie nicht vergessen. So sehr ich es auch versuche. Wann wird das endlich aufhören?
So oft schon habe ich überlegt, ob es nicht einfacher wäre, sie gewinnen zu lassen.
Wieso warte ich nicht darauf, dass sie mich finden?

Wieso lasse ich sie nicht zu Ende bringen, was ihnen vor zwanzig Jahren nicht gelungen ist?
Dann wäre es einfach zu Ende. Mit dem letzten Tropfen Blut, das aus meinen Adern fließt, würde auch die Erinnerung endlich aus meinen Gedanken verschwinden. Und ich wäre endlich frei. Hätte endlich Ruhe.
Dadurch, dass ich ihnen nicht den Gefallen getan habe und mich wehrte, dadurch, dass es mir tatsächlich gelungen ist, zu fliehen, habe ich mein Schicksal verraten. Ich sollte dort liegen. Bei ihm. Auch meine Leiche hätten sie finden sollen. Das wäre richtig gewesen. Hier zu sein, zu atmen, zu leben, war so vollkommen falsch. Ich habe versagt. Auf ganzer Linie versagt.

„Chucco?"
Lissie's Flüstern dringt durch meine verworrenen Gedanken zu mir durch. Erschrocken drehe ich mich um. Sie steht im T-Shirt mit nackten Beinen vor dem Sofa und beugt sich zu mir runter.
„Oh Gott, Chucco. Was ist los?"
Sie kniet sich neben mich, will mich in den Arm nehmen. Ich stoße sie weg. Sie taumelt leicht zurück, fängt sich aber wieder und setzt sich dann auf den Boden, sieht mich fragend an. Wütend wische ich die Tränen mit meinem Ärmel weg.
„Rede mit mir." sagt sie flehend.
Und ich will. Ich will es wirklich. Aber ich kann nicht. Kein einziges Wort. Nicht nur, dass es sie ebenfalls in Gefahr bringen würde, sie würde es auch nicht verstehen. Wie könnte sie auch. Sie ist noch so jung.
Als ich meine Dämonen wieder einigermaßen im Griff habe, räuspere ich mich. Doch trotzdem klingt meine Stimme

schwach, als ich sage. „Sitz nicht so da auf dem Boden. Das ist zu kalt."
„Ich wollte mir nur kurz ein Glas Wasser holen. Wie lange liegst Du hier schon so?"
„Lissie, du brauchst Dir keine Sorgen zu machen, es ist alles okay. Geh wieder ins Bett. Es ist spät."
Sie sieht mich lange schweigend an. Dann seufzt sie.
„Okay."
Sie steht auf und geht wieder ins Schlafzimmer. In der Tür bleibt sie stehen und dreht sich zu mir um.
„Willst Du mit ins Bett? Du kannst einfach neben mir liegen."
Ich schüttle den Kopf.
„Es ist wirklich alles okay, Lissie. Aber danke."
Ein schwaches Nicken, dann geht sie endlich ins Schlafzimmer und schließt die Tür.
Und dann ist es wieder still.
Vielleicht ist es diese Ruhe, überlege ich. Auf jeden Fall muss ich hier raus. Ich ertrage die Gedanken keine Sekunde länger. Also stehe ich leise auf und ziehe mir meine Hose und meine Jacke über. Ich lausche einen Moment an der Schlafzimmertür. Ich höre sie nicht schnarchen. Ich weiß, sie ist wach.
Ich setze meine Mütze auf und ziehe sie bis tief in die Stirn. Dann verlasse ich unsere Nachtstätte. Der Mond strahlt am Himmel. Und noch bevor ich den Weg erreiche, falle ich in einen Laufschritt. Ich bin schon sehr lange nicht mehr gelaufen. Doch da ich meinen Rucksack nicht bei mir trage, ist es leicht. Das Adrenalin in meinem Körper fließt in meine Muskeln und ich laufe. Schritt für Schritt hallt dumpf vom Betonboden zu mir herauf. Am Ende des Weges der Schrebergärten biege ich ab. Ich weiß nicht, in welche Richtung es geht. Ich denke nicht

darüber nach. Ich denke gar nicht. Ich laufe. Konzentriere mich mit aller Kraft auf meine Atmung. Und auf die Schritte. Und sauge die eiskalte Luft der Nacht in meine Lungen. Der Schweiß rinnt über meinen Körper.

Teil II

Nicht Dein. Nicht sein. Nicht unser.
So müde von all den Jahren.
So müde von dieser Flucht,
vor dem Gedanken, vor der Erinnerung.
Mein Körper siecht dahin.
Zu müde, aufzustehen.
Und ich lasse ihn.
Vielleicht ist es endlich das Ende.
Vielleicht ist es endlich geschafft.
Es ist falsch hier zu sein.
Wieso darf ich atmen?
Wieso darf ich leben?
Die Schuld frisst riesige Löcher in meine Haut
und ich kann nicht fort, um sie zu vergessen.
Kann nicht fort.
Bin ihr hilflos ausgeliefert.
Ein Bild wie ein Blitz.
Wieder und wieder.
Sobald ich die Augen schließe.
Ihre Stimmen überall.
Ihr Flehen, ihre Tränen, ihre Rufe.
Nichts hält sie davon ab.
Nichts bringt sie wieder zurück.
Alles, was noch daran erinnert, wütet in mir,
unbarmherzig und laut.
Wäre ich nur nie dort gewesen.
Wäre das alles nur nie passiert.
Schuld.
Meine Schuld.
Meine Schuld.
Meine Schuld.

6. KAPITEL

Die Passanten strömten durch die Gänge des Einkaufszentrums. Kälte wehte bei jedem Öffnen der Türen zur Straße in die Ecke des kleinen Café's in das Hans sich gesetzt hatte. Mitarbeiter waren dabei, die Weihnachtsdekoration abzuhängen.
Mit jeder vergangenen Sekunde pochte sein Herz lauter. Ein Kribbeln zog von seinem Magen über seinen gesamten Körper. Gleich würde er sie wiedersehen. Michael hatte den Termin vereinbart. Hans wusste nur zu gut, dass sie auf seine Einladung nicht eingegangen wäre. Auch wenn es berufliche Gründe waren, die ihn nach so langer Zeit wieder nach Hamburg geführt hatten. Sie wäre nicht gekommen.
Keinen Millimeter Fortschritt hatte er in den vergangenen Wochen verzeichnen können. Und das, obwohl er und sein Team jeden Stein umgedreht hatten. Sie hatten sogar die bekannten letzten Aufenthaltsorte der Opfer gründlich durchsucht. Auch, wenn es eigentlich von vorneherein keine Hoffnung gegeben hatte, etwas zu finden nach so langer Zeit.
Nachdem Weihnachten und Neujahr alles stillgelegen hatte, waren am ersten Arbeitstag im neuen Jahr seine Spuren so wie das Wetter.
Eiskalt.
Schneeflocken fielen draußen nieder. Eine weiße Decke hatte das Land bereits seit zwei Wochen zugedeckt. Sein Blick schweifte über die umhereilenden Passanten. Und dann sah er sie.
Sie hatte einen schwarzen Mantel bis hoch zum Kragen geschlossen. Ihr Hals eingemummelt in ihren Lieblingsschal. Eine Wollmütze bis tief in die Stirn gezogen. Noch bevor sie auch

nur in seiner Nähe war, kroch die Erinnerung an ihren Geruch und ihr Lachen wieder in seine Sinne. Sie kämpfte sich gegen den Wind und durch den Schnee auf die Eingangstüren zu.
Als sie das kleine Café betrat, sah sie sich suchend um. Bis ihr Blick schließlich bei ihm hängenblieb. Sie verdrehte die Augen und wollte auf dem Absatz kehrtmachen. Hans sprang auf und war mit einem Schritt bei ihr. Er hielt sie am Ellenbogen fest.
„Warte."
Sie warf einen abschätzigen Blick auf seine Hand.
„Lass mich los."
„Geh nicht. Wir haben was zu besprechen."
„Ich wüsste nicht, was es zwischen uns noch zu bereden gibt."
„Dann setz Dich, bitte, ich erkläre es Dir."
„Ich dachte, ich treffe Michael."
Sie war stehen geblieben. Entspannte sich sogar. Hans ließ sie los. Auch wenn es ihm schwer fiel, diese Nähe aufzugeben. Sie hatte noch immer diese Macht über ihn.
„Komm schon, setz Dich. Ich bestell Dir einen Kaffee. Was hast Du zu verlieren?"
Ihr Blick wanderte vom Tisch zur Tür und wieder zum Tisch. Sie seufzte. „Ja, okay. Einen Kaffee."
Ihre zarten Hände griffen zu den Enden ihres Schals und sie wickelte ihn ab. Er landete auf einem der freien Stühle an seinem Tisch. Ihre Mütze folgte.
Die Kellnerin kam an den Tisch. Birgit gab ihre Bestellung auf, während sie ihre Handschuhe auszog und sie auf den Tisch legte. Hans war froh, dass er saß. Denn an ihrem Finger blitzte ein Ring. Sie hatte sich verlobt.
Als die Kellnerin zur Theke ging, fing sie seinen Blick auf. Sie drehte den Ring an ihrem Finger.

„Glückwunsch." sagte Hans.
Sie blickte ihm in die Augen.
„Wir sind nicht hier, um über alte Zeiten zu plaudern, oder?"
„Nein, ist beruflich."
„Wieso dann hier und nicht auf der Wache?"
„Weil das, was wir zu besprechen haben, ziemlich brisant ist. Und es besser ist, wenn es nicht alle Welt zu hören bekommt."
Er zog seine Aktentasche unter dem Tisch hervor. Aus ihrem Inneren holte er einen dicken braunen Umschlag und legte ihn vor ihr auf den Tisch.
„Es geht um Achim Koch." sagte er leise, ihr zugewandt.
In ihren Augen blitzte es auf. Ungeduldig zog sie den Umschlag zu sich herüber. Lehnte sich im Stuhl zurück und nahm die Papiere heraus.
„Du weißt, dass wir ihm nichts nachweisen können."
„Es geht nicht um unsere alten Akten. Das hier ist was Neues. Und wir haben einen stichhaltigen Bezug zu ihm."
Birgit sah auf, bevor sie die Papiere durchblätterte.
„Euer Leichenfund? Was hat er damit zu tun?"
„Das wissen wir noch nicht. Aber hier…" Hans griff in die Papiere und zog ein Blatt aus dem Stapel hervor.
„Er hat einen Sohn."
„Was?" fragte sie ungläubig.
Schnell zog sie ihm das Blatt Papier aus der Hand und überflog die Zeilen. Ihre Augenbrauen schnellten in die Höhe. Ein leiser Pfiff glitt über ihre Lippen.
„Wieso haben wir das nicht gewusst?"
„Ich bin mir nicht sicher, ob er es weiß. Eigentlich weiß ich gar nichts mit Sicherheit."
„Hast Du ein Foto?"

„Ja. Hier."
Wieder blätterte er durch die Papiere, die nun vor ihr auf dem Tisch lagen. Zielsicher nestelte er die letzten Blätter hervor und reichte sie ihr.
„Das erste Foto ist eine Aufnahme von ihm und Christoph Peters. Die beiden sind im Sommer 1993 spurlos verschwunden. Die Leiche von Christoph war eine von acht, die wir in Berlin gefunden haben."
„Ist er sein Sohn?"
Sie hielt das Bild prüfend vor ihren Augen. Versuchte Ähnlichkeiten in seinem Gesicht zu finden.
Hans beugte sich vor und zeigte auf den anderen Jungen auf dem Bild.
„Nein, das ist er. Jonas Richter. Wir haben seine DNA auf einer Jeansjacke bei Christoph gefunden. Bei der Untersuchung fanden die Kollegen die Verbindung zu unserem speziellen Freund."
„Wow."
Wieder nahm sie sich das Bild vor.
„Sie haben keine Ähnlichkeit."
„Nein. Er hat mehr von seiner Mutter."
Sie blätterte weiter. Das Bild von Christoph und Jonas legte sie hinter die anderen Bilder in ihrer Hand.
„Was sagt seine Mutter zum Vater?"
„Sie hat sich das Leben genommen. Kurz nachdem die Jungs verschwunden sind."
„Also eine Sackgasse."
„Ja, wie so viele. Leider."

Sie blätterte die weiteren Bilder durch. Sie zeigten einen jungen Mann. Verschiedene Frisuren. Verschiedene Gesichtszüge. Immer dieselben Augen.

„Ihr habt den Computer berechnen lassen, wie er aussehen könnte?"

„Ja. Wir hoffen, dass er noch lebt. Entweder ist er ein weiteres Opfer oder einer der Täter. Wir müssen ihn finden. Kommt er Dir bekannt vor?"

Birgit runzelte die Stirn und studierte konzentriert die Gesichtszüge des Fremden auf den Bildern.

„Du kennst seine Schergen, genauso wie ich. Davon sieht keiner so aus, wie der Mann auf den Fotos." seufzte sie.

„Naja, ich dachte, vielleicht ist in den letzten Jahren noch ein neuer aufgetaucht. Sag mir nicht, dass Du ihn nicht mehr beobachtest."

Ein Lächeln umspielte ihre Lippen. Sein Gedächtnis projizierte Bilder vor seinem inneren Auge. Seine Finger, die sanft darüber strichen. Der Geschmack, wenn sie ihre Lippen auf die seinen legte. Unbewusst strich er über seine Lippen.

Die Kellnerin trat mit dem Kaffee an den Tisch. Schnell legte Birgit die Fotos umgedreht auf den restlichen Stapel Papiere. Ihr Blick sagte ihm, dass sie ihn erwischt hatte. Fahrig fuhr er mit den Händen durch seine Haare.

‚Konzentrier Dich!' schalt er sich selbst.

Gedankenverloren rührte sie in ihrem Kaffee.

„Lebt er?"

„Wir wissen es nicht. Ich weiß nur, dass wenn er noch lebt, ich ihn finden will, bevor sein Vater daran etwas ändern kann."

Sie hob die Tasse an ihre Lippen und pustete sanft auf das heiße Getränk, bevor sie einen Schluck zu sich nahm.

„Wieso bist Du hier?" fragte sie ihn.

„Weil ich weiß, dass Du genauso sehr willst, dass wir ihm nach all den Jahren endlich etwas nachweisen können. Sollte er etwas damit zu tun haben, dann will ich, dass er dieses Mal nicht damit durch kommt."

„Sicher, dass der Junge nicht noch irgendwo in diesem Wald liegt?"

„Ja. Wir haben alles weiträumig abgesucht. Wenn er nicht mehr lebt, dann ist sein Grab irgendwo anders. Aber er könnte genauso gut leben, wie tot sein. Wir haben keinerlei Spur zu ihm."

Birgit stellte ihre Tasse wieder auf den Tisch. Erneut nahm sie den Stapel Papiere vor sich in die Hand und blätterte durch die Auszüge.

„Okay. Du hast mein Interesse geweckt. Wie kann ich Dir helfen?"

Hans nahm einen weiteren Umschlag aus seiner Tasche und schob ihn zu ihr rüber.

„Das ist das offizielle Amtsgesuch auf Unterstützung Eurer Dienststelle. Ausgestellt und unterzeichnet vom Kriminaloberrat Michael Krause. Hast Du ein paar Kollegen, denen Du das anvertrauen würdest?"

Sie nahm den Umschlag und steckte ihn in ihre Handtasche.

„Ja, klar. Ich stelle ein Team zusammen. Wir werden versuchen, ihn unauffällig im Auge zu behalten."

„Das wäre sehr hilfreich. Meinst Du, Du könntest das schnell organisieren?"

„Wie schnell?"

„Morgen. Die Bilder, die ich Dir gegeben habe, gehen morgen an die Presse. Wir hoffen, dass er sich bei uns meldet. Oder zumindest jemand, der ihn gesehen hat."

Sie blickte ihn ungläubig an.

„Morgen? Ich weiß nicht, ob ich das alles so schnell organisieren kann. Wieso kommst Du erst jetzt?"

„Weil ich wusste, Du würdest mich nicht sehen wollen. Und ich konnte nicht. Du weißt Weihnachten..."

„Ach, Hans."

Sie griff über den Tisch nach seiner Hand.

„Können wir die Vergangenheit nicht hinter uns lassen?"

Die Berührung hinterließ ein Kribbeln auf seiner Haut. Er zog seine Hand zurück.

„Wir können es versuchen. Aber ich bin nicht bereit, zu vergessen. Gib mir Zeit, mich daran zu gewöhnen."

Er strich über den Ring an ihrem Finger.

„Ich wollte Dich nie verletzen, Hans." sagte sie leise.

„Ich weiß."

7. KAPITEL
<Chucco>

„Du solltest zu einem Arzt." sagt Lissie genervt.

Nicht zum ersten Mal.

„Ich gehe zu keinem Arzt."

„Du kannst Dich doch auch anonym behandeln lassen. Oder wir gehen zu dieser Bahnhofsmission. Du solltest Dir was geben lassen."

Tonnenschwer liegt ein Gewicht auf meiner Brust. Das Atmen fällt schwer. Immer wieder pfeift es in meiner Lunge. Ich habe das Gefühl von Raum und Zeit verloren. Sanft schiebt Lissie mir einen Löffel warmer Suppe in den Mund.

Sie sieht mich besorgt an.

„Es ist nur eine Erkältung." versuche ich sie zum hundertsten Mal zu beruhigen.

„Das ist mehr als eine Erkältung."

Genervt verdreht sie die Augen.

Das kleine Radio im Gartenhaus surrt leise vor sich hin. So schön. So weit weg.

Die Geister in meinem Kopf sind verschwunden. Das erste Mal seit so langer Zeit ist dort nichts mehr. Nur Leere. Dumpfe Leere. Meiner Meinung nach, kann es so bleiben. Ich weiß nicht, warum es Lissie so stört.

„Mann, Chucco. Du machst mir Angst!"

„Du brauchst keine zu Angst haben, Lissie. Es geht mir gut. Nur eine Erkältung. Geht vorbei."

Ein leichtes Husten lässt mich aufsitzen. Ich kriege es nicht aus meiner Lunge. Kriege es nicht los. Ich lasse mich wieder in die Kissen sinken.

Die Tür geht auf. Ein kalter Lufthauch zieht über meine warme Stirn. Ich höre eine Stimme. Aber ich bin zu müde. Ich will schlafen. Die Stimme kommt näher.
Lissie blickt auf.
„Konny? Was machst Du denn hier?"
Wortlos hält er ihr eine Zeitung hin.
„Ist er das?"
Sie nimmt die Zeitung und schaut auf ein paar Bilder. Neugierig versuche ich, einen Blick darauf zu erhaschen. Sie legt die Zeitung neben das Sofa auf den Boden.
Ihre Hand ist kühl als sie sie mir auf die Stirn legt. Sanft schiebt sie meine Haare aus meinem Gesicht.
„Ich weiß es nicht." sagt sie zu Konny.
Sie hebt die Zeitung wieder vom Boden auf.
Jetzt hält sie die Bilder so, dass ich sie sehen kann.
„Bist Du das, Chucco?" fragt sie mich.
Ich nehme die Zeitung in die Hand. Sie scheint nicht mir zu gehören. Agiert automatisch. Ich habe Mühe, die Zeitung hochzuhalten. Sanft stützt Lissie meine Hand. Neben einigen Fotos von Männern, die aussehen wie ich, sehe ich ihn.
„Christoph." flüstere ich leise.
Sein Gesicht strahlt mir entgegen. Ich streiche über das alte Bild von uns beiden.
„Ist es jetzt soweit?" frage ich Lissie.
„Was meinst Du?"
„Wenn man stirbt, dann sieht man doch alte Zeiten an sich vorüberziehen. Ist es jetzt soweit."
„Was ist denn mit dem?" fragt Konny mit seiner sonoren Stimme.
„Er ist krank."

Eine Träne rollt über ihre Wange. Ich streiche sie weg.

„Nicht weinen, Lissie. Alles ist gut."

„Du wirst nicht sterben, hörst Du. Ich bringe Dich jetzt zum Krankenhaus. Konny, pack mit an."

„KEIN KRANKENHAUS!" schreie ich.

Panik steigt in mir auf.

„Sie werden mich finden. Mich finden. Kein Krankenhaus. Bitte Lissie. Kein Krankenhaus." füge ich leise hinzu, nachdem ich das Entsetzen in Lissie's Augen sehe.

„Er redet wirr." sagt Lissie matt.

Sie sieht zu Konny auf.

„Wir müssen ihn zu einem Arzt bringen."

„Nein Lissie. Er redet nicht wirr. Da ist heute so ein Typ auf der Domplatte gewesen. Er hat die Fotos rumgezeigt und gefragt, ob ihn einer wiedererkennt. Er hat tausend Euro geboten."

„Sie sind hier."

Ich richte mich auf.

„Ich muss hier weg."

„Was?" Lissie sieht mich entsetzt an.

„Wer ist hier?"

„Sie sind hier. Ich muss hier weg." wiederhole ich.

Ich sehe meine Hände zu meiner Hose greifen. Müde versuche ich, sie überzustreifen. Konny geht an Lissie vorbei und hilft mir.

Ich halte inne und greife nach seiner Hand.

„Hast Du das Geld genommen?"

Er blickt mich an und schüttelt mit dem Kopf.

„Nein, habe ich nicht."

„Er kann nicht weg." schaltet sich Lissie wieder ein.

„Er braucht Ruhe und einen Arzt."

Jetzt bin ich es, der langsam genervt ist. Langsam und mit großer Mühe sage ich ihr nochmals das Offensichtliche.
„Sie sind hier."
Ein Rasseln trommelt in meiner Lunge als ich tief Luft hole.
„Ich muss hier weg."
Ich stehe auf. Mein Kreislauf wirbelt lustig in meinem Kopf.
„Wenn dieser Typ wirklich hinter ihm her ist, ist es vielleicht wirklich besser, wenn Du ihn hier wegbringst." meint Konny.
„Ich? Wieso nicht wir?"
„Ich kann nicht weg. Du weißt warum."
Mühsam beuge ich mich zu meinem Rucksack. Er ist gepackt. Wie immer. Für Momente wie diesen.
„Du bleibst auch, Lissie."
„Was? Ich lass Dich doch nicht alleine gehen. Wo willst du überhaupt hin?"
„Keine Ahnung. Weg. Aber, wenn sie mich verfolgen, dann kann das tödlich enden. Ich will Dich nicht bei mir haben."
Tränen sammeln sich in ihren Augen.
„Geh nicht weg. Bitte. Lass mich mitgehen."
„Nein." sage ich bestimmt.
Konny nimmt meine Jacke und hält sie mir hin, sodass ich sie überziehen kann.
„Lass ihn gehen, Lissie. Das sind üble Typen. Misch Dich da nicht ein."
Sorge liegt in seinen Augen.
Lissie verlagert ihr Gewicht von einem Bein auf das andere.
„Ja. Okay. Aber ich weiß einen Ort, an dem Du erst mal sicher bist."
Sie nimmt sich einen Block, der auf dem Wohnzimmertisch liegt. Suchend sieht sie sich um, zeigt dann Konny, dass er sich

umdrehen soll. Auf seinen Rücken legt sie den Block und beginnt zu zeichnen.

„Du fährst mit dem Zug nach Münster. Und dann folgst Du dieser Zeichnung. Das ist ein leeres Haus. Meine Schwester wohnt ein paar Straßen weiter. Ich habe dort manchmal übernachtet."

„Ich breche nirgendwo ein." sage ich ihr.

„Brauchst Du nicht. Im Garten ist ein Schuppen. Die Tür ist offen. Dort drin steht ein Heizlüfter und ein Klappbett. Der Strom geht. Du hast es dort warm und bist da erst mal sicher."

Sie reißt das Blatt vom Block und reicht es mir. Ich stecke ihn in meine Jackentasche.

„Ich bringe morgen den Schlüssel zur alten Dame zurück und dann komme ich nach."

„Nein." sage ich nochmal.

„Keine Wiederrede. Ich schaue in der Apotheke vorbei und sehe, ob ich was für Deine Erkältung kriege."

„Lissie." versuche ich es noch einmal.

Doch sie funkelt mich nur böse an. Ich gebe auf. Sie kriegt sowieso was sie will. Ich bin zu schwach.

„Okay. Ist gut. Dann muss ich jetzt wohl zum Bahnhof."

„Ich bring Dich hin." meint Konny.

„Ich kann das auch." sagt Lissie.

„Wenn der Typ da noch rumhängt, dann will ich nicht, dass er Dich sieht."

„Ach Konny…"

„Komm schon, Lissie. Mach einfach mal das, was man Dir sagt."

„Na, meinetwegen."

Sie greift in ihre Tasche und ein Bündel kleinerer Geldscheine kommt zum Vorschein. Sie drückt ihn mir in die Hand.
„Hier, nimm das."
Ich versuche sie abzuwehren.
„Ich will Dein Geld nicht."
Sie steckt es in meine Jackentasche.
„Keine Wiederrede. Du brauchst es für das Zugticket. Und vielleicht holst Du Dir noch was zu essen auf dem Weg. Geh jetzt. Ich komme morgen nach."
Konny schultert meine Tasche und hält mir die Tür auf. Und auf wackeligen Beinen folge ich ihm in die Kälte hinaus.

Die Durchsage auf dem Bahnsteig dröhnt durch die geschlossene Tür. Nur wenige andere Fahrgäste haben den Zug betreten. Seit fünf Minuten stehen wir im Bahnhof und warten auf die Abfahrt. Ich schaue auf meine Füße vor mir am Boden. Ich bin im Flur geblieben. Die Tasche neben mich gestellt.
Die anderen Leute starren mich im Vorbeigehen an.
Ich ziehe die Knie enger an meinen Körper. Ich spüre die Kälte vom Boden her aufsteigen. Wieder versuche ich zu husten. Alles sitzt fest. Ich konnte nur langsam laufen. Ich kriege schlecht Luft. Konny wollte mich bis zum Zug bringen. Doch ich ließ ihn vor dem Eingang zurück. Zu viele Leute. Jeder von ihnen könnte einer seiner Leute sein. Es reicht, wenn sie mich finden.
Der Schaffner kommt vorbei. Ich blicke kurz zu ihm auf.
„Guten Abend. Du kannst Dich hier nicht aufwärmen oder hier schlafen. Entweder Du hast einen Fahrschein oder Du gehst zur Bahnhofsmission. Da haben sie auch Essen für Dich."

Ich halte ihm das Papier, das ich am Automaten gezogen habe. Er nimmt es entgegen und lässt sein Lesegerät darüber laufen. Es piept.
„Hmm. Münster, ja? Okay. Bis dahin, versuch hier die anderen Fahrgäste nicht zu stören. Ich sag Dir Bescheid, wenn wir da sind."
Er geht weiter den Gang entlang.
Ein Ruck geht durch den Waggon, als der sich langsam in Bewegung setzt. Ein letzter Blick auf den Bahnsteig. Kein Mensch steht mehr dort. Kein suchender Blick. Ich schließe meine Augen. Nur für einen Moment.

„Hey!"
Sanft packt mich jemand am Arm. Ich zucke zusammen bei der Berührung, richte mich ruckartig auf.
„Ruhig bleiben. Es ist alles in Ordnung. Du hast geschlafen. Wir sind gleich in Münster."
Der Schaffner sieht mich an. Er reicht mir einen Becher.
„Hier. Etwas Kaffee. Mehr kann ich im Moment nicht für Dich tun. In der Bahnhofsmission ist sicher noch jemand, wenn Du nicht weißt, wo Du hin sollst."
Langsam stehe ich auf. Ich nehme meinen Rucksack und den Kaffeebecher.
„Danke."
„Kein Problem. In fünf Minuten sind wir da."
Er nickt nochmal und geht dann weiter.
Vorsichtig nehme ich einen Schluck. Ich stelle mich an die Tür und halte mich an den Griffen daneben fest. Es fällt mir schwer, das Gleichgewicht zu halten. Kalt und heiß laufen mir Schauer über den Rücken. Die Bremsen unter mir quietschen in den

Kurven. Kurz danach wird der Zug langsamer und hält schließlich an.

Ich drücke auf den Knopf neben der Tür. Sie öffnet sich mit leisem Scharren. Vorsichtig trete ich auf den Bahnsteig. Die Kälte macht aus meinem Atem kleine Wölkchen, die gen Himmel steigen. Außer mir verlässt niemand den Zug. Der Bahnhof ist wie ausgestorben. Die Infotafel zeigt, dass es bereits nach ein Uhr ist.

Für einen Moment überlege ich, mich einfach auf die Bank zu legen.

Schlafen.

Nur einen Moment.

Doch ich weiß, es ist zu kalt.

Ich zücke den Notizzettel und mache mich auf den von Lissie beschriebenen Weg. Die Straßen sind ausgestorben. Kein Mensch ist mehr unterwegs zu dieser Uhrzeit. Ein paar Autos fahren die Hauptstraße entlang, an der ich laufe. Ein Krankenwagen mit Blaulicht, aber ohne Horn. Sie wollen wohl niemanden wecken.

„Schritt für Schritt." murmel ich leise vor mich hin.

Wieder und wieder.

Ich erreiche schließlich das von Lissie beschriebene Grundstück. Die Gartenpforte öffnet sich mit einem leisen Knarren. Sie poltert etwas als sie wieder ins Schloss springt. Ich gehe über den Rasen zu dem Anbau auf der rechten Seite.

Im Haus brennt Licht. Es ist also nicht unbewohnt.

Ich sehe ein Mann und eine Frau. Sie sitzen auf einer Couch. Gut zu sehen durch die Glasfront, die zum Garten hinausgeht und sich über die gesamte Länge des Hauses hinzieht. Ein Feuer

brennt im Kamin. Wieder wird mir die Kälte schmerzhaft bewusst.
Ich gehe weiter. Ich habe keine Wahl. Es ist der einzige Ort. Mein Ziel. Wenn Lissie morgen kommt, können wir immer noch nach was anderem suchen. Heute habe ich dazu keine Kraft mehr.
Als ich zu der Tür komme, die den Abstellraum von der Außenwelt trennt, sehe ich das Schloss, dass daran angebracht ist. Ich rüttle vorsichtig daran. Es ist abgeschlossen. Vorsichtig fühle ich über den Türrahmen. Und schaue mich um. Doch ich finde den Schlüssel nicht.
Ich komme nicht hinein.
Ich weiß nicht wohin.
Ich bin müde.
Langsam lehne ich mich an die Tür und lasse mich auf den Boden sinken.
Nur kurz schlafen. Mir fällt schon was ein.
Ich bin müde.
Nur ganz kurz schlafen.
Als mein Körper auf dem Boden ankommt, wird er umhüllt von Schnee. Ich habe Fieber.
Mir ist warm genug.
Nur kurz schlafen.
Ich schließe meine Augen.
Und alles um mich herum schwindet dahin.
Dunkle schwere Stille hüllt mich ein.
Einfach schlafen.

8. KAPITEL

Der Qualm einer Zigarre waberte durch den Raum zur Decke. Seine Füße lagen auf der Platte seines wuchtigen Eichenholzschreibtisches. Er blickte der Wolke nach. Seine Gedanken schweiften um die letzten Tage und Wochen. Dass sie die Leichen gefunden hatten, war sehr ärgerlich. Gustav würde dafür bezahlen, dass er damals so nachlässig gewesen war. Doch erst später. Jetzt brauchte er ihn noch. Aber, sobald die Sache mit dem Jungen erledigt war, wäre auch die Zeit von Gustav abgelaufen. Je weniger Zeugen desto besser.

Die schwere Holztür zu seinem Arbeitszimmer ging auf und sein aktuelles Betthäschen steckte den Kopf durch die Tür.

„Honey?"

Sie stand auf diese amerikanischen Kosenamen. Er hasste es. Aber gut, was wollte er erwarten. Er nahm die Füße vom Tisch und richtete sich auf. Er verkniff sich einen Kommentar und sagte: „Ja, Honey. Was ist denn?"

Die Tür öffnete sich weiter und sie trat ein. Ihre schlanken Beine zogen seine Blicke auf sich. Die waren aber seiner Meinung nach auch schon alle ihre Vorzüge. Naja, mal abgesehen von den prallen Brüsten, die jede Sekunde aus ihrem knappen Oberteil zu springen drohten. Ihre Haare waren so unnatürlich hellblond, dass er manchmal glaubte, eine Wasserstoff-Vergiftung zu bekommen, wenn er nur neben ihr lag. Ihre Haut war trocken von dem intensiven Gebrauch der Sonnenbank im Haus.

Elegant und die Hüften schwingend trat sie zu ihm an den Tisch. Sie legte die Hände auf die Arbeitsplatte und beugte sich herunter, sodass Achim einen Panoramablick in ihren Ausschnitt bekam.

„Ist schon spät, Honey. Kommst Du ins Bett?"
„Ich warte noch auf ein paar Anrufe. Geh doch schon mal vor."
Sie verzog ihre Lippen zu einem Schmollen. Zumindest glaubte er, dass sie das vorhatte. Das Botox in ihren Lippen ließ es zu einer Farce werden. Er musste sich auf die Zunge beißen, um nicht aufzulachen.
‚Es wird wirklich Zeit für ein neues Spielzeug.' dachte er.
Langsam richtete sie sich wieder auf und mit grazilen Bewegungen schritt sie um den Tisch herum, bis sie vor ihm stand. Sie drehte seinen Arbeitsstuhl zur Seite. Seine Hände griffen automatisch nach ihrem Arsch. Zwei pralle Backen verpackt in einer hautengen Stoffhose. Ihre Hände vergruben sich in sein Haar und sie sah zu ihm herunter.
„Wenn Du willst, können wir auch hier noch ein wenig Spaß haben. Wie wäre es…"
Langsam ließ sie sich vor ihm auf die Knie sinken. Seine Augen fest im Blick.
„… wenn ich mich ein wenig um Dich kümmere. Du scheinst so viel Stress zu haben."
Ihre Hände wanderten über seinen Oberkörper zu seiner Hose. Sein bestes Stück meldete sich bei diesem Anblick zur Stelle. Ihre Hand fuhr über die Beule in seiner Hose.
„Scheint so, als wolle er auch ein klein wenig Beachtung."
Achim ließ sich in seinem Arbeitsstuhl nach hinten sinken. Die Hände auf den Armlehnen ruhend.
Wissend lächelte sie ihn an.
Schnell zog sie sich ihr Oberteil über den Kopf. Sie trug keinen BH. Das machte sie nie. Ihre Titten waren so künstlich, dass sie sich keinen Millimeter bewegten. Aber er mochte es, sie so zu sehen. Und sie wusste das.

Ihr Mund und ihre Hände suchten den Weg zu seiner Hose. Ein Stöhnen drang aus seiner Kehle.

Gute zwanzig Minuten mühte sie sich ab, ihn zum Kommen zu bringen. Doch sein Kopf wollte einfach keine Ruhe geben. Und so sehr er diese besondere Art des Verwöhnens auch mochte, er hatte jetzt gerade schlichtweg keinen Bock auf sie. Endlich erlöste ihn das Läuten des Telefons.
„Okay. Es reicht. Geh ins Bett. Ich komme nach." sagte er wirsch und drehte seinen Stuhl wieder zum Schreibtisch.
Sie sah ihn verletzt an. Aber sie sagte nichts. Sie wusste, was er von ihr erwartete. Eilig zog sie sich das Oberteil wieder über und verließ das Arbeitszimmer. Achim würdigte sie keines Blickes mehr. Hastig nahm er den Anruf entgegen.
„Kristian. Was hast Du für mich?"
„Hey Chef. Hier ist nichts. Ich habe den ganzen Tag alles abgeklappert. Kein Hinweis. Ich denke nicht, dass er hier ist."
„Du sollst nicht denken. Ihr sollt ihn finden, verdammt." sagte Achim barsch.
Er nahm seine Zigarre aus dem Aschenbecher und zündete sie erneut an.
„Vielleicht haben die anderen Beiden mehr Erfolg." sagte Kristian zerknirscht.
„Man könnte meinen, ich hätte einen Haufen Idioten, die ich teuer bezahle. Seit zwanzig Jahren könnt ihr dieses verfluchte Arschloch nicht finden."
„Aber Boss…" hob Kristian an.
Achim beendete ohne ein weiteres Wort das Gespräch und pfefferte das Handy zurück auf den Tisch.

Wieder zog er an seiner Zigarre. Er hatte das Warten satt. Nahm das Handy, stand auf und wählte die Nummer von Gustav.
„Boss. Ich wollte Dich gerade anrufen. Aber es war besetzt." meldete sich dieser nach dem ersten Freizeichen.
„Was gefunden?"
„Nein. Aber Max scheint Erfolg zu haben."
„Also Köln, ja?"
„Ja. Er meint ein paar Penner hätten ihn dort gesehen. Allerdings das letzte Mal vor ein paar Tagen."
„Ist er weg?"
„Weiß ich noch nicht. Ich packe gerade meine Sachen und fahre zu Max rüber. Er braucht Hilfe bei der Suche."
„Gut. Endlich mal ein Lichtblick. Ruf Kristian an. Ich habe gerade mit ihm gesprochen. Er soll auch nach Köln kommen."
„Ist gut, Boss."
„Und Gustav…"
„Ja, Boss?"
„Finde ihn und bring es zu Ende. Und dieses Mal ohne Spuren zu hinterlassen."
„Ja, Boss."
Er beendete das Gespräch und legte sein Handy zurück auf den Tisch. Aus einer Schublade seines Schreibtisches nahm er ein paar Handschellen. Ein Lächeln huschte über seine Lippen.
Gustav würde ihn schon finden. Er wusste, was auf dem Spiel stand. Sein Leben hing davon ab.
Zeit, den Dingen ihren Lauf zu lassen.
Beschwingt ging er zur Tür seines Arbeitszimmers und folgte seinem Blondchen in Richtung Schlafzimmer. Zeit für ein wenig Spaß.

9. KAPITEL

Das schrille Klingeln des Telefons auf seinem Schreibtisch holte Hans aus seinen Erinnerungen.

„Ja?"

„Kriminalkommissar Baumann?" meldete sich der Mitarbeiter der Zentrale.

„Am Apparat."

„Hier ist ein pensionierter Kommissar, der Sie gerne sprechen möchte."

„Um die Uhrzeit?"

Es war bereits nach Mitternacht.

„Er sagt, es sei wichtig. Es gehe um ihren aktuellen Fall."

„Ja, ist gut. Soll hochkommen."

Ein leises Klacken zeigte das Ende des Gespräches. Hans legte den Hörer wieder auf. Er stand auf und ging zur Kaffeemaschine in seinem Büro. Er füllte seine Tasse auf und nahm eine neue Tasse, die er ebenfalls befüllte. Er stellte sie auf den kleinen Besprechungstisch in seinem Büro.

Seit er Birgit wiedergesehen hatte, war es ihm schwergefallen, sich wieder auf den Fall zu konzentrieren. Immer wieder schossen ihm die Erinnerungen durch den Kopf. Es war, als hätten sie nur darauf gewartet, wieder Einlass gewährt zu bekommen.

Die Hinweisleitungen liefen heiß seit die Zeitungen in ganz Deutschland die Bilder von Jonas Richter veröffentlicht hatten. Doch keiner der Hinweise schien tatsächlich Resultate zu liefern. Er musste einfach geduldig sein.

Die Tür öffnete sich und ein Herr mit schütterem grauem Haar trat ein.

„Kriminalkommissar Baumann?" fragte der Besucher.

Hans nickte und zeigte auf den Platz an seinem Besprechungstisch.

„Kommissar Behnke im Ruhestand." stellte der Fremde sich ihm vor.

„Setzen Sie sich. Was ist der Grund für Ihren späten Besuch?"

„Ich wollte warten, bis meine Gattin sich zur Ruhe gelegt hat. Sie regt sich leicht auf. Sie ist ein wenig durcheinander. Leichte Demenz."

Hans setzte sich ihm gegenüber.

„In Ordnung. Also, was haben Sie für mich?"

„Ich habe einen großen Fehler gemacht."

„Bitte?"

„Vor zwanzig Jahren."

„Ich fürchte, Sie müssen etwas weiter ausholen. Hat das mit meinem Fall zu tun?"

„Es hat alles mit ihrem Fall zu tun, aber das wurde mir erst klar, als ich die Aufnahmen von dem Jungen gesehen habe, den Sie suchen."

„Ich höre."

Hans nahm sich seinen Notizblock und einen Stift vom Schreibtisch als der ältere Herr ihm gegenüber anfing, aus seinen Erinnerungen zu berichten.

„Es war vor zwanzig Jahren. Das Jahr weiß ich nicht mehr genau, aber nachdem, was ich aus der Zeitung weiß, wird es 1995 gewesen sein. Es war im späten Herbst. Wenige Wochen vor Weihnachten. Ich hatte Dienst und war alleine auf der Wache. Ein junger Mann kam herein. Eine blutende Platzwunde an der Stirn. Ich fragte ihn, was ich für ihn tun könne. Er meinte, er hätte Krach mit seinem Sohn gehabt. Der wäre ihm abgehauen.

Er wolle das aber nicht an die große Glocke hängen, weil er wohl schon Ärger mit dem Jugendamt gehabt hätte, wegen seiner Frau. Die sei labil. Wenn der Kleine aufgefunden würde, ob ich ihn dann einfach anrufen könne. Er würde den Bengel schon wieder zur Vernunft bringen. Er gab mir eine Beschreibung und eine Telefonnummer, die ich anrufen solle."

Hans stand auf und nahm die Akte von seinem Schreibtisch.

„Ich hätte sofort eine Meldung machen müssen. Doch der Mann schien mir aufrichtig und ich hatte irgendwie Mitleid mit ihm. Eine halbe Stunde hat er sich bei mir ausgeheult wegen seiner Frau und all dem Stress mit seinem Sohn."

Nach ein paar Seiten hatte er die Aufnahmen von Achim Koch und seinen Helfern. Er legte sie vor seinem Besucher auf den Tisch.

„Ist einer dieser Herren der Mann gewesen?"

Behnke zückte eine Brille aus seiner Jackentasche, die er über den Stuhl gehängt hatte und blickte sorgsam die Bilder durch.

„Ich weiß es nicht. Es ist so lange her."

„Augenblick."

Hans stand auf, und tippte hastig auf der Tastatur seines Computers. Als er gefunden hatte, was er suchte, drehte er den Monitor so, dass sein Besucher ihn sehen konnte.

„Das sind Aufnahmen, die etwa aus der Zeit stammen. Hilft das?" fragte Hans und klickte langsam die Bilder durch.

„Warten Sie. Ja! Das ist er." hastig, wie zur Bestätigung, zeigte er auf den Monitor.

Hans drehte ihn wieder zu sich. Gustav Möller also.

„Gut. Erzählen Sie weiter. Wurde der Junge gefunden?"

„Das war gar nicht nötig. Er kam zu uns. Einige Tage später. Begleitet von einem bekannten Landstreicher. Ich weiß seinen

Namen nicht mehr. Er war ganz aufgeregt und schüchtern. Er murmelte was von einer Anzeige, die er aufgeben wolle. Wegen Kindesmisshandlung. Ich hatte ihn sofort wieder erkannt von der Beschreibung seines ‚Vaters'. Er trug sogar die von ihm beschriebenen Sachen. Dem Kollegen, den der Junge angesprochen hatte, sagte ich, ich würde den Fall schon übernehmen."
Der Besucher nahm seine dampfende Tasse Kaffee und trank einen Schluck.
„Ich hätte etwas tun sollen. Den Jungen ernstnehmen. Es melden. Irgendwas. Ich habe einen Fehler gemacht."
„Schon gut. Erzählen Sie weiter. Das ist wirklich wichtig. Was ist dann passiert?"
„Er war ziemlich eingeschüchtert. Ich dachte, das wäre gut für ihn. Er müsse ja schließlich lernen, dass man so nicht mit seinem ‚Vater' umgehen könne. Ich wollte ihn in mein Büro mitnehmen und zurechtweisen. Er bat darum, sich vor der Tür von seinem Freund, dem Landstreicher, zu verabschieden. Ich dachte, er hätte ein Einsehen und ließ ihn gewähren. Als sie hinausgingen, rief ich seinen vermeintlichen Vater an, um ihn zu informieren. Als ich das Telefonat beendet hatte, ging ich raus, um den Jungen mit in mein Büro zu nehmen. Doch da waren beide verschwunden."
„Kam der ‚Vater', um seinen Jungen abzuholen?"
„Ja. Er war außer sich, als ich ihm mitteilte, dass er wieder abgehauen war. War aber sehr interessiert an dem Landstreicher. Ich habe ihm alles erzählt, was ich zu dem wusste. Hatte ihm auch noch angeboten, ihn zu begleiten, wenn er ihn suchen wolle. Er hatte dankend abgelehnt."
„Ja, darauf wette ich."

„Wir fanden den Landstreicher ein paar Wochen später tot im Wald. Sie hatten ihn ganz schön zugerichtet. Ich hatte zwar an den weggelaufenen Jungen gedacht, aber ich hätte dem vermeintlichen Vater des Jungen niemals eine solche Gewalttat zugetraut. Davon abgesehen, dass es sich hierbei offensichtlich um eine Tat ausgeführt von mehreren Tätern gehandelt hatte. Ich dachte an einen Zufall und meldete es nicht im Bericht. Den Jungen fand man schließlich nicht bei dem Landstreicher und auch keinerlei Hinweis auf seine Anwesenheit."
„Gab es sonst Spuren? DNA oder dergleichen?"
„Nein. Nichts. Der Fall ist immer noch offen."
„Könnten Sie Kontakt zu ihren alten Kollegen aufnehmen und dafür sorgen, dass ich die Akten bekomme."
„Selbstverständlich."
„Gut. Sie haben mir sehr geholfen."
Behnke erhob sich mit ihm vom Stuhl.
„Ich habe einen schweren Fehler begangen."
„Machen Sie sich keine Gedanken, selbst wenn Sie die Verbindung hergestellt hätten, wären Ihre Ermittlungen, meiner Erfahrung nach, ins Leere gelaufen. Aber es hilft mir vielleicht heute. Es ist gut, dass Sie hergekommen sind."
„Wenn Sie noch Fragen haben, erreichen Sie mich über meine Mobilnummer."
Sein Besucher zückte eine Visitenkarte und gab sie Hans.
„Ist gut. Vielen Dank. Ich komme gern darauf zurück."

Eine halbe Stunde später traf Hans seinen Vorgesetzten in seinem Büro an.
„Michael? Noch hier?"

„Ja. Büroarbeiten. Aber ich wollte gerade nach Hause. Was gibt es?"

„Ich hatte Besuch von einem pensionierten Kollegen. Wollte Dir den Bericht auf den Tisch legen."

„Setz Dich." wies Michael ihn an und deutete auf den Stuhl auf der anderen Seite seines Schreibtisches.

Er nahm Platz und gab Michael die Zeilen, in denen er kurz den Besuch zusammengefasst hatte.

„Wir haben endlich eine Spur."

Michael überflog den Text und sah Hans dann an.

„Aber eine Spur, die zwanzig Jahre alt ist und ins Leere läuft."

„Nicht ganz. Nach der Aussage scheint es zumindest ziemlich sicher, dass es sich bei Jonas Richter um ein weiteres Opfer handelt. Keinen Täter."

„Ja. Einen Hinweis. Aber keinen Beweis."

„Mir reicht das fürs Erste. Und es zeigt mir umso deutlicher, dass Achim und seine Leute genauso sehr daran interessiert sind, ihn zu finden, wie wir. Sollten sie ihn also noch nicht umgebracht haben und ihn suchen, stehen die Chancen gut, dass er noch lebt." sagte Hans.

„Zumindest haben SIE ihn dann wohl nicht umgebracht. Das beweist noch gar nichts. Er könnte auch auf anderem Wege ums Leben gekommen sein. Oder er ist tatsächlich ein Opfer und lebt heute unter falschem Namen im Ausland."

„Hast Du was von Birgit gehört?"

„Nein. Bisher noch nicht. Ich dachte, sie meldet sich bei Dir?"

„Das dachte ich auch, aber bisher noch keine Nachricht."

„Wenn sie nur halb das Arbeitstier ist, dass sie früher war, dann ist sie sicher noch wach. Versuchen wir, sie zu erreichen."

Michael stellte sein Bürotelefon in die Mitte des Schreibtisches und betätigte den Lautsprecher. Er suchte ihre Telefonnummer aus der Datenbank an seinem Computer und wählte.
Das Freizeichen ertönte zwei Mal, bevor sie den Anruf entgegen nahm.
„Hallo?"
Laute Fahrgeräusche waren im Hintergrund zu hören.
„Birgit? Hier ist Michael. Hans sitzt bei mir. Der Lautsprecher ist an."
„Hallo Ihr Zwei. Ich wollte Hans in ein paar Minuten anrufen, wenn ich Sicherheit habe. Ich warte noch auf den Rückruf von einem Kollegen."
„Also gibt es Neuigkeiten?" fragte Hans.
„Oh ja. Kaum waren die Bilder in den Zeitungen erschienen, da haben Achim's Wachhunde auch schon das Nest verlassen und sind in alle Himmelsrichtungen gestürmt."
„Also lebt er noch." sagte Hans zu Michael.
„Wir werden sehen." meinte dieser nur und an Birgit gewandt sagte er „Wohin sind sie denn?"
„Nun Gustav ist nach Frankfurt. Kristian Richtung Hannover und Max nach Köln. Wir haben uns aufgeteilt und sie in Zweierteams beschattet. Sie haben den ganzen Tag Obdachlose vor Ort befragt und jedem, den sie finden konnten, die Zeitungsartikel vor die Nase gehalten."
„Hatten sie Erfolg?" fragte Michael.
„Nein. Bisher wohl nicht. Zumindest konnten wir keinen direkten Kontakt zu Jonas Richter ausmachen. Allerdings scheint Max in Köln Hinweise erhalten zu haben. Ich war an Kristian dran. Er hatte nach einem Anruf eilig seine Sachen gepackt und ist jetzt auf dem Weg Richtung Köln. Auch Gustav scheint sich

auf den Weg zu machen. Wie gesagt, ich warte noch auf einen Rückruf."

„Also vermuten die ihn unter den Obdachlosen in Köln." stellte Hans fest.

„Ja. So sieht es aus."

„Das macht Sinn, wenn man bedenkt, wer ihn zur Polizeiwache begleitet hat damals."

„Wie meinst Du das?" fragte Birgit.

Und Hans berichtete ihr ebenfalls von den Erzählungen seines Besuchers und die Spur, die er damit aufgetan hatte.

„Wir nehmen also einfach mal an, dass Jonas Richter ebenfalls ein Opfer war. Er konnte entkommen. Wie auch immer. Ich vermute, er war es, der Gustav die Platzwunde verpasst hat. Er läuft also weg und trifft auf diesen Landstreicher. Er verbringt bei ihm ein paar Tage. Versteckt sich bei ihm. Bis er genug Mut gesammelt hat, zur Polizei zu gehen. Doch dort wird er als Ausbrecher empfangen und man will seine Entführer informieren. Also läuft er wieder weg. Vermutlich mit dem Landstreicher."

„Aber hast Du nicht gesagt, man hat bei seinem Versteck keinen Hinweis auf ihn gefunden?"

„Wenn Achim und seine Leute den Landstreicher gefunden haben, aber Jonas Richter jetzt suchen, scheint es so, dass er ihnen erneut entkommen ist. Der Junge ist clever."

„Und nach Hause konnte er nicht mehr." schaltete sich Michael wieder ein. „Seine Mutter war zu dem Zeitpunkt bereits tot."

„Ich wette, Achim's Leute haben ihn trotzdem bereits dort erwartet. Aber auch da haben sie ihn nicht erwischt." meinte Hans.

„Also. Keine Mutter mehr. Die Polizei auf der Seite der Entführer, zumindest musste ihm das so vorkommen. Er hatte absolut keine Zufluchtsmöglichkeit."
„Also macht er sich unsichtbar und verschwindet als Obdachloser." schloss Birgit ab. „Das macht Sinn."
„Trotzdem wissen wir nicht, ob er nicht doch gestorben oder im Ausland ist." sagte Michael.
Birgit warf ein, dass Achim's Männer nicht Hals über Kopf nach Köln fahren würden, wenn es dort keinerlei Spur zu ihm gäbe.
„Also können wir davon ausgehen, dass er lebt?" schloss Hans.
„Noch. Ja, ich denke schon." sagte Birgit.
„Wir müssen ihn finden! Egal, was Du brauchst, Hans. Ich genehmige Dir alles. Mach Dich auf den Weg nach Köln. Ich informiere umgehend die Kollegen vor Ort. Nimm Kommissar Fuchs mit." Während er sprach, tippte Michael bereits eilig auf seiner Tastatur.
„Ist gut. Birgit, wir sehen uns in Köln."
„Okay. Dann in ein paar Stunden."
Michael schaltete den Lautsprecher aus und beendete damit das Gespräch.
„Bist Du Dir sicher, dass Du das hinbekommst? Mit Birgit?"
„Es geht nicht um Birgit und mich. Es geht um Achim Koch. Und diesen Jungen, den wir finden müssen."
„Ich weiß, trotzdem."
„Ich habe ja noch den jungen Kollegen dabei. Der wird schon auf mich aufpassen."
„Hans…"
„Ja, Michael. Ich kriege das hin. Wir haben bei unserem Treffen kurz darüber gesprochen. Wir wollen die Vergangenheit ruhen

lassen. Das wird schon gehen. Ich werde mich daran gewöhnen müssen."
„Okay. Gut. Melde Dich, wenn Du was brauchst oder wenn es Neuigkeiten gibt. Ich versuche mal, die Kollegen in Köln auf Stand zu bringen, damit ihr loslegen könnt, wenn Ihr da seid. Mit den Daten, die wir bereits haben, sollten sie schon mal eine Rasterfahndung einleiten können. Dann die Krankenhäuser abfahren und…"
Hans unterbrach ihn mit einem Lächeln. „Ich habe sowas schon mal gemacht, Michael." Und verabschiedete sich in die Nacht.

10. KAPITEL
<Rosalie>

Die Erkenntnis des Abends ist wohl, dass Tom sich gerne selber reden hört. Ununterbrochen sondert er Weisheiten und Anekdoten von sich und seinem ach so tollen Leben ab. Na gut, das war irgendwie auch zu erwarten. Schließlich ist seine Selbstverliebtheit ziemlich offensichtlich. Der liebe Gott hat ihn mit sehr guten Genen verwöhnt. Ein Unfallchirurg, der gut aussieht, nicht auf den Kopf gefallen ist und äußerlich sehr viel Ähnlichkeit mit einem Schauspieler hat, der – wie sollte es anders sein – einen Chirurgen in einer beliebten Arztserie spielte. Innerlich seufzend strahle ich ihn weiter unablässig an, während wir auf meiner Couch sitzen und das Feuer im Kamin knistert.

Dafür, dass er das gesamte letzte halbe Jahr sich mächtig ins Zeug gelegt hatte, um die Neue – mich – endlich um den Finger zu wickeln, lässt er es heute Abend erschreckend ruhig angehen. Zu ruhig für meinen Geschmack.

Eigentlich gibt es nur zwei Gründe, warum ich mich nach seinen ganzen Avancen schließlich zu diesem Date bereit erklärt habe. Zum einen ist in wenigen Wochen der Ball der Ärzte unseres Krankenhauses und zu dem will ich nicht ohne Begleitung gehen und zum anderen... was soll ich sagen. Eine Frau hat eben auch Bedürfnisse.

Ich streife mit den Händen über meine Knie. Schiebe den Rock etwas höher. Unbeabsichtigt. So sieht es aus. Doch ich will, dass es hier endlich weitergeht. Es ist langsam Zeit. Schon ziemlich spät geworden. Und reden kann er ja woanders auch. Bei einer seiner Krankenschwestern zum Beispiel. Der Trick funktioniert. Tom's Blick fällt auf meine Beine. Und meine

Hände. Er rutscht unruhig auf seinem Sitz. Fängt sich wieder und hält mir sein leeres Glas hin.
„Hättest Du vielleicht noch ein Glas Wasser?"
Mit einem Lächeln überspiele ich meine Enttäuschung.
„Klar. Gerne."
Ich stehe auf, nehme sein Glas und gehe in die Küche, um eine weitere Flasche zu öffnen und ihm einzuschenken. Unbeobachtet von ihm, im anderen Raum, verdrehe ich die Augen.
Als ich wieder zurück ins Wohnzimmer komme, steht er an der Glasfront zum Garten.
„Du hast wirklich ein schönes Haus."
„Danke. Hier Dein Wasser."
Ich reiche ihm das Glas und folge seinem Blick in den verschneiten Garten. Ich liebe den Schnee. Es funkelt und glitzert überall.
„Ist schon spät geworden." meint Tom.
„Ja. Das stimmt. Möchtest Du gehen?"
„Möchtest Du, dass ich gehe?"
Na endlich!!! Wir kommen zur Sache.
„Du musst nicht, wenn Du bleiben willst."
Ich trete näher an ihn heran. Fingere an seiner perfekt gebundenen Krawatte.
Als ich ihm in die Augen sehe, bemerke ich, dass er abgelenkt ist und angestrengt nach draußen schaut.
„Ist irgendwas?"
Ich folge seinem Blick. Da ist jemand im Garten. Hinter dem Abstellraum erkenne ich Beine, die zu einer Person am Boden zu gehören scheinen.
Augenblicklich lasse ich von Tom ab und öffne die Schiebetür, die in die Glasfront eingelassen ist.

Etwas ungelenk stolpere ich mit meinen hochhakigen Schuhen über den Rasen zum Schuppen. Tom folgt mir.
Und da ist tatsächlich jemand. Er sitzt gegen die Tür gelehnt im Schnee. Die Beine von sich gestreckt. Bleich. Sofort fühle ich nach seinem Puls am Hals.
Er lebt. Aber sein Puls geht schwach.
„Wer ist das?" fragt Tom.
„Keine Ahnung. Ein Obdachloser, nehme ich an."
Seine Kleidung ist alt und zerschlissen. Zudem mit Sand und Dreck überzogen.
„Hier. Nimm meine Jacke."
Er zieht sein Jacket aus und legt es mir um die Schulter.
„Wir müssen ihn reinbringen." sage ich entschlossen.
Tom sieht mich mit großen Augen an.
„Reinbringen?"
„Ja. Er holt sich noch den Tod in der Kälte."
„Ruf doch die Kollegen an. Die können einen Krankenwagen schicken und sich um ihn kümmern. Wir wollten doch…"
„Ist das Dein Ernst?" ich sehe ihn durchdringend an.
„Nun… ich mein ja nur. Er braucht Hilfe. Da sollten wir doch…"
„Wir können sie immer noch anrufen, wenn er erst mal im Haus ist. Wir sollten ihn auf die Couch legen, vor dem Feuer, damit sein Körper sich wieder aufwärmt."
„Auf Deine Couch? Ach Süße, mach Dir nicht so viel Arbeit mit ihm. Wenn Du die Kollegen rufst, dann sind sie doch auch…"
Doch weiter kommt er nicht, da ich schon ziemlich unbeholfen versuche, den Fremden hoch zu heben (ich erwähnte die unpassenden Schuhe, oder?).

„Ja, okay. Warte, ich helfe Dir."
Zu zweit bekommen wir ihn mit den üblichen Handgriffen schnell in die Höhe. Und Leben kommt in den Körper.
„Hey! Nicht anfassen." brummelt er.
„Schon gut. Wir bringen Dich nur ins Haus, dann rufen wir einen Krankenwagen."
Mit einer unerwarteten Bewegung löst er sich aus unseren haltenden Griffen und will wohl losstürmen, doch sein Körper versagt und sackt in sich zusammen.
„KEINEN KRANKENWAGEN." brüllt er immer wieder. Unterbrochen nur von Hustenanfällen.
„Siehst Du, er will sich nicht helfen lassen. Lass das doch die Kollegen regeln." sagt Tom.
Ich knie mich vor dem Obdachlosen in den Schnee.
„Hallo. Du bist krank und es ist sehr kalt draußen. Siehst Du."
Ich zeige ihm die Gänsehaut auf meinen Armen.
„Du musst ins Haus. Dort ist es warm. Ich habe ein Feuer angemacht. Da kannst Du Dich aufwärmen."
Mit glasigen Augen sieht er zu mir auf. Dann plötzlich verziehen sich seine Lippen zu einem Lächeln.
„Schneewittchen?"
Mein Herz stockt einen Augenblick. Schon viele Jahre hat mich niemand mehr so genannt. Früher war es mein Bruder, der mich damit immer aufgezogen hatte. Ich brauche einen Moment, um mich wieder zu sammeln. Aber da er mir eine Lösung aufgezeigt hatte, nahm ich sie an.
„Ja. Ich bin Schneewittchen. Und siehst du ihn da. Das ist einer meiner Zwerge. Wir helfen Dir jetzt, okay?"
„Okay, Schneewittchen."

Er bemüht sich, aufzustehen, doch sein Körper ist zu schwach. Auch ohne Tom's Hilfe habe ich ihn jedoch mit ein paar kräftigen Griffen in die Höhe gehoben. Er stützt sich auf mich und wir gehen gemeinsam zurück ins Haus.

Seine Abneigung dem neuen Besucher gegenüber, hält Tom nicht hinter dem Berg. Sobald ich den Obdachlosen auf die Couch verfrachtet habe, folgt er mir als ich in die Küche gehe, um ihm etwas von unserem Essen warm zu machen und einen Tee zu kochen.

„Du weißt doch nichts über den. Vielleicht ist es ein Trick. Vielleicht will er Dich ausrauben. Oder Gott bewahre, er zieht plötzlich ein Messer oder eine Spritze aus dem Ärmel und verletzt Dich."

„Er ist krank. Ich denke eine schwere Erkältung, Bronchitis oder sogar Lungenentzündung. Siehst Du das anders?"

„Was?"

„Nun, Du bist doch auch Arzt, oder?"

„Keine Ahnung. Dafür müsste ich ihn erst untersuchen. Aber ich bin Chirurg und nicht im Dienst. Wir sind hier nicht zuständig."

‚So viel zum Thema ‚Arzt aus Leidenschaft'.' denke ich genervt.

Mit aller Geduld, die ich noch aufbringen kann, setze ich mein strahlendes Lächeln auf und sehe ihm direkt in die Augen.

„Ach Tom. Ist ja doof, dass unser Abend so jäh zu Ende geht. Wie wäre es, wenn Du jetzt nach Hause fährst und wir wiederholen das Ganze nochmal, in der Hoffnung, dann nicht wieder gestört zu werden."

„Bist Du Dir sicher, dass ich Dich mit dem..." er verzieht das Gesicht und nickt gen Wohnzimmer. „... alleine lassen kann?"

„Ja. Natürlich. Ich lasse ihn sich nur eben aufwärmen, gebe ihm was zu essen und dann rufe ich einen Krankenwagen. Halb so wild."
„In Ordnung. Aber Du meldest Dich bei mir, wenn Du was brauchst?"
Er haucht einen Kuss auf meine Wange. Angesichts seines Verhaltens, oder aber auch, weil die Tür nach draußen immer noch offen steht, zieht sich ein kalter Schauer über meinen Rücken.
„Danke." hauche ich zurück.
Damit verabschiedet sich Tom und verlässt das Haus. Kurz darauf höre ich seinen Wagen in der Auffahrt starten und mit quietschenden Reifen verschwindet mein Date in die Nacht.

Mit dem Nötigsten ausgestattet gehe ich wieder zur Couch zurück. Ich schließe die Tür zum Garten.
„So. Jetzt wollen wir mal sehen, wie es Dir geht."
„Bitte keinen Krankenwagen." sagt er schwach.
Ich bin mir nicht sicher, in wie weit er überhaupt klar bei Verstand ist.
„Nein. Keinen Krankenwagen. Aber ich untersuche Dich jetzt, okay?"
„Okay, Schneewittchen."
Wieder legt sich ein Lächeln auf seine Lippen. Und ich muss ebenfalls lächeln.
Ich fühle nochmal seinen Puls und höre mit meinem Stethoskop seine Lunge ab. Die sitzt definitiv fest. Also eher Bronchitis als Erkältung. Seine Haut ist kalt. Seine Kleidung feucht.
„Wir müssen ein bisschen was tun, sonst kannst Du nicht gesund werden. Ist es okay, wenn ich eine Freundin anrufe? Sie ist

Hausärztin. Sie wird Dich auch noch mal kurz untersuchen. Okay?"

Er nickt nur, lässt die Augen nicht von mir ab und beäugt mich wie ein kleiner Junge, der eine Fee getroffen hat.

„Gut."

„Aber keinen Krankenwagen!"

„Nein, keinen Krankenwagen."

„Gut."

Er seufzt und schließt die Augen.

Ich stehe auf und nehme mein Handy von der Anrichte. Ich scrolle durch die Kontaktliste, bis ich den Namen einer alten Freundin finde. Ich wähle ihre Nummer.

Es dauert einen Moment, bis sie sich verschlafen meldet.

„Simone? Sorry, ich weiß es ist spät. Ich habe einen Notfall. Kannst Du kommen?"

„Rosalie?"

„Ja."

„Gott. Wie spät ist es denn?"

Ich sehe auf die Uhr an der Wand.

„Zwei Uhr. Es tut mir wirklich leid. Ich würde nicht anrufen, wenn es nicht dringend wäre."

„Schon gut. Ich komme. Gib mir ein paar Minuten, ja. Muss ich was mitbringen?"

„Ich denke, er hat eine Bronchitis. Er ist unterkühlt und seine Lunge sitzt zu. Ich will nur eine zweite Meinung. Dann kann ich morgen früh Medikamente für ihn besorgen oder schauen, was ich noch hier habe."

„Okay. Bis gleich." Sie legt auf.

Eine halbe Stunde später beugt sich Simone abschließend über den schlafenden Körper des Unbekannten auf meiner Couch.

„Ja. Ist eine Bronchitis. Halb so wild. Aber er sollte wirklich nicht mehr nach draußen. Er braucht Schlaf, Wärme und vor allem trockene Kleidung."
„Braucht er irgendwas an Medikamenten?"
„Hast Du was zum Hustenlösen da, für die Lunge?"
„Warte kurz."
Ich gehe in die Küche und durchforste meinen Vorrat. Ich zücke eine Packung und gehe zurück zu Simone, die gerade eine Spritze mit seinem Blut aufzieht.
„Gehen die hier?"
„Ja. Die sind super. Die sollte er nehmen können. Ohne weitere Untersuchungen und seine Krankenakte mag ich ihm nichts Stärkeres geben. Aber sollte sich sein Zustand bis morgen noch verschlechtern, bringst Du ihn besser noch mal in meine Praxis oder gleich in eine Klinik, okay?"
„Ja, das mache ich."
„Normalerweise sollte er die nächsten zwei bis drei Tage ziemlich erschöpft sein und viel schlafen. Er wird viel schwitzen. Das ist aber okay. Das Fieber sollte nach und nach runtergehen. Ich habe gerade gemessen. Es liegt bei 39 Grad. Ist aber kein Wunder. Er sollte aus der nassen Kleidung raus und eine warme Dusche wäre nicht schlecht. Nur kurz. Lange wird sein Kreislauf das nicht mitmachen. Wenn Du hast, gib ihm ein paar frische Sachen und verordne ihm Bettruhe."
„Das kriege ich hin." sage ich entschieden.
Simone packt ihre Sachen wieder zusammen.
„Ich gebe das Blut mal ins Labor."
Sie sieht mich an.
„Soll ich fragen, wer das ist?"
Ich zucke mit den Schultern.

„Ich habe keine Ahnung. Er lag dort draußen im Garten. Ein Obdachloser nehme ich an."

Sie schüttelt lächelnd den Kopf.

„Schon klar. Wenn was ist, ruf mich an. Egal wie spät. Aber er sieht sonst gesund aus. Der wird sich schon wieder fangen."

„Danke, Simone."

„Kein Problem."

Damit verabschiedet sie sich und geht.

Und ich bin allein. Mit einem Fremden. In meinem Haus. Den ich jetzt wohl ausziehen und duschen muss. Ja, ich hatte geplant engen Hautkontakt mit einem Mann zu haben heute Abend. Aber irgendwie anders…

11. KAPITEL
<Chucco>

Sanft rüttelt eine Hand an meiner Schulter. Ich versuche sie weg zu schieben. Doch sie bleibt. Müde öffne ich meine Augen. Da ist sie wieder.

„Schneewittchen." sage ich sanft.

Sie lächelt mich an.

„Du musst aufstehen." sagt sie.

Ich will nicht aufstehen.

Doch, wenn es eine Märchenfigur zu Dir sagt, dann musst Du es wohl tun. Also erhebe ich mich langsam von der weichen Couch. Das Feuer im Kamin knistert.

„Bin ich tot?" frage ich Schneewittchen.

„Nein, bist du nicht. Nur krank."

Dann ist das wohl ein Traum, beschließe ich.

Schneewittchen lässt nicht locker und hilft mir beim Aufstehen.

„Muss ich gehen?" frage ich.

„Nein, Du musst nicht gehen."

„Gut." sage ich. Ich will nicht gehen. Ich bin bei Schneewittchen. Ich will bleiben.

„Komm." sagt sie und reicht mir ihre Hand.

Ich nehme sie und sie führt mich in einen anderen Raum. Dort stehen Koffer. An denen gehen wir vorbei in ein Badezimmer.

Ein großer Spiegel ziert die eine Wand. Ich sehe mich selbst. Und erkenne mich nicht wieder. Mit einer Hand fasse ich mir an den Bart, die andere versucht die Haare in Ordnung zu bringen.

Wie sehe ich denn aus?

Was soll Schneewittchen nur von mir denken?

Doch sie lächelt nur.

Langsam gleiten ihre Hände unter meine Jacke.

„Wir müssen Dich abduschen. Dann wird Dir gleich ganz schnell warm."

Warm ist gut. Also bleibe ich reglos stehen und beobachte sie im Spiegel. Wie sie langsam meine Jacke auszieht und sie vorsichtig auf die Anrichte mit dem Waschbecken legt.

„Jetzt den Pullover." sagt sie.

Ich strecke die Arme in die Höhe, wie ich es früher bei meiner Mutter getan habe.

Sie sieht grinsend zu mir auf.

„Ich bin zu klein." sagt sie.

Ein glockenhelles Lachen erklingt. Ich mag ihr Lachen.

Doch sie hat Recht. Sie geht mir bis zu den Schultern. Vorsichtig beuge ich meine Knie. Etwas wackelig, aber ich falle nicht.

Sie befreit mich von dem Pullover und von meinem Shirt. Beides legt sie vorsichtig auf die Jacke.

Jetzt stehe ich da. Mit nacktem Oberkörper. Und starre auf mein Ebenbild im Spiegel.

„Und die Hose." sagt sie.

„Ich weiß nicht, ob das geht." sage ich.

Sie runzelt die Stirn. Ihre grünen Augen leuchten mich an.

Sie hat unfassbar grüne Augen.

„Wieso sollte das nicht gehen?"

Ja? Wieso eigentlich nicht. Ich weiß es nicht mehr. Und so öffne ich die alte Gürtelschnalle und lasse die Hose auf den Boden fallen. Sie hilft mir als ich heraussteige und ich stütze mich auf ihre Schultern. Nicht fallen.

Meine Unterhose folgt. Auch Schuhe und die zwei Paar Socken, die ich trage zieht sie mir aus.

Dann stehe ich nackt vor Schneewittchen.

Ich schäme mich. Versuche wieder meine Haare in Ordnung zu bringen. Doch Schneewittchen lächelt nur.

„Warte kurz."

Sie streift ihr Kleid ab. Ihre Unterwäsche. Und ihre Schuhe.

„Siehst Du." Sie zeigt an sich herab. „Jetzt sind wir beide nackt. Kein Problem."

Im Spiegel sehe ich Blumen auf ihrem Rücken. Sie ist also tatsächlich eine Märchenfigur. Mein Spiegelbild fährt mit seinen Fingern fasziniert über die Blüten. Sie sind lila. Ihre schwarzen Haare fallen ihr bis zur Hüfte über den Rücken und verdecken fast die Blütenpracht. Ich streiche sie kurz zur Seite, um es mir anzusehen.

„Alles in Ordnung?" fragt sie mich.

Ich nicke nur.

„Gut. Dann los. Ab unter die Dusche."

Sie öffnet die Tür zur Duschkabine. Die kommt mir riesig vor. Und als sie mich reinschiebt, komme ich mir klein vor.

Sie folgt sofort. Und wir stehen gemeinsam in dem Raum. Sie betätigt irgendeinen Hebel und als ob es plötzlich zu regnen begonnen hätte, strömt von überall warmes Wasser über unsere Körper.

Sie nimmt einen Schwamm von einer Ablage und beginnt mit sanften Bewegungen meine Haut abzuwaschen. Ich stehe nur da und sehe ihr fasziniert dabei zu.

Ich träume. Dies ist ein Traum. Gleich wache ich auf und sitze immer noch im kalten Schnee.

Ihre Berührungen sind so fremd. Ich lasse sie geschehen. Irgendwo in mir sagt etwas, dass ich das nicht mag. Aber es fühlt sich gut an. Also lasse ich sie. Sie ist ein Märchen. Nicht echt.

Nach ein paar Minuten mustert sie mich skeptisch.

„Fertig?" fragt sie.

„Fertig." sage ich. Mir ist warm und ich bin eingehüllt von ihrem Duft, der mir unaufhörlich in die Nase steigt.

„Gut. Dann raus."

Sie steigt vor mir aus der Kabine und wiederum gibt sie mir ihre Hand, mit der sie mich führt.

Sie nimmt zwei große Handtücher aus einem Schrank und gibt mir eins. Ich habe vergessen, was ich damit machen soll. Sie lächelt wieder und schlingt es um mich. Es hüllt mich warm ein.

„Warte hier, ja?"

Ich nicke.

Wo soll ich auch hin?

Sie verschwindet aus dem Bad.

Wieder sind wir allein. Mein Spiegelbild und ich.

Ich schaue mir mein Gesicht an. Es ist so anders. Der Bart ist sehr lang geworden. Und meine Haare fallen nass in die Stirn. Ihr Geruch hängt in dem Raum. Auch im Handtuch. Ich ziehe es bis zur Nase und atme tief ein. Ein Husten erschüttert meinen ganzen Körper. Ich halte mich am Waschbecken fest. Nicht fallen.

Und schon ist Schneewittchen wieder zurück. Sie gibt mir eine Hose, einen Pullover und Unterwäsche.

„Ich weiß nicht, ob es passt." sagt sie.

Irgendwas funkelt in ihren Augen.

Eine Träne.

Sie wischt sie schnell weg.

„Bist Du traurig, Schneewittchen?" frage ich.

Sie blickt mir in die Augen. Das Grün darin funkelt mich neugierig an. Die Traurigkeit jedoch hat sie nicht verlassen. Ich streiche über ihre Wangen. Weiß wie Schnee. Meine Finger wandern über ihre Lippen. Rot wie Blut. Ich streiche eine nasse Haarsträhne aus Ihrem Gesicht, hinter ihr Ohr. Schwarz wie Ebenholz. Sie hält meine Hand fest.

„Nicht." sagt sie sanft.

Ich erstarre in der Bewegung. Ich hatte sie einfach berührt. Ich mochte es nicht, berührt zu werden. Und hatte sie berührt. Aber sie hatte mich auch berührt.

Ich mochte es nicht berührt zu werden?

Die Gedanken woben sich durch meinen Kopf und wurden nicht klarer.

„Anziehen." sagt das Schneewittchen bestimmt und zeigt auf die Sachen in meiner anderen Hand.

Ach ja.

Ich nehme die Sachen und streife sie über meinen Körper. Schneewittchen hilft mir dabei.

Sie riechen nicht nach ihr. Sie riechen anders.

Als ich angezogen bin, nimmt sie wieder meine Hand und wir gehen zurück in den Raum mit den Taschen. Ein Schlafzimmer. Ein riesiges Bett steht an der Wand. Sie führt mich zu einer Seite und hebt die Decke an.

„Ab ins Bett. Schlafen." sagt sie.

Ich gehorche. Ist ein Märchen.

Das Bett ist weich. Und warm. Ich fühle, wie sie ihre Hand auf meine Stirn legt. Dann deckt sie mich zu. Vielleicht ist das der Himmel. Und Schneewittchen ein Engel.

„Schlafen." sagt sie nochmal.

Und ich schließe matt die Augen.

Die Welt wird dunkel.

Ich will nicht weg von Schneewittchen. Wenn ich die Augen öffne, sitze ich wieder im Schnee.
Aber Schneewittchen hat es gesagt.
Schneewittchen wird wissen, was zu tun ist.
Also halte ich die Augen fest geschlossen und schlafe schließlich ein.

12. KAPITEL
<Rosalie>

„NEEEIIIN!!!!" Ein markerschütternder Schrei reißt mich aus dem Schlaf. Sofort springe ich von der Couch auf. Woher kam er? Wer ist es?
Ich brauche einen Moment, um wach zu werden. Und erinnere mich an meinen Hausgast. Sofort gehe ich ins Schlafzimmer und sehe nach ihm.
Er wälzt sich im Fieber hin und her. Er schläft. Ein böser Traum. Ich gehe zu seiner Seite des Bettes und knie mich daneben. Ich weiß seinen Namen nicht. Sanft schüttle ich seine Schulter.
„Hey."
Er öffnet sofort die Augen und sieht sich hastig um. Als er mich entdeckt, greifen seine Arme nach mir. Er zieht mich mühelos hoch und ich lande auf seinem Bauch. Er klammert sich an mir fest.
„Schneewittchen." flüstert er erleichtert in mein Ohr.
Ich lege meine Hände an seine Wangen. Sie glühen.
Er hat geträumt.
Vorsichtig löse ich mich aus seiner Umarmung und lege mich neben ihn.
„Es ist alles okay. Du hast nur geträumt." sanft streiche ich unter der Decke über seinen Bauch.
„Nicht gehen, Schneewittchen."
„Okay. Ich gehe nicht."
Einen Arm legt er unter meinen Kopf und hält mich damit fest. Die andere Hand ergreift meine und lässt sie nicht mehr los.

Ich kuschle mich an ihn und schließe die Augen. Dann schlafe ich eben neben ihm und nicht auf der Couch.

Der Rest der Nacht verläuft ruhig. Ich brauche lange, um in den Schlaf zu kommen. Achte immer wieder auf seine ruhigen Atemgeräusche. Doch seine Albträume kehren nicht zurück. Als ich am nächsten Morgen wach werde, liegen wir immer noch in derselben Position.
Vorsichtig rücke ich von ihm ab. Augenblicklich wacht er auf.
„Wo gehst Du hin?" fragt er verschlafen.
„Ich besorge uns Frühstück. Okay?"
Er nickt verschlafen. Schließt wieder die Augen und schläft weiter. Die Sachen meines Vaters passen ihm wie angegossen.
Ich stehe vorsichtig auf und gehe in die Küche.
Mit einem surrenden Geräusch erwacht die Kaffeemaschine zum Leben, als ich den Knopf drücke. Ich stelle eine Tasse darunter und warte bis der Kaffee durchgelaufen ist.
Mit der Tasse in der Hand gehe ich wieder ins Wohnzimmer und schaue gedankenverloren in den Garten.
Ich puste gerade den warmen Dampf fort, als ich sie entdecke. Ein junges Mädchen. Wilde rote Haare. Sie schleicht vom Gartenhaus zur Gartenpforte. Hat mich offensichtlich nicht entdeckt. Ich schiebe die Tür zum Garten auf.
„Kann ich Dir helfen?" frage ich laut.
Sie hält mitten in der Bewegung inne und dreht sich zu mir um. Ich sehe, dass ihr erster Impuls die Flucht ist. Ihre Beimuskulatur spannt sich an, sie ist bereit, aber sie überlegt es sich doch anders.
Sie dreht sich um und kommt auf mich zu.

„Vielleicht eine doofe Frage, aber war hier gestern Abend zufällig jemand? Ich bin auf der Suche nach einem Freund von mir."
„Ist er etwa einen Meter neunzig groß, hat braune lockige Haare, einen langen Bart und graublaue Augen?"
Sie zögert kurz.
„Ja. Das klingt nach Chucco."
„Chucco?" ich lache auf. Was ein wundersamer Name. Obwohl… er nennt mich ja auch Schneewittchen.
„Ja, ist sein Spitzname."
„Wie ist denn sein richtiger Name?" frage ich.
Sie zuckt mit den Schultern.
„Keine Ahnung."
„Und Dein Name?"
„Ich heiße Lissie. Ist mein Freund bei Dir?"
„Ja, das ist er. Komm doch rein. Es ist kalt draußen."
Ich nicke zum Wohnzimmer. Sie zögert kurz, folgt aber dann meiner Einladung.
Als sie den Raum betritt schaut sie schuldbewusst an sich herunter. Obgleich ihre Kleidung besser aussieht, als die von Chucco, sieht auch sie deutlich mitgenommen aus.
„Schon gut." sage ich schnell. „Möchtest Du einen Kaffee?"
„Wo ist Chucco?"
„Im Schlafzimmer. Er schläft. Er ist sehr krank."
„Ich weiß. Ich wollte, dass er zum Arzt geht. Aber er dachte sie würden ihn da…" sie beißt sich auf die Lippen.
„Sie würden da, was?" frage ich nach.
Doch sie schüttelt mit dem Kopf.
Ich seufze.
„Also? Kaffee?"
„Ja. Gerne." nickt sie erleichtert.

Wir gehen wieder in die Küche und ich stelle eine weitere Tasse in die Maschine.

Lissie blickt sich unsicher um. Ich deute auf einen Hocker an der Küchentheke.

„Setz Dich. Hast Du schon was gegessen?"

„Ich will Ihnen keine Umstände machen." sagt sie höflich.

Ich bin überrascht. Sie sieht nicht so aus, als würde es sie sonst stören, wie sie auf andere wirkt.

„Du störst nicht. Also? Frühstück?"

„Gerne."

Ich stelle ihr den Kaffee vor einen der Hocker und sie setzt sich. Dann durchforste ich den Kühlschrank nach Essbarem. Das Meiste hatte ich bereits ausgeräumt, da ich jetzt eigentlich auf dem Weg zur Küste sein wollte. Aber ich finde noch genug, um für uns alle Drei etwas zu zaubern.

Ich lege ein paar Aufbackbrötchen in den Ofen, stelle Aufschnitt und Butter auf die Theke und setzte mich dann zu Lissie. Während der Backofen sich langsam erwärmt, sitzen wir schweigend da. Ich trinke meinen Kaffee. Lissie spielt mit ihrem Löffel in der Tasse.

„Danke." unterbricht sie schließlich das Schweigen.

„Wofür?" frage ich.

„Dass Sie sich um Chucco gekümmert haben."

„Ich heiße Rosalie. Und gern geschehen."

Beim Essen wird Lissie nur unbedeutend offener. Wir plaudern über das Wetter und belanglose Dinge. Sie will offensichtlich nicht mit der Sprache rausrücken. Ich lasse sie gewähren. Nachdem sie aufgegessen hat, bereite ich ein Frühstück für Chucco zu und gebe ihr den Teller in die Hand.

„Wieso weckst Du ihn nicht und hilfst ihm beim Essen. Aber wundere Dich nicht. Er fantasiert ein wenig. Das liegt am hohen Fieber. Er denkt, ich wäre Schneewittchen."
Sie mustert mich kurz und wird dann rot.
„Du siehst wirklich so aus." sagt sie schüchtern, greift sich den Teller und geht in Richtung Schlafzimmer, das ich ihr vorher gezeigt habe.

Ich höre sie flüstern durch die offene Tür. Doch ich höre nicht, worüber sie sprechen. Und ich will nicht lauschen. Also gehe ich die Stufen hinauf in den ersten Stock. Letzte Nacht war ich zum ersten Mal wieder hier oben. Nach so vielen Jahren.
Wieso ich auf die Idee gekommen war, Sachen meines Vaters für Chucco rauszusuchen, ist mir heute bei Tageslicht unerklärlich. Aber die Sachen waren da. Sie passten ihm. Und sie lagen sonst nur unberührt im Schrank.
Ich nehme einen tiefen Atemzug und betrete erneut mein altes Schlafzimmer. Hier habe ich die Sachen meiner Eltern aufbewahrt. Ich öffne die Schranktüren und gehe sie nochmals durch. Gestern Nacht war es dunkel gewesen. Und ich hatte das erstbeste gegriffen, was ich finden konnte. Jetzt im Hellen sehe ich die Kleider meiner Mutter aufgereiht auf Kleiderbügeln an der Stange hängen. Und den Lieblingsanzug meines Vaters. Eingepackt in Plastikfolie.
Eine Träne schleicht sich in meine Augen. Ärgerlich wische ich sie weg.
So viele Jahre.
Irgendwann muss der Schmerz vorübergehen.
Ich sehe die Sachen meines Vaters durch, die in den Regalen aufbewahrt sind. Ein paar Sachen würde Chucco tragen können.

Vorsichtig nehme ich sie heraus und schließe schnell wieder den Schrank.

Erst als die Türen geschlossen sind und mein Atem meiner Lunge entrinnt, merke ich, dass ich die Luft angehalten habe. Ich verlasse schnell das Zimmer, bevor ich mich in alte Erinnerungen verlieren kann.

Zurück im Erdgeschoss kommt Lissie gerade aus dem Schlafzimmer.

„Er ist wieder eingeschlafen."

„Das ist gut. Hat er was gegessen?"

„Ja. Hat er. Und ich habe ihm etwas Wasser gegeben. Da stand eine Flasche neben dem Bett."

„Gut. Er muss viel trinken."

„Hat er was Schlimmes? Er ist so durcheinander."

„Nein, er hat eine Bronchitis. Das ist zwar ernst, aber nicht lebensbedrohlich. Es liegt einfach am Fieber. In den nächsten Tagen sollte das besser werden."

Sie sieht auf die Sachen in meiner Hand.

„Sind die von Deinem Mann?"

„Nein, von meinem Vater."

„Oh. Okay. Ist er da?"

„Nein." sage ich traurig.

„Verstehe."

„Hör zu, ich kümmere mich um ihn. Hast Du was, wo Du unterkommen kannst?"

„Ja, ich gehe zu meiner Schwester. Sie wohnt ein paar Straßen weiter. Kann ich ihre Nummer da lassen? Wenn was ist, kannst Du mich dann anrufen?"

„Ja, natürlich. In der Küche hängt eine Pinnwand. Da hängen auch Zettel. Schreib die Nummer auf."
Und sie geht in die Küche.
Ich dagegen nehme die Sachen meines Vaters und betrete das Schlafzimmer. Ich lege die Sachen auf die Kommode und gehe zur Bettseite, auf der Chucco schläft. Er sieht friedlich aus, wie er da liegt. Vorsichtig streiche ich über seine Wange. Sie ist deutlich kühler als in der Nacht. Ich werde später sein Fieber messen müssen.
Lissie räuspert sich. Sie steht in der Tür. Leise sagt sie: „Ich werde dann mal gehen. Er ist hier gut aufgehoben."
„Ist gut. Wenn Du willst, komm wieder. Aber nimm die Haustür, nicht die Gartenpforte."
Sie lächelt und winkt zum Abschied.
Gerade will ich mich wieder aufrichten und gehen, da packt Chucco meine Hand. Er ist aufgewacht.
„Nicht gehen, Schneewittchen. Bitte, nicht gehen."
Ich lächle zu ihm herab.
Ach was soll's? Ist schließlich Urlaub.
Und so entledige ich mich meiner Kleidung, schlüpfe in einen meiner gemütlichen alten Pullover und lege mich neben ihn ins Bett. Ich schalte den Fernseher an, der an der gegenüberliegenden Wandseite angebracht ist und drehe die Lautstärke runter.
Chucco dreht sich zu mir und kuschelt sich an.
„Nicht gehen, Schneewittchen."
Damit schläft er wieder ein.
Und ich döse ein wenig und lasse mich vom Fernsehprogramm berieseln.

13. KAPITEL

„Okay. Lagebesprechung in einer Stunde." Hans blickte seinen Kollegen an. „Birgit und die anderen sollen sich per Mobiltelefon einklinken, ich will, dass sie auf dem Posten bleiben. Der Rest versammelt sich hier."

„Ist gut. Ich kümmere mich darum." antwortete Markus und verließ den Besprechungsraum.

Hans hatte seinen Kollegen nach seinem Gespräch mit Michael aus dem Bett geklingelt. Sie waren direkt aufgebrochen nach Köln und in den frühen Morgenstunden angekommen.

Michael hatte derweil die Kollegen vor Ort informiert, sodass sie bei ihrer Ankunft bereits erwartet wurden.

Nun lagen die ersten Berichte auf dem Tisch des Besprechungsraumes vom Kölner Revier in der Innenstadt. Man hatte bisher noch keinerlei Spur zu Jonas Richter finden können. Im Gegensatz dazu, waren die Schergen von Achim Koch scheinbar fleißig dabei, Informationen zusammenzutragen. Birgit und ihre Kollegen von der Hamburger Polizei beschatteten die drei unauffällig. Einige Kollegen aus Köln hatten am Morgen begonnen Obdachlose zu befragen. Bisher hatte Hans keine Informationen, ob es dort einen Hinweis gegeben hatte.

Er verließ den Besprechungsraum und ging den Flur entlang zum Büro des Dienststellenleiters. Zaghaft klopfte er an die Tür.

„Herein." meldete sich eine tiefe Stimme von der anderen Seite. Hans trat in den Raum ein.

„Ah. Herr Kriminalkommissar Baumann aus Berlin. Setzen Sie sich." Er deutete auf den Stuhl vor seinem Schreibtisch.

„Guten Morgen. Kriminaloberrat Krause hat uns angekündigt, wie ich höre."

„Ja. Das hat er. Und soweit ich weiß, haben wir auch keine Probleme, oder? Ihnen stehen unsere Ressourcen uneingeschränkt zur Verfügung."

„Dafür wollte ich Ihnen nochmals danken. Die bisherige Suche ist reibungslos angelaufen."

„Das freut mich. Wir sind immer gern bereit, die Kollegen zu unterstützen."

„Ich habe eine Lagebesprechung anberaumt in einer Stunde. Möchten Sie daran teilnehmen?"

„Gerne. Wenn Sie das wünschen. Warum suchen Sie diesen..." er blickte auf seinen Bildschirm „... Jonas Richter überhaupt?"

„Wir haben seine DNA bei einem Fundort gefunden."

„Der Kinder-Friedhof in Berlin?"

„Ja."

„Ist er Opfer oder Täter."

„Wissen wir noch nicht."

„Aber Sie wissen, dass er lebt und dass er hier in Köln ist?"

„Auch das wissen wir nicht mit Sicherheit. Wir haben eine Gruppe von Verdächtigen, die wir, mit Hilfe der Kollegen aus Hamburg, überwachen. Die haben uns nach Köln geführt. Wir vermuten, dass sie hier einen Hinweis erhalten haben."

„Verstehe."

„Wenn das möglich ist, würden wir gerne die Untersuchungen so diskret wie möglich vornehmen. Wir wollen die Verdächtigen nicht warnen. Es ist äußerst wichtig, dass wir Jonas Richter vor ihnen finden."

„Selbstverständlich. Unsere Kolleginnen und Kollegen geben nichts nach draußen, was nicht zuvor meinen Schreibtisch passiert hat."

„Das ist gut."

„Eine Frage habe ich da aber noch."

„Und die wäre."

„Was ist, wenn ihre Verdächtigen sie absichtlich in die falsche Richtung locken?"

„Soweit unsere Kollegen das beurteilen können, ist ihnen noch nicht aufgefallen, dass sie beschattet werden. Kriminalkommissarin Birgit Schubert leitet die Aktion. Sie ist hervorragend dafür geeignet."

„Gut. Die Bilder des jungen Mannes waren bereits in der Presse, oder?"

„Ja. Das waren sie."

„Sollten wir sie vielleicht nochmals an die Fernsehsender geben oder im Radio darauf hinweisen?"

„Nein. Lieber nicht. Bisher hatten wir keinerlei brauchbare Informationen durch die Veröffentlichung. Wir haben lediglich die Verdächtigen aufgeschreckt. Ich möchte ungern das Risiko eingehen, dass sie merken, dass wir ihnen auf den Fersen sind."

„Ist gut. Ich überlasse Ihnen die Leitung."

„Das ist wirklich sehr großzügig von Ihnen. Ich bereite die Besprechung vor. Wie gesagt, Sie sind herzlich dazu eingeladen."

Damit verabschiedete sich Hans und verließ wieder den Raum. Auf dem Flur kam ihm Markus entgegen.

„Die Kollegen werden sich einfinden. Soweit ich gehört habe, haben wir allerdings noch nichts Neues."

Hans nickte und ging weiter zum Besprechungsraum. An dessen Tisch er die Unterlagen nochmals studierte.

„Ruhe bitte." brüllte Markus durch den Raum, als sich alle eingefunden hatten.
Etliche Kolleginnen und Kollegen hatten sich zur Lagebesprechung eingefunden. Ein lautes Rumoren und Gerede war zu hören, das mit einem Mal erstarb.
„Vielen Dank, dass Sie so zahlreich erschienen sind." hob Hans an. „Wir haben noch weitere Kollegen vor Ort, aus Hamburg, die uns ebenfalls unterstützen. Wir werden sie telefonisch zur Besprechung zuschalten."
Ein Techniker stellte die Verbindung her und gab die Anrufe von den drei Teams um Birgit auf die Lautsprecher im Telefon.
„Guten Morgen Kommissarin Schubert. Wie sieht es bei Ihnen aus?"
„Relativ ruhig. Die Drei haben die halbe Nacht noch Befragungen durchgeführt und einzelne Plätze abgesucht, an denen Obdachlose übernachten. Vor drei Stunden haben sie sich in ein Hotel zurückgezogen. Wir warten auf weitere Aktivitäten."
„Gut. Was haben die Befragungen ergeben?" fragte Hans einen der leitenden Polizisten.
„Wir haben noch keinen konkreten Hinweis. Einige der Obdachlosen, die wir befragt hatten, konnten bestätigen, dass der Gesuchte sich seit etwa einem Jahr in Köln aufhält. Er wird oft zusammen mit einer jungen Frau gesehen. Er sei aber seit einer Woche nicht mehr an seinem Platz gewesen und sie sei ebenfalls seit ein paar Tagen verschwunden."
„Haben wir Namen?"
„Nein. Die Obdachlosen sind eine eingeschworene Gemeinschaft. Dass sie uns überhaupt bestätigt haben, dass der Gesuchte hier war, ist schon sehr ungewöhnlich. Vermutlich lag es an den drei Verdächtigen, die sie ebenfalls befragt hatten. Sie hat-

ten den Eindruck, dass sie ihre Informationen zur Not auch mit Gewalt einfordern würden."

„Aber das haben sie nicht."

Birgit schaltete sich über das Telefon wieder ein.

„Bisher konnten wir keine rechtswidrigen Handlungen feststellen."

„Gut. Gibt es Hinweise auf ihren letzten Aufenthaltsort?"

Der Kollege übernahm wieder das Wort.

„Über Tag war Jonas Richter wohl oft an einer bestimmten Stelle in der Fußgängerzone. Wir haben sie überprüft und die Videobänder der umliegenden Geschäfte angefordert. Die Auswertung wird etwas dauern. Aber dann sollten wir eine aktuelle Aufnahme von ihm bekommen. Die junge Frau habe nicht mit ihm zusammen gebettelt. Sie sei eher bei den anderen jungen Leuten auf der Domplatte anzutreffen gewesen. Man sprach auch davon, dass sie eventuell eine Art Beziehung mit einem anderen Obdachlosen hatte. Und doch gab es wohl eine Verbindung zu Jonas Richter. Die Befragungen ergaben, dass die beiden immer zusammen irgendwo übernachtet haben. Im Sommer in einer Art Zelt und im Winter meist in den Obdachlosenheimen. Wir haben alle Heime kontaktiert. Es gab keine Bestätigung, dass sie dort gewesen sind in den letzten Wochen. Die Kollegen versuchen noch herauszufinden, wer der Freund des Mädchens ist und wo er sich aufhält. Sofern es ihn wirklich gibt."

„Okay. Gab es Hinweise nach der Veröffentlichung der Bilder in der Zeitung hier?"

Eine junge Polizistin, die einen der wenigen Sitzplätze am Tisch ergattert hatte, nahm eine Liste in die Hand und sagte: „Nur das

Übliche. Wir sind ein paar der Hinweise nachgegangen, aber das waren alles Sackgassen."
„Gut. Bleiben Sie bitte da dran. Vielleicht haben wir ja Glück. Haben wir Informationen darüber, welchen Wissensstand unsere Verdächtigen haben?"
Durch das Telefon meldete sich wieder Birgit zu Wort.
„Wir vermuten, in etwa denselben wie wir jetzt. Genau können wir das nicht sagen. Sie haben wahllos Obdachlose befragt, haben sich aufgeteilt und haben Krankenhäuser und Obdachlosenheime aufgesucht. Offensichtlich bisher ohne Erfolg."
Hans übernahm wieder das Wort.
„Die Rasterfahndung hat nach den Auswertungen, die mir vorliegen, ebenfalls keine Ergebnisse erzielt. Vielen Dank, Ihnen allen, für die Unterstützung und Hilfe. Wir sollten uns weiter darauf konzentrieren, das Mädchen oder deren Freund zu finden. Vielleicht haben sie Informationen zum Aufenthaltsort von Jonas Richter. Alles, was Sie an Neuigkeiten haben, bitte sofort zu mir. Vielen Dank."
Damit war die Besprechung beendet und wieder erhob sich lautes Stimmengewirr und Lärm, als alle nach und nach dem Raum verließen. Die junge Polizistin, die die Telefonlisten bei sich hatte, blieb am Ende allein zurück. Hans war schon während der Besprechung aufgefallen, dass sie immer wieder hektisch in den Papieren blätterte. Er ging zu ihr.
„Ist noch irgendwas?"
Erschrocken blickte sie zu ihm auf.
„Ja. Nein. Ich habe…" wieder blätterte sie in den Unterlagen.
„Hier ist es."
Sie reichte Hans das Blatt.

„Wir hatten einen Anruf einer alten Dame. Gestern. Sie meinte, es könne sein, dass sie den Mann aus der Zeitung erkannt hätte, aber sie war sich nicht sicher, sie könne nicht mehr so gut sehen."

„Sind Sie dem nachgegangen?"

„Nein. Denn sie meinte am Ende, dass sie sich vermutlich doch geirrt hatte. Sie wolle nicht, dass wir unsere Zeit vergeuden."

„Wieso haben Sie ihn dann wieder herausgesucht?"

„Hier." Sie deutete auf die Notiz. „Sie hatte davon gesprochen, dass sie mit einem Mädchen Kontakt hatte. Der Mann auf dem Foto wäre nur ihr Begleiter gewesen. Bis eben wusste ich nichts von dem Mädchen. Daher schien es sich nicht um den gesuchten Jonas Richter zu handeln. Aber…"

„Es passt. Ich fahre sofort zu ihr." Hans nahm den Zettel und wandte sich zur Tür. „Du bleibst hier, Markus. Ich will, dass Du mich über Handy informierst, wenn es Neuigkeiten gibt. Und wenn wir dieses Foto von ihm haben, will ich das sofort auf meinem Handy."

„Ist gut."

„Soll ich Sie fahren?" fragte die Polizistin.

„Ja, das wäre sehr nett." sagte Hans.

Gemeinsam machten sie sich schnellen Schrittes auf den Weg zum Hof.

Als sie im Wagen saßen, klingelte das Handy von Hans.

„Baumann." meldete er sich.

„Birgit hier. Wir haben sie verloren."

„Was?"

„Ein Kollege hat sich gerade ins Hotel begeben, um herauszufinden, ob sie noch auf ihren Zimmern sind. Die Dame am Empfang hat angegeben, dass die drei Herren nur nach dem

Hinterausgang gefragt hatten. Sie haben gar nicht eingecheckt. Sie sind sofort wieder verschwunden."

„Also haben Sie Euch bemerkt?"

„Sieht leider so aus. Tut mir leid, Hans."

„Verdammt." fluchte er laut.

Die Kollegin neben ihm zuckte zusammen.

„Okay. Versucht sie wieder aufzutreiben. Ruf Markus an, er ist in der Zentrale. Ich fahre zu einer möglichen Zeugin."

„Ist gut. Aber sie haben jetzt drei Stunden Vorsprung."

„Ja, ich weiß. Melde Dich, sobald Du sie wieder gefunden hast."

„Das mache ich."

Sie legte auf.

„Wir müssen uns beeilen." knurrte Hans zur Fahrerseite.

Die Kollegin trat das Gaspedal durch und sie fuhren im Eiltempo durch die Innenstadt von Köln.

14. KAPITEL
<Chucco>

Leise Stimmen dringen zu mir durch in die Dunkelheit. Ich öffne die Augen. Es ist nicht dunkel. Sonne strahlt durch kleine Öffnungen in der Jalousie vor dem Fenster. Warme Flecken bilden sich dadurch auf meiner Haut. Wo bin ich?
Ich sehe mich um. Und langsam kommen Erinnerungen zurück. Letzte Nacht. Der Schnee. Schneewittchen. Ich drehe den Kopf zur Seite. Und da liegt sie. Tatsächlich. Kein Märchen.
Sie schläft.
Erschrocken stelle ich fest, dass sie ganz nah neben mir liegt. Ihre Hand ruht sogar auf meinem Bauch. Doch eigentlich stört es mich nicht. Kein bisschen. Im Schlaf bewegt sie ihre Finger. Und ich fühle die Bewegung auf meinem Bauch. So viel Nähe. Panik steigt in mir auf.
Doch ich bin ruhig. Ich sollte Angst haben. Sollte wegwollen. Doch ich will es nicht. Was ist bloß los mit mir?
Ich erinnere mich an Wortfetzen. Fieber. Lissie. Erkältung. Eine Ärztin. Feuer.
Ich schließe wieder die Augen.
Mein Kopf hämmert und meine Lunge pfeift beim Atmen.
Doch ich spüre auch die weichen Kissen unter meinem Kopf. Die weiche und warme Decke, die über mir liegt. Und die warme Hand. Die sanft auf meinem Bauch ruht.
Ich will aufstehen. Ich sollte gehen. Ich sollte nicht hier sein.
Doch ich kann nicht. Alles in mir wehrt sich dagegen. Ich will bleiben. Noch einmal öffne ich die Augen. Ich sehe zu der Frau, die so selbstverständlich neben mir liegt. Ihr Duft steigt in meine Nase. Erschöpft schlafe ich wieder ein.

15. KAPITEL

„Was soll das heißen, ihr habt den Jungen einfach liegen lassen?" Achim war so erbost, dass er von seinem Schreibtischstuhl aufgesprungen war und im Zimmer auf und ab lief.
„Wir mussten weg. Wir wollten nicht gesehen werden."
„Und was, wenn die Bullen ihn jetzt finden?"
„Bis die schnallen, dass wir damit was zu tun haben könnten, sind wir längst weg."
„Hauptsache ihr habt es dieses Mal richtig gemacht."
„Ja, Boss. Der redet nicht mehr."
„Ich hoffe, Ihr habt Handschuhe getragen."
„Wir sind keine Anfänger, Boss."
„Na, wenigstens etwas. Was hat er Euch gesagt?"
„Die haben wohl in einer alten Laube gewohnt die letzten Wochen. Aber vor ein paar Tagen wären sie beide verschwunden."
„Wusste er wohin?"
„Nein. Entweder er wusste es nicht oder er wollte es nicht sagen. Obwohl ihm Max ganz schön zugesetzt hat."
„Habt ihr die Adresse der Laube?"
„Ja, Boss, die haben wir. Wir sind gerade auf dem Weg dahin."
„Und dieses Mal keine Polizei hinter Euch?"
„Nein. Die haben sich seit der Finte mit dem Hotel nicht mehr blicken lassen."
„Wenn Ihr so dämlich seid, und euch fassen lasst, dann könnt Ihr selbst zusehen, wie Ihr damit klar kommt. Es ist Euer Arsch, den ich versuche zu retten."
„Schon klar. Boss."
„Gut. Dann seht zu, dass Ihr dieses Arschloch endlich findet und macht ihn kalt. Und seine Freundin am besten auch gleich."

„Geht klar, Boss. Wir machen das hier schon."
„Das will ich hoffen. Für Euch."
Damit beendete er das Gespräch.
„Verdammte Idioten." fluchte er laut.
Er war drauf und dran seine Kanone einzustecken und sich selbst um die Sache zu kümmern. Aber er durfte da nicht mit reingezogen werden. Sollten die Bullen den Jungen vor seinen Rottweilern finden, dann wären die dran. Ihm würden sie nichts nachweisen können. Und singen würden seine Jungs auch nicht. Sie wussten zu gut, dass es übel für sie enden würde.
Er hatte keine Wahl. Er würde warten müssen, bis endlich dieser erlösende Anruf kommen würde.
Er hätte den Jungen damals sofort erledigen lassen sollen. Dann hätte er die Schereien jetzt nicht. Er verfluchte noch immer den Moment, da er erkannte wer er war. Oder zumindest für wen er ihn hielt.
Sein Herz raste vor Anspannung. Seine Finger krallten sich in die Handflächen. Aus purer Wut, letztlich über sich selbst, nahm er einen Stuhl und zertrümmerte ihn an der Wand.
Durch den Lärm aufgeschreckt kam seine Freundin ins Zimmer.
„Honey ist alles okay?"
„Ja. Alles bestens." knirschte er durch die Zähne.
Dann kam ihm ein Gedanke. Er wusste, wie er diese Energie sinnvoll abbauen konnte.
„Aber, da Du schon mal da bist."
Er brauchte sie nur anzusehen und sie wusste genau, wovon er sprach. Sie schloss die Tür hinter sich und kam auf ihn zu.
„Ja, bist ein braves Mädchen. Du tust, was ich Dir sage, nicht wahr?" raunte er und zog die Hose von seiner Hüfte.

16. KAPITEL

„Möchten Sie noch einen Tee?" fragte die alte Dame zum wiederholten Male.

„Nein, danke." sagte Hans.

Eine halbe Stunde waren sie nun schon hier. Doch die alte Dame ließ sich Zeit. Genoss sichtlich den Besuch und erzählte von Gott und der Welt. Während Hans mehrfach versucht hatte, sie zum eigentlichen Thema zurück zu lenken, war die alte Dame hierauf nicht eingegangen.

Sein Handy vibrierte und zeigte eine neue Nachricht an.

Endlich!

Markus hatte das Foto von Jonas Richter übermittelt.

„… und mein Sohn, der ist ja jetzt Anwalt. Dem habe ich gesagt,…"

„Entschuldigen Sie bitte. Können Sie mir sagen, ob Sie diesen Mann schon einmal gesehen haben?" fragte Hans und zeigte ihr das Bild auf dem Handy.

Sie setzte sich ihre Brille auf, die vorher an ihrem Hals gehangen hatte. Gehalten von einer Perlenkette.

„Ja. Das ist er. Also war er es doch. Und ich dachte schon, Sie hätten sich umsonst her bemüht." sagte sie strahlend.

„Dann haben Sie ihn schon einmal gesehen?"

„Ja. Er war hier. Hat meine Lampe ausgetauscht. Oben. Er ist ja so groß. Und ein paar Sachen repariert hat er. An meinem Gartenhaus. Obwohl ich noch nicht vorbeigefahren bin, um nachzusehen. Ich wollte die Beiden ja nicht stören."

„Die Beiden?"

„Ja. Eigentlich war es ein junges Mädchen, das mich um den Schlüssel für mein Gartenhaus bat. Wissen Sie, manchmal lasse ich ein paar Freunde von meinem Enkel dort übernachten. Sind arme junge Leute. Die haben manchmal nicht mal ein Dach über den Kopf. Und mein Enkel schickt mir nur welche, denen ich auch vertrauen kann. Die mir nichts kaputt machen. Im Winter brauch ich es ja nicht."

„Ihr Enkel?"

„Ja. Der Konny. Ist der Sohn von meinem Sohn. Dem Anwalt. Der hat es zu Hause nicht mehr ausgehalten und ist abgehauen. Irgendwann stand er wieder bei mir vor der Tür. Hat gesagt, er bräuchte etwas Hilfe. Aber ich solle es seinem Vater nicht sagen. Und das habe ich nicht."

„Wissen Sie, wo Ihr Enkel ist?"

„Nein. Ich frage ihn nie danach. Sonst kommt er irgendwann nicht mehr wieder. So sieht er ab und zu vorbei und ich weiß, dass es ihm gut geht."

„Wann war er denn das letzte Mal hier?"

„Heute früh. Mit diesem Mädchen. Die haben den Schlüssel wiedergebracht von dem Gartenhaus."

„Wie sah das Mädchen denn aus?"

„Oh. Ein wirbeliges kleines Ding. Rote Haare. Ziemlich wild. Und ihre Sachen…" sie verzog die Lippen. „Also zu meiner Zeit, hätte man eine junge Dame solche Sachen nicht tragen lassen, aber heutzutage…"

„Hat sie gesagt, warum sie das Haus nicht mehr brauchen?"

„Nein. Sie hatte sich nur bedankt und mir den Schlüssel wiedergebracht. Ich glaube der Konny, mein Enkel, ist ein bisschen vernarrt in sie."

„War der andere junge Mann bei ihnen?"

„Nein. Die beiden waren alleine."

„Könnten Sie eventuell eine Personenbeschreibung von dem Mädchen geben? Und von Ihrem Enkel, sodass wir die beiden suchen können."
Erschrocken starrte sie Hans an.
„Hat mein Enkel etwa was angestellt? Braucht er Hilfe?"
„Nein, nein. Wir sind nur auf der Suche nach jemanden und die beiden können uns da vielleicht helfen."
„Nach diesem jungen Mann?"
„Genau. Wissen Sie seinen Namen noch?"
„Nein. Er hat sich nicht vorgestellt als er hier war. Nur bedankt hat er sich. Sehr netter Mann. Hat er denn was angestellt?"
„Nein, hat er nicht. Wir müssen ihn nur finden."
„Oh. Dann ist es ja schade, dass ich Ihnen nicht sagen kann, wo er ist. Wären Sie vor ein paar Tagen da gewesen…"
„Schon gut. Können Sie mir noch sagen, wo Ihr Gartenhaus ist?"
„Selbstverständlich. Es ist eines der Häuser im Schrebergarten an der Königsstraße."
„Ich weiß, wo das ist." sagte die Polizistin, die Hans begleitete.
„Gut. Das Mädchen. Wissen Sie ihren Namen noch?"
„Ja." strahlte die alte Dame. „Lissie. Wie Elizabeth, die Kaiserin."
„Gut. Wir bitten einen Kollegen vorbeizukommen. Dem können Sie dann genaue Personenbeschreibungen geben. In Ordnung?"
„Ja. Natürlich. Ich freue mich immer über Besuch. Und wenn ich Ihnen helfen kann."
„Das haben Sie bereits. Haben Sie vielen Dank."
Damit verließen die beiden wieder das Haus der alten Dame. Kaum im Auto wählte Hans die Nummer von Markus.
Der meldete sich sofort.

„Hallo, Hans. Ich habe Neuigkeiten für Dich."
„Ich auch für Dich, aber Du zuerst."
„Okay. Zuerst die guten oder die schlechten?"
„Es gibt schlechte?"
„Ich fürchte ja."
„Okay. Dann erst die schlechten."
„Wir haben eine Leiche."
„Jonas Richter?"
„Nein. Ein junger Mann. Der Kleidung nach zu urteilen, ist er ebenfalls ein Obdachloser. Eine Frau hat ihn beim Spaziergang mit ihrem Hund am Rheinufer gefunden. Sie hat die Täter wohl knapp verpasst."
„Gibt es Spuren?"
„Nein. Bisher noch nicht. Aber die Kollegen von der Kölner Polizei sind noch bei der Spurensuche. Aber sie wollten uns informiert wissen, weil es schon ein sehr großer Zufall wäre, wenn der nichts mit unserem Fall zu tun hätte."
„Haben wir einen Namen?"
„Nein. Noch nicht. Ich kriege ein Bild von der KTU, sobald die wieder im Büro sind. Wenn ich da was Neues habe, sage ich Dir Bescheid."
„Wann ist es passiert?"
„Vor etwa zwei Stunden. Sie haben die ersten Voruntersuchungen abgewartet, bevor sie uns informiert haben. Erst nach der Besprechung liefen die Fäden wohl ineinander."
„Okay. Und die gute Nachricht?"
„Birgit hat wieder die Fährte aufgenommen. Zumindest von einem von ihnen."
„Wem?"

„Kristian Drees. Die Kollegen haben ihn am Bahnhof gesichtet. Er hatte Bahnhofsmitarbeiter befragt. Angeblich suche er seinen Bruder. Birgit und die Kollegen sind wieder an ihm dran."
„Klingt nicht sehr unauffällig. Birgit soll Abstand halten. Nicht, dass sie sie in die Irre führen."
„Ist gut, ich sag ihr Bescheid."
„Wir sollten trotzdem die Überwachungsbänder vom Bahnhof der letzten Tage sichten."
„Schon veranlasst."
„Gut. Wir sind auf dem Weg zu einer Gartenlaube. Die Freundin von Jonas Richter, Lissie, hat über einen anderen Jungen den Schlüssel dazu bekommen. Scheinbar haben Lissie und Jonas Richter dort gewohnt für ein paar Wochen."
„Lissie? Ist das ihr richtiger Name?"
„Wer weiß. Kannst Du einen Kriminaltechniker zu der alten Dame schicken? Er soll eine Phantomzeichnung von Lissie und diesem Freund machen. Konny hieß der. Und evtl. auch eines von Jonas Richter. Das Bild der Kamera ist zwar recht scharf, aber sicher ist sicher."
„Wird gemacht. Brauchst du Unterstützung bei der Gartenlaube?"
„Ich denke nicht. Sonst melde ich mich noch mal."

17. KAPITEL
<Rosalie>

Pizza! Ich habe Hunger auf Pizza. Ich habe kaum die Augen offen, da knurrt auch schon mein Magen. Und ich weiß auch, wie ich auf Pizza komme. Im Fernseher läuft die Werbung. Ich schaue zu meinem Besucher, der neben mir liegt. Er schläft. Schon wieder? Immer noch? Ich weiß es nicht.
Vorsichtig befreie ich mich aus der Decke und stehe auf. Es weckt ihn nicht. Ich gehe durch das Wohnzimmer zur Waschküche. Ein paar Stufen hinunter. Die Maschinen stehen still da. Ich öffne den Trockner und nehme Chucco's Sachen heraus. Vorsichtig lege ich sie zusammen. Den Inhalt der Taschen lege ich oben auf. Ein blaues Notizbuch war in der Jackentasche. Ich streiche über den Rücken. Was da wohl drin steht.
Aber ich lasse es geschlossen. Es geht mich nichts an.
Ich bringe die Sachen zurück ins Schlafzimmer und lege sie auf die Kommode. Seinen Rucksack habe ich in den Flur gestellt.
Ein Raunen, gefolgt von einem Hustenanfall sagt mir, dass Chucco wach ist. Ich gehe um das Bett herum und setze mich auf den Boden vor seiner Seite des Bettes.
„Hey, Schlafmütze." sage ich strahlend.
Er dreht sich zu mir herüber und sieht mich durchdringend an.
Dann verzehrt er die Lippen zu etwas, das wohl wie ein Lächeln aussehen soll.
„Hallo." sagt er leise. Eine leichte Röte steigt ihm ins Gesicht. Und wieder überkommt ihn ein Hustenanfall.
Ich reiche ihm die Flasche Wasser und eine Packung Taschentücher.

„Danke." sagt er noch schnell, bevor er den nächsten Hustenanfall bekommt.
Nach ein paar Minuten beruhigt sich seine Lunge wieder.
„Wie geht es Dir?" frage ich und lege meine Hand auf seine Stirn. Er zuckt leicht zurück. Lässt es dann jedoch geschehen und schließt sogar für einen Moment die Augen.
„Es geht. Nur eine Erkältung."
Ich nehme meine Hand zurück. Er sieht mich an und scheint sich überwinden zu müssen, weiter zu reden.
„Ich weiß, das ist vielleicht eine seltsame Frage, aber: Wer bist Du? Und was mache ich hier?"
Ich kann mir das Lachen nicht verkneifen.
„Nun. Gestern Nacht hast Du mich Schneewittchen genannt." sage ich ihm strahlend.
Wieder überzieht eine Röte seine Wangen.
Ich beschließe ihn nicht weiter aufzuziehen.
„Mein Name ist Rosalie. Und Du bist in meinem Haus. Ich habe Dich gestern Abend draußen im Garten gefunden. Du warst unterkühlt und hast Dir eine Bronchitis eingefangen. Also habe ich Dich reingebracht und Dich aufgewärmt. Eine Freundin von mir, sie ist Ärztin, hat Dich untersucht. Und dann..."
Vor meinen Augen kommt die Erinnerung an unsere gemeinsame Dusche zurück und die Berührung seiner Hände auf meinem Rücken.
„Und dann?" fragt er neugierig.
„Dann habe ich Dir den Schweiß abgewaschen und Dich mit frischen Sachen ins Bett gelegt. Und Du hast geschlafen."
„Bis jetzt?"
„Nein. Du warst zwischendurch mal wach und hast was gegessen. Und Du hattest erst Alpträume. Hast Du die öfter?"

„Ja." sagt er tonlos.

„Hm… okay. Du hast nach mir gerufen, also habe ich mich neben Dich gelegt. Danach hast Du gut geschlafen."

„Ich habe nach Dir gerufen?" fragt er verwundert.

„Naja. Nach Schneewittchen." Ich lege den Kopf schief und lächle. „Das war schon süß."

„Es tut mir leid." sagt er bestürzt.

„Was tut Dir leid?"

„Alles. Gott, ich habe Dir so viel Arbeit gemacht."

„Quatsch. Gar nicht. Was für eine Arbeit denn?"

„Ich weiß nicht. Ich sollte gehen."

Er wirft die Bettdecke zur Seite und will aufstehen. In dem Moment bemerkt er die Kleidung, die er trägt.

„Was sind das für Sachen?"

„Sie sind von meinem Vater."

„Wo sind meine Sachen?"

„Die liegen dort, siehst Du?" ich zeige auf die Kommode.

„Ich habe sie gewaschen. Sie sind alle wieder sauber."

„Du hast sie gewaschen? Wieso hast Du sie gewaschen?"

„Na, weil sie dreckig waren."

„Aber… Okay. Noch mal von vorne." Er setzt sich auf den Rand des Bettes. Seine Füße neben mir auf dem Boden.

„Ich bin ein Obdachloser." sagt er langsam und betont es so, als würde das alles erklären.

„Ja, kann sein."

Ich zucke mit den Schultern.

„Wieso zum Teufel nimmst Du einen fremden Obdachlosen mit in Dein Haus. Wäscht seine Sachen. Und legst Dich zu ihm?"

Ich hebe die Hände und zähle mit den Fingern die Gründe ab.

„Weil draußen Winter ist und es kalt war. Weil Deine Sachen dreckig waren. Und weil Du unruhig geschlafen hast."
„Ich muss gehen." sagt er entschlossen.
Doch, es bleibt beim Versuch aufzustehen. Seine Beine zittern bei der Anstrengung und er fällt zurück aufs Bett. Sofort springe ich auf und versuche, ihn zu halten.
„Langsam. Du hast immer noch Fieber."
Automatisch greifen meine Hände nach seinen Armen.
Verwirrt sieht er sie an.
„Du berührst mich." sagt er erstaunt.
Sofort lasse ich los.
„Ist das nicht okay? Entschuldige."
Er schüttelt mit dem Kopf.
„Ich weiß es nicht."
Ich setze mich zu ihm auf das Bett.
„Wieso musst Du weg?"
„Ich gehöre nicht hier hin."
„Wohin gehörst Du denn?"
„Nirgendwo."
„Dann ist es doch egal, oder?"
Er schaut mich an. Dann blickt er an mir vorbei.
„Kommst Du von einer Reise wieder?" er nickt in die Richtung der Koffer, die immer noch vor meinem Schrank stehen.
„Nein, eigentlich wollte ich heute wegfahren."
„Also, bin ich Dir doch im Weg. Ich sollte gehen."
„Wieso?"
„Du wolltest doch weg."
„Aber ich bin noch hier."
Verwirrt sieht er mich an. Einen Augenblick verweilt sein Augen in meinen.

„Ich bin müde." sagt er matt.

„Dann quäl Dich doch nicht. Was hältst Du von Pizza? Wir essen zusammen und Du schläfst noch mal. Wenn Du wieder wach bist, kannst Du immer noch gehen."

Wieder schweigt er mich an. Seinen Blick starr auf mich geheftet.

„Pizza klingt gut."

„Okay. Also Pizza."

Langsam stehe ich wieder auf.

„Warte."

Er greift nach meinem Arm.

„Was denn?"

„Ist es wirklich okay?"

„Ja, das ist es."

„Gut. Kannst Du mir noch mal helfen? Ich möchte aufstehen. Ich muss zur Toilette."

„Klar. Na komm."

Wieder ergreife ich seine Arme. Er blickt auf meine Hände und hebt sich dann langsam vom Bett hoch. Als er auf seinen Beinen steht, schließt er die Augen. Er steht sehr nah vor mir. Ich nehme ihn in den Arm und halte ihn einen Moment lang fest.

Seine Arme hängen an der Seite herunter, machen keine Anstalten die Umarmung zu erwidern.

Doch dann ganz langsam und zögernd legt er auch seine Arme um mich.

„Das ist schön." sagt er erstaunt.

Wie ein Junge, der zum ersten Mal ein neues Spielzeug in der Hand hält.

Erschrocken von seinen Worten, lässt er mich los und weicht zurück.

„Schon gut." sage ich. „Soll ich Dir auf die Toilette helfen?"
Er schüttelt mit dem Kopf.
Vorsichtig. Einen Fuß vor den anderen setzend, geht er zur Badezimmertür, die offen steht.
Als er die Tür hinter sich geschlossen hat, gehe ich zur Küche, um Pizza zu bestellen. Ich frage mich, was nur in ihm vorgehen mag.

18. KAPITEL

Schon das Tor zum Garten, in dem die Laube stand, war aufgebrochen. Sofort gab Hans der Kollegin ein Zeichen, die nickte und zog, wie Hans, ihre Waffe. Vorsichtig und geräuschlos gingen sie in den Garten und auf das Haus zu. Auch diese Tür war aufgebrochen. Hans gab der Kollegin ein Zeichen und ging voran durch die Tür.

Doch eine kurze Überprüfung der überschaubaren Räumlichkeiten ergab: sie waren allein. Sie kamen zu spät.

„Okay. Nichts anfassen." sagte Hans.

Er wusste, dass es überflüssig war. Die Kollegin war ausgebildete Polizistin und wusste sehr wohl, wie man sich an einem Tatort zu benehmen hatte.

Schnell überflog er das Chaos, das die Einbrecher hinterlassen hatten. Er war sich ziemlich sicher, dass er genau wusste, wer das gewesen war. Er zog sein Handy aus der Tasche und wählte die Nummer von Markus.

„Hallo, Hans. Gut, dass Du anrufst. Wir haben die Identität des Toten geklärt. Es handelt sich um einen Cornelius Ahlmann. Sohn eines örtlichen Anwalts."

„Konny."

„Bitte?"

„Sein Spitzname war Konny."

„Woher weißt Du das?"

„Es ist der Enkel der alten Dame. Darauf möchte ich wetten. Kein Wunder, dass sie vor uns hier waren. Der arme Junge. Zur falschen Zeit am falschen Ort."

„Wer war vor Euch wo?"

„In der Gartenlaube an der Königsstraße. Hier wurde eingebrochen. Kannst Du ein Team der Spurensicherung herschicken? Ich denke nicht, dass sie was hinterlassen haben, aber sicher ist sicher."

„Klar, kein Problem. Irgendwelche Hinweise auf Jonas Richter?"

„Nicht auf den ersten Blick."

Die Kollegin räusperte sich. Er sah zu ihr auf.

„Warte kurz."

Er ging zu ihr rüber an eine Art Couchtisch. Dort lagen Zettel verstreut. Sie zeigte auf ein Blatt. Jemand hatte die Druckspuren von einem darüberliegenden Blatt sichtbar gemacht mit einem Bleistift, der daneben lag.

„Okay. Wir haben hier was."

Die Kollegin nahm Handschuhe aus ihrer Tasche und zog sie über. Vorsichtig nestelte sie das Papier aus dem Chaos und hob es hoch, sodass Hans es lesen konnte.

„Scheint so, als hätte jemand eine Adresse darauf geschrieben."

„Worauf?" fragte Markus.

„Einen Zettel, der hier lag. Aber, man kann sie nicht entziffern."

Hans kniff die Augen zusammen.

„Nein. Alles unscharf. Bis auf die Stadt."

„Und welche ist es?"

„Münster."

Teil III

Im lauten Sturm obliegt die Kraft.
Geschwächt, gestrandet, am Boden.
Nur eine Sekunde, nur einen Tag,
gewähre ich der Zeit ihren Raum.
Und leise, sanft und hoffnungsfroh,
steigt etwas Neues in mir auf.
Sie erweckt, was lange schlief.
Sie hält die Schatten in Zaum.
Sie durchdringt mein kaltes Herz.
Sie ist die Farbe und das Licht.
Sie ist Wärme und sieht mich.
Sie bleibt stehen.
Wieso nur, bleibt sie stehen?
Wieso nur, sieht sie mich an?
Wieso nur, ist sie hier?
Oder war ich es, der sich verlief?
Die Angst im Nacken,
den Mut verloren.
Wohin es auch geht,
ich gehe mit ihr.
Denn sonst bleibt mir nichts.
Wo immer Du bist,
was immer du warst,
ich war für Dich da.
Lass sie mich finden
und zusammensetzen.
Lass mich mein Leben wiederfinden.
Lass mich das Lachen nicht vergessen.
Aus Grau wird Tag,
aus schwarz wird bunt,
aus eins wird zwei,
aus nichts wird etwas.

19. KAPITEL
<Chucco>

Sie liegt neben mir. Der Pizzakarton aufgeklappt auf dem Bett. Sie schaut das Programm im Fernsehen. Ich schaue sie an. Zu müde, noch zu gehen. Nicht, dass ich es nicht probiert hätte. Doch mein Körper wollte wieder zurück in dieses warme weiche Bett. Und es scheint so richtig zu sein.
Wo sollte ich auch hin?
„Willst Du noch ein Stück?"
Sie hält mir die Schachtel hin. Ich schüttle mit dem Kopf.
Ein Rätsel liegt neben mir. Ich verstehe es nicht. Ich ertrage nicht einmal Lissie's Nähe. Und bei ihr fühlt es sich so einfach an. Liegt sie neben mir, ist mein Kopf frei von Angst. Frei von Sorge. Frei von den Erinnerungen. Oder liegt es am Fieber?
Ich habe vergessen, woher ich kam. Ich weiß nicht, wohin ich wollte. Alles was ich weiß, ist dass ich hier liege. Alles andere ist unwichtig geworden.
Mir fallen die Augen zu.
„Schlaf ruhig." sagt ihre Stimme sanft zu mir.
„Morgen muss ich gehen." höre ich mich sagen.
„Wohin musst Du gehen?"
„Ich weiß es nicht. Ich muss weg."
„Wieso musst Du weg?"
„Du wärst in Gefahr, wenn ich bliebe."
Sie setzt sich auf.
Ich spüre es an der Bewegung auf der Matratze.
„Wieso wäre ich in Gefahr?"
„Ich bin das Dunkel. Es verfolgt mich."
„Und wenn ich das auch bin?"

Ich schlage die Augen wieder auf und sehe sie an.
„Du bist nicht das Dunkel."
„Aber ich könnte es sein. Du weißt es nicht."
„Ich muss gehen. Morgen."
„Gut. Dann gehen wir zusammen. Was hältst Du von den Niederlanden?"
„Was?"
„Na, Du könntest doch einfach mitfahren. Warst Du schon mal am Meer?"
„Nein."
„Na dann, fahren wir doch einfach morgen dahin."
„Wohin?"
„Ans Meer."
„Ich kann nicht ans Meer. Ich muss weg."
„Ja, das sagtest Du schon. Aber, wenn Du nicht weißt wohin. Warum dann nicht ans Meer? Wenn es jeder Ort sein kann, dann kann es doch auch der sein, oder?"
Sie legt den Kopf schief. Ihre grünen Augen funkeln mich belustigt an. Spielen wir ein Spiel?
„Ich kann nicht mit Dir ans Meer fahren."
„Okay, nenn mir einen guten Grund und ich schweige wie ein Grab."
Sie zeichnet ihren Mund nach, als würde sie ihn verschließen.
„Weil es nicht geht."
„Das ist kein Grund."
„Ich muss Lissie suchen."
„Auch kein Grund. Die war heute Morgen da. Erinnerst Du Dich nicht? Sie hat mit Dir gefrühstückt."
„Aber wo ist sie hin?"

„Zu ihrer Schwester. Die Telefonnummer hängt an der Pinnwand in der Küche. Möchtest Du sie anrufen?"
„Geht das?"
„Klar, warte kurz."
Sie steht auf und geht aus dem Raum. Als sie wiederkommt hat sie einen Zettel und eines dieser neuen Telefone in der Hand. Sie gibt mir beides. Ich sehe sie fragend an.
„Ich weiß nicht, wie das geht." sage ich.
„Ach so."
Lächelnd nimmt sie das Telefon wieder in die Hand. Wischt und drückt darauf herum. Dann gibt sie es mir wieder. Ich halte es an mein Ohr. Ein Signal ist zu hören. Dann eine Stimme. Ich erkenne sie nicht wieder.
„Lissie?"
„Nein. Hier ist ihre Schwester. Karina. Warte ich hole sie kurz."
Stille.
Dann höre ich ihre Stimme. Die kenne ich. Und unmittelbar kommt die Erinnerung zurück, an all das, was war und all das, was ich bin.
„Hallo?"
„Lissie?"
„Chucco?"
„Ja, geht es Dir gut."
„Klar. Geht es DIR gut?"
„Ich weiß es nicht."
„Du warst sehr krank. Geht es Dir etwas besser?"
„Ich glaube ja. Wir müssen weg."
„Nein. Wir sind in Sicherheit. Weißt Du nicht mehr? Sie suchen in Köln. Nicht hier. Sie sind weit weg. Ruh Dich aus. Sie werden Dich nicht finden, Chucco."

„Woher weißt Du das."

„Weil es so ist. Glaub mir einfach. Konny hat versprochen, er kommt in ein paar Tagen. Er will nicht, dass sie ihm folgen."

Rosalie steht auf und geht zur Tür.

„Sprich mit ihr über das Meer." sagt sie leise.

Dann verlässt sie den Raum.

„Geht es Dir gut, Chucco?"

„Ich glaube ja. Es ist komisch. Mit ihr…"

„Sie ist nett."

„Ja. Warum ist sie nett? Hast Du ihr etwa Geld gegeben?"

„Nein, Chucco. Ich habe ihr nichts gegeben. Sie ist es einfach so."

„Aber ich bin nichts."

„Du bist nicht nichts, Chucco."

Ich höre an ihrer Stimme, dass sie die Augen verdreht.

„Sie will ans Meer fahren."

„Oh. Okay. Ich weiß nicht, ob Du hierher kommen kannst." Flüsternd fügt sie hinzu: „Ich glaube nicht, dass es meiner Schwester Recht wäre, wenn Du hier schlafen würdest. Die Wohnung ist nicht groß, weißt Du."

„Sie will, dass ich mit ihr fahre."

„Oh. Ach so."

„Wieso will sie das, Lissie?"

„Wieso fragst Du mich das?"

„Ich kenne mich damit nicht aus."

„Aber, Du bist doch auch mit mir nach Köln."

„Das war was anderes."

„Ja? Wieso war das anders?"

„Weil ich weg musste, sie waren mir auf den Fersen."

„Ist es jetzt nicht so?"

„Ja. Aber…"
„Nichts aber. Warst Du schon mal am Meer?"
„Nein."
„Siehst Du. Warum fährst Du nicht? Wenn sie Dich doch mitnehmen will. Ich glaube, man kann ihr vertrauen. Und Du sowieso. Du hast sogar mir vertraut. Ich würde mir nicht vertrauen."
„Lissie." sage ich genervt.
„Was denn?"
„Rede nicht so von Dir."
„Fahr schon. Mach es einfach. Wie lange will sie fahren?"
„Ich habe nicht gefragt. Wie lange fährt man denn ans Meer?"
„Das nennen die Urlaub, Chucco. Die fahren dann ein oder zwei Wochen weg."
„Zwei Wochen?"
„Ja."
„Das ist lang."
Sie kichert.
„Ach ja. Was für Termine hast Du denn noch?"
„Keine."
„Ach! Und wohin willst Du, wenn sie weg ist?"
„Keine Ahnung. In ein Obdachlosenheim? Oder sonst irgendwo. Ich komme schon irgendwo unter."
„Du bist immer noch krank, Chucco. Fahr mit ihr. Und wenn ihr wieder da seid, weiß ich mehr von Konny. Und wir können sehen, ob wir weiter weglaufen müssen oder ob wir bleiben können."
„Bleiben? Du willst in Münster bleiben?"

„Ich weiß es nicht, Chucco. Ich habe meine Schwester lange nicht gesehen. Vielleicht wäre es ganz gut, mal in ihrer Nähe zu sein für eine Zeit."

„Okay."

Meine Gedanken sind weit entfernt. Gestern noch war die Gefahr so nah, ich konnte ihren Atem spüren. Heute ist sie wie vergessen.

Kann ich wirklich mit Rosalie ans Meer fahren?

Kann ich es wagen sie in Gefahr zu bringen?

„Chucco." sagt Lissie sanft.

„Ja?"

„Sie suchen Dich. Das ist Fakt. Und vielleicht finden Sie heraus, dass Du in Münster bist. Wer weiß. Aber weißt Du, wo sie Dich auf gar keinen Fall suchen werden?"

„Im Urlaub?"

Selbst ich muss lachen. Der Gedanke ist so surreal. So weltfremd.

„Genau. Fahr einfach. Du kommst doch zurück. Dann kannst Du es immer noch mit der ganzen Welt aufnehmen. Oder weglaufen."

„Okay."

„Ja?"

„Ja!"

„Gut. Ach und Chucco."

„Ja?"

„Du darfst nicht für immer weglaufen. Irgendwann musst Du stehen bleiben und Dich umdrehen."

„So wie Du?"

„Ja. Ich muss das auch. Irgendwann."

„Das geht nicht, Lissie."

„Wir werden sehen, Chucco. Kannst du mir noch mal Rosalie geben?"

„Ja. Warte."

Ich lege das Telefon zur Seite und stehe langsam vom Bett auf.

Es klappt schon besser als beim ersten Mal.

Rosalie ist nicht da, um mich aufzufangen.

Es muss irgendwie gehen.

Ich nehme das Telefon wieder in die Hand und mache mich auf die Suche nach ihr. Sie sitzt in der Küche an einer Theke und blättert in einer Zeitschrift.

Fragend sieht sie zu mir auf. Ich reiche ihr das Telefon.

„Lissie möchte mit Dir reden."

Stirnrunzelnd sieht sie mich an, nimmt das Telefon und hält es an ihr Ohr.

„Hallo?"

Sie lacht. Ihre Augen funkeln dabei.

„Ist gut, das mache ich."

Sie sieht mich an. Ihre Lippen verharren in dem Lächeln. Ich möchte sie berühren.

Ihre Lippen.

Wieso will ich das?

„Mach Dir keine Sorgen. Ich lasse allerdings das Handy zu Hause, ich brauche es eigentlich nur für die Arbeit. Oder sollte ich es mitnehmen? Willst Du ihn erreichen können?"

Leicht legt sie den Kopf zur Seite. Ihre Augen gehen zurück auf das Bild der Zeitschrift, die sie gelesen hat. Mit einer Hand streicht sie ihre Haare nach hinten. In weichen Wellen landet es auf ihrer Schulter.

„Ist gut. Ich pass schon auf ihn auf. Ich melde mich, wenn wir wieder da sind."

Sie nickt. Ein paar Haare fallen wieder zurück.

„Nächste Woche Samstag, denke ich. Bist Du dann noch bei Deiner Schwester?"

Sie reden von mir. Als würden sie sich schon ewig kennen. Und ich wäre ein Teil von ihnen. Vielleicht wie ein Bruder. Sie meine Schwestern. So fühlt sich das doch an, oder?

Familie.

„Ist gut. Dann bis nächste Woche. Tschüss!"

Sie wischt wieder auf ihrem Handy herum und legt es auf die Theke.

„Sie sagt, zur Not soll ich Dich fesseln und ins Auto tragen."

Ein breites Grinsen reicht ihr bis in die Augen.

„Ich denke nicht, dass es eine gute Idee ist."

„Kein ‚ich muss gehen'? Wir machen Fortschritte."

„Rosalie, Du weißt gar nichts über mich."

„Und Du nichts über mich."

„Aber…"

„Kein aber. Was immer es ist, was Dich antreibt, zu verschwinden. Es kann hier auf Dich warten. Du brauchst ein bisschen Ruhe. Deine Erkältung wird Dich noch ein paar Tage beschäftigen. Am Meer ist die Luft anders. Das wird Deinen Lungen ganz gut tun."

„Wie kann die Luft da anders sein?"

„Ich zeig es Dir. Jetzt solltest Du schlafen gehen. Möchtest Du, dass ich auf dem Sofa schlafe?"

„Nein."

„Soll ich bei Dir schlafen?"

„Ich weiß nicht, ob das geht."

„Schon wieder? Nun. Gestern ist es gegangen. Warum sollte es heute nicht gehen? Komm schon. Wir probieren es einfach."

Sie steht auf und streckt mir ihre Hand hin. Ich greife danach. Gemeinsam gehen wir wieder ins Schlafzimmer. Sie geht mit zu der Seite des Bettes, in dem ich gelegen habe und drückt mich sanft auf die Matratze.

„Hier."

Vom Nachttisch nimmt sie eine Tablette.

„Die solltest Du noch nehmen. Wird Dir helfen, nicht die ganze Nacht zu husten."

Ich nehme sie aus ihrer Hand und die Wasserflasche vom Boden. Mit dem Wasser spüle ich die Tablette herunter.

Sie nimmt mir die Wasserflasche ab und drückt mich sanft in die Kissen. Ihr Gesicht nah vor mir. Ihr Duft wieder in meiner Nase. Automatisch heben sich meine Hände und legen sich auf ihren Rücken. Als hätten sie nie etwas anderes getan.

„Schlaf jetzt. Ich bleibe noch ein bisschen wach. Wenn Du was brauchst, ich bin hier. Okay?"

„Okay."

Sie beugt sich noch näher zu mir. Ihre Lippen berühren sanft meine Stirn.

„Gute Nacht, Chucco." sagt sie.

Und dann höre ich es mich selbst sagen.

Laut und deutlich formen meine Lippen die Worte, die schon seit langer Zeit gesagt werden wollen.

„Ich heiße nicht Chucco. Mein Name ist Jonas."

20. KAPITEL
<Rosalie>

Er sieht mich aus aufgerissenen Augen an. Seine Zähne beißen sich in seine Unterlippen.
Erstarrt.
Vor Angst?
„Hallo Jonas." sage ich sanft und vorsichtig.
Sein ganzer Körper spannt sich an.
„Ist was nicht in Ordnung?" frage ich ihn.
„Es ist nur…" beginnt er.
Doch er kommt nicht weiter. Er dreht den Kopf zur Seite. Sanft lege ich meine Hände an seine Wangen. Drehe ihn wieder zurück. Sehe ihm in die Augen.
„Was ist es?"
„Ich habe diesen Namen schon seit 20 Jahren nicht mehr gesagt. Und seit der Zeit hat mich niemand mehr so genannt."
„Soll ich Dich weiter Chucco nennen?"
In seinen Augen sammeln sich Tränen. Langsam laufen sie ihm die Wange herunter. Verfangen sich in seinem Bart. Ich streiche sie ihm weg.
„Wieso tust Du das?"
„Was tue ich denn?"
„Ich bin ein Geist."
„Ein Geist?"
Ich lege meinen Kopf auf seine Brust.
Sein Herz pocht so laut.
So schnell.
So stark.

„Nein. Ich glaube, du lebst noch." sage ich ihm strahlend und nehme den Kopf wieder hoch.

„Du behandelst mich wie einen Menschen." sagt er traurig.

Schnell klettere ich ins Bett. Lege mich auf ihn. Und nehme ihn in den Arm. Meinen Kopf auf seine Schulter gelehnt. Mein Mund dicht an seinem Ohr.

„Du BIST ein Mensch, Jonas." flüstere ich.

Seine Hände klammern sich Halt suchend an meinen Rücken. Er drückt mich und schluchzt laut auf. Seine Tränen fließen ungehindert über seine Wangen. Sein Körper zittert unter meinem. Stärker und stärker.

Meine Finger fahren sanft über seine Wangen. Seinen Bart.

„Wieso tust Du das?" fragt er wieder.

Er dreht sich und wir liegen nebeneinander. Kopf an Kopf.

„Was ist passiert?" frage ich.

„Ich habe nicht aufgepasst. Ich konnte ihn nicht retten. Ich konnte nichts tun. Nichts. Sie waren da. Und so viel stärker als ich. Und dann…" seine Hände fahren zu seiner Stirn.

„Alles schwarz. Und wir waren in der Hölle. Ich konnte nichts tun. Ich konnte nichts tun. Ich hätte irgendwas tun sollen. Wieso bin ich noch hier? Wieso ist er tot? Wieso nicht ich?"

Sein Atem geht flach. Er beginnt zu hyperventilieren. Seine Bronchien sind der Belastung nicht gewachsen. Sie kämpfen um Raum. Und ein Hustenreiz verschlingt den letzten freien Raum.

„Okay. Komm, setz Dich auf."

Ich knie mich vor ihn. Ziehe ihn hoch.

„Du musst ruhiger atmen. Einatmen. Ausatmen."

Ich mache es ihm vor. Stoße die Luft aus meiner Lunge und atme tief wieder ein. Er ahmt mich nach, bis sich ein Hustenanfall löst.

„Ruhig." sage ich sanft. Streichle über seinen Rücken, während seine Lunge sich wieder Raum schafft.

Nach ein paar Minuten beruhigt sie sich wieder und auch er wird deutlich ruhiger.

„Du musst schlafen." sage ich bestimmt.

Er nickt nur, sagt kein Wort mehr.

Sanft drücke ich ihn zurück auf das Kissen und breite die Decke über ihm aus. Dann lege ich mich auch darunter und kuschle mich an ihn.

„Ich bin hier. Und Du bist es auch. Wir leben, Jonas. Wir sind noch da."

Und auch in meinen Augen sammeln sich Tränen. Ich kann ihn nur zu gut verstehen. Auch, wenn meine Nächte voller Fragen und voller Schmerz schon lange zurück liegen. Heute kann ich es ertragen. Ich kann es nicht verstehen. Aber ich habe gelernt, es zu ertragen.

Sein Körper beginnt, sich zu entspannen. Sanft lege ich meine Hand auf seinen Bauch und beginne, darüber zu streichen. Sein Atem wird ruhiger und gleichmäßiger. Und irgendwann schläft er ein. Müde der Gedanken, die durch seinen Kopf zu rasen scheinen.

Am nächsten Morgen erwache ich vor ihm. Keine Schreie in der Nacht. Er schläft noch immer. Ein leises Schnarchen dringt über seine Lippen. Vorsichtig nehme ich meine Hand von seinem Bauch. Seine hat er über Nacht auf meine gelegt.

Ich gehe unter die Dusche, lasse den warmen Strahl über mich gleiten und hänge meinen Gedanken nach. Wenn ich es richtig verstanden habe, hat ihn wohl jemand entführt. Mit noch einem anderen zusammen. Und der andere hat es nicht überlebt. Wieso hat er es? Was ist nur passiert?

Meine Hand wandert über meinen Bauch zu meinem Rücken. Dort, wo ich die Narben spüren kann. Das Blumentattoo überdeckt sie. Doch für mich sind sie mehr als sichtbar. Fünf Narben. Fünf Blätter. Vier Blüten. Vier Menschen tot. Ich weiß, was es heißt, überlebt zu haben.

Die Tür zum Badezimmer öffnet sich. Ich drehe das Wasser ab.

„Jonas?"

Ich beiße mir auf die Lippen. Sollte ich ihn vielleicht lieber nicht so nennen?

„Entschuldige bitte, ich wollte Dich nicht stören. Ich wollte auf die Toilette."

„Du störst nicht, komm einfach rein."

„Das geht nicht." sagt er.

„Willst Du wirklich wieder damit anfangen?" lache ich.

„Ich kann doch nicht auf die Toilette, wenn Du unter der Dusche stehst."

„Ich sehe nicht hin, ich schwöre es."

Und ich drehe das Wasser wieder an. Mit dem Rücken zum Raum, das Gesicht zur Wand.

Es dauert einen Moment. Vermutlich wägt er ab, ob er es wagen kann oder nicht. Doch dann tritt er ein und geht zur Toilette.

Ich summe die Melodie eines Liedes. Wasche meinen Körper und meine Haare unter dem warmen Strahl. Die Melodie wird zu Worten und ich singe sie.

„Was ist das für ein Lied?"

Erschrocken drehe ich mich um. Er steht vor der Duschtür. Er dreht den Kopf weg.

„Warst Du schon? Ich habe gar nicht mitbekommen, dass Du abgezogen hast."
„Du hast ein Lied gesungen. Wie heißt es."
„Ich weiß gar nicht. Irgendein Oldie. Ist mir gerade in den Sinn gekommen."
„Es ist schön." sagt er.
„Willst Du auch duschen? Komm rein."
„Das geht…"
„…nicht. Ja, ich weiß. Aber es ging vorgestern auch."
„Vorgestern?"
„Erinnerst Du Dich nicht mehr?"
„Nein."
„Ich habe Dich abgeduscht. Komm schon. Kein Problem."
„Ich weiß nicht."
„Lass einfach los. Kein ‚das geht nicht' mehr. Alles geht. Irgendwie. Wirst sehen."
Er dreht sich wieder zu mir und sieht mich an.
Ich drehe das Wasser ab und öffne die Tür.
„Siehst Du. Geht."
Er beginnt, sich die Kleidung auszuziehen. Legt sie sorgsam auf die Ablage bei den Waschbecken. Dann steht er dort. Nackt. Sieht mich wieder an.
„Na los. Komm schon. Das wird Dir gut tun."
Vorsichtig tritt er einen Schritt zu mir. Ich greife nach seiner Hand und ziehe ihn unter die Dusche. Mit einem weiteren Griff habe ich die Wasserfontäne wieder angestellt.
Warmes Wasser prasselt auf uns nieder.
„Ist ein bisschen wie Regen."

Er reckt den Kopf nach oben. Bevor er darüber nachdenken kann, fülle ich etwas Lotion auf einen Schwamm und beginne seinen Körper abzuseifen. Er hält meine Hand fest.
„Nicht."
„Möchtest Du es selber machen?"
Ich halte ihm den Schwamm hin.
„Hast Du es vorgestern auch getan?"
„Ja."
Langsam lässt er meine Hand wieder los.
„Dann mach. Aber sei vorsichtig."
„Okay."
Und ich fahre mit der Wäsche fort. Langsam umkreise ich ihn und wasche seinen Brustkorb. Seine Schultern. Seinen Hals. Seine Arme. Seinen Rücken. Jeden Zentimeter seines Oberkörpers wasche ich sanft ab. Er lässt es über sich ergehen. Die Augen fest geschlossen.
„Ist das okay für Dich?" frage ich ihn.
„Ja, es ist schön."
Seine Stimme klingt überrascht.
„Hat das noch nie jemand für Dich gemacht?" frage ich erstaunt.
„Meine Mutter."
Ich wasche den Schwamm aus und nehme die Brause von der Wand. Ich stelle den Wasserregler um und Wasser sprudelt aus ihr hervor. Vorsichtig spüle ich den Schaum wieder herunter. Mit der Hand wische ich über seine Haut. Sie spannt sich an unter meiner Berührung. Doch er hält mich nicht davon ab.
Als ich fertig bin, nehme ich das Haarwaschmittel.
„Jetzt musst Du etwas runter kommen. Oder Du wäscht Dir die Haare selbst."

„Kann ich Deine Haare waschen?" fragt er.

„Klar."

Ich drehe mich vor ihm um und lege den Kopf in den Nacken. Ich höre, wie er die Shampoo-Flasche öffnet und sich etwas in die Hand gibt. Er stellt die Flasche wieder auf die Ablage. Dann sind seine Hände an meinem Kopf. Sanft massieren sie das Shampoo in meine Haare.

21. KAPITEL
<Jonas>

Schwarz wie Ebenholz.
Fasziniert lasse ich meine Hände durch ihre Haare gleiten. Sie sind weich und sanft. Ich verteile das Shampoo darin. Streiche dabei über ihren Kopf. Ihren Hals.
Sie lässt all das geschehen. Sie ist nicht angespannt. Sie hat keine Angst vor mir. Sie vertraut mir.
Meine Hände wandern von ihrem Kopf durch ihre Haare zu ihrem Rücken. Und da fallen sie mir ins Auge. Die Blumen auf ihrem Rücken. Und ich erinnere mich wieder an das erste Mal, als sie mit mir unter der Dusche stand. Ich hatte gedacht, ich träume. Doch die Blumen sind echt.
Sanft streiche ich über die bemalte Haut. Aber sie ist nicht makellos. Die Blätter verdecken Narben. Ich spüre sie deutlich unter meinen Fingern. Ein Blatt, ein zweites, ein drittes, ein viertes, ein fünftes. Fünf Narben auf ihrer Haut.
„Woher hast Du die?"
Abrupt dreht sie sich um.
Hat sie Tränen in den Augen?
„Das reicht für heute."
Sie nimmt wieder die Brause, mit der sie mich abgewaschen hat, und spült damit ihre Haare aus. Als sie fertig ist, reicht sie mir die Wasserbrause. Sie sieht mir nicht in die Augen.
„Hier. Du solltest Dir auch die Haare waschen."
Dann geht sie aus der Dusche.

Als ich fertig bin, weiß ich nicht, wie ich die Wasserflut stoppen kann.

„Rosalie?" frage ich vorsichtig.
Ist sie noch im Raum?
Sie kommt zur Tür der Dusche.
„Ja?"
„Wie kann ich das Wasser abstellen?"
Sie öffnet die Tür und zeigt auf einen Wasserhahn an der Wand.
„Siehst Du den Hebel in der Mitte? Dreh ihn runter."
Kaum bewegt sich der Hebel, wird das Wasser weniger und schließlich fallen nur noch ein paar Tropfen von der Brause an der Decke auf den Boden.
„Hier."
Sie hält ein Handtuch in der Hand. Ich trete heraus, nehme es und hülle es um mich. Ihr Duft wabert mit den Dunstschwaden im Raum.
Sie geht zum Spiegel und wischt mit einem anderen Handtuch darüber. Sie sieht hinein und beginnt, ihre Haare zu bürsten. Ich gehe zu ihr. Stelle mich hinter sie und schaue sie im Spiegel an.
Schneewittchen.
„Es tut mir leid." sage ich.
Mein Hals ist trocken.
„Schon gut. Ist nichts passiert."
Ich studiere ihre Mimik. In ihren Augen sind keine Tränen mehr zu sehen. Dann sehe ich auf die andere Person im Spiegel. Ich fasse an meinen Bart. Der fremde Mann im Spiegel tut es mir nach.
Bin das wirklich ich?
Ich erkenne mich nicht wieder.
„Willst Du einen Kamm?"
Rosalie's Augen blicken mir fragend im Spiegel entgegen.
„Hast Du eine Schere?"

„Eine Schere?"
„Ich will mein Gesicht sehen."
Sie lächelt.
„Da habe ich was Besseres."
In einer fließenden Bewegung dreht sie sich zu mir um und drückt mir ihre Bürste in die Hand.
„Warte kurz hier."
Nur mit einem Handtuch umhüllt verlässt sie das Badezimmer. Ich bleibe zurück. Mit dem fremden Mann im Spiegel. Fasziniert sehe ich ihn an. Der Dunst legt sich wieder auf den Spiegel und er verschwindet im Nebel.
Als sie zurückkommt, trägt sie einen Stuhl und ein braunes Ledermäppchen.
Sie stellt den Stuhl vor den Schrank.
„Hier. Setz Dich. Mit dem Rücken zum Waschbecken."
Ich stelle keine Fragen mehr.
Sie vertraut mir, ich will ihr vertrauen.
Ich widerspreche nicht mehr.
Ich setze mich hin.
Sehe zu ihr auf.
Sanft legt sie ihre Hand auf meine Stirn und drückt meinen Kopf nach hinten.
„Über das Waschbecken." weist sie mich an.
Ich lehne mich zurück.
Sie öffnet das Ledermäppchen und stellt es neben das Waschbecken. Etwas langes Silbernes kommt zum Vorschein. Sie nimmt es und reibt es an einem Lederband, der ebenfalls im Mäppchen war.
„Ich muss es schärfen." erklärt sie.
Keine Fragen! Keine Fragen! Keine Fragen!

Brüllt es in meinem Kopf.

Dann stellt sie sich genau neben meine Schulter und sieht zu mir runter.

„Vertraust Du mir?" fragt sie.

Ihre Augen leuchten.

„Ja." raune ich.

„Okay. Schließ die Augen. Und nicht bewegen."

Zwei ihrer Finger legen sich auf meine Stirn. Und dann spüre ich die scharfe Klinge an meiner Wange. Doch sie schneidet nicht. Sie tut nicht weh. Im Gegenteil. Sanft streicht sie über meine Wange. Der kalte Stahl fährt über meine warme Haut. Ich öffne meine Augen einen kleinen Spalt und sehe zu ihr auf. Konzentriert blickt sie auf ihre Hand. Die wieder und wieder mit der Klinge über meine Haut fährt. Ihre Augen funkeln. Ich schließe wieder meine Augen. Ich atme ihren Duft. Spüre ihre sanften Hände. Und in fließenden Bewegungen rasiert sie den Bart in meinem Gesicht ab.

Nicht einmal stockt sie.

Nicht einmal zuckt sie.

Nicht einmal schneidet sie mich.

So als hätte sie ihr Leben lang nichts anderes getan.

Haar um Haar fällt in das Waschbecken unter mir. Haar um Haar verlässt mich das, was mich versteckt hat. Und mit jeder ihrer Bewegung kommt mehr und mehr meine nackte Haut zum Vorschein.

Dann hat sie es geschafft. Ich öffne meine Augen.

„Fertig?"

Sie sieht sich ihr Werk an. Fährt mit den Fingern über meine Haut. Über mein Kinn. Über meine Lippen.

Sie atmet tief ein. Und nickt.

„Warte noch kurz."

Sie öffnet eine der Schubladen und zieht eine Dose daraus hervor.

„Ich creme Dich noch ein."

Und dann sind ihre Finger wieder auf meinem Gesicht. Sanft massiert sie die Creme ein. Ich lehne meine Wange in ihre Handfläche. Ihre Augen funkeln zu mir herunter. Eine leichte Röte steigt ihr in die Wangen.

„Okay. Fertig. Sieh es Dir an."

Sie tritt zurück. Und ich stehe auf. Drehe mich langsam zum Spiegel. Der Dunst ist verflogen. Der Spiegel wieder klar. Und der fremde Mann im Spiegel, er sieht wieder aus wie ich. Ungläubig streiche ich selbst über mein Gesicht. Der verwilderte Ausdruck durch den dichten Bart ist verschwunden. Wie lange schon habe ich mich nicht mehr so gesehen?

„Danke." flüstere ich und sehe zu ihrem Spiegelbild.

„Gerne." antwortet sie. „Deine Haare auch?"

„Aber keine Glatze."

Und da ist es. Ein Lächeln auf meinen Lippen. Das jetzt, nicht verdeckt vom Bart, deutlich zu sehen ist. Ich bin fasziniert von dem Anblick.

Sie kichert neben mir.

„Nein?"

Ich stupse sie an. Wie Lissie es so oft bei mir macht.

„Okay. Dafür brauche ich aber anderes Gerät. Warte kurz. Ich habe hier irgendwo…"

Und sie beginnt die vielen Schubladen und Klappen unter dem Waschbecken zu öffnen und zu durchwühlen.

„… ah hier. Schauen wir mal, ob der noch funktioniert."

Und sie zieht eine verstaubte Schachtel hervor. Als sie sie öffnet, kommt ein Rasierer zum Vorschein. Vorsichtig packt sie ihn aus. Auch ein paar gelbe Plastikteile holt sie aus der Schachtel. Sie sehen aus wie Kämme.
„Aufsätze." erklärt sie.
Sie stöpselt den Stecker in eine Steckdose und drückt einen Knopf am Rasierapparat. Er beginnt leise zu surren.
„Okay. Funktioniert. Wenn ich bitten darf."
Sie deutet auf den Stuhl und ich setze mich wieder hin.
„Irgendwelche Wünsche?"
„Nein."
„Gut. Denn mit dem Messer bin ich besser als mit dem Rasierer. Ich kann nicht versprechen, dass es gut wird."
Und dann macht sie sich ans Werk. Wieder schaut sie konzentriert auf die Arbeit ihrer Hände, die sanft den Rasierer durch meine Haare fahren lassen. Es fühlt sich an, als würde ein schweres Gewicht meinen Kopf verlassen.
Als sie fertig ist, drückt sie mir einen Spiegel in die Hand.
„Hier. Du kannst es damit von vorne und hinten sehen."
Ich halte den Spiegel vor mein Gesicht. Die Haare kurz, kein Bart mehr. Ich sehe verändert aus. Durch den großen Spiegel an der Wand sehe ich auch meinen Hinterkopf. Einfach so hatte Rosalie mich verwandelt.
In einen Mann.
Kein Geist mehr.
„Das ist gut geworden." sagt sie und streicht über meine Haare. Sie hat die Seiten gekürzt. Auf dem Kopf hat sie die Haare etwas länger gelassen.
Ich stehe auf und nehme ihr den Rasierer aus der Hand.
„Okay. Jetzt ich." sage ich.

Mit großen Augen sieht sie mich an.
„Ein Scherz." füge ich lächelnd hinzu.
Sie sieht mich verblüfft an und dann ist es wieder da. Dieses glockenhelle Lachen aus ihrem Mund.

Wir befreien gemeinsam das Waschbecken von den vielen Haaren, die mal zu mir gehörten und gehen zurück ins Schlafzimmer.
„Also? Das Meer?"
„Ja." sage ich.
Einfach so.
Kein ‚Aber' mehr.
„Gut. Dann los."
Sie nimmt sich Sachen aus dem Schrank und zieht sich an. Ich stehe etwas unbeholfen im Raum, entdecke dann meine Sachen auf der Kommode. Ich gehe zu ihnen rüber und streiche über meine alte Jacke.
„Willst Du was anderes anziehen? Vielleicht habe ich noch was da von meinem Vater."
„Von Deinem Vater?"
„Ja. Die Sachen die Du die letzten Tage getragen hast, waren von ihm."
„Ich kann nicht die Sachen Deines Vaters tragen."
„Jonas, er ist tot. Es stört ihn sicher nicht."
„Tot?"
„Ja."
Ich sehe sie an. Sie hat mitten in der Bewegung innegehalten und sieht nach oben zur Decke. Als würde dort irgendwas zu sehen sein. Ich folge ihrem Blick. Es ist nichts. Nur die weiße Decke des Raumes.

„Wie auch immer."

Sie fährt fort damit, sich anzukleiden.

„Ich will nicht die Sachen Deines Vaters. Ich habe eigene Sachen."

„Okay."

Ich nehme sie von der Kommode und ziehe sie an. Sie fühlen sich fremd an. Sie kratzen und scheuern. Sie gehören nicht mehr zu mir. Aber es ist alles, was ich habe. Also ziehe ich sie an.

Rosalie sieht mir dabei zu.

„Was hältst Du davon, wenn wir auf dem Weg zum Meer einen kurzen Zwischenstopp einlegen."

„Und wo?"

„Ein Einkaufszentrum. Die haben da auch Kleidung. Wir könnten ein paar Sachen für Dich kaufen…"

Ich hebe die Hand, will ihr ins Wort fallen, doch mit einem Schritt ist sie bei mir. Legt ihre Hand auf meinen Mund.

„Nur für den Urlaub. Danach nehme ich sie wieder zurück. Du hast keine Wahl."

Damit geht sie an mir vorbei aus dem Raum.

Das Gespräch ist wohl beendet.

22. KAPITEL
<Rosalie>

Ich habe es tatsächlich irgendwie geschafft. Meine Koffer, Jonas' Rucksack und sogar Jonas selbst sind verladen in meinem Wagen. Ich starte den Motor. Ein letzter Blick auf das Haus. Wie immer, wenn ich es verlasse. Dann lasse ich den Wagen von der Auffahrt rollen.

Seitdem ich ihm gesagt habe, dass wir noch Einkaufen fahren, haben wir kein weiteres Wort mehr gewechselt. Schweigend half er mir dabei, meine Sachen zum Auto zu tragen. Und hatte schließlich auch seinen Rucksack genommen und ihn in den Kofferraum gelegt.

Bis zu dem Zeitpunkt hatte ich innerlich darauf gewartet, dass er einen Rückzieher macht. Es hatte was Symbolisches, als er ihn mit versteinerter Miene nahm und ihn den kurzen Weg bis zur Auffahrt trug.

Ich sehe, dass er mit sich kämpft. Ich sehe, dass es in ihm tobt. Und ich verstehe, was es mit ihm macht. Vielleicht sogar besser als irgendjemand sonst.

Die Fahrt zum Einkaufszentrum dauert nicht lange. Ich parke den Wagen nahe dem Eingang. Der Parkplatz ist nicht voll. An einem normalen Arbeitstag. Schnee und Regen. Das treibt die Menschen kaum vor die Tür.

Als ich den Wagen eingeparkt habe, löse ich den Gurt an meinem Sitz. Und da er sich nicht bewegt, auch an seinem.

Er hält ihn mitten in der Bewegung fest.

„Rosalie, das geht wirklich nicht. Du hast schon viel zu viel für mich getan."

Ich drehe mich im Sitz zu ihm rüber.

„Hilft es, wenn Du Dir vorstellst, all die Sachen in dem Laden wären umsonst. Du könntest einfach nehmen, was Dir gefällt. Egal, was es kostet. Egal, wie viel?"

Seine Stirn legt sich in Falten.

„Das geht doch nicht."

„Doch. Das geht. Komm, ich zeig es Dir."

Ich steige aus und gehe um den Wagen herum zu seiner Tür. Ich öffne sie und sehe ihn herausfordernd an.

„Wie lange soll ich denn in der Kälte stehen, bis Du Dich entschieden hast?"

Er verzieht den Mund zu einem Lächeln.

Es ist ein wunderschönes Lächeln.

Er hat feine Gesichtszüge.

Bei jedem meiner Handbewegungen beim Rasieren habe ich mehr davon freigelegt. Und mehr und mehr verwandelte sich der Obdachlose zu einem jungen Mann zurück.

Unter all diesen Haaren war er versteckt.

Und doch war er immer da.

Und keiner hat ihn gesehen.

Dass er mich eingelassen hat in diese Welt, in der er wirklich er ist, kein Geist, kein Toter, fühlt sich an wie ein Geheimnis, das nur wir beide teilen. Ich bin der einzige Mensch auf der Welt, der weiß, wer er ist. Und ich will, dass er der einzige Mensch auf der Welt ist, der wirklich weiß, wer ich bin.

Ich nehme seine Hand und führe ihn auf den Eingang zu. Von der Station nehme ich noch einen Wagen mit und wir betreten das Einkaufszentrum.

Seine Augen fliegen von einem Punkt zum anderen. Jeden, dem wir entgegenkommen, sieht er misstrauisch an. Doch wir sind in Münster.

Kein Mensch sieht zurück.

Ein Lächeln kann ich mir nicht verkneifen.

Als wir bei der Kleiderabteilung angekommen sind, bleibe ich stehen.

„Okay. Los geht's. Nimm was immer Dir gefällt. Probiere es an, mehr verlange ich gar nicht. Dann legen wir es wieder zurück."

„Ist das erlaubt?" fragt er verwundert.

„Klar. Siehst Du, da drüben sind Garderoben. Ich probiere ein paar Sachen an, Du auch und dann gehen wir wieder."

Er ringt mit sich. Lässt sich aber schließlich darauf ein. Langsam streift er die Regale und Auslageflächen entlang. Berührt die Stoffe und bleibt bei dem ein oder anderen stehen. Wann immer er ein Kleidungsstück länger ansieht, warte ich, bis er daran vorbeigegangen ist und suche die passende Größe raus. Er hat die gleiche Größe wie mein Vater. Die kenne ich auswendig.

Der Berg im Wagen wird größer und größer. Während er weiter wie ein Kind im Spielzeugladen die Auslage betrachtet. Dann zieht er endlich einen Pullover heraus und zeigt ihn mir.

„Den möchte ich anprobieren."

Schnell stelle ich mich vor den Wagen, der bereits halb voll ist.

„Okay. Dann rüber zur Garderobe. Ich warte hier. Wenn er Dir gefällt, kommst Du wieder raus und zeigst ihn mir."

Und er geht zu den Garderoben, verschwindet in einer Kabine. Schnell laufe ich zu der Unterwäsche-Abteilung und greife nach ein paar Packungen mit Boxershorts und Socken. Etwas außer

Atem komme ich zurück zum Wagen, bevor er den Vorhang von der Umkleide zur Seite schiebt.

Der Pullover steht ihm hervorragend. Und er blickt unsicher zu mir herüber.

„Der ist gut. Möchtest Du ihn vielleicht behalten?"

„Behalten?"

Er greift zu dem Preisschild am unteren Ende.

„Ich… kann ihn mir nicht leisten."

„Okay. Dann gehen wir weiter." sage ich.

Er geht zurück in die Umkleide.

Ich gehe zur Damenabteilung und nehme wahllos ein langes Kleid von einer Stange. Zurück am Wagen lege ich es über die Sachen, die ich bereits für ihn eingesammelt habe. Keine sehr gute Tarnung, doch sie tut ihren Dienst. Als er wieder in seinen alten Klamotten aus der Umkleide kommt, schaut er kurz auf den Wagen.

„Hast Du schon so viele Sachen gefunden?"

„Ja." strahle ich. „Siehst Du."

Ich zeige auf das Kleid, das oben auf liegt.

„Sieht gut aus, oder?"

Er blickt prüfend auf das Kleid und dann auf mich.

„Wenn es Dir gefällt."

Ich blicke auf das Kleid. Nein, er hat Recht. Ist eigentlich nicht mein Fall. Aber dafür ist es ja auch gar nicht gedacht.

Sorgfältig faltet er den Pullover wieder zusammen und legt ihn zurück in die Auslage. Und er geht weiter die Gänge entlang.

Ich folge ihm und der Pullover wandert in den Einkaufswagen. Unter das Kleid.

„Aah…" sage ich gedehnt und bleibe stehen.

Jonas dreht sich um.

„Was ist?"
„Ich wollte noch eine Tasche mitnehmen. Die sind vorne. Ich komme gleich wieder. Geh schon mal weiter. Wenn Du was findest, probiere es ruhig schon mal an."
Er zuckt mit den Achseln.
„Okay."
Und ich haste mit dem Einkaufswagen zurück zum Eingang. Dort stehen Koffer und Taschen. Ich greife nach einer Sporttasche und lege sie ebenfalls in den Einkaufswagen. Auf dem Weg zurück zu ihm greife ich noch schnell ein paar Hemden und Jeans, die ich ebenfalls unter dem Kleid in den Wagen lege. Er wartet auf mich am Ende der Herrenabteilung.
„Nichts gefunden?" frage ich ihn.
„Nein, Du?"
„Ja. Ein paar Sachen. Vielleicht Schuhe? Wir sollten Dir neue Schuhe kaufen. Okay?"
„Rosalie, wirklich... Du sollst nichts für mich kaufen."
„Ach, wir gucken ja nur. Komm."
Und ich ziehe ihn hinter mir her zu der Abteilung mit Schuhen.
„Welche Größe hast Du?"
„Ich will keine neuen Schuhe."
„Wir gucken doch nur. Und die sind nach Größen sortiert."
Er blickt auf die Regale und entdeckt die Zahlen, die an ihnen angebracht sind.
„42." sagt er.
„Gut. Die sind..." ich gehe die Regale entlang. „...hier."
Er folgt mir und schaut in die Regale. Den einen oder anderen Schuh nimmt er in die Hand. Stellt ihn wieder zurück. Dann bleibt er plötzlich ruckartig stehen. Gedankenverloren starrt er auf ein paar ausgestellte schwarze Stoffschuhe. Eine Marke, die

so alt ist, dass ich sie schon als kleines Mädchen getragen habe. Und die mittlerweile ihr zig-faches Revival erleben.

„Chucks." sagt Jonas.

„Ja. Die sind wieder in Mode."

„Ich habe sie früher mal getragen." sagt er.

Er nimmt das Ausstellungstück in die Hand und bewundert es, als wäre es eine goldene Schatulle. Ich sehe förmlich, wie die Erinnerungen durch seine Gedanken schwirren.

„Möchtest Du ein Paar? Die sind, glaube ich, nicht teuer."

Er dreht sie um und sieht auf das Preisschild unter der Sohle.

„Nein." sagt er entschlossen. Und legt sie zurück.

Er geht weiter. Sieht nicht zurück.

Gut für mich. Denn ich packe gleich zwei Paar in den Einkaufswagen.

Ein paar Meter weiter bleibt er stehen. Er dreht sich zu mir um.

„Können wir gehen? Ich bin müde."

„Klar. Willst Du schon mal vorgehen?"

Ich nehme meinen Autoschlüssel aus der Handtasche und reiche ihn Jonas. Er nimmt ihn und schaut ungläubig darauf.

„Wo ist denn der Schlüssel?"

„Du musst nur auf den Knopf drücken. Siehst Du. Den hier."

Ich zeige ihm den Knopf zum Öffnen des Wagens.

„Okay."

„Ich komme gleich nach." rufe ich ihm nach, als er Richtung Ausgang geht.

Mit dem vollgepackten Einkaufswagen mache ich mich auf in Richtung Kasse. Die Kassiererin staunt nicht schlecht, als ich nach und nach die Sachen auf das Laufband lege. Sie beginnt bereits die Artikel einzuscannen, bevor ich die letzten Stücke auf das Band lege.

„Hi." begrüße ich sie freundlich.
„Hallo. Großeinkauf?" fragt sie lächelnd.
Ich nicke.
Als sie alle Artikel eingescannt hat, ziehe ich meine Kreditkarte durch den Schlitz.
„Brauchen Sie die Quitttung?"
„Nein, danke."
Ich nehme die Sporttasche und mache sie auf. Nach und nach falte ich die Kleidungsstücke zusammen und lege sie in die Tasche. Am Ende bekomme ich die Schuhe so gerade eben noch reingestopft. Dann wuchte ich die Tasche zurück in den Einkaufswagen. Und mache mich auf den Weg zum Auto.
Jonas sitzt zusammengesunken auf dem Beifahrersitz. Er hat seine Jacke bis zum Kragen hochgezogen, die Augen geschlossen. Ich öffne seine Tür.
„Warum hast Du den Wagen nicht angemacht?"
„Ich weiß nicht wie."
„Drück einfach den Knopf wo ‚Start' drauf steht."
Er beugt sich vor und beäugt misstrauisch die Armatur des Wagens. Dann findet er den Knopf. Der Motor brummt auf.
„Hast Du den Schlüssel?"
Er hält ihn mir hin.
„Geht der Wagen dann nicht aus?"
„Ich will nur schnell die Sachen in den Kofferraum legen."
Ich drücke auf den Knopf der Fernbedienung, mit leisem Surren öffnet sich die Kofferraumklappe.
Vorsichtig schließe ich wieder seine Tür. Nachdem ich die Tasche in den Kofferraum gelegt und den Einkaufswagen weggebracht habe, steige ich ins Auto.

Die Belüftung ist bereits in vollem Gange, um die drei Grad Außentemperatur auszugleichen.
„Können wir los?"
Jonas brummelt nur. Antwortet nicht. Er ist bereits angeschnallt. Ich stelle seine Sitzheizung ein und lasse seine Rückenlehne etwas zurück fahren. Dann parke ich den Wagen aus und fahre in Richtung Autobahn.

Als wir fast vier Stunden später von der Autobahn auf die Landstraße wechseln, schläft er noch immer. Ich habe ihn einmal zwischendurch geweckt, als ich an einer Raststätte kurz die Toilette benutzen wollte. Ich habe ihm die Jacke ausgezogen. Er war nicht mal richtig wach geworden. Hat gleich weiter geschlafen.
Im Radio läuft die Musik meines Lieblingssenders. Ich könnte die Strecke im Schlaf abfahren. Mein Leben lang bin ich sie unendlich viele Male gefahren. Und doch gibt es da diesen einen Moment. Noch ein paar Kilometer. Man fährt langsam einen Zubringer hoch. Und dann, fährt man zum ersten Mal über das Wasser. Rechts das Meer, links die See. Eines der Stauwehre von Zeeland.
Ich öffne das Fenster und lasse die Seeluft ins Auto. Der Fahrtwind lässt keine Geräusche der Wellen durch. Doch ich sehe sie. Eine unbändige Freude über diesen Anblick. Den ich schmerzlich vermisse, wann immer ich nicht hier bin. Und umso mehr erfreut mich dieser Anblick, wenn ich die letzten Kilometer zum alten Elternhaus meiner Mutter hinter mich bringe. Leise singe ich die Melodie im Radio mit und wiege mich im Takt der Musik. Jonas bewegt sich langsam. Er reckt und streckt sich, öffnet die Augen. Gerade rechtzeitig, um das letzte

Stück zu sehen, das wir hier am Meer entlang fahren. Sofort richtet er sich auf und starrt aus dem Fenster.

„Wow."

„Keine Angst. Wir fahren gleich noch zum Strand. Ich kenne da ein Stück, da kann man komplett am Meer entlang fahren."

„Sind wir schon da?"

„Fast. Noch ein paar Kilometer."

„Ich habe die ganze Zeit geschlafen."

„Ja, ist doch nicht schlimm."

Er reibt sich über die Augen. Und lehnt sich im Sitz zurück.

„Oh, warte." sage ich und starte die Automatik, der Sitz fährt langsam wieder hoch.

„Besser?"

Jonas guckt fasziniert auf den Knopf.

„Was die mittlerweile alles können."

Ich lache leise auf.

„Hey, die Schilder sind ja blau."

„Stimmt. Wir sind ja auch in den Niederlanden."

„Ist das nur hier so?"

„Nein. Im ganzen Land."

Ein großer Kreisverkehr tut sich vor uns auf und ich fahre selbstverständlich auf den Zubringer für die richtige Spur.

„Du fährst hier öfters her, oder?"

„Ich versuche es ein paar Mal im Jahr. War die letzten Jahre nicht immer einfach."

„Warum?"

„Weil ich bis vor einem halben Jahr in den Staaten war."

„In den Staaten?"

„Amerika."

„Was hast Du da gemacht?"

„Ich habe da nach meinem Studium gearbeitet."
„Was hast Du denn studiert?"
„Medizin. Ich bin Unfallchirurgin."
„Und was macht eine Unfallchirurgin?"
„Leute rasieren." lache ich.
Er verzieht das Gesicht. Doch dann lacht er auch.
Ich setze den Blinker rechts und verlasse die Bundesstraße. Über einen Feldweg schlängeln wir uns durch die Dünen an den Strand.
„Jetzt sind wir am Meer." sage ich, als sich die Dünen lichten und den Blick auf das Wasser freigeben.
„Wow. Wie weit geht das? Ich sehe das Ende nicht."
„Es geht sehr, sehr weit. Wenn Du hier mit einem Boot losfahren und immer geradeaus fahren würdest, wärst Du irgendwann in England."
„Kann man England von hier aus sehen?" fragt Jonas erstaunt.
Er kneift die Augen zusammen und sieht raus auf's Meer.
„Nein. Kann man nicht. Es ist noch ein ganzes Stück entfernt."
Ich fahre langsamer und halte am Straßenrand.
„Willst Du aussteigen?"
„Auf jeden Fall!" sagt er begeistert.
„Hier. Deine Jacke." Ich reiche sie ihm vom Rücksitz und hole auch meine hervor.
Der Motor erstirbt und ich nehme den Schlüssel mit hinaus. Jonas steigt aus und geht vor den Wagen. Er sieht hinaus aufs Wasser. Die Wellen brechen sich am Ufer. Ich gehe zu ihm. Stelle mich neben ihn.
„Riechst Du das?"
Jonas saugt tief die Luft in seine Lungen.
„Es riecht nach Fisch. Und nach Salz."

„Ja. Das ist die Nordseeluft. Ist gut für Deine Lungen."
Schweigend stehen wir da. Kein Auto fährt an uns vorbei. Keine anderen Menschen sind am Strand zu sehen. Es ist noch zu früh. Im Sommer steht hier Auto an Auto.
Der Wind spielt mit seinen kurzen braunen Haaren. Sein Gesicht reckt er in die Strahlen der tiefstehenden Sonne. Er schließt seine Augen.
„Wir sollten weiter. Es ist zu kalt. Du solltest nicht zu lange hier draußen stehen."
„Kommen wir noch mal wieder hier her?"
„Jeden Tag, wenn Du willst."
„Okay."
Er beugt sich zu mir. Nimmt mich schüchtern in den Arm.
„Danke, dass Du mich hergebracht hast."

Mit einem Knopf auf die Fernbedienung öffnet sich langsam das Tor zum Grundstück. Wir fahren die Auffahrt zum Haus hinauf, das etwas versteckt zwischen Bäumen steht.
„Willkommen in Zeeland." sage ich und zeige theatralisch auf das Haus.
„Heißt das Haus so?"
„Nein. Die Provinz, in der wir sind. Ist wie bei den Bundesländern in Deutschland. Nordrhein-Westfalen zum Beispiel."
„Ach so."
„Wollen wir erst mal rein? Ich kann die Sachen auch später aus dem Wagen holen."
„Ich kann das machen."
„Nein. Schon gut. Komm. Ich möchte Dir das Haus zeigen."

23. KAPITEL
<Jonas>

Sie wirkt plötzlich nervös als wir über den Kies auf das Haus zugehen. Sie nestelt an ihrem Schlüsselbund herum und zückt dann einen der Schlüssel, um die Haustür aufzuschließen. Eine alte grüne Holztür. Sie öffnet sich mit einem Knarren.
Wir stehen im Eingang. Eine kleine Diele. Eine steile Treppe führt zu dem oberen Geschoss. Schon beim ersten Blick bemerke ich den Unterschied zu ihrem Haus in Münster. Überall an den Wänden hängen Fotos. Jede freie Stelle scheint mit Bilderrahmen ausgefüllt zu sein. Fasziniert streife ich an der Wand entlang. Rosalie ist vorausgegangen in einen Raum am Ende des Ganges.
Auf den Bildern sind viele verschiedene Gesichter zu sehen. Die Fotos sind alt. Manche sehr alt, manche nicht ganz so alt. Und auf einigen Bildern scheint eine junge Rosalie in die Kamera zu strahlen. Auf einem Bild sind zwei Mädchen zu sehen, die sich an der Hand halten. Das ältere der beiden scheint Rosalie zu sein. Ihre Augen funkeln und ein strahlendes Lächeln liegt auf ihren Lippen.
Und dann entdecke ich es.
Ein Familienbild. Sie, das kleine Mädchen, ein Junge und ihre Eltern. Die Ähnlichkeit zu ihnen ist nicht zu übersehen. Sie sehen glücklich aus. Und Rosalie, obgleich noch sehr jung, hat den gleichen Blick, wie sie ihn mir manchmal zuwirft. Das Bild wurde vor diesem Haus aufgenommen. Es scheint Sommer zu sein. Rosalie trägt ein weißes Kleid mit lila Blumen darauf.
„Jonas?" ruft sie aus dem Raum, in den sie gegangen ist.

Ich folge ihr. Es ist die Küche. Auf einem Tisch an der Wand stehen eine Vase mit Blumen und ein Korb mit Brot und Obst. Rosalie hält eine Karte in der Hand.

„Von meiner Tante." erklärt sie. „Ich rufe sie eben an..."

Sie zeigt auf das schwarze alte Telefon, dass auf dem Kühlschrank steht. Es hat eine Wählscheibe. „...dann hole ich die Sachen aus dem Auto. Du kannst Dich umsehen, wenn Du willst. Und Du kannst überlegen, wo Du schlafen möchtest. Oben sind drei Schlafzimmer. Ich schlafe im großen Doppelbett. Wenn Du lieber alleine schlafen möchtest, sind noch zwei weitere Zimmer da."

„Soll ich Dir nicht lieber helfen?"

„Nein. Ich mache das schon. Wirklich. Kein Problem."

Sie hebt den Hörer ab und wählt eine Nummer. Kurz darauf meldet sie sich in einer Sprache, die ich nicht verstehe. Sie strahlt und antwortet der Person, mit der sie spricht.

Ich gehe zurück in den Flur und schaue noch mal auf das Foto. Wo sie wohl sind?

Ihr Vater ist tot, dass hatte sie erzählt.

Wie es wohl ist, mit Geschwistern aufzuwachsen?

Ich schaue hinter die beiden anderen Türen, die vom Flur aus abgehen. Einer führt zu einer Art Abstellraum, in der eine Waschmaschine steht. Die andere Tür führt in ein Wohnzimmer. Kleiner als ihres in Münster.

Ich nehme die Treppe hinauf in den ersten Stock. Alles ist klein und gemütlich. Das große Schlafzimmer hat ein schmiedeeisernes Doppelbett. Alte weiße Holzmöbel stehen an den blaugestrichenen Wänden. Die anderen beiden Schlafzimmer sind offensichtlich Kinderzimmer. In einem steht ein Bett, in dem anderen zwei. Doch hier scheint schon lange kein Kind mehr gespielt zu haben. An das Spielzeug und die Bücher in den Regalen erinnere ich mich noch aus meiner Kindheit. Ein Stück Erinnerung kriecht in mir hoch. Ich bleibe nicht lange. Ich halte es nicht aus.

Als ich die Treppe wieder heruntergehe, kommt mir Rosalie mit einer Tasche entgegen.

„Ich nehme sie schon." sage ich.

Rosalie verdreht die Augen.

„Na gut. Meinetwegen. Aber nur im Haus. Und nicht zu viel. Du musst Dich noch schonen."

„Wohin?"

„Ins große Schlafzimmer."

Sie läuft die Holzstufen wieder nach unten.

„Hast Du schon überlegt, wo Du schlafen möchtest?" ruft sie hoch.

„Kann ich auch im großen Schlafzimmer schlafen?"

„Sicher."

Sie geht wieder hinaus.

Ich trage die Tasche ins Schlafzimmer und stelle sie vor den Schrank. Als ich wieder im Flur bin, kommt mir Rosalie schon mit den nächsten Taschen entgegen.

„Und? Wie findest Du es?"

„Wem gehört das Haus?"

„Es gehörte meiner Großmutter. Sie starb vor einem Jahr. Seitdem gehört es mir."

„Rosalie,..." ich weiß nicht, ob gerade ich diese Frage stellen sollte. Aber doch schreit dieses ganze Haus danach. „... wo sind Deine Mutter und Deine Geschwister?"

Sofort bereue ich es. Sie sieht zu Boden, drängt sich mit den Taschen an mir vorbei. Eine Antwort gibt sie mir nicht.

Nachdem sie die Taschen im Schlafzimmer abgestellt hat, geht sie stumm die Treppe wieder hinunter. Ich folge ihr. Gemeinsam nehmen wir die letzten Taschen aus dem Wagen. Ich bin etwas überrascht über die vollgepackte Sporttasche, ich erinnere mich, dass es die ist, die sie im Laden in den Einkaufswagen gelegt hatte.

„Hast Du so viel eingekauft?"

„Ja." sagt sie und schließt die Kofferraumklappe.

„Aber Du hast doch schon ganz viele Sachen mitgenommen."

„Die sind nicht für mich. Die sind für Dich."

Und damit geht sie wieder voraus in das Haus. Ich bleibe zurück mit der Sporttasche in der Hand. Langsam stelle ich sie auf den Boden und öffne den Reißverschluss. Die Schuhe, die ich in der Hand hatte, fallen heraus und landen auf dem Boden. Es sind Chucks.

Ich falle auf die Knie. Nehme die Schuhe in die Hand. Tränen kämpfen sich in mir hoch. Ich betaste die Schuhe und drehe sie in meinen Händen. So verdammt lange her, dass ich das letzte Mal ein Paar solcher Schuhe in den Händen gehalten hatte. Ich erinnere mich noch sehr gut daran, als meine Mutter sie mir gekauft hatte. Es waren schwarze. Wie diese. Es war nur wenige Wochen vor dem Tag, der alles verändert hatte.

Rosalie ruft aus weiter Ferne nach mir. Während ich da sitze. Auf dem kalten Kies. Und die Erinnerungen mich überrollen. Wie die Wellen am Strand.

Sie ruft lauter. Und dann kommt sie aus dem Haus gestürmt. Rennt zu mir. Kniet sich neben mich. Sie nimmt mir die Schuhe aus der Hand. Mir fehlt die Kraft zu atmen. Alles in mir schreit. Und ich merke, dass ich es ebenfalls tue.

„Lass es raus." flüstert sie. „Schrei, so laut Du kannst!"

Und ich schreie. Ein lauter gellender Ton kommt aus meinen Lungen und hallt vom Haus zurück. Ich schreie und Tränen strömen aus meinen Augen. Sie bleibt dort sitzen, sieht mich an. Und ich bin hier und doch so weit von hier entfernt.

Ich sehe das Gesicht meiner Mutter vor mir. Wie sie mir stolz die Pappschachtel überreicht. Am Frühstückstisch. Monate hatte ich ihr mit den Schuhen in den Ohren gelegen. Ich wollte sie unbedingt. Und dann lagen sie dort. Eingepackt in Plastikpapier. Ich hatte sie sofort ausgepackt und angezogen und war voller Stolz damit zur Schule gegangen. Ich konnte nicht erwarten, dass Christoph sie sehen würde.

Der Schmerz ist nicht auszuhalten und mein Herz scheint zu zerbersten. So weh tut es. So sehr schmerzt es.

„Ist okay." sagt Rosalie. Ihre Stimme dringt zu mir. Ich sehe sie nicht. Ich sehe nur das Gesicht meiner Mutter. Dieses strahlende Lächeln.

Sanft spüre ich ihre Nähe. Rosalie. Nicht meine Mutter. Ich ringe mit mir, versuche wieder klar zu sehen. Doch die Erinnerungen wollen nicht weichen.

„Komm." sagt Rosalie.

Sanft hilft sie mir hoch. Ich schließe die Augen. Vielleicht, wenn ich sie schließe, verschwinden die Erinnerungen. Doch sie tun es nicht. Im Gegenteil. Ich höre und sehe sie. Meine Mutter.

„Es tut so weh." schreie ich, so laut ich kann.

„Ich weiß." höre ich Rosalie sagen.

Sie zieht mich ins Haus. Die Tasche hält sie in der Hand. Sie trägt sie hinein. Im Flur lässt sie sie fallen und nimmt wieder meine Hand. Ich kann nicht atmen. Kann nicht stehen. Sie führt mich ins Wohnzimmer und leitet mich auf eine Couch. Ich lasse

mich fallen. Keine Schreie mehr. Ich habe keine Kraft mehr. Langsam sinke ich in mir zusammen und starre auf den Boden.
„Es ist gut, wenn es weh tut." sagt sie. Sie kniet vor mir auf dem Boden. „Es ist okay."
„Aber ich halte es nicht aus." sage ich vorwurfsvoll.
„Doch. Das wirst Du. Du musst." Ihre Stimme bebt.
Langsam hebe ich meinen Kopf und sehe ihr in die Augen. Tränen laufen ihre Wangen hinab.
„Es tut so weh." sage ich wieder. Als würde das irgendetwas ändern.
„Ich weiß." wiederholt sie.
Und dann schweigen wir. Tiefe leere Stille legt sich wie ein Mantel um uns. Während wir einfach dasitzen. Und meine Erinnerungen langsam dahinschwinden.

Die Dunkelheit dringt von draußen hinein. Irgendwann steht Rosalie vom Boden auf. Sie geht zum Kamin an der Wand und legt ein paar Holzscheite hinein. Sie zündet das Feuer an. Und langsam dringt die Wärme zu mir durch.
„Ist es das, wovor Du wegläufst? Der Schmerz?"
Ich schüttle den Kopf.
„Okay." sagt sie matt, dann verlässt sie den Raum. Und ich bleibe zurück.
Weich wie Watte fühlt sich mein Kopf an. Alles vermischt sich miteinander. Alt und neu. Schmerz und Leid. Angst und Neid. Ich hätte sterben sollen. An diesem Tag. Vor so vielen Jahren. Ich hätte da sterben sollen. Mein Körper hätte in dem Loch in der Erde liegen sollen. Ich hätte nicht dort stehen dürfen. Ich hätte alles dafür gegeben, wenn wir die Plätze hätten tauschen können.

Rosalie kommt zurück. Sie trägt zwei Tassen in der Hand.
„Warmer Kakao." sagt sie und stellt die Tassen auf den Wohnzimmertisch.
Sie setzt sich neben mich. Ihre Beine legt sie über meine. Und sie lehnt sich an meine Schulter. Sie sagt nichts. Sie fragt nicht.
Und mit ihr verschwinden die Geister meiner Vergangenheit hinaus ins schwarze Nichts. Das Feuer ist die einzige Lichtquelle im Raum. Die gelben Lichter tanzen an der Wand, sie werfen Schatten auf ihr Gesicht. Und mit jedem Flackern, wird ein anderer Teil ihres Gesichtes hervorgehoben oder verschwindet im Schatten. Ich streiche über ihre Wange.
Weiß wie Schnee.
Ihre Tränen sind getrocknet. Wie meine. Meine Hand gleitet in ihren Nacken. Ich lehne meine Stirn an ihre. Auge in Auge. Tanzen die Lichter im Raum. Ist alles was zählt, dieser Augenblick. Ihr Atem auf meinen Lippen.
Ich schließe die Augen.
Was immer auch war. Was immer auch ist. Es spielt keine Rolle mehr. Alles was zählt ist sie.
Rot wie Blut.
Und als hätte ich das schon tausend Mal gemacht, finden meine Lippen ihre.

24. KAPITEL
<Rosalie>

Meine Haut kribbelt und in meinem Magen fliegt eine Horde Schmetterlinge auseinander. Die Zeit scheint plötzlich stillzustehen. Keine Sekunde vergeht. Das Universum besteht nur noch aus ihm und mir.
Und diesem Kuss.
Meine Hand fährt zu seinem Rücken und zieht ihn näher zu mir heran. Seine Zunge fährt über meine Lippen. Ein Raunen dringt aus meiner Kehle. Vergessen sind die letzten Minuten.
Vergessen ist die Zeit.
Sanft drückt er mich zurück in die Kissen. Lehnt über mir. Versunken im Kuss. Das Feuer knistert leise. Ich spüre Hitze in mir aufsteigen. Meine Wangen scheinen zu glühen. Ich fühle seinen Körper an meinem. Will mehr davon.
Seine Küsse werden fordernder. Hungriger.
Er weicht zurück. Atmet tief ein. Seine Wangen sind so rot wie sich meine anfühlen. Sanft fahre ich mit den Fingern über seine Haut. Er glüht. Und dieses Mal ist es nicht das Fieber. Er schließt die Augen, schmiegt seine Wange an meine Hand.
Vorsichtig öffnet er seine Augen und sucht meinen Blick. Tausend Fragen stehen hinter den graublauen Fenstern zu seiner Seele. Verwirrt, erregt, ängstlich, fordernd,… in seinem Kopf scheint das Chaos perfekt zu sein.
„Es ist okay." flüstert meine Stimme leise.
Er beugt sich wieder vor. Und sucht nach meinen Lippen. Ein verzweifelter Kuss. Wie ein Ertrinkender sucht er Halt in mir.
Schlagartig erinnere ich mich an die Zeit, in der ich so war. Und der Sturm an Schmetterlingen fliegt davon.

Eine kalte Dusche.
Mental.
Ich drücke sanft gegen seine Brust.
Sofort hebt er sich hoch. Sieht mich fragend an.
„Wir sollten den Kakao trinken, bevor er kalt wird." sage ich. Blicke nicht zu ihm auf.
„Habe ich Dir wehgetan?" fragt er und mustert mich.
Verlegen.
„Nein. Es ist alles okay. Wir sollten nur nicht..." ich beiße mir auf die Lippen.
„Wir sollten nicht, was?" fragt er.
Sofort setzt er sich wieder auf. Ich folge ihm und ziehe meine Beine von seinen.
„Vielleicht war das zu viel." höre ich mich sagen, während alles in mir zurück zu dem Moment will, den ich soeben jäh beendet habe.
„Zu viel?" fragt er erstaunt.
„Du bist durcheinander."
Ich greife nach meiner Tasse Kakao.
„Ich..." beginnt er. Doch er verstummt.
„Schon gut. Wirklich."
Er steht auf. Beginnt im Raum auf und ab zu gehen. Er bleibt immer wieder stehen, sieht mich an, setzt an, etwas zu sagen, hält inne und geht weiter auf und ab.
„Jonas, bitte. Setz Dich."
Ein weiteres Mal bleibt er stehen. Dieses Mal schaut er nicht zu mir, sondern raus in die Dunkelheit.
„Ich muss hier raus." sagt er entschlossen und geht zur Tür.
„Warte."
Ich springe auf.

Doch zu spät. Im Flur nimmt er seine Jacke von den Treppenstufen. Seine Hand an der Haustür.
„Jonas, bitte bleib." Ein Flehen dringt über meine Lippen.
Doch die Tür geht auf. Ein kalter Windstoß weht herein. Und dann geht er. Ohne einen Blick zurück. Hinaus in die Dunkelheit.
Mit einem lauten Klacken fällt die Haustür wieder ins Schloss. Und ich bin allein.
Als wäre all das Leben mit ihm hinaus in die Nacht gegangen.
Ich bekomme wieder meinen Tunnelblick. Stimmen in meinem Kopf schreien und heulen mit dem Wind vor der Tür. Der Flur wird plötzlich kleiner. Und ich höre ein Poltern von oben. Ich warte darauf, dass Frederic die Treppen herunter gerannt kommt. Mama hasst es, wenn er so einen Krach macht. Oma findet es lustig.
Langsam drehe ich mich um. Die Tränen laufen mir die Wangen entlang. Ich versuche, nicht auf die Wände zu sehen. Und doch lockt mich das Bild an. Jenes Foto, das wir an unserem letzten Tag aufgenommen hatten. Es hängt wie ein Mahnmal vor der Tür zur Küche. Ich nehme es von der Wand. Gehe zurück ins Wohnzimmer.
Ich nehme eine Decke von dem Sessel. Lege mich auf die Couch. Sanft fahre ich mit den Fingern über die lächelnden Gesichter auf dem Foto. Ich drücke es an meine Brust. Lasse mich in den Schmerz fallen. Kälte umschließt mein Herz. Kein Poltern mehr. Kein Geräusch. Kein Lachen mehr. Kein Leben.
Nur der Tod.
Der Tod und ich.
Allein.

25. KAPITEL
<Jonas>

Blind von Tränen gehe ich durch die Straßen. Ohne Plan, ohne Ziel. Der Mond bestrahlt den Weg vor mir. Es ist sternenklar. Kein Schnee am Boden. Aber ein kalter Wind, der mir ins Gesicht peitscht. Ein Fußgängerweg schlängelt sich von der Straße ins Dunkle. Ich folge ihm.

Bergauf, bergab gehe ich durch ein Meer von Büschen und Gräsern. Meine Lunge pfeift. Ich muss stehenbleiben, um Atem zu holen. Dann gehe ich weiter. Meine Muskeln brennen. Doch ich raste nicht. Ich gehe. Einen Fuß vor den anderen. Weiter und weiter.

Schließlich weicht der Beton unter meinen Füßen feinen weißem Sand. Ich hebe den Blick. Und vor mir erstreckt sich das Meer. Ich lasse mich zu Boden fallen.

Was habe ich nur getan?

Große Wellen donnern auf den Strand ein paar Meter vor mir. Weißer Schaum bedeckt ihre Kronen. Ich lasse mich rückwärts fallen und starre hinauf in den Himmel. Keine einzige Wolke ist zu sehen. Abertausende Sterne sehen zu mir zurück.

Ich höre mein Herz schlagen. Laut pocht es in meiner Brust. Ich lebe. Ich bin nicht tot. Ich bin noch hier. Und ein laut gellender Schrei löst sich aus meiner Lunge. Doch das Donnern der Wellen ist lauter. Meine Hände graben sich in den Boden.

Und der Schmerz überflutet meinen Körper.

Irgendwann ist jede Träne geweint. Jeder Schrei aus mir heraus und jede Kraft für Schmerz verloren gegangen. Ich liege ruhig

da. Die Kälte unter mir, kriecht langsam in meinen Körper. Was, wenn ich einfach liegen bleibe?
Rosalie!
Ihr Name schießt durch meinen Kopf und ich stehe auf. Als wäre sie hier. Ich drehe mich um. Hat sie mich gerufen?
Doch der Weg ist dunkel. Und der Strand ist leer. Kein Mensch. Kein Tier. Ich bin allein.
Ich stehe auf, stecke meine Hände in die Tasche und gehe runter bis zu der Stelle, wo die Wellen sich in den Sand graben. Ich bleibe stehen und sehe, wie sie versuchen, meine Schuhe zu erreichen. Ich hebe den Blick und schaue auf das Wasser.
Eine große Welle baut sich vor mir auf. Das Wasser zieht sich zurück, sammelt sich, und dann bricht eine Welle vor meinen Augen und fällt in sich zusammen, während sich das Wasser über den Strand ergießt.
Und ich beginne, es zu verstehen.
Ich habe zu lange gewartet. Ich bin zu lange davongelaufen. Ich habe es zu vergessen versucht. Und derweil ist die Erinnerung in meinem Kopf umher gespuckt. Besuchte mich nachts und raubte mir den Schlaf. Wuchs und wuchs mit jedem Tag, da ich so vehement versucht habe, sie zu vergessen. Doch ich kann sie nicht länger im Zaum halten.
Sie sind zu groß. Und die Gefahr zu nah.
Es ist wahr. Alles ist wahr. Und ich bin noch immer hier.
Langsam setze ich mich in Bewegung. Das Meer an meiner rechten Seite. Laufe ich am Rand entlang. Das Wasser erreicht mich nicht. Aber es ist da. Und versucht es wieder und wieder. Wie die Geister, die so lange schon in meinem Kopf verharren. Ich kann sie nicht aufhalten, genauso wenig wie das Meer.

Und ich beginne zu reden. Mit ihm. Alles, was ich schon viel zu lange nicht gesagt habe, sprudelt über meine Lippen. Als wäre er hier. Als würde er neben mir gehen. Die Wellen verschlucken jedes Wort. Es dringt nicht zu meinem Ohr. Es vergeht im Wind. Wort um Wort fließt von meinen Gedanken über meinen Mund in die Nacht. Als hätten sie nur darauf gewartet, dass sie es dürften. Und ich spüre, wie es mich befreit. Wie es mich endlich befreit.

Irgendwann sehe ich nicht mehr zu Boden. Mein Blick hebt sich wieder. Ich blicke zurück. Das Wasser hat sich meiner Spuren im Sand angenommen. Sie sind verschwunden. Als wäre ich niemals hier gewesen.

Und dann wird mir eines klar.

Ich weiß, wenn ich will, wenn ich wirklich will, dann mache ich jetzt einen Schritt und das Meer wird mich mit sich nehmen. So, wie meine Spuren im Sand.

Es wäre endlich vorüber. Und ich würde endlich mein Schicksal besiegeln. Es wäre der Tod, dem ich vor so langer Zeit entkommen war.

„Ist es das, was Du willst?" höre ich mich laut fragen.

Ich sehe zu den Sternen.

Keine Antwort.

Nur das Rauschen der Wellen.

Und ich sehe runter zu meinen Füßen. Nur ein Schritt. Nur ein einziger Schritt. Doch meine Füße verharren im Sand. Das Wasser greift nach ihnen, doch erreicht sie nicht.

Ein Kreischen durchbricht die Stille.

Erschrocken drehe ich mich um. Vor mir, auf einer Reihe von Holzpflöcken im Sand, hat sich ein weißer Vogel niedergelas-

sen. Er blickt mich an. Legt den Kopf schief. Dann wieder ein gellender Schrei. Der mühelos das Rauschen durchdringt.
Ich bin noch hier.
Er kann mich sehen.
Ich bin kein Geist.
Rosalie kann mich sehen.
Ihre Stimme und ihr Lachen kommen mir in den Sinn. Ihr Duft.
Meine Zunge fährt über meine Lippen.
Salz.
Ihr Gesicht vor meinen Augen. Ihre Lippen. Ihre Zunge. Ihre Hände. Meine Hände. Was war nur passiert?
Und dann erinnerte ich mich an das, was ich vorhin übersehen habe. Ihre Augen. Sie waren voller Angst und Trauer.
Ein letztes Mal lasse ich den Blick über das Meer gleiten.
Ich bin nicht bereit.
Ich bin noch nicht tot.
Und ich will es nicht mehr sein.
Kein Geist mehr.
Ich will da sein.
Ich will es spüren.
Ich will es fühlen.
Und ich will zu ihr.
Sofort!

Ein paar Meter weiter ist eine verlassene dunkle Hütte, daneben geht ein Weg hinauf in die Dünen. Und ich setze mich in Bewegung. Zielstrebig führen mich meine Füße durch den Sand. Weg von den Wellen, die ungeachtet meiner Anwesenheit weiter und weiter gegen den Sand ankämpfen.

Das Rauschen der Wellen wird leiser und leiser hinter mir. Es geht bergauf und bergab. Lichtstrahlen huschen über die sanften Hügel. Einer. Dann noch einer. Als ich einen weiteren Hügel erklommen habe, erkenne ich, woher er kommt. Ein Leuchtturm, vom Mond bestrahlt, reckt sich in den Himmel. Er strahlt mit unterschiedlichen Abständen über das Land, das sich friedlich schlafend unter ihm erstreckt.
Ich gehe weiter.
Ich muss zu ihr.
Der Weg mündet in einer Straße. Meine Schritte werden schneller, doch ich laufe nicht. Meine Lunge kratzt und ich muss immer wieder husten.

Es dauert eine gefühlte Ewigkeit, bis ich wieder zum Haus komme. Es schimmert kein Licht durch die Fenster. Vorsichtig und leise drücke ich die Klinke nach unten. Sie öffnet sich. Sie hat sie nicht verschlossen.
Ich reiße meine Jacke herunter und lasse sie wieder auf die Treppe fallen. Vorsichtig steige ich die Stufen empor. Sehe ins Schlafzimmer. Doch sie liegt nicht im Bett. Einer der Koffer ist umgefallen. Ich hebe ihn wieder auf. Sie sind noch nicht ausgepackt. Auch in die anderen Schlafzimmer werfe ich einen kurzen Blick. Doch dort ist sie auch nicht.
Also wende ich mich wieder zur Treppe und gehe die Stufen hinunter. Schließlich finde ich sie. Schlafend liegt sie auf der Couch. Ihre Hand hängt zu Boden. Ihre Fingerspitzen berühren einen Bilderrahmen.
Vorsichtig lasse ich mich neben ihr auf den Boden sinken. Ich hebe das Bild auf. Es ist die Aufnahme, die mir im Flur aufge-

fallen war. Ihre Familie. Vorsichtig lege ich es zu den Tassen auf den Tisch.

Ich nehme ihre Hand in meine. Ihre Wärme durchstrahlt mich. Und ich lege sie auf meine Brust. Auf mein Herz.

Ich will, dass sie mich spürt.

Ich bin hier.

Ich lebe.

„Rosalie" flüstere ich sanft.

Sie schlägt die Augen auf.

„Jonas." sagt sie erleichtert.

Sie legt ihre Arme um mich. Hält sich an mir fest. Und legt ihren Kopf an meine Schulter.

„Geh nicht weg."

„Nein, ich gehe nicht." sage ich.

„Aber, Du warst weg. Und ich war allein. Und dann…"

„Ich gehe nicht weg."

Für eine Weile sitzen wir einfach so da. Dann rückt sie von mir ab. Ihre Augen suchen meinen Blick.

„Wo bist Du gewesen?"

„Am Meer."

Sie reißt ihre Augen auf. Beißt sich jedoch auf die Lippen, bevor sie etwas sagen kann.

„Ich brauchte Zeit zum Nachdenken." sage ich.

„Worüber?"

„Ich habe noch nie ein Mädchen geküsst."

Meine Lippen verziehen sich zu einem Lächeln.

„Was?"

„Ich war schon sehr lange nicht mehr Jonas. Erst bei Dir wurde ich wieder zu ihm. Davor war ich ein Geist."

„Jonas…" sie nimmt mein Gesicht in ihre Hände.

Ich schließe die Augen. Genieße ihre sanfte Berührung.

„… es tut mir leid, ich hatte keine Ahnung."

„So, wie es aussieht, haben wir beide unsere Narben."

Ich sehe auf das Bild auf dem Tisch.

Sie folgt meinem Blick und ihre Augen funkeln. Tränen kehren zurück. Sie blinzelt sie stolz weg.

„Vielleicht macht es alles einfacher, wenn wir wissen was passiert ist." höre ich mich sagen.

„Ich weiß nicht. Ich habe das alles hinter mir gelassen."

„Nein. Das hast Du nicht. Genauso wenig wie ich. Es ist ein Teil von uns, Rosalie. Wir können nicht so tun, als gäbe es ihn nicht. Ich habe genug davon."

Sie denkt eine Weile über meine Worte nach.

„Ich weiß nicht, ob ich das kann." flüstert sie dann.

„Dann fange ich an."

„Gut." sagt sie. Sie lüftet die Decke, die sie über sich ausgebreitet hat, sodass ich mich neben sie legen kann. Als wir beide eng aneinander gekuschelt liegen, atme ich tief ein. Und beginne meine Geschichte.

Zum ersten Mal in meinem Leben verwandeln sich die Erinnerungen in meinem Kopf zu Worten.

26. KAPITEL
Jonas Geschichte

An einem warmen Junitag im Sommer 1993, an einem Badesee in der Nähe von Berlin, lagen zwei Jungen lachend auf Badetüchern in der Sonne.

„Glaubst Du, sie steht auf mich?" fragte Christoph.

Er hielt sich die Hand über die Augen und sah zu der Mädchengruppe hinüber, die ein Stück weiter ihr Lager aufgeschlagen hatte.

„Wenn ja, hat sie wohl keinen Geschmack." feixte Jonas.

Christoph boxte ihm in die Seite.

„Ich denke, sie steht auf mich."

„Gott, langsam fängst Du echt an zu nerven."

„Bleib locker. Oder glaubst Du, ich hätte nicht bemerkt, dass Du ein Auge auf Kathrin geworfen hättest?"

„Kathrin?"

„Jetzt tu nicht so, als wüsstest Du nicht, wovon ich rede."

„Sie ist nett."

„Nett? Ach Chucco, die steht total auf Dich. Seit Wochen läuft sie Dir wie ein Hund hinterher."

„Du sollst mich nicht so nennen."

Jonas unterdrückte ein Grinsen. Insgeheim stand er auf den Spitznamen, den ihm Christoph verpasst hatte. Aber das würde er seinem Freund gegenüber niemals zugeben.

Christoph stupste mit seinen Füßen gegen die Schuhe von Jonas, die neben den Handtüchern im Sand lagen.

„Du redest seit Wochen von nichts anderem mehr. Wenn Du von Kathrin nur halb so viel reden würdest, hättest Du schon lange eine Freundin."

‚Eine Freundin'. Für Christoph schien es die oberste Priorität zu haben in den vergangenen Monaten. Und ihm schien es auch so leicht zu fallen. Aber was hatte Jonas den Mädchen schon zu bieten? Er wollte sich auf die Schule konzentrieren. Wenn er erst mal in zwei Jahren seinen Abschluss hatte und arbeitete, würde er noch genug Zeit haben, um sich einem dieser schnatternden Mädchen zu widmen. Auch wenn Kathrin ihm nicht mehr aus dem Kopf ging.

Sie ging in die siebte und war damit einen Jahrgang unter Jonas. In den Pausen kam sie immer zu Christoph und Jonas, die sich meist in eine Ecke des Schulhofes verdrückten. Sie zog Christoph gerne damit auf, dass sie ein Jahr über ihm war. Doch der ließ sie, sehr zur Verwunderung von Jonas, gewähren. Jonas sprach wenig, wenn sie zu Dritt da standen. Er fand in ihrer Nähe nie die richtigen Worte und er wollte nicht das Falsche sagen.

„Hast Du ein Glück, dass ich auf Blonde stehe, sonst hätte ich sie schon lange klargemacht." sagte Christoph.

Jonas sah zu der Gruppe Mädchen hinüber. Kathrin lachte gerade, wie die anderen Mädchen. Sie hatte braune Locken, die jetzt nass vom Wasser glatt an ihrem Kopf lagen. Eine leichte Bräune hatte sich auf ihre Haut gelegt. Jonas kannte jede Sommersprosse auf ihren Wangen.

„Vielleicht sollten wir mal rübergehen."

Christoph richtete sich auf. Doch Jonas hatte nicht genug Mut. Noch nicht.

„Lass uns lieber noch mal ins Wasser, die Abkühlung wird Dir ganz gut tun."

Er gab seinem Freund einen Schubs, der daraufhin zurück auf das Badetuch fiel.

„Hey! Das ist unfair. Du weißt, dass Du stärker bist als ich."
Jonas stand auf und ging zum Ufer des Sees. Vorsichtig tastete er sich mit den Füßen durch das flache Gewässer. Christoph sprintete an ihm vorbei und unter viel Getöse ließ er sich ins Wasser fallen. Als er wieder auftauchte, blickte er zu den Mädchen rüber und winkte. Dabei legte er sein charmantestes Lächeln auf. Genervt verdrehte Jonas die Augen.

„Jetzt mach schon!"
„Ja, ja. Bleib ruhig. Wir haben noch jede Menge Zeit."
In aller Ruhe packte Christoph seine Sachen zusammen.
„Der Bus geht in zehn Minuten."
„Und? Sonst nehmen wir halt den nächsten."
„Ich habe Deiner Mutter versprochen, dass Du pünktlich zu Hause bist."
„Du bist aber nicht meine Mutter."
„Nein. Aber ohne mich hättest Du gar nicht fahren dürfen. Und ich habe vor, noch ein paar Mal herzufahren in diesem Sommer."
Jonas zog seine Jeansjacke an.
„Schon gut. Ich bin ja schon fertig."
Christoph richtete sich auf, setzte sich die Sonnenbrille auf die Nase und drehte sich noch mal um.
„Ciao Mädels."
Die Mädchengruppe kicherte und schob die Köpfe zusammen. Außer Kathrin. Die sah zu Jonas und hob schüchtern die Hand zum Abschied. Zaghaft hob er die Hand. Dann drehte er sich um, damit sie nicht sein dämliches Grinsen sehen konnte. Eines, was er nicht im Griff hatte, wenn sie in der Nähe war.
Christoph klopfte ihm auf die Schulter. „Das wird schon noch."

Sie gingen zum Trampelpfad, der sich durch die Büsche zur Straße schlängelte.

„Wenn wir das nächste Mal hierher kommen, nehmen wir aber mein Radio mit. Ich muss nur ein paar Blockbatterien besorgen. Dann kommen die Mädels zu uns…"

Christoph war abrupt stehen geblieben und Jonas, gerade noch auf den Boden starrend, um nicht über die dicken Wurzeln zu stolpern, die sich über den Weg schlängelten, blickte auf. Vor ihnen hatten sich drei Männer aufgebaut.

„Nabend Jungs." sagte einer von ihnen.

Sofort ging Jonas an Christoph vorbei und baute sich vor ihm auf.

„Guten Abend. Lassen Sie uns bitte vorbei, wir verpassen sonst unseren Bus."

Ein dröhnendes Lachen schwang ihm entgegen.

„Den Bus? Ach, das ist kein Problem. Wir fahren Euch."

„Danke. Aber das ist nicht nötig. Wenn Sie bitte einfach den Weg frei machen."

Seine Fäuste ballten sich in seinen Handflächen.

„Nein." sagte sein Gegenüber kalt.

„Kristian, jetzt zieh es nicht in die Länge." sagte einer der anderen beiden Männer gereizt.

„Was machen wir mit dem?" fragte der Angesprochene und zeigte auf Jonas.

Und in diesem Moment wurde Jonas schmerzhaft bewusst, dass sie sich in großen Schwierigkeiten befanden. Hektisch blickte er sich nach einem Fluchtweg um. Doch es gab nur den Weg vor und zurück. Und vor ihnen standen die Männer.

Er drehte sich zu Christoph um und brüllte „LAUF!!!"

Der sah ihn entgeistert an, drehte sich dann um und setze zum Spurt an. Jonas wollte ebenfalls losrennen, doch Kristian hielt ihn an der Schulter, drehte ihn zu sich herum und kurz sah Jonas noch etwas Silbernes aufblitzen, bevor ein harter Schlag ihn an der Stirn traf und alles um ihn herum schwarz wurde. Er sackte in sich zusammen.

Kristian drückte ihn auf den Boden, seine Waffe in der Hand auf die blutende Stirn des Jungen gerichtet.

„Los. Holt ihn Euch." sagte er zu den anderen beiden Männern. und die spurteten augenblicklich hinter Christoph hinterher. Es dauerte nur wenige Meter, bis sie ihn eingeholt hatten. Einer von ihnen zog ein weißes Tuch aus der Tasche und noch im Lauf packte er Christoph, rang ihn zu Boden und drückte ihm das Tuch auf den Mund.

Schnell hoben sie die Jungs vom Boden auf und trugen sie zur Straße, wo ein weißer Lieferwagen bereits mit laufendem Motor wartete. Sie warfen die leblosen Körper auf die Ladefläche und schlossen die Türen. Niemand hatte den Tumult bemerkt. Niemand hatte sie gehört. Niemand hatte sie gesehen.

In diesem Moment verschwanden zwei Jungen von der Bildfläche, unbemerkt von den kichernden Mädchen am See.

„Was zum Teufel habt Ihr Euch dabei gedacht? Ihr seid solche Vollidioten. Was soll ich mit dem Bengel machen? Der ist zu alt."

Die wütende Stimme grub sich in Jonas Gedanken. Schmerz durchzuckte seinen Körper. Seine Hand fuhr zu seiner Stirn. Als er die Augen öffnete sah er auf seine Finger, sie waren rot von Blut. Getrocknetem Blut.

Wie ein Film bauten sich die letzten Ereignisse in ihm auf.

Er sah sich um. Er lag auf einer Pritsche. Graue kalte Betonwände blickten ihm entgegen. Sein Kopf drehte sich langsam zu der Stimme, die unaufhörlich auf irgendwen einredete. Dicke Eisenstäbe trennten ihn von dem Mann, der jetzt zu ihm blickte.
„Meinetwegen könnt ihr den sofort entsorgen..." er stockte.
Schweigend sah er Jonas direkt in die Augen. Jonas richtete sich auf. Der Schmerz pochte in seiner Stirn. Außer Stande, einen vernünftigen Gedanken zu fassen, trat er auf die Eisenstäbe zu. Den Blick wie gebannt auf den Mann gerichtet, der ihn vor einer Sekunde zum Tode verurteilt hatte. Soviel war ihm klar.
„Wie ist Dein Name?" fragte er barsch.
„Jonas." hörte er seine Stimme tonlos antworten.
Der Mann ging näher an das Gitter. Studierte sein Gesicht, als hätte er ihn schon einmal gesehen. Dann blitzten seine Augen auf und für einen Moment wähnte Jonas so etwas wie Schmerz sehen zu können.
„Der Junge bleibt. Kümmert Euch um seine Wunde."
„Aber Boss. Der macht nur Arbeit."
„Mir scheiß egal. Er hat Euch gesehen. Laufen lassen können wir ihn nicht. Und ihr werdet ihm kein Haar krümmen. Sonst kriegt ihr es mit mir zu tun. Ich lass mir was einfallen, was wir mit ihm machen. Seht zu, dass ihr den anderen soweit vorbereitet. Wir machen die ersten Aufnahmen morgen."
Damit gingen die Männer weg von seiner Zelle. Die Stimmen und der Klang ihrer Schritte auf Beton wurden leiser und leiser. Jonas Füße gaben nach. Er sackte zu Boden. Wo zur Hölle war er da nur rein geraten? Und im nächsten Augenblick schoss ihm der Name seines Freundes durch den Kopf.
„Christoph?"

Seine Stimme zitterte. Panik kroch in ihm hoch. Angestrengt lauschte er in die Stille, die nur vom Dröhnen in seinem Kopf unterbrochen wurde. Doch es gab keine Antwort. Also war er ihnen wohl doch entkommen.

Die Kälte und Feuchtigkeit des Bodens grub sich in seine Kleidung. Mühsam zog sich Jonas wieder hoch. Er klammerte sich an den Eisenstäben fest, um sein Gleichgewicht nicht zu verlieren. Er sah sich das Gitter genauer an. Obwohl die Mauern um ihn herum schon Jahrzehnte alt zu sein schienen, waren die Gitter neu. Blanker Edelstahl war in die Wände eingelassen worden. Jonas rüttelte daran. Sie bewegten sich keinen Millimeter. Er sah sich die Tür und das Schloss daran an. Doch er konnte keinen Weg erkennen, wie er das Schloss knacken sollte.

Er ging zurück zur Liege und ließ sich darauf nieder. Er versuchte, der Situation Herr zu werden. Doch die Kälte seines Gefängnisses drang durch seine Kleidung bis in sein Herz. Es pochte laut in seiner Brust. Erschöpft lehnte er sich gegen die Wand und ließ sich fallen in einer Mischung aus Angst, Schmerz, Wut und Trauer. Tränen liefen seine Wangen hinab. Trotzig wischte er sie weg.

Er brauchte einen klaren Kopf. Er war kräftig und nicht dumm. Wenn sich ein Moment ergeben würde, dann würde er einen der Männer sicher überwältigen können und dann würde er laufen so schnell er konnte. Ja, er würde sicher irgendwie entkommen können. Dafür musste er nur einen ruhigen Kopf bewahren und…

Ein Flüstern ließ das Blut in seinen Adern gefrieren.

„Chucco?"

Er erkannte die Stimme seines Freundes. Sie hatten ihn also doch gekriegt. Sofort sprang er auf und rannte zum Gitter.

„Christoph?"

„Chucco." hörte er ihn erleichtert antworten.

Die Stimme war nicht weit entfernt. Doch Jonas konnte nur auf einen Gang sehen. Er erblickte seinen Freund nicht.

„Christoph, wo bist Du?"

„Hier. Das heißt. Keine Ahnung. Wo sind wir? Was ist passiert?"

„Sieh Dich um, was siehst Du?"

„Betonwände. Gitter. Verdammte Scheiße, wo sind wir?"

„Keine Ahnung. Komm zum Gitter. Ich will wissen, wo Du bist."

„Okay. Warte. Mir ist schlecht. Ich muss langsam…" und die Stimme erstarb.

„Christoph?" panisch versuchte Jonas seinen Kopf durch die Gitter zu schieben, auch wenn ihm klar war, dass er da niemals durchpassen würde.

„Ich bin hier." hörte er dann seinen Freund direkt neben ihm sagen.

Eine Hand streckte sich auf den Gang. Von der Zelle neben ihm. Jonas streckte seine Hand auch raus.

„Okay. Ich bin hier."

„Was ist passiert?"

„Wir wurden entführt." sagte Jonas trocken.

„Warum? Glaubst Du, sie wollen Lösegeld? Meine Eltern haben nicht viel Geld."

„Ich weiß es nicht."

Und das Gesicht seiner Mutter kam ihm in den Sinn. Sie würde sich schreckliche Sorgen machen. Aber vielleicht würde sie die Polizei informieren. Die würden sie sicher bald finden.

Er hörte seinen Freund an den Gitterstäben rütteln.

„Kriegen wir die Dinger irgendwie auf?"
„Nein. Ich denke nicht."
Sie hörten Schritte, die sich ihnen näherten. Ein Mann kam in den Gang. Jonas erkannte ihn wieder als den Mann, der ihn überwältigt hatte. Seine Miene war grimmig. Er kam auf seine Zelle zu.
„Lassen Sie uns gehen." sagte Jonas bestimmt.
„Halt die Fresse." antwortete der ihm.
Er hatte eine Kiste in der Hand, aus der er ein weißes Pflaster herausholte und ein Tuch.
Er langte durch die Gitter und packte den Kragen von Jonas Jeansjacke. Er zog daran, bis Jonas mit der Stirn gegen die Stäbe gedrückt, dastand.
„Nicht rühren, Arschloch. Sonst mach ich Dich fertig."
„Was wollen Sie von uns?" fragte Jonas trotzig zurück.
„Halt die Fresse, habe ich gesagt."
Mit einem Ruck donnerte Kristian seinen Kopf gegen die Stäbe. Und der Schmerz durchzuckte seinen Körper erneut. Er taumelte leicht, doch der Mann ihm gegenüber hatte ihn fest im Griff. Grob wischte der mit dem Tuch über seine Stirn und klebte das Pflaster auf seine Wunde.
„So, Du Pisser. Du hältst jetzt schön die Fresse. Und Du auch." sagte er zu Christoph in der Zelle nebenan. „Sonst haben wir noch genug Platz in einem der anderen Gänge und das war's mit Eurem Geplauder."
Ein letzter verächtlicher Blick zu Jonas und er verschwand in die Richtung, aus der er gekommen war.
„Ich habe Angst." sagte Christoph leise.
„Ich auch." gestand Jonas.
Doch der Alptraum sollte für die Beiden erst noch beginnen.

Am ersten Tag passierte nichts weiter. Die Zeit schien stillzustehen. Halogenröhren beleuchteten den dunklen Gang. Sie hatten kein Gefühl mehr dafür, ob es Tag oder Nacht war. Sie redeten nur das Nötigste und Jonas studierte wieder und wieder die Gitter seiner Zelle. Doch so oft er auch am Schloss ruckelte oder an den Gitterstäben, sie gaben seinem Versuch, sie zu öffnen, nicht nach. Und ohne Christoph, würde er sowieso nirgendwo hingehen.

Irgendwann schalteten sich die Lichter aus und ihr Gefängnis tauchte in absolut schwarze Finsternis. Jonas tat in dieser Nacht kein Auge zu. Er stellte sich an den Rand seiner Zelle, die zu Christophs führte und lauschte auf die Geräusche der Nacht. Er zermarterte sich das Hirn, wie sie fliehen könnten oder warum man sie überhaupt festhielt. Wie hoch ihre Chancen waren, hier heil aus der Sache rauszukommen. Doch er konnte keine Antworten finden.

Die Männer kamen früh am nächsten Tag und zogen Christoph aus seiner Zelle. Jonas konnte sie sehen. Auf dem Gang. Er schrie und schlug gegen die Gitterstäbe als sie Christoph den Gang entlang zerrten. Dann war er verschwunden.

Nach ein paar Stunden brachten sie ihn zurück. Und Jonas stellte sich an die Gitterstäbe um zu sehen, ob alles in Ordnung war. Das Gesicht seines Freundes war aschfahl. Seine Augen blickten stumpf zu Boden. Seine Kleidung war zerwühlt. Das Herz blieb Jonas stehen beim Anblick seines Freundes.

„Was ist passiert?" fragte er vorsichtig, als die Männer sich wieder entfernt hatten.

Doch er erhielt keine Antwort. Christoph sprach den Tag kein einziges Wort. Auch nicht an den nächsten Tagen, an denen sie ihn immer wieder aus der Zelle holten und ein paar Stunden später zurück brachten.

Jonas Wut wuchs mit jedem Blick, den er auf seinen Freund werfen konnte. Doch so sehr er sich auch bemühte, er fand keinen Weg aus seiner Zelle raus.

Ihn holten sie nie.
Sie brachten ihm Essen.
Sie gaben ihm Wasser.
Sie redeten nicht mit ihm.
Wenn er sie anschrie, ignorierten sie ihn.
Wenn er versuchte, sich gegen sie zu behaupten, drückten sie ihn ohne große Mühen zur Seite.
Jonas stellte bald fest, dass sie nicht die einzigen waren. Er sah auf dem Gang weitere Jungs, die die Männer am Ende des Ganges entlang schleiften. Es musste weitere Gänge wie den ihren geben. Doch sehen konnte man sie nicht. Auch nicht hören. Wenn die Männer verschwanden, brüllte Jonas ein ums andere Mal um zu sehen, ob er eine Reaktion von ihnen bekommen konnte. Doch die blieb aus.

Christoph baute in der Zeit mehr und mehr ab. Er sprach kaum noch ein Wort mit seinem Freund. Wenn die Männer ihn nicht aus der Zelle geholt hatten, blieb er die meiste Zeit auf seiner Pritsche liegen. Er weinte viel.

Und mit jedem Tag schwand die Hoffnung darauf, diesem Szenario zu entkommen mehr und mehr.

Die Zeit schien endlos zu werden. In den ersten Tagen versuchte Jonas noch zu zählen und sich zu merken, welcher Tag war. Doch schon bald war er sich nicht sicher. Er merkte nicht, dass aus Tagen schon lange Wochen geworden waren. Und so begann Zeit keine Rolle mehr zu spielen. Ihre Wärter erkannten alsbald seine einzige Schwäche. Seine Zuneigung für seinen besten Freund und den unbedingten Willen ihn zu beschützen. Eines Tages kam Kristian in seine Zelle.

„Ey, Pisser. Wir haben eine Aufgabe für Dich. Wenn Du das hinkriegst, kann dein Freund ein paar Tage ausspannen."

Jonas nickte sofort und ging zur Tür.

„Machst Du irgendeinen Scheiß, dann machen wir ihn kalt, verstanden?"

„Ja. Okay."

Kristian sperrte die Tür seiner Zelle auf und packte Jonas am Kragen.

„Hier entlang."

Und wie seinen Freund schleifte er ihn den Gang entlang. Jonas hatte Mühe, mit ihm Schritt zu halten. Sie wandten sich nach links und gingen einen weiteren Gang entlang. Und dann erreichten sie eine große Tür, die Kristian mit Leichtigkeit aufstieß. Das Sonnenlicht blendete Jonas einen Moment. Dann nahm er seine Umgebung war. Sie waren in einem Wald. Die Blätter hatten ihr Grün noch nicht verloren, also musste es noch Sommer sein.

„Welcher Tag ist heute?" fragte Jonas.

„Halt die Fresse, Kleiner." raunte Kristian.

Sie gingen ein Stück hinaus zu den anderen beiden Männern, die grinsend zu ihnen blickten.

„Gute Idee, Kristian."

„Warum sollen wir uns hier abrackern, wenn wir einen Nichtsnutz haben, dem langweilig ist. Hier."

Damit reichte er Jonas eine Schaufel.

„Grab ein Loch."
Jonas sah ihn fragend an.
„Ein Loch? Wozu?"
„Für den da." Und einer der anderen beiden zeigte auf etwas, das am Boden lag.
Jonas Magen zog sich schmerzhaft zusammen. Am Boden lag der leblose Körper eines der Jungen.
„Du wirst hier jetzt ein Loch für den buddeln und ihn beerdigen. Und wenn Du Scheiße baust, ist Dein Freund der nächste, den wir begraben. Klar?" sagte Kristian kalt.
Mühsam versuchte Jonas sich nicht zu übergeben und stieß die Schaufel in die Erde. Was auch immer es kosten würde, er würde alles versuchen, um Christoph zu schützen.
Und so fokussierte er sich auf die Arbeit, die vor ihm lag. Schnell rann ihm der Schweiß über die Stirn. Während er wieder und wieder die Schaufel in die Erde rammte und nach und nach ein großes Loch grub.
Die Männer sahen ihm dabei lachend und feixend zu. Sie rauchten Zigaretten, tranken Bier und machten sich über ihn lustig. Doch Jonas sah auch die Waffe, die in dem Hosenbund von Kristian steckte. Er konnte keinen Fluchtversuch wagen, ohne Christoph oder sich selbst in Gefahr zu bringen.
Und die Männer hielten Wort. Nachdem Jonas seine Arbeit erledigt hatte, brachten sie ihn zurück in seine Zelle und die nächsten Tage ließen sie Christoph und ihn in Ruhe.

„Sie machen kranke Sachen mit mir." flüsterte Christoph eines Abends. Jonas stand wieder mal an den Gittern an der Wand, die zu seiner Zelle gingen.
„Willst Du es mir erzählen?" fragte er vorsichtig.

„Nein. Ich will es nur vergessen."
„Reden wir über was anderes?"
„Worüber denn? Was bleibt denn noch?"
„Erinnerst Du Dich an Kathrin? Ich glaube, sie steht auf mich."
Ein leises Lachen drang zu ihm herüber.
„Ach, Chucco. Das ist wohl die Untertreibung des Jahrhunderts."
Und so begannen sie zu reden, als wäre all das nicht passiert und sie immer noch am Badesee. Auf ihren Handtüchern.

Nachdem es das erste Mal so gut funktioniert hatte, holten ihn Kristian und die anderen beiden immer mal wieder aus der Zelle, um Dinge zu erledigen. Er bekam damit einen ziemlich guten Überblick über die Zellen. Sie ließen ihn aufräumen, putzen und die Abfälle wegbringen. Er sah auch den Raum, in den sie Christoph brachten. Er war vollgestellt mit Kameras und Lampen. Und Jonas Fantasie reichte aus, um zu erahnen, was sein Freund erdulden musste.
Und so erfüllte er jeden noch so lächerlichen Auftrag, den ihm die Männer gaben. Denn sie hielten sich an ihre Verabredung. Und je mehr Arbeit er leistete desto weniger hatte Christoph zu ertragen.

So verging Tag um Tag. Woche um Woche. Monat um Monat. Ein weiterer Junge wurde begraben, ein neuer Junge zog zu ihnen in den Kerker. Dieses Mal steckten sie ihn in eine weitere Zelle auf Christophs und Jonas Gang.
Und so blieb es dann auch lange Zeit. Bitterer Alltag stellte sich ein. Sie wussten, wann die Männer kamen und wann sie gingen. Jonas nutzte jede Möglichkeit, ihnen zur Hand zu gehen, mit

der Bedingung, dass sie Christoph dafür ein paar freie Tage gönnten.

Draußen vor den Türen des Verlieses, das die Entführer für ihre Opfer gewählt hatten, zog der Herbst vorbei. Dann der Winter und schließlich der Frühling. Ihm war immer klar, dass es nicht in alle Ewigkeiten so weitergehen konnte.

Die anderen Gänge blieben nicht lange leer. Doch wie viele Jungen es waren und was aus ihnen wurde, als sie verschwanden, wusste Jonas nicht. Andere Männer kamen und nahmen sie mit. Ab und an erhaschte er einen Blick auf einen der Jungen. Aber sie ließen ihn nicht in die anderen Gänge.

Das Leben war trist und farblos im Verlies. Das einzige, was Jonas aufrecht hielt und was ihm zum Weitermachen zwang, war Christoph. Er verstand nicht, warum sie ihn nicht anrührten. Er schämte sich dafür, dass er froh darüber war, wenn sie Christoph nach Stunden wieder zurückbrachten.

Doch so sehr er sich auch das Hirn zermarterte, einen Ausweg fand er nicht. Er hatte inzwischen mehr als genug Möglichkeiten gehabt zu fliehen. Kristian und die zwei anderen Männer waren mittlerweile achtlos geworden bei der Aufsicht über Jonas, wenn sie ihn etwas erledigen ließen. Sie zogen ihn damit auf.

„Lauf doch weg." sagten sie schallend lachend.

Wohlwissend, dass er Christoph nicht zurücklassen würde. Doch die Wut und die Verzweiflung trieben ihn an. Weitermachen. Nicht aufgeben. Nicht den Verstand verlieren.

Und dann kam der schrecklichste Tag in seinem Leben.

Im November 1995, nach zweieinhalb Jahren Gefangenschaft, kam was kommen musste. Christoph hatte seit Wochen schrecklich abgebaut. Er sprach kein Wort mehr. Er verlor Gewicht. Verweigerte Essen und Trinken. Er hatte abgeschlossen mit dieser Welt. Und Jonas drang nicht mehr zu ihm durch.

Sie ließen die Finger von ihm. Doch es half nicht. Jonas stellte sich Stunde um Stunde in seine Ecke und versuchte, auf ihn einzureden. Doch er reagierte nicht mehr. Auch all seine Versuche ihn abzulenken, verliefen im Sande.

Und eines Morgens wachte er nicht mehr auf. Sein junger Körper hatte den Strapazen und dem psychischen Stress nicht standhalten können.

Sie holten Jonas aus seiner Zelle und ließen ihn zu ihm. Er solle ‚den Dreck wegmachen'. Jonas nahm seine Jeansjacke, die er vor so vielen Jahren getragen hatte und die ihm schon lange nicht mehr passte. Er hatte sie als Kopfkissen genutzt.

Der Schmerz schüttelte ihn und blind vor Tränen hob er seinen besten Freund vom Bett auf. Nur noch ein Hauch des Körpers, den er einmal hatte. Haut und Knochen waren noch übrig geblieben.

Er trug ihn raus aus der Hölle, die sie seit so langer Zeit gefangen gehalten hatte. Gustav, einer der Männer, trottete müde hinter ihm her.

„Mach schneller."

Er zeigte ihm die Stelle, an der er ihn zu vergraben hatte und Jonas steckte die Schaufel in die Erde. Er weinte und seine Hand zitterte bei der harten Arbeit. Doch die Erde gab nach und machte ihm Platz für seinen Kameraden. Als er fertig war, nieselte es leicht. Er bettete Christoph behutsam in das Loch, das er ausgehoben hatte. Er legte seine alte Jeansjacke wie eine

Decke über den toten Körper. Ein letzter Blick. Und dann tat er das, was er schon vor langer Zeit hätte tun sollen.

Gustav hatte sich auf den Boden gesetzt und war eingedöst. Jonas nahm die Schaufel und stellte sich vor ihm auf. Ein letzter Blick auf die verschlossene Tür zum Bunker. Auf das Grab seines Freundes. Dann holte er weit aus und donnerte die Schaufel auf den Kopf von Gustav. Der stöhnte auf und sackte dann zur Seite weg.

Und dann lief Jonas. So schnell ihn seine Füße tragen konnten, jagte er über den Waldboden in irgendeine Richtung.

Er blickte sich nicht um.

Aber er konnte hören, dass sie ihm auf den Fersen waren. Fluchende Schreie und wütende Stimmen verfolgten ihn.

Er lief soweit ihn seine Füße zu tragen vermochten. Die Stimmen schienen immer nur ein paar Meter hinter ihm zu sein. Als ihm die Energie ausging, sah er sich um und fand ein Erdloch unter einem Baum. Mit zwei kurzen Sprüngen war er darin verschwunden und zog einen Ast mit Blättern vor sich. Er hoffte und betete, dass seine Deckung reichen würde.

Und die Stimmen kamen näher. Zogen an ihm vorbei und verschwanden in der Dämmerung des Tages. Und plötzlich war es ganz still. Die Nacht zog herauf. Als wäre nichts gewesen. Und Jonas ergab sich dem Schmerz, der in ihm wütete. Was hatte er falsch gemacht? Wieso hatte er seinem Freund nicht helfen können? Wieso hatte er ihn verloren? Wieso war er noch da?

Atmete.

Lebte.

Er fühlte sich gefangener als in all den Jahren zuvor. Und er blieb in dem Loch. Die ganze Nacht. Stumpfe Schwere legte sich auf seine Seele.

Der Junge von einst existierte nicht mehr. Der Junge am See, war ihm so fremd geworden. Schwach noch konnte er sich an den Tag erinnern. An Christophs Lachen.
Das alles hatten sie ihm genommen.
Das alles hatten sie zerstört.

„Junge? Was machst Du da? Hast Du dich verlaufen?"
Ein alter Mann schaute durch die Zweige auf das Häufchen Elend, das sich dort vergraben hatte. Doch der Junge sagte nichts. Schüttelte nur den Kopf.
„Na, aber hier kannst Du nicht bleiben. Komm, mein Junge."
Er nestelte den Ast weg und hielt dem Jungen die Hand hin. Der sah sie lange an, atmete dann tief durch und ergriff sie.
„Man nennt mich Tom. Wie heißt Du?"
„Chucco." sagte Jonas.
„Hallo, Chucco. Komm, wir gehen zu mir. Ich mache Dir erst mal einen Tee."
Und Tom ging voraus durch den Wald. Er plauderte auf dem Weg sanft vor sich hin. Jonas folgte ihm schweigend.

Es dauerte zwei Tage, bis Jonas seine Sprache wiederfand und dem Landstreicher, der sich seiner angenommen hatte, anvertraute, welche Hölle er durchlitten hatte. Dieser war so geschockt, versuchte aber seine Mimik im Griff zu behalten.
Obwohl er wenig von der örtlichen Polizei hielt, setzte er alles daran, Jonas zu überreden, sich ihnen ebenfalls anzuvertrauen. Und so gingen sie gemeinsam zur Polizeidienststelle im nächsten Ort.

„Ja?" fragte der diensthabende Beamte.

Er blickte von seinen Papieren auf und sah Tom vor sich. Er rümpfte die Nase.

„Was kann ich für Sie tun?"

„Wir möchten Anzeige erstatten." Tom blickte ihm selbstbewusst entgegen.

„Wir?"

„Ja. Mein Freund will ein paar Männer wegen Entführung und Kindesmisshandlung anzeigen."

Tom gab Jonas einen sanften Schubs, der sich hinter ihm versteckt hatte.

Er trat vor und beäugte misstrauisch den Beamten.

„Also? Name?"

„Ich weiß nur die Vornamen der Männer."

„Nein, Dein Name." antwortete der Beamte gereizt.

Ein weiterer Beamter trat zur Theke.

„Irgendwelche Probleme?"

„Nein, Chef. Der Junge will Anzeige wegen Kindesentführung stellen." antwortete der erste. Sein Blick zu seinem Kollegen entging Jonas nicht. Er nahm ihn nicht ernst. Jonas wollte weg. Und zwar sofort.

Der zweite Kollege musterte zunächst Tom, dann den Jungen. Plötzlich schien ihm etwas einzufallen. Er flüsterte seinem Kollegen etwas zu, was Jonas nicht verstehen konnte. Der nickte und ging in einen der hinteren Räume.

„So. Du möchtest also jemanden anzeigen? Wie wäre es, wenn wir das in meinem Büro besprechen?"

„Was haben Sie zu Ihrem Kollegen gesagt?" fragte Jonas.

„Nichts weiter. Ich übernehme ab hier. Also? Wollen wir?"

Er trat an der Theke vorbei und zeigte auf einen Flur.

Tom nickte ihm aufmunternd zu.

„Ich würde mich nur gerne von meinem Freund draußen verabschieden, geht das?"
„Klar, wenn Du das willst."
Tom war überrascht, folgte Jonas aber ohne ein weiteres Wort vor die Tür. Kaum war diese wieder ins Schloss gesprungen, als Jonas ihn ernst ansah.
„Wir müssen hier weg. Sofort!"
„Warum?"
„Ich traue denen nicht, irgendwas ist hier faul."
„Ach Junge, ich verstehe Dich, aber Du kannst der Polizei doch vertrauen."
Jonas schüttelte den Kopf.
„Was, wenn die Männer hier waren? Sie hätten sagen können, ich wäre ihr Sohn oder sonst was. Ich will hier nicht bleiben."
Nachdenklich blickte Tom auf den zitternden Jungen, der neben ihm stand. Vielleicht war er einfach noch nicht so weit.
„In Ordnung. Komm gehen wir. Beeilen wir uns lieber, bevor sie nach Dir suchen."
Und gemeinsam gingen sie zurück in Richtung Wald, aus dem sie gekommen waren.
Sie waren gerade um die Ecke gegangen, als der Beamte einen Blick vor die Tür warf, sich hektisch umsah und dann laut zu fluchen begann.
Sein Kollege trat zu ihm „Alles okay?"
„Der Junge ist weg."
„Was?"
„Er hatte gesagt, er wolle sich von seinem Freund verabschieden. Jetzt sind sie beide weg. Kannten Sie den Landstreicher?"
„Ja. Ich glaub, er nennt sich Tom. Er haust in einer Höhle im Wald."

„Gut. Wir warten auf den Vater des Jungen, dann fahren wir mit ihm zu dieser Höhle. Wir werden sie schon wieder finden. Sie werden sich ja nicht in Luft auflösen."

Doch als der vermeintliche Vater wenig später beim Revier ankam, lehnte er die Unterstützung der Polizisten ab. Er wies darauf hin, dass der Junge offensichtlich sehr verängstigt war, dass er bereits an der Wache erneut davon gelaufen war. Er wolle ihn nicht noch mehr aufscheuchen. Er bedankte sich für die Unterstützung und bat um eine Beschreibung der Höhle. Danach wolle er sich selbst darum kümmern.

Sie hörten sie von weit her kommen. Sie saßen gerade beim Abendessen, als Tom inne hielt und in den Wind lauschte.
„Wie viele Männer waren es, hast Du gesagt?" fragte er Jonas.
„Drei."
„Ich glaube es sind vier."
Auch Jonas spitzte die Ohren. Er konnte hören, dass sich etwas auf sie zu bewegte. Tom hatte es ihn gelehrt in den letzten Tagen. Aber er vermochte nicht zu sagen, wie viele es waren.
„Versteck Dich, so wie ich es Dir gezeigt habe." wies Tom den Jungen an.
Jonas warf das letzte Stück Fleisch ins Feuer, sprang vom Boden auf und suchte in der Bodenkuhle Deckung, die sie nach ihrer Rückkehr am Nachmittag vorsorglich vorbereitet hatten. Tom legte hastig Äste über ihn und bestreute diese mit Laub. In wenigen Sekunden war die Stelle nicht mehr von der Umgebung zu unterscheiden.

„Was auch immer passiert, Du bleibst hier drin. Sei ganz still. Und sorge Dich nicht. Wenn irgendwas schiefläuft, dann lauf weg und sieh niemals zurück." sagte Tom bestimmt.
Jonas nickte. Doch Tom konnte ihn nicht sehen durch das Dickicht. Rasch drehte er sich um und nahm wieder den Platz am Feuer ein. Nur Sekunden, bevor die Männer die Lichtung vor der Höhle betraten.

Jonas konnte die Szene vor der Höhle aus seinem Versteck heraus nicht sehen. Doch er hörte deutlich die Stimmen, die er augenblicklich wiedererkannte. Zu seiner Überraschung ergriff der Anführer von ihnen die Stimme. Den Mann, den er das letzte Mal am Tag seiner Entführung gesehen hatte.
„Wir haben gehört, Du hast einen Jungen bei Dir?"
„Einen Jungen?"
„Stell Dich nicht dümmer an als Du bist. Sag uns, wo der Junge ist und Dir wird nichts passieren."
„Ich weiß nicht wovon Ihr sprecht."
Jonas blieb das Herz stehen, als er den Hieb und das schmerzerfüllte Stöhnen von Tom hörte, das darauf folgte.
„Ich frage Dich nochmal. Wo ist der Junge?"
„Und ich sage es Dir nochmal, ich habe keine Ahnung, wovon Ihr redet."
Und wieder folgte ein Schlag, zumindest klang es so. Jonas krallte die Finger in den sandigen kalten Boden unter ihm.
„Mach es Dir nicht schwerer, als es sein muss." erklang die kalte Stimme des Anführers.
„Ich habe keine Angst vor Dir oder Deinen Schergen. Und ich sage es Dir ein letztes Mal. Ich weiß nichts von einem Jungen."

„Wenn es Dein letztes Wort ist. Kristian, Du weißt, was zu tun ist. Zeit für die ewigen Jagdgründe. Alle anderen, verteilt Euch und fangt an zu suchen. Er kann nicht weit sein. Ich. Will. Diesen. Jungen!"

Und ein Tumult brach aus. Jonas kauerte in seinem Versteck und lauschte angestrengt den Geräuschen, die zu ihm drangen. Tränen liefen über seine Wangen. Keine Bewegung. Kein Schrei drang aus seiner Kehle.

Er hörte, wie sie begannen, das Lager von Tom zu verwüsten. Während sich Kristian offenbar Tom angenommen hatte. Er schrie ihn wieder und wieder an. Verlangte nach einer Antwort. Doch Tom sagte kein Wort mehr. Jonas hörte, wie Kristian auf ihn einprügelte. Er hörte Knochen brechen. Ein leises Wimmern. Und dann ein dumpfes Geräusch als sein Körper zu Boden ging. Doch Kristian beließ es nicht dabei. Er trat und prügelte auf dem am Boden liegenden Mann ein. Bis der Anführer ihn anbrüllte.

„Genug! Der Junge ist nicht mehr hier."

„Was, wenn er wiederkommt, Boss?"

„Und was, wenn er schon längst auf dem Weg nach Hause ist? Wir sollten lieber dort nach ihm suchen."

„Aber seine Mutter ist doch…"

„Ich weiß." brüllte der Anführer seinen Laufburschen an.

„Aber er weiß nicht, dass sie tot ist."

Angestrengt versuchte Jonas das Pochen in seinen Ohren zum Schweigen zu bringen. Tot? Seine Mutter war tot?

„Los. Verschwinden wir hier."

„Was machen wir mit dem?" fragte Kristian.

„Lebt er noch?"

„Nein."

„Gut. Also. Keine Zeugen. Gehen wir."
„Wollen wir ihn vergraben?"
„Wozu die Mühe? Die Tiere werden sich seiner annehmen. Und bis einer nach ihm sucht, sind wir lange weg."
Und Jonas hörte, wie ihre Schritte sich von der Lichtung entfernten. Sie gaben sich keine Mühe, leise zu sein.

Jonas wartete, bis er sich sicher war, dass sie nicht zurückkommen würden. Vorsichtig entfernte er die Tarnung über seinem Versteck und krabbelte aus der Erdkuhle. Das Lager war nicht mehr als solches wiederzuerkennen, ein solches Chaos hatten die Männer hinterlassen. Schnell eilte Jonas zu Tom, der neben dem Lagerfeuer auf dem Boden lag.
Sein Gesicht war tiefrot vor Blut. Seine Augen blickten starr ins Leere. Alles Leben war aus ihnen entflohen. Jonas wusste, er konnte ihm nicht mehr helfen.
Wieder hatte ein Freund sein Leben lassen müssen. Und wieder hatte er hilflos daneben gestanden und nichts daran ändern können.
Tom's letzte Worte dröhnten in seinen Ohren.
„Lauf weg. Sieh niemals zurück."
Wieder und wieder kreisten die Worte in seinen Gedanken. Er stand auf, noch bevor sein Verstand seine Sinne erreichen und ihn durchdrehen lassen konnte. Eilig drehte er sich zur Höhle, nahm Tom's alten Mantel an sich, sein Messer und ein paar Dinge, die ihm nützlich sein würden. Er packte alles in einen alten Rucksack und schnallte ihn sich auf den Rücken.
Ein letzter Blick auf Tom und das verwüstete Lager, dann drehte er sich um.
„Ein Fuß vor den anderen." sagte er laut.

Erschrocken von der Festigkeit in seiner Stimme.
„Einfach einen Fuß vor den anderen."
Und sie gehorchten.
Und ohne einen weiteren Blick zurück, begann Jonas als Chucco ein neues Leben. Im Schatten. Versteckt. Immer auf der Flucht.
Ein Geist.

27. KAPITEL
<Jonas>

Ihre Hände krallen sich in meinen Pullover. Ihr Kopf liegt auf meiner Brust. Ich strecke den Kopf ein wenig empor und atme den Duft ihres Haares ein.

Ganz still hatte sie so dagelegen. Sie hatte sich nicht gerührt. Nicht eine Sekunde. Keine Fragen gestellt. Mich nicht angesehen. Sie hatte nur da gelegen und den Worten gelauscht, die so selbstverständlich über meine Lippen gekommen waren.

Der Schmerz war wiedergekommen. Doch ihre Berührung und ihre Nähe linderten die Verzweiflung, die schon so lange an mir genagt hatte.

Und jetzt, da alles gesagt war und alle Geister den Raum erfüllt hatten, fühle ich mich leer. Stille kehrt ein in meinen Gedanken. Die Bilder, die ich so lange versucht hatte zu verdrängen, wehen fort. Und alles was bleibt ist das sanfte Ticken der Uhr an der Wand und das Knistern der kleiner werdenden Flammen im Kamin.

„Wieso glaubst Du, dass sie Dich immer noch suchen?" fragt sie leise. „Das ist alles schon so lange her."

„Sie waren mir immer mal wieder auf der Spur. Ich blieb nie lange genug an einem Ort. Doch ab und an waren sie mir dicht auf den Fersen. Und vor ein paar Tagen hat die Polizei die Leichen gefunden. Und ein Foto von mir aus der Zeit in den Zeitungen veröffentlicht."

„Wieso gehst Du dann nicht zur Polizei?"

„Weil das nichts bringt. Weder Christoph, Tom oder einer der anderen Jungen würden wieder lebendig. Oder das alles ungeschehen machen."

„Aber sie würden ihre gerechte Strafe erhalten."
„Ach ja? Welche Strafe würde einer solchen Tat gerecht?"
Sie lässt meine Frage unbeantwortet.

„Wir sollten langsam schlafen gehen."
Rosalie's Stimme klingt matt.
„Wie spät ist es überhaupt?" frage ich und mein Blick geht sofort zur antiken Uhr auf dem Kaminsims.
„Drei Uhr. Ja. Wir sollten wirklich ins Bett."
Langsam lösen wir uns aus der klammernden Umarmung. Ein Blick in ihre Augen verrät mir, dass sie tief getroffen ist von meiner Geschichte. Doch keine Spuren von Tränen sind zu sehen. Sie hat nicht geweint. Und ich weiß nicht warum, aber dass es so ist, beruhigt mich ungemein.
Wir reden nicht. Sie nimmt die Tassen vom Tisch, bringt sie in die Küche. Ich folge ihr. Dann nimmt sie wieder meine Hand. Die Berührung sendet einen Schauer durch meinen Körper. Ein wohlig warmer Schauer, der die Kälte und die Leere vertreibt. Den Platz, den die Erinnerungen eingenommen haben, scheint sie ohne große Mühen zu erobern.
Wir gehen die Treppenstufen hinauf. Sie zieht mich ins Schlafzimmer. Vor dem Bett lässt sie meine Hand los und beginnt sich zu entkleiden. Ich tue es ihr gleich.
Erst als sie bereits nackt vor mir steht, hält sie inne. Sieht mir in die Augen.
„Schläfst Du hier?"
Ich nicke. Sie lässt mir die Wahl. Doch ich habe sie schon lange vorher getroffen.
„Ist es okay, wenn ich nichts anhabe? Ich möchte Dir nahe sein. Ich habe das Gefühl, meine Kleidung würde dabei stören."

„Ich weiß nicht. Ich habe noch nie…" doch ihr Blick reicht, um mich zum Schweigen zu bringen.
Ich soll es nicht mehr sagen. Kein ‚Ich weiß nicht, ob das geht'. Und ein Lächeln stiehlt sich auf meine Lippen. Schulterzuckend sage ich: „Ja".
Und ich sage es zu ihr. Zu dieser Situation. Zu dem Moment. Und zu meinem Leben. Ich weiß, es hat eine größere Bedeutung. Eine Macht, die dazu fähig ist, mein Leben komplett aus den Angeln zu heben.
Also entledige ich mich ebenfalls meiner restlichen Kleidung. Unbedeutend, wie sie geworden ist, lasse ich sie achtlos auf den Boden fallen.
Rosalie steigt ins Bett und hält die Decke hoch. Ich folge ihr. Lege mich neben sie. Und wieder legt sie ihren Kopf auf meine Brust. Horcht auf das Schlagen meines Herzens. Doch nun, sind wir nackt. Haut an Haut. Ich spüre ihre Wärme noch intensiver als zuvor. Meine Finger wandern über ihren Rücken. Hinunter zu den Blumen und den darunter liegenden Narben.
„Willst Du Deine Geschichte erzählen?" frage ich sie sanft.
Sie murmelt etwas, das ich nicht verstehe. Atmet tief ein und wieder aus. Kuschelt sich noch enger an meine Seite und wenig später geht ihr Atem in langsamen regelmäßigen Zügen.
Sanft streichen meine Finger über ihre Haut. Als könnten sie nicht genug davon bekommen. Ich schließe meine Augen. So nah war ich noch nie jemand anderem. Dabei ist sie mir noch immer so fremd. Und doch vertraue ich ihr. Der Zufall hatte mich zu ihr gebracht. Doch mein Instinkt ließ mich bleiben. Und mein Herz genoss den Unterschied, den es machte.

28. KAPITEL
<Rosalie>

Ein tiefes brummiges Schnarchen weckt mich am nächsten Morgen. Ich schlage die Augen auf. Die Sonne steht bereits am Himmel und erhellt den Raum. Vor mir das Fenster zum Garten. Die alte Eiche trägt keine Blätter und ihre Äste räkeln sich in den blauen Himmel. Seine Hand ruht auf meinem Rücken. Und da ist es wieder. Das Schnarchen.
Ich kichere. Schlage meine Hände auf den Mund. Ich will ihn nicht wecken.
Er schläft also noch. Tief und fest wie es scheint.
Die Nacht drängt sich wieder in meine Gedanken. Es ist erschreckend, welche Dinge er erlebt hat. Unfassbar quälend hatte ich seinen Erzählungen gelauscht. Das Gefühl, nichts tun zu können, wie er es damals hatte, hatte mich ergriffen und hielt mich noch immer fest.
Vorsichtig rücke ich ein Stück von ihm ab. Um ihm beim Schlafen zuzusehen. Mein Blick wandert zu seiner anderen Hand, die auf seinem Bauch ruht. Ich streiche mit den Fingern darüber. Lasse sie über den Handrücken auf seinen Arm fahren und wieder zurück.
Plötzlich schlägt er die Augen auf. Verschlafen blicken sie mich an.
„Guten Morgen" flüstere ich.
„Guten Morgen." brummt es zurück.
Ein Lächeln huscht über seine Wangen. Seine Hand verlässt die Stellung auf seinem Bauch. Eine Strähne hat sich über meine Wange gelegt. Er streicht sie weg. Die Berührung ist so nah. So intensiv, dass es mir den Atem raubt.

Er hält inne. Fragend suchen seine Augen meine. Dann schließt er sie. Beugt sich vor und seine Lippen legen sich auf meine.

Was als unschuldiger Kuss beginnt, entwickelt sich rasend schnell in einen hungrigen Kampf um Nähe und Berührung. Unsere Zungen vereinen sich und spielen miteinander. Unnachgiebig und fordernd, während unsere Hände den Körper des anderen erkunden. Als wäre es neues Land, das es zu entdecken gilt. Nicht lange und ein raues Stöhnen dringt aus seiner Kehle. Er will mehr. Und ich will es auch.
Er hält inne. Seine Augen leuchten wie Feuer und sehen mich durchdringend an.
„Rosalie. Ich habe keine Ahnung." sagt er atemlos und legt ein entschuldigendes Lächeln auf.
Mir wird schlagartig bewusst, was das bedeutet. Was alles, was er gestern erzählte, wirklich bedeutet. Es gab noch keine Frau, die er liebkost hat. Die er gestreichelt hat. Geküsst hat. Es hat das alles nie in seinem Leben gegeben.
Eine leichte Röte steigt ihm in die Wangen. Sein Blick weicht meinem aus. Er schämt sich.
Ich erhebe mich, setze mich rittlings auf ihn. Seine Augen blicken verwirrt zu mir auf.
Doch auch etwas anderes spüre ich in dem Moment. Seine Lust. Sie drängt sich an mich. So wie es die Natur will.
Ich beuge mich zu ihm runter. Mein Mund findet den seinen. Wie ein Vorhang fallen meine Haare zu beiden Seiten seines Kopfes auf das Kissen und verbergen die Welt dahinter. Ein weiteres Stöhnen dringt über seinen Mund in meinen. Und es besiegelt, was längst in der Luft liegt.

Vorsichtig greift meine Hand nach unten. Ich massiere ihn sanft unter mir. Seine Brust hebt und senkt sich und mit ihr sein ganzer Körper. Er schließt die Augen. Seine Hände ruhen auf meinem Rücken. Seine Finger krallen sich in mein Fleisch. Automatisch folgt sein Becken der Bewegung meiner Hand. Sein Kuss wird härter. Er ist bereit.

Meine Hand hält inne. Und er öffnet die Augen. Sieht mich fragend an. Ich schiebe ihn in mich. Langsam. Damit er begreifen kann, was passiert. Ungläubig sieht er mich an. Bevor er der Lust nachgibt, den Kopf in die Kissen drückt und laut aufstöhnt. Und sobald er mich vollkommen ausfüllt, dringt auch mir ein Stöhnen aus der Kehle. Vergessen ist Zeit und Raum.

Langsam und sanft gebe ich mich der Lust hin. Bewege mein Becken auf und ab. Ich spüre, dass sein Becken dem Rhythmus folgt und schließlich das Kommando übernimmt. Während er sich stärker und stärker in mich drängt, sich zurückzieht und wieder zu stößt, wird die Lust unbändig stark in mir. Ich hebe meinen Kopf und richte mich auf. Ich will ihn spüren. Ihm dabei zusehen.

Er greift meine Hüfte und zieht sein Becken daran hoch. Um noch tiefer einzudringen. Ich sehe in seinem Gesicht, wie er langsam die Kontrolle verliert und alles in ihm explodiert. Sein Körper beginnt zu zittern. Schweißperlen stehen ihm auf der Brust. Ich will mich herunterbeugen. Sie aufsaugen. Doch in dem Moment ergreift die Lust endgültig die Kontrolle und er ergießt sich in mir. Begleitet von einem lauten Schrei, der die Wände zum Beben zu bringen scheint. Und auch meine Lust findet ihren Höhepunkt.

29. KAPITEL
<Jonas>

Bumm. Bumm. Bumm. Mein Herzschlag dröhnt durch meinen Körper. Es möchte explodieren. So scheint es mir.
Rosalie lässt sich langsam auf meine Brust fallen. Ich schlinge meine Arme um sie. Meine Lippen fahren über ihre Schultern. Ihr Atem geht stoßweise, wie der meine. Ich spüre ihr Herz. Sie sind vereint. Im selben Rhythmus schlagen sie unter unserer Haut.
Ich lege mein Gesicht an ihren Hals. Ihre Haare umhüllen unsere Köpfe. Wie ein Vorhang vor der Welt. Alles ist verschwommen. Alles ist fort. Alles ist unwichtig geworden. Alles was zählt, ist sie.
Und ich treibe fort. In einem grauen Schleier der Leere. In einen traumlosen Schlaf.

Sie ist fort als ich wieder aufwache. Ich spüre es, noch bevor ich genug Kraft gefunden habe, die Augen zu öffnen. Ein Rascheln, das Klappern einer Tür lässt mich hocheilen. Und da ist sie. Emsig damit beschäftigt, den Inhalt eines Koffers in einen der Schränke auf der andere Seite des Raumes einzuräumen. Sofort eile ich aus dem Bett zu ihr.
„Warte, ich helfe Dir."
Doch sie reagiert nicht.
Erst jetzt sehe ich, dass ihr Telefon in der Gesäßtasche ihrer Hose steckt und von dort ein Kabel zu ihren Ohren führt. Sie wippt sich im Takt der Musik, die sie zu hören scheint. Sie hebt einen Pullover aus der Tasche, faltet ihn und legt ihn zu den anderen.

Ich tippe ihr auf die Schultern. Erschrocken fährt sie herum und prustet dann vor Lachen. Sie zieht einen Stöpsel aus ihren Ohren.

„Hey Du." strahlt sie mir entgegen.

„Bist Du schon lange wach?"

„Ich habe nicht geschlafen."

„Warum hast Du mich nicht geweckt?"

„Warum hätte ich das tun sollen?"

Ratlos zucke ich mit den Schultern.

„Ich hätte Dir helfen können."

„Schon gut. Ich habe nur ein bisschen Wäsche angestellt und die Koffer ausgepackt. Hast Du Hunger?"

Noch bevor ich ihr darauf eine Antwort geben kann, knurrt mein Magen laut. Als hätte er darauf gewartet, dass sie diese Frage stellt. Verlegen lächle ich sie an.

„Ich denke, das heißt eindeutig ja. Wir müssen aber erst einkaufen."

„Kann ich vorher duschen?"

„Klar. Badezimmer ist auf dem Flur, die erste Tür links. Handtücher liegen im Schrank. Nimm Dir, was Du brauchst."

Damit steckt sie den Stöpsel wieder in ihr Ohr und widmet sich erneut dem Koffer. Es ist der letzte, der noch hier ist. Die anderen sind verschwunden. Auch die Tasche mit den Sachen für mich ist fort. Genau wie meine Sachen vom Fußboden.

Ich tippe sie noch mal an.

„Ja?"

„Wo sind meine Sachen?"

„In der Wäsche. Die Jeans müssten fertig sein."

Sie greift in den Schrank und holt einen blauen Pullover heraus.

„Hier, zieh den erst mal an. Hose bringe ich Dir gleich ins Bad."
Ich greife nach dem Pullover und verlasse das Schlafzimmer.

Heißes Wasser rinnt über meinen Körper und mildert den süßen Schmerz in meinen Muskeln. Ein Lächeln legt sich auf meine Lippen und verlässt es nicht wieder. Einen Moment stehe ich einfach da und lasse das Wasser über mich laufen. Alles ist so anders geworden. Und irgendwas in mir strahlt bis in jede Faser meines Körpers. Ihr Gesicht verschwindet keine Sekunde aus meinen Gedanken. Und die Erinnerung an ihre Berührungen weckt einen Hunger, den ich zuvor nie gekannt habe.
Ich will mehr.
Ich will es jetzt.
Ich will sie.
In Rekordzeit bringe ich die Körperpflege hinter mich, steige schnell aus der Dusche und trete vor den Spiegel. Neben dem Pullover, den ich mitgebracht hatte, liegen Jeans und Unterwäsche. Neu.
Ich habe sie gar nicht reinkommen hören.
Ein Blick in den Spiegel zeigt mir das Gesicht des Fremden, den ich seit einigen Tagen kennen zu lernen scheine.
Ich sehe es ihm an.
Ich sehe, dass sich etwas verändert hat.
Meine Lippen sind geschwollen. Von ihren sanften Bissen und ihren Liebkosungen. Meine Finger fahren darüber. Der Mann im Spiegel blickt mich ungläubig an. Doch sein Grinsen sagt mehr als tausend Worte. Die Röte auf seinen Wangen, das Leuchten in seinen Augen. Nie zuvor habe ich das bei ihm gesehen. Er ist mir fremd. Und ich fühle mich, als würde ich zwi-

schen den Zeiten stecken. Noch bin ich nicht angekommen. Noch wirkt alles wie ein einziger wunderschöner Traum. Noch ist es nicht real. Doch den Mann, der noch vor so kurzer Zeit im Schnee lag, den gibt es nicht mehr. Auch mit ihm fühle ich mich nicht mehr verbunden.

Rosalie hat meine Welt aus den Angeln gehoben und in eine neue Dimension katapultiert. Und ich kann nichts weiter tun, als ihr zu folgen. Wohin auch immer sie mich führen wird. Ich bin verloren. Habe die Kontrolle über mich und mein Leben abgegeben. Und in Sekunden hat Rosalie es zu etwas Besonderem gemacht. Ohne Zögern.

Ich fahre über mein Kinn. Ein leichter Bartschatten hat sich darüber gelegt. Und obwohl es nicht mit dem Bart zu vergleichen ist, den ich noch vor ein paar Tagen trug, will ich ihn nicht wieder wachsen lassen. Kein Weg zurück.

Nachdem ich mich abgetrocknet habe, schlüpfe ich in die Sachen, die für mich bereitliegen. Sie riechen nach Blumen. Ich habe keine Ahnung welche, ich werde Rosalie danach fragen müssen.

Ich mache mich auf die Suche nach ihr und finde sie in der Küche. Sie steht mit dem Rücken zur Tür. Über den Tisch gebeugt und schreibt etwas auf einen Zettel. Langsam und leise nähere ich mich ihr und stelle mich hinter sie. Sofort schnellt sie hoch. Dreht sich zu mir um und ich sehe in ihren Augen das gleiche Strahlen, das ich auch in meinen gesehen habe. Ein Schauer legt sich über meine Haut. Und mein Bauch scheint vor Glück zu explodieren.

„Hey." sagt sie lachend.

Nicht in der Lage, ihr eine Antwort zu geben, lege ich meine Lippen auf ihre. Meine Hände legen sich auf ihren Po und he-

ben sie hoch. Sie schlingt ihre Beine und Arme um mich und kichert. Dann küsst sie mich wieder.
Die Zeit scheint still zu stehen. Die Welt hat aufgehört, sich zu drehen. Alles um uns rum verschwindet und macht Platz für den Raum, den wir einzunehmen scheinen. Sie atmet schwer. Ich fühle ihre Brust an meiner. Ich spüre ihren Herzschlag. Er rast. Wie der meine. Wie nur kann es ihr so gehen wie mir?
Sie legt ihren Kopf auf meine Schultern. Schmiegt sich an mich. Und ich schließe meine Augen. Sauge ihren Duft ein. Und spüre ihren Körper so dicht an meinem. Sie wiegt nicht mehr als eine Feder. Und passt so perfekt in meinen Arm. Für alle Ewigkeit möchte ich einfach so stehen bleiben. Sie bei mir.
Doch mein Magen sieht das leider anders. Erneut gibt er ein lautes Rumoren von sich. Langsam setze ich Rosalie wieder auf den Boden. Sie sieht mir in die Augen. Ich streiche über ihre Wangen. Sie sind erhitzt und rot. Wie meine.
Ich muss mich räuspern, damit wieder ein Ton durch meine Kehle dringen kann.
„Hey."
„Wir sollten einkaufen, bevor wir es gar nicht mehr schaffen."
Und das Bild von ihr auf mir dringt mir wieder in den Kopf. Warum genau wollten wir noch mal einkaufen? Es fällt mir schwer, einen klaren Gedanken zu fassen.
Sie legt mir die Hände auf die Brust und lacht schallend.
„Nein, Jonas. Erst einkaufen. Dann…"
Und sie lässt den Satz ins Leere laufen. Platz für genügend Bilder, die sogleich wild in meinem Kopf hin und her hüpfen. Nach dem Einkaufen also.

Kaum ist der Wagen gestartet, dreht sie die Musik lauter. Greift nach meiner Hand und lässt sie nicht mehr los. Langsam rollen wir über die Auffahrt auf die Straße. Ich setze mich so, dass ich sie beobachten kann. Sanft spielen meine Finger mit ihren. Sie lächelt und singt leise zu der Musik im Radio.
Wie nur kann ich diesen Moment für immer einfrieren?
Wie kann man Zeit dazu bringen, sich für immer im Kreis zu drehen?
Was macht sie nur mit mir?

30. KAPITEL
<Rosalie>

Es hat mich erwischt. Und zwar nicht zu knapp. Die Erkenntnis trifft mich wie ein Schlag. Wo war das nur hergekommen? Wo hatte es nur angefangen? Und wann war es zu diesem Rausch geworden, der alles mit sich reißt?
Wie ein kleiner Junge und mit wachsender Begeisterung geht Jonas die Regale entlang und studiert das Gemüse und Obst, das im Supermarkt angeboten wird. Er hat bereits einen reichlichen Vorrat davon voller Enthusiasmus in den Einkaufswagen gelegt. Ich bin mir nicht sicher, ob er einen Plan hat, was wir damit anfangen sollen. Aber es spielt auch keine Rolle. Das Strahlen in seinem Gesicht ist es allemal wert.
Losgelöst.
Ja. Das Wort scheint es zu treffen. Und es gilt nicht nur für ihn. Auch mich hat diese Leichtigkeit ergriffen und umgehauen. Keine Ahnung, ob es je einen anderen gab, mit dem ich es ähnlich empfunden habe. Die wenigen ‚echten' Beziehungen, auf die ich mich eingelassen hatte, waren nie von langer Dauer gewesen. Sobald es ernst wurde, hatte ich es beendet. Zu groß die Angst vor dem Schmerz, den ein Verlust mit sich bringen würde. Irgendwann begnügte ich mich mit oberflächlichen und schnellen Affären.
Wo war das nur her gekommen? Und warum hatte ich es nicht aufhalten können? Wie nur, war ich hier hinein gestürzt? Und wo war sie dieses Mal, die Angst?
Nichts schien dieses Glück zu stören. Keine Angst. Keine Schatten. Keine Vergangenheit. Nur der Moment. Und er.

Er hatte sich verändert in den vergangenen Tagen. Und doch wurde er für mich nur noch vertrauter und ging mir näher und näher. Er hatte all die Schutzwälle im Sturm niedergerissen, die ich so mühsam um mein Herz aufgebaut hatte. Und ich will nicht wieder zurück. Keine Sekunde will ich verpassen.
Er blickt auf und sieht sich suchend um, bis seine Augen meine finden. Und sofort ist es wieder in seinem Gesicht. Das Strahlen. Es legt sich jedes Mal auf seine Lippen, wenn er mich ansieht. Und ein kleiner Schwarm Schmetterlinge durchdringt meinen Bauch und kribbelt von dort in alle Fasern meines Körpers. Lachend schiebe ich den Einkaufswagen zu ihm, damit er die Tomaten hineinlegen kann, die er triumphierend in die Höhe hält.

Wir schaffen es noch bis ins Haus. Doch kaum ist die Haustür hinter uns ins Schloss gefallen, lässt er die Einkaufstaschen auf den Boden gleiten und drückt mich gegen die Tür. Der Schlüssel landet neben den Tüten auf dem Boden. Sein Kuss drückt meinen Kopf gegen das Holz. Hungrig fahren seine Hände von meinem Kopf über meine Seite runter zu meinen Beinen und ohne Mühen hebt er mich hoch.

31. KAPITEL
<Jonas>

Mein Blut rast durch meinen Körper. Meine Gedanken sind fort. Ich fahre über ihre Lippen. Fühle sie unter meinen Fingern. Ungeduldig ziehe ich sie hoch. Drücke sie gegen die Tür. Küsse sie. Ich will sie schmecken. Fühlen. Ich will mehr. Mehr. Mehr. Wieder schlingen sich ihre Arme und Beine um mich. Und ohne den Kuss zu beenden, trage ich sie ins Wohnzimmer. Keine Zeit, die Treppen raufzugehen. Ich will es jetzt. Ich will es hier. Unterwegs befreie ich sie von ihrer Jacke. Von ihrem Pullover. Von ihrem BH. Sie reißt mir den Pullover über den Kopf. Derselbe Hunger.
Haut an Haut.
Ihre Brüste senken und heben sich gegen meine Brust. Ich spüre ihre zarte Haut auf meiner. Ihr Atem geht stoßweise. So wie der meine. Vereint und doch noch unendlich weit voneinander entfernt.
Vorsichtig lege ich sie auf das Sofa. Entledige mich meiner Hose und meiner Schuhe. Sie tut es mir gleich. Mit leuchtenden Augen, wild vor Lust, beobachtet sie mich dabei. Ihr Blick verliert dabei nicht den meinen.
Wieder einmal sind wir nackt. Und ich raune auf. Wie sie so daliegt. In Erwartung. Mich ansieht. Voller Verlangen. Mich. Niemand anderen.
Sie will mich.
Jetzt.
Ich lege mich zu ihr. Meine Hände erobern jeden Zentimeter ihres wundervollen Körpers. Streichen. Kneten. Liebkosen.

Während unsere Zungen sich unaufhörlich in einen Kampf voller Lust und Begierde begeben.
Ich kann nicht warten. Ich lege mich auf sie. Und als hätte ich all das schon tausend Mal getan, senke ich mich auf sie herab. Ihre Finger umgreifen mich. Ich werfe meinen Kopf in den Nacken. Stöhne laut auf. Noch nicht!
Und nur einen Moment halte ich inne. Sehe auf sie herab. Versuche das Bild von ihr für immer in meinem Gehirn festzubrennen. Dann schließe ich die Augen und dringe in sie ein. Warm und feucht empfängt sie mich.
Ein Schrei dringt durch den Raum. Es ist meiner. Doch er ist meilenweit entfernt. Sie bäumt sich unter mir auf. Nimmt mich dadurch nur noch tiefer auf. Ich kann mich kaum halten. Zwinge mich zur Ruhe und langsam beginne ich mich zu bewegen.
Ihre Hände krallen sich in meinen Rücken. Der sanfte Schmerz ihrer Fingernägel brennt bittersüß in mir zu einem lodernden Feuer. Alles um mich herum schwindet und jede Chance auf Zurückhaltung weicht dahin, in diesem Sturm aus Leidenschaft, dem ich mich hingebe.
Ich treibe sie weiter und weiter. Ich spüre, wie sie unter mir vergeht. Wie auch sie jede Vernunft verliert. Wie es in ihr brennt. Ihre Augen geschlossen. Ihr Mund leicht geöffnet. Ihre Beine schlingen sich um meine Hüfte. Und noch tiefer dringe ich in sie ein.
Verdammt!
Ich.
Kann.
Es.
Nicht.
Aufhalten.

Und mit einem lauten Stöhnen entfesselt die Lust alle meine Sinne zu einem alles mit sich reißenden Orgasmus. Alle meine Muskeln spannen sich an, um dann zu zerfallen. Sie beginnen zu zittern. Zu zerbersten. Und ich zerspringe in tausend Teile. Und Rosalie mit mir. Ihr Stöhnen begleitet mich in eine Welt aus vollkommener Schwerelosigkeit.

32. KAPITEL
<Rosalie>

Ich falle. Falle in eine unendliche Weite. Jonas sackt erschöpft auf mich. Vorsichtig nestle ich die Wolldecke von der Lehne und werfe sie über uns. Eingehüllt in unsere Körperwärme. Vereint in der Lust. Verloren in der Zeit. Alles was zählt ist hier. Schlägt in seiner Brust. Als wollte es eben noch zergehen, fällt es langsam in einen sanften und langsamen Rythmus. Meine Hände ruhen auf seinem Rücken. Streichen über seine feuchte Haut. Sein Atem wird ruhiger. So wie meiner.
Sanft stupst er mich mit seiner Nase. Er lächelt. Ich spüre seine Lippen an meiner Wange. Auch ich strahle. Doch ich öffne die Augen nicht. Sie sind schwer geworden. Jonas pustet auf meine erhitzten Wangen.
„Ist es immer so?" fragt er leise.
„Nein, nicht für mich." antworte ich ehrlich.
„Ist es gut?"
Müde öffne ich ein Auge. Er sieht mich munter an. Von Erschöpfung ist nichts zu sehen in seinen blitzenden Augen, die mich neugierig anstrahlen.
„Ja, ist es. Für dich auch?"
„Ja."
Er haucht einen Kuss auf meine Wangen. Seine Hände beginnen über meinen Körper zu fahren. Ich halte sie lachend fest.
„Nicht."
„Wieso nicht?"
„Meine Haut ist überempfindlich. Ich brauche eine Pause."
„Okay."
Er kuschelt sich an mich. Und langsam döse ich ein.

Ein lautes Poltern weckt mich später. Ich brauche einen Moment, um mich zu orientieren. Wärme strahlt vom Kamin aus herüber. Das Knistern der Holzscheite ist zu hören. Und da sind wieder Geräusche. Aus der Küche, wie mir jetzt klar wird. Langsam setze ich mich auf. Ich ziehe die Decke mit mir. Sehe mich suchend um und entdecke meine Sachen auf dem Boden. Ich stehe auf, sammle sie ein und ziehe mich an.
Nachdem ich ein wenig Ordnung geschaffen habe, öffne ich die Tür zur Küche. Jonas steht pfeifend vor dem Herd und wirft gerade einige Paprikastücke in die Pfanne. Ich lehne mich an den Türrahmen und schaue ihm schweigend dabei zu.
Als er sich zum Tisch umdreht, entdeckt er mich. Da ist es wieder, dieses Strahlen.
„Hallo, gut geschlafen?"
„Ja. Ein wenig. Wie ich sehe, hast Du Dich am Kochen versucht?"
„Versucht?" er verzieht gespielt empört sein Gesicht.
„Du wirst gleich die wohl besten Omeletts Deines Lebens probieren. Oder zumindest welche, die ganz gut schmecken."
Er zuckt mit den Achseln.
„Setz Dich."
„Kann ich Dir was helfen?"
„Nein. Alles schon fertig, siehst Du."
Und sein Blick geht Richtung Tisch. Tatsächlich hat er ihn bereits gedeckt. Und es warten Brot und Obst darauf, verspeist zu werden. Ich setze mich auf einen der Stühle. Lehne mich zurück und schaue gebannt zu, wie Jonas sein Werk vollendet. Er bewegt seine Hüften, als würde er zu einem Lied tanzen. Seine Schultermuskeln spielen unter dem Pullover, der lässig seine Figur umspielt.

„Habe ich lange geschlafen?"
Mein Blick geht zur Uhr an der Küchenwand.
„Nein. Nur eine halbe Stunde oder so. Ich wollte Dich gleich wecken, wenn alles fertig ist."
Es ist kurz nach Mittag.
„Was möchtest Du heute noch machen?" frage ich ihn.
Er zuckt mit den Schultern.
„Erst mal essen. Ich habe einen Bärenhunger. Du auch?"
Er dreht sich zu mir um. Ein Lächeln umspielt seine Lippen. Dieses Lächeln, das sagt ‚ich hatte gerade Sex'. Es zaubert auch mir ein Lächeln auf die Lippen.
„Ja."
Und in Gedanken füge ich hinzu ‚Hunger auf Dich und auf mehr'. Meine Gedanken schweifen zurück zu unserem Stelldichein nach dem Einkaufen. Sein Atem. Seine Hände. Sein Gewicht auf mir. Es kribbelt in meinem Magen und die Schmetterlinge wandern gen Süden.
„Ein Omelett für Deine Gedanken."
Jonas holt mich augenblicklich zurück in die Realität. Mir war nicht bewusst, dass ich sie einen Augenblick aus den Augen verloren hatte. Doch er steht wartend mit der dampfenden Pfanne vor mir und ich hatte augenscheinlich nicht reagiert. Verwirrt sehe ich ihn an.
„Dein Teller?" sagt er lachend.
„Oh ja, entschuldige."
Die Schmetterlinge stoben davon und verteilen sich in meinem ganzen Körper. Eine leichte Röte verirrt sich auf meine Wange. Wo kommt das denn plötzlich her?
Sofort greife ich meinen Teller und halte ihn Jonas entgegen. Mit einem leichten Schwenker manövriert er eines der beiden

Omeletts darauf. Es duftet herrlich nach frischem Gemüse und mir läuft das Wasser im Mund zusammen.

Begierig stelle ich den Teller wieder auf den Tisch und schnappe mir Messer und Gabel.

„Hey! Warte wenigstens, bis ich sitze."

Jonas lacht. Und sein tiefes Lachen erfüllt augenblicklich den Raum. Wie lange schon hat es das hier nicht mehr gegeben?

„Entschuldige."

Schuldbewusst lege ich das Besteck wieder auf den Tisch.

Jonas manövriert das zweite Omelett auf seinen Teller, stellt die Pfanne wieder auf den Herd und setzt sich zu mir an den Tisch. Betont langsam nimmt er sein Besteck in die Hand. Bevor er mich schelmisch ansieht und sagt: „Jetzt darfst Du. Guten Appetit."

„Guten Appetit."

33. KAPITEL
<Jonas>

Ihre Augen funkeln. Konzentriert genießt sie jeden Bissen vom Essen, dass ich ihr gemacht habe. Und ich genieße den Augenblick. Seit sie wach geworden ist, scheinen ihre Gedanken hin und her zu springen. Ich verstehe sie nicht. Kann sie nicht lesen. Doch ich spüre, wie sie sich wieder und wieder in eine andere Richtung dreht. Und irgendwas in mir hofft, dass diese Situation etwas Besonderes für sie ist. Dass sie es so empfindet wie ich. Dass sie dieses großartige Gefühl in diesem Moment mit mir teilt. Und dass sie ebenfalls so durcheinander und klar zugleich ist. Denn es ist erschreckend. Macht mir Angst. Bringt mich durcheinander und ist zugleich so unglaublich ruhig. Wenn sie spricht, lacht oder auch nur atmet, streicht irgendwas über meine Nerven und lässt alles andere wie einen Nebel wirken, der weit weit weg ist.
Keinen Stress zu haben. Sich nicht Gedanken darüber machen zu müssen, was es zum Abendessen gibt, oder wo man die Nacht verbringen wird. Wo Lissie steckt oder wie es ihr geht. Sie ist in Sicherheit und ich bin es auch.

Mit vollem Magen, lehne ich mich kurze Zeit später zufrieden zurück. Auch Rosalie hat ihr Essen sichtlich genossen. Mit großer Sorgfalt sammelt sie die letzten kleinen Reste von ihrem Teller und fährt sich mit der Zunge über die Lippen.
Oh.
Mein.
Gott.

Augenblicklich ist es wieder da. Dieses Feuer in mir. Dieser Hunger, den Rosalie zum Leben erweckt hat und den ich nicht zu bändigen weiß. Ich will sie schon wieder. Ich will mit meiner...

Ich stehe auf. Es gibt keinen Grund, es nicht zu tun.

Schnell gehe ich zu ihr rüber und lege meine Hände unter ihr Kinn. Sanft hebe ich ihren Kopf und lasse meine Zunge über ihre Lippen fahren.

Sie schmeckt nach Omelett. Und nach ihr.

Und wieder geht ihr Atem schneller. So wie meiner.

Ich ziehe mich ein Stück zurück und sehe in ihre strahlenden Augen. Dieses Funkeln. Es gehört mir. Mir ganz allein. Hier in diesem Moment. Was sollte es mich interessieren, ob es das erste Mal ist oder nicht?

„Ist alles okay?"

Fragend sieht sie mich an.

„Du bist einfach wunderschön."

Sie strahlt. Von innen heraus. Bis über beide Ohren.

„Und Du kannst so toll kochen."

Spielerische Züge legen sich auf ihr Gesicht.

In diesem Moment bin ich glücklich. Begreife ich langsam, was das eigentlich bedeutet, wenn man angekommen ist.

Ich knie mich neben sie. Greife ihre Hände und streiche sanft darüber.

„Du hast irgendwas in mir verändert." sage ich ernst.

„Du auch in mir." versichert sie mir.

Ich überlege, ob ich diesen Moment zerstören soll. Ob ich die Frage, die schon seit vergangener Nacht in mir brennt, wirklich stellen soll. Doch sie sagte, ich soll es einfach tun. Ja sagen. Zu allem. Vielleicht bringt es uns näher. Oder es treibt uns wieder auseinander. Auch wenn ich glaube, dass ich zumindest einen Teil der Antworten auf meine Fragen bereits kenne.

Vorsichtig blicke ich von unseren Händen wieder auf in ihr Gesicht. Ich atme tief ein und wieder aus. Ich sammle den Rest Mut in mir und stelle die Frage.

„Was ist passiert, Rosalie?"

Sie reißt die Augen auf. Und augenblicklich sammeln sich Tränen darin.

„Nicht jetzt, Jonas."

Sie zieht ihre Hände aus meinen und schickt sich an, aufzustehen.

„Du hast gesagt, ich soll ‚Ja' sagen."

„Ich weiß." zerknirscht blicken ihre Augen auf ihre Hände.

„Sagst Du auch einfach ‚Ja'? Oder galt das nur für mich?"

Ihre Gedanken scheinen schon wieder im Kreis zu springen. Ich sehe, wie ihre Mimik sich von Millisekunde zu Millisekunde verändert. Sie kämpft mit sich. So wie ich. Sie braucht Zeit.

Langsam ziehe ich mich zurück. Stehe auf. Und sammle die Teller vom Tisch ein. Ich stelle sie auf die Spüle und will das Wasser anstellen.

„Was hast Du vor?" fragt Rosalie.

Ihre Stimme klingt belegt. Irgendwas in mir krampft zusammen. Ich will, dass es ihr besser geht. Ich hätte nicht fragen sollen.

„Ich wollte schnell spülen."

„Das ist nicht nötig."

Sie steht auf, schiebt mich sanft zur Seite. Dann öffnet sie eine der Türen des Küchenschrankes. Zum Vorschein kommt eine Spülmaschine. Still nimmt sie unsere Teller und das Besteck und sortiert sie ein. Sie schließt die Schranktür wieder.

„Wir stellen sie später an." sagt sie. Matt.

„Es tut mir leid." sage ich schnell. „Ich hätte Dich nicht drängen sollen."
„Doch. Das hättest Du. Komm mit."
Sie greift meine Hand und zieht mich in den Flur. Sie greift unsere Jacken vom Boden und hält mir meine hin, bevor sie in ihre schlüpft.
„Wo sind Deine Schuhe?"
„Ich glaube im Wohnzimmer."
„Zieh sie an."
„Wollen wir raus?"
„Ja. Wir fahren ein Stück."
Ich sehe sie an und versuche, aus ihr schlau zu werden. Doch ein Vorhang scheint sich zwischen ihr und mir gelegt zu haben. Und ich kann nicht erkennen, was sie vorhat.
Aber ich folge ihrer Anweisung. Ich finde meine Schuhe neben dem Sofa. Kurz flackern die Bilder in mir wieder auf. Wie sie da unter mir lag. Wie sie von der Leidenschaft gepackt war. Und das meinetwegen.
Ich seufze.
Ziehe meine Schuhe an.
Ich sage ‚Ja'. Also folge ich ihr. Wohin auch immer sie mich führt. Und wenn sie jetzt noch nicht so weit ist. Dann vielleicht später. Es spielt keine Rolle.
Doch in mir steckt auch die Angst. Ich habe mich ihr gegenüber so weit geöffnet, wie keinem Menschen zuvor. Was, wenn sie das nicht kann? Wieso ist es so wichtig für mich? Ich habe nie jemanden gedrängt, seine Geschichte zu erzählen. Wusste ich doch selbst gut genug, wie es ist, wenn man einfach versucht, sie zu vergessen.

Wieder im Flur, steht Rosalie bereits vor der Tür. Sie hat einen Bilderrahmen in der Hand. Automatisch sucht mein Blick die Wand ab und ja, es fehlt das Bild, das für sie so viel Bedeutung hat. Verwirrung macht sich in mir breit.
„Wohin fahren wir?"
„Ans Wasser. Komm schon. Ich will Dir was zeigen."
„Okay."
Und mit einem beherzten Ruck öffnet sie die Tür. Ein kalter Wind huscht an ihr vorbei in den Flur. Ohne einen Blick zurück, geht sie voraus zum Wagen. Ich schließe die Tür hinter mir und folge ihr.

Kein Wort. Sie sagt kein Wort mehr. Sie sieht mich nicht an. Stur blickt sie nach vorne, während sie zielsicher die Straße entlang fährt. Nur die Musik aus dem Radio säuselt leise vor sich hin. Den Bilderrahmen hat sie kopfüber in eine Ablageschale zwischen unseren Sitzen gelegt.
Ich versuche, mich auf die Umgebung zu konzentrieren. Versuche irgendwas von unserem Weg hierher wiederzuerkennen. Doch wir könnten genauso gut in Frankreich sein. Mein Orientierungssinn lässt mich gnadenlos im Stich.
Von kleinen Zufahrtsstraßen zum Dorf, in dem wir wohnen, biegt sie auf eine Hauptstraße ein. Die blauen Schilder am Straßenrand weisen auf Orte, deren Namen so fremd klingen.
Ihre Hände umfassen beide das Lenkrad. Ich kann sie nicht erreichen. Sie scheint so weit weg von mir zu sein. Und ein Stich bohrt sich in mein Herz. Ich halte es kaum aus. Dabei sitzt sie neben mir. Und doch habe ich das Gefühl, als hätte ich sie auf ewig verloren.
Ich hätte nicht fragen sollen.

Wir fahren an einem großen See vorbei. Sanft wiegen Wellen darauf. Und Möwen kreisen am Himmel über einer Stelle. Das ein oder andere Mal stürzt sich eine ins Wasser.
Ich habe das Gefühl, dass sich die Minuten zur Ewigkeit hinziehen. Die Ungewissheit, was hier gerade passiert, macht mich verrückt. Doch ich darf sie nicht weiter bedrängen. Ich traue mich nicht mehr, sie anzusehen oder Fragen zu stellen. Meine Stimme versagt.
Irgendwann fahren wir über eine große Brücke. Zu beiden Seiten ist Wasser zu sehen. Rosalie lässt ihr Fenster ein Stück herunter. Und kalter harter Wind strömt in den Fahrerraum. Ich sehe zu ihr, will sie bitten, das Fenster wieder zu schließen. Doch die Tränen, die ihre Wangen herab rollen, halten mich davon ab. Ich sage kein Wort.
Sie schlängelt sich durch einen Kreisverkehr und verlässt die Hauptstraße. Langsam rollt sie über die schmaler werdenden Straßen, bis wir auf einer großen Wiese stehen bleiben und Rosalie den Motor abstellt. Wir blicken auf die Brücke, über die wir gerade noch gefahren sind. Das ein oder andere Auto fährt über sie hinweg.
Ewig scheinen wir einfach dazusitzen. Die Stille wird schwerer und schwerer zu ertragen. Sie bewegt sich nicht. Blickt stumm zur Brücke. Dann hebt sie sanft das Bild auf. Stellt es auf die Ablagefläche über dem Radio, sodass uns ihr Gesicht und die Gesichter ihrer Familie strahlend anschauen. Sie streicht darüber. Es schüttelt sie. Vor Schmerz. Vermute ich. Ich will sie halten. Doch ich bleibe still sitzen.
Und dann endlich.
Redet sie.

34. KAPITEL
Rosalie's Geschichte

„Komm schon, Schneewittchen."
Frederic knuffte seine kleine Schwester in die Seite.
„Du sollst mich nicht Schneewittchen nennen." giftete Rosalie zurück. Den ganzen Sommer über nervte er sie schon mit dem Spitznamen. Nur noch mehr davon angestachelt, dass er ihr damit auf die Nerven ging.
„Wir müssen uns beeilen. Du weißt, Papa will pünktlich fahren."
„Jetzt lauf nicht so schnell. Du weißt, dass ich nicht so schnell rennen kann wie Du."
Ihr Kleid flatterte ihr um die Beine, während die zwei den Schleichweg durch die Dünen entlang jagten.
„Jetzt mach schon."
Mit großen Schritten war er schon etliche Meter vor ihr.
„Wenn ich so alt bin wie Du, hänge ich Dich auch locker ab."
Er lachte laut auf.
„Wenn Du so alt bist wie ich, bin ich trotzdem zwei Jahre älter als Du. Und dann bin ich immer noch schneller."
„Hör auf, mich zu ärgern. Sonst sag ich es Mama."
„Schon gut. Weniger reden, mehr rennen, Rosalie."
Wenigstens nannte er sie dieses Mal bei ihrem Namen.
Sie hatten, nach langem und ausgiebigem Betteln, noch einmal zum Strand laufen dürfen. Ungeduldig hatten sie am Morgen am Frühstückstisch gesessen, den ihre Großmutter mit viel Liebe unter dem Baum im Garten gedeckt hatte. Kaum hatten sie ihre Brötchen verspeist, da waren sie auch schon losgelaufen. Ein paar Stunden hatten sie gemeinsam am Strand verbracht.

Eine letzte Sandburg zusammen gebaut und waren in den Dünen umher gestreunt.

Rosalie liebte die Sommerferien, die sie mit ihrem Bruder und ihrer kleinen Schwester immer bei der Großmutter am Meer verbringen durften. Doch die gingen zu Ende. Und in wenigen Tagen ging die Schule wieder los.

Ihre Eltern waren am Abend vorher spät angekommen, um sie wieder abzuholen. Sie blieben meist die ersten ein oder zwei Wochen gemeinsam mit den Kindern am Meer und fuhren dann wieder nach Hause. Ihr Vater war ein ganz wichtiger Arzt im Krankenhaus. Er hatte nicht sehr oft Urlaub. Und ihre Mutter hielt es nicht lange ohne ihn aus. So blieben Frederic, Amelie – ihre Schwester – und sie meist alleine noch ein paar Wochen bei der Oma.

Und gerade im Sommer gab es tausend Dinge zu entdecken und zu erleben. Jedes Jahr fiel ihr der Abschied schwer. Von den Möwen. Den Ponys vom Nachbarn. Der Katze von der Oma. Und natürlich der Oma selbst. Sie tröstete sie immer damit, dass es gar nicht so lange dauerte, bis wieder Ferien sind. Und sobald sie wieder zu Hause waren, zeigte ihre Mutter ihr auf einem Kalender, wann sie wieder fahren durften.

Frederic hatte in diesem Sommer ein Mädchen kennengelernt, das er toll fand. Rosalie verstand nicht so ganz, was er an ihr fand. Sie war so gar nicht die Märchenprinzessin aus ihren Büchern. Sie kicherte unaufhörlich und war schrecklich nervig. Doch alleine durfte Rosalie nicht durch die Gegend streifen. Ihre Oma fand, dafür sei sie noch zu jung. Und so hatte sie sich mit dieser ‚Steffi' abgefunden, die die letzten Wochen immer mit von der Partie war. Frederic benahm sich dumm in ihrer Nähe. Rosalie hatte sich fest vorgenommen, ihn damit auch

unaufhörlich aufzuziehen, wenn sie wieder zu Hause wären. Um ihm das mit dem ‚Schnewittchen' heimzuzahlen. Dann wäre sie nämlich nicht davon abhängig, dass Frederic sie mitnahm.
Er hatte sie von klein auf schon immer wieder mal so genannt. Und anfangs gefiel es ihr. Sie mochte das Märchen. Und mit dem Namen der Figur darin angesprochen zu werden, machte auch aus ihr eine Märchenfigur. Doch in diesem Sommer nervte es sie. Vor allem, wenn er das vor seiner neuen ‚Freundin' machte. Es hatte nichts mehr von dem lieblich neckendem Ton. Sondern sie hatte das Gefühl, er mache sich über sie lustig. Und das gefiel ihr gar nicht.

Vollkommen außer Atem durchbrachen sie den letzten Busch und standen wieder im Garten der Oma. Der Tisch war abgeräumt und von den anderen nichts zu sehen.
„Komm." sagte Frederic und stapfte zur Küchentür.
Da sprang diese auch schon auf und ihre Mutter sah hinaus.
„Da seid ihr ja. Wir wollen los. Kommt jetzt."
Sie hielt die Tür auf und Frederic und Rosalie schlüpften an ihr vorbei in die Küche.
„Wir hatten elf Uhr gesagt." ermahnte ihr Vater ihren älteren Bruder, als sie im Flur auf ihn trafen.
„Schneewittchen konnte sich nicht vom Meer lösen."
„Mama, er macht es schon wieder." beklagte sich Rosalie.
„Frederic, hör auf, Deine Schwester zu ärgern." sagte ihre Mutter mahnend, doch ihr Lächeln verriet, dass sie es nicht so ernst nahm, wie Rosalie.
„Können wir dann jetzt endlich?" fragte der Vater ungeduldig.
„Soll ich lieber fahren, Schatz?"

Die Mutter sah ihn an.

„Nein. Das geht schon."

„War eine lange Woche. Lass mich fahren, dann kannst du im Wagen noch ein wenig schlafen."

„Ich sage doch, es geht schon." antwortete er ihr streng.

Die Kinder zuckten leicht zusammen. Eine Meinungsverschiedenheit hatte es bei ihren Eltern noch nie gegeben.

„Schon gut."

Ihre Mutter scheuchte die zwei Kinder durch den Flur auf die Haustür zu.

„Kommt. Oma möchte noch schnell ein Foto machen, bevor wir fahren."

Genervt rollte Rosalie mit den Augen. Ihre Oma LIEBTE es, Fotos von ihnen zu machen. Der ganze Flur hing schon voller Bilder von ihr und ihren Geschwistern.

„Ich muss noch packen."

Rosalie versuchte, sich aus dem Griff ihrer Mutter zu befreien.

„Schon erledigt. Ist alles im Wagen." sagte sie sanft.

„Ich will kein doofes Foto machen." trotzig warf sie ihren Kopf in den Nacken. „Und ich will auch nicht nach Hause. Kann ich nicht hier bleiben?"

„Rosalie." streng nannte ihr Vater ihren Namen.

Sie verkniff es sich, weiter zu meckern. Sie wusste, ihr Vater mochte es nicht. Und sie wusste auch, dass es keinen Sinn machte. Sie bat jedes Mal in den Ferien darum, bleiben zu dürfen. Und jedes Mal musste sie trotzdem wieder mit zurück nach Münster.

Dort lebten sie in einem großen Haus in der Stadt. Es war nicht so klein und warm wie dieses. Es gab keine Dünen. Keinen Strand und kein Meer. Der Nachbar hatte einen großen bösen

Rottweiler, keine süßen kleinen Ponys, die sich geduldig streicheln und putzen ließen. Rosalie mochte Münster nicht. Sie wollte, sie könnte hier bleiben.

„Wenn ich groß bin, dann ziehe ich zu Oma." sagte sie trotzig.

„Gut." der Vater blinzelte sie amüsiert an. „Können wir bis dahin dieses doofe Foto machen und endlich fahren?"

Er zwinkerte seine Tochter an, als seine Frau ihn entsetzt ansah und „Matthias." ausrief.

„Was denn? Sie hat doch schon so viele Fotos."

Er zeigte auf Bilderrahmen an der Wand.

„Nächstes Mal fahre ich allein zu Mama und hole die Kinder ab."

Dieses Mal war es ihre Mutter, die genervt die Augen rollte.

„Ach Helena, ich mach doch nur Spaß. Nun komm."

Gemeinsam traten sie hinaus in die Sonne und stellten sich nach Anweisung der Oma vor dem Haus auf. Doch sie brauchte mehrere Aufnahmen, bis sie zufrieden war. Rosalie musste lächeln, weil ihren Vater die Warterei auf das richtige Foto sichtlich ärgerte.

‚Weiß er mal, wie ich mich fühle.' dachte sie nur und strahlte ihre Oma und die Kamera an.

„Perfekt." sagte diese. Und Frederic nahm die fünfjährige Amelie an die Hand und ging mit ihr zum Wagen.

Rosalie ging noch einmal zu ihrer Oma und drückte sie ganz fest.

„Ist gar nicht lange. Nur ein paar Wochen, dann seid ihr schon wieder da." flüsterte sie in ihr Ohr. „Und vielleicht kannst Du ja dann mal auf einem der Ponys reiten."

Rosalie sah ihre Oma überrascht an.

„Ich darf wirklich reiten?"
„Wenn Du brav bist, vielleicht."
Und Rosalie fiel ihrer Oma in die Arme, bevor sie schnell zum Wagen lief und sich auf ihren Sitz fallen ließ und sich anschnallte. Sie winkte ihrer Oma noch mal zu, bevor ihr Vater die Tür schloss.
Sie hörte durch den Spalt des offenen Fensters, wie ihre Oma und ihre Mutter noch ein paar Worte wechselten.
„Ihr bringt sie also in den Herbstferien?"
„Ja. Das heißt, kann auch sein, dass ich alleine komme. Matthias muss so viel arbeiten in letzter Zeit."
„Er sieht ziemlich müde aus."
„Das ist er auch."
„Pass auf ihn auf. Und vielleicht bleibst Du mit den Kindern ein paar Tage. Oder noch besser, ihr kommt einfach zwischendurch mal ein Wochenende."
„Wir werden sehen, Mama."
„Soll ich Dir einen Abzug schicken von dem Foto?"
„Ja, gerne."
Rosalie wusste nicht, was ihre Mutter mit all den Bildern machte. In ihrem Haus in Münster hingen die Wände nicht voll mit Bildern. Und doch schickte ihre Oma jedes Foto auch ihrer Mutter. Sie zeigte es ihr immer und dann verschwanden sie. Rosalie nahm sich fest vor, auf dieses Bild besser aufzupassen und ihre Mutter zu fragen, wo die anderen Bilder geblieben waren.
„Schatz, wir wollen los." raunte ihr Vater vom Fahrersitz. Er hatte bereits den Motor gestartet.
Ein letztes Küsschen auf beide Wangen. Dann stieg auch ihre Mutter ein. Alle Fenster wurden heruntergekurbelt und vier

Hände streckten sich zu beiden Seiten des Wagens hervor. Winkten der Oma zum Abschied. Nur Amelie kam nicht bis an die Fenster. Sie saß zwischen Rosalie und Frederic. Ihre Mutter hoffte, dass sich die beiden Geschwister durch diese ‚Barriere' nicht so häufig kabbeln würden auf dem Rückweg.
Sie irrte sich.

Wegen der Wärme ließen sie die Fenster offen. Ihre Mutter lehnte sich entspannt im Sitz zurück und Rosalie ahmte sie darin nach. Sie saß hinter ihrem Vater. Sah nur zwischendurch seinen Blick im Spiegel. Er lächelte nicht. Schon lange sah er sehr angespannt aus. Und war schnell genervt von den Streitereien zwischen ihr und ihrem Bruder. Sie blickte zu ihm rüber. Er nestelte ein Stück Papier aus seiner Hosentasche. Offensichtlich ein Brief. Diese Steffi hatte ihm einen Brief gegeben. Gestern als sie sich verabschiedet hatten.
Was da wohl drin stand.
Rosalie versuchte sich abzulenken, in dem sie aus dem Fenster sah und nach Kühen und Pferden Ausschau hielt. Amelie brabbelte munter vor sich hin. Sie war sehr bemüht, den Eltern alles vom Urlaub zu erzählen. Und sie hatte offensichtlich eine ganze Menge erlebt.
Langsam nervte Rosalie ihr munteres Plappern. Sie erzählte alle Sachen zwei oder drei Mal. Jedes noch so kleine Detail versuchte sie, in ihrer Geschichte mit einzubringen. Deshalb kam sie immer wieder durcheinander und begann von vorne.
Wieder sah sie zu ihrem Bruder. Seine Wangen waren gerötet und wie magisch angezogen, starrte er auf den Zettel in seiner Hand.

Blitzartig schoss Rosalies Arm zur Seite und griff nach dem Papier. Doch die Reflexe ihres Bruders waren der ihren überlegen. Und so hielt er den Brief weiter weg von ihr in die Höhe.
„Hey, lass das Schneewittchen."
„Ich will den lesen."
Ihre Mutter drehte sich zu ihnen um.
„Was willst du lesen?"
„Frederic hat einen Brief."
„Das geht Euch nichts an."
Frederic faltete den Brief zusammen und wollte ihn wieder in die Tasche stecken. Doch für einen Moment achtete er nicht auf seine Schwester und Rosalie ergriff das Papier.
„Gib das wieder her." sagte er erbost.
Rosalie drehte sich so, dass er nicht mehr an das Papier kam und faltete es schnell auseinander.
„Lieber Freddy." las sie laut vor und kicherte.
„Wirklich? Sie nennt Dich Freddy?"
Frederic boxte auf ihre Schulter.
„Gib mir den blöden Brief wieder." sagte er sauer.
„Nein. Ich will ihn erst lesen."
„Rosalie, gib ihm schon den Brief wieder." ermahnte ihre Mutter sie.
„Er hat doch gesagt, das ist ein blöder Brief."
„Steck Deine Nase nicht in meine Angelegenheiten, Schneewittchen."
Rot vor Zorn drehte sie sich zu ihm um.
„Hör auf, mich so zu nennen?"
„Wie denn? Schneewittchen?"
„Du weißt ganz genau, dass ich das nicht will."
„Schneewittchen. Schneewittchen."

Und schon begann eine Prügelei auf dem Rücksitz des Wagens. Rosalie kratzte und zog an Frederics Armen, die auf ihre Schulter boxte und ihr in die Seite stießen.
Der Brief segelte langsam zu Boden.
Amelie begann zu weinen.
„HÖRT. SOFORT. AUF." schrie ihr Vater auf und blickte böse zu ihnen.
„Könnt Ihr nicht einmal Ruhe geben? Ihr könnt Euch zu Hause die Augen auskratzen. Jetzt ist Ruhe."
Augenblicklich ließen Frederic und Rosalie erschrocken voneinander ab und setzten sich wieder in ihre Sitze. Amelie schluchzte.
„Herr im Himmel."
„Schatz, sieh auf die Straße." sagte ihre Mutter sanft. Und strich über seine Hand.
„Ich habe keine Lust, mir dieses Gezanke vier Stunden anzuhören."
In Rosalies Brust klopfte ihr Herz wie verrückt. Aufgeregt durch die Prügelei mit ihrem Bruder und erschrocken über die Reaktion des Vaters. Er wurde nie laut. Oder schrie sie an.
„Du solltest mich fahren lassen." ermunterte ihn ihre Mutter wieder.
Er warf ihr nur einen kurzen Blick zu und sah dann wieder auf die Straße. Er blickte nicht mehr in den Rückspiegel. Und Rosalie drehte ihren Kopf wieder so, dass sie aus dem Fenster sehen konnte. Den warmen Fahrtwind auf der Nase.
Keiner sagte mehr ein Wort.
Bis Frederic leise zu Rosalie murmelte.
„Gib mir meinen Brief."
Rosalie sah ihn fragend an.

Er nickte auf den Boden ihres Fußraums.

Dort lag er neben einem ihrer Stofftiere. Zusammengefaltet. Sie hatte ihn in der ganzen Aufregung vergessen.

Langsam bückte sie sich vor und klaubte ihn vom Boden auf.

Sie hielt ihn ihrem Bruder hin. Doch kurz bevor seine Finger sich um ihn schließen konnten, zog sie die Hand zurück.

Ein Grinsen legte sich auf ihre Lippen. Sie wusste, dass Frederic nach der Reaktion des Vaters sich nicht trauen würde, erneut einen Streit anzuzetteln. Doch er zeigte ihr bedrohliche Gesten und sah sie böse an.

Von dem unbeeindruckt, nahm Rosalie den Zettel und hielt ihn knapp über den unteren Rand ihres offenen Fensters. So als wollte sie ihn hinauswerfen. Er flatterte im Fahrtwind.

Aus Frederics Gesicht verschwand die Farbe und er schüttelte heftig den Kopf. Doch wieder sagte er kein Wort.

Rosalie wusste, sie würde später dafür bezahlen müssen. Doch im Augenblick konnte er nichts machen und so genoss sie, dass sie ihm einmal überlegen war.

„Rosalie. Gib ihm den Brief zurück." sagte ihre Mutter genervt.

Ertappt blickte Rosalie zu ihr. Sie hatte sich im Sitz zu ihr umgedreht und sah sie strafend an.

Frederic, sich dessen bewusst, dass sie sowieso aufgeflogen waren, löste seinen Gurt und hechtete über Amelie hinweg auf Rosalie zu. Die löste ebenfalls blitzschnell ihren Gurt und versuchte sich im Fußraum einzuigeln.

Ein lauter Fluch drang von ihrem Vater zu ihnen. Er langte zu Frederic und zog ihn an den Ohren von Rosalie weg.

„SETZT EUCH UND SCHNALLT EUCH AN."

„Schatz, schau auf die Straße."

„Hier ist jetzt Ruhe."

„Schatz."
„Gib mir den Brief."
Rosalie hob den Arm und hielt ihrem Vater den Brief hin. Doch sie ließ ihn los, bevor er ihn gegriffen hatte. Das Stück Papier entfaltete sich und flog, angetrieben vom Wind, im Wagen umher.
Frederic, Rosalie und ihr Vater griffen gleichzeitig danach.
„SCHATZ. PASS. AUF." schrie ihre Mutter.

Und es veränderte sich die Zeit. Jeder Augenblick fror ein und schien endlos anzudauern. Jedes Geräusch verlor sich und jede Bewegung verlief in Zeitlupe.

Sekunde Eins

Ihr Vater drehte den Kopf wieder zur Straße. Und auch Rosalie und Frederic blickten nach vorne. Ihre Köpfe nah beieinander im mittleren Teil des Wagens. Halb stehend, die Hände nach dem Papier ausgestreckt.
Vor ihnen hatte sich ein Stau gebildet. Die Wagen vor ihnen standen, während sie noch in vollem Tempo fuhren. In ihrem Magen setzte sich Panik ab. Ihre Mutter drückte sich in ihren Sitz und sah erschrocken nach vorne. Amelie warf die Hände vor die Augen.

Sekunde Zwei

Ihr Vater griff wieder mit beiden Händen ans Steuer und trat so fest auf die Bremse, wie er konnte. Der Wagen begann zu schlingern. Ein metallisches Kratzen war zu hören, als er einen

Wagen neben ihnen streifte. Klar und deutlich durch die offenstehenden Fenster. Ihre Mutter schrie fürchterlich. Ihr Vater war ganz still. Rosalie warf einen Blick in den Spiegel in der Mitte der Windschutzscheibe. Sein Gesicht war angstverzehrt. Frederic klammerte sich an den Sitz seiner Mutter. Amelie begann zu wimmern.

Sekunde Drei

Ihr Vater versuchte, den Wagen wieder auf ihre Spur zu bringen, verlor dabei die Kontrolle über den Wagen. Er ruckelte unkontrolliert von einer Seite zur anderen. Rosalie verlor den Halt, zu spät versuchte sie, sich noch am Sitz ihres Vaters festzuhalten. Da wurde sie schon gegen ihren Bruder geschleudert.

Sekunde Vier

Ein ohrenbetäubendes Knirschen, gefolgt von Stille. Rosalie hatte das Gefühl zu fliegen. So sanft. Schwebte sie einen Augenblick in der Luft. Die Arme um ihren Bruder geklammert. Fühlte sie sein Herz schlagen. Sie wurden hochgeschleudert an die Wagendecke als der Wagen sich in der Luft drehte. Er war von der Straße abgekommen. Nun schienen sie endlos zu fallen, als der Wagen rotierend auf die weit unter der Straße liegenden Wiese zusteuerte.

Sekunde Fünf

Und dann krachte der Wagen auf den Boden. Ein heftiger Ruck ergriff sie. Und ihre Hände lösten sich von ihrem Bruder, während sie durch die Heckscheibe nach draußen gerissen wurde, die durch den Sturz in tausend Teile zersprang. Sie sah noch zu ihrem Bruder, der ebenfalls den Halt verlor und wie sie nach hinten rausgeschleudert wurde.

Noch im Flug bohrte sich ein stechender Schmerz in ihren Rücken. Und dann prallte sie auf den Rasen auf, der sich anfühlte wie Beton. Sie rollte ein paar Meter und spürte, wie nach und nach die Knochen in ihrem Körper zersprangen. Der Wucht des Aufpralls nicht standhalten konnten.

Sekunde Sechs

Stille.

Es dauerte eine Ewigkeit, bevor sie wieder die Kraft fand, ihre Augen zu öffnen. Etliche Meter von ihr entfernt lag der Wagen ihrer Eltern auf der Seite. Flammen züngelten sich gen Himmel. Sie versuchte aufzustehen. Wollte zu ihren Eltern rennen.
Amelie!
Sie waren noch im Wagen.
Doch nur eine kleine Bewegung und ein lähmender Schmerz zuckte unbarmherzig durch ihren Körper. Ihr wurde schwarz vor Augen.

Der Stille folgte ohrenbetäubender Lärm. Schreie. Von überall her. Stimmen, die sie nicht kannte. Sie versuchte zu schreien. ‚Hilfe'. Doch ihre Stimme versagte. Dann hörte sie die ihres Bruders.
„Bleib ruhig, Schneewittchen."
Ein lauter Knall als Teile des Wagens explodierten.
Erschrocken öffnete sie wieder die Augen. Der Wagen brannte nun lichterloh. Mehrere Menschen versuchten vergeblich näher an das Wrack heran zu kommen. Mussten immer wieder vor den Flammen zurückweichen. Eine alte Dame kniete neben ihr im Gras. Sie sprach sie an. Doch Rosalie verstand kein Wort.
Dann entdeckte sie ihren Bruder. Er lag nur wenige Meter neben ihr.
„Bleib ruhig, Schneewittchen." sagte er wieder und wieder.
Ein Mann stand ratlos neben seinem merkwürdig verdrehten Körper.
„Alles wird gut."
Aus seinem Mund rann Blut zu Boden.
„Frederic."
Ihre Stimme schien nicht zu ihr zu gehören. Sie klang so fremd. Und so weit entfernt. Das hier konnte nicht wahr sein. Das hier war ein Traum. Gleich würde sie aufwachen. Es war ein Traum.
„Bleib ruhig, Schneewittchen. Hörst du? Da sind Sirenen. Sie kommen und helfen. Bleib ganz ruhig."
Und tatsächlich glaubte Rosalie, Feuerwehrsirenen erklingen zu hören. Sie waren noch weit weg. Oder kam das durch das Dröhnen in ihren Ohren. Sie schloss wieder die Augen. Ertrug das Bild vor ihren Augen nicht.

Die Menschen um sie herum schienen hektisch zu werden. Die Stimmen wurden lauter. Chaotisch und schrill schienen sie alle durcheinander zu schreien. Sie spürte, wie sie jemand sanft vom Boden aufhob. Schlaff hing ihr Körper in den Armen, die sie schnell wegtrugen. Sie wollte sich wehren. Wollte etwas sagen. Doch sie war zu kraftlos.

Ein paar Meter, dann legte man sie wieder auf den Boden und derjenige, der sie getragen hatte, warf sich über sie. Im nächsten Augenblick ertönte eine laute Explosion, die so nah war, dass ihr Kleid durch die Druckwelle flatterte. Irgendetwas schien nicht weit von ihr, wie ein Hagelschauer, auf die Erde zu fallen. Sie bekam nichts davon ab. Sie lag unter einer anderen Person.

Sie versuchte, nicht darüber nachzudenken, was diese Explosion war und was sie zu bedeuten hatte. Doch sie wusste tief in ihrem Inneren sehr genau, was es bedeutete.

Sie wollte den Mann über ihr fragen, wo ihr Bruder sei. Wo ihre Schwester. Ob ihre Eltern aus dem Wagen gekommen waren. Wo sie waren. Doch sie verlor nach und nach das Bewusstsein. Das Adrenalin in ihrem Körper ebbte ab und der Schmerz betäubte jeden Versuch, dagegen anzukämpfen. Die Welt um sie herum wurde leiser und leiser. Die Schreie und Rufe schwanden dahin. Und mit ihnen alle Fragen. Und alle Tatsachen. Das letzte, was sie hörte, bevor sie das Bewusstsein verlor, war die Sirene der Feuerwehrwagen, die am Unfallort ankamen.

35. KAPITEL
<Jonas>

„Es war meine Schuld."
Ihre Stimme lässt das Blut in meinen Adern gefrieren. Ihr Schmerz ergreift mich bis in jede Faser meines Körpers. Schnell löse ich ihren Gurt. Dann den meinen. Ich ziehe sie sanft von ihrem Sitz auf meinen Schoß. Sie zittert. Tränen rollen über ihre Wangen.
„Es ist meine Schuld."
Sie sagt es wieder und wieder. Wird dabei immer leiser. Sie verliert sich. Ich kenne dieses Gefühl.
Ich schlinge meine Arme um sie. Und halte sie so fest wie ich kann. Zusammengerollt kauert sie an meiner Brust. Kraftlos. Lässt sie sich fallen.
Mein Blick wandert über die Wiese vor unserem Auto und über den See, der dahinter liegt. Das Wasser schlägt, unbeeindruckt von unserer Anwesenheit, Welle über Welle. Die Wiese liegt brach dar. Grün über grün. Soweit das Auge reicht. Schon vor viel zu langer Zeit ist dieses Unglück geschehen. Keinerlei Spuren hatte es zurückgelassen. Nur den Menschen. Der in meinen Armen den Schmerz nicht auszuhalten weiß.
Ich weiß, wie sie sich fühlt. Und auch mir kommen die Tränen.

Lange gewähre ich ihr die Flucht in den Schmerz. Eine Zeit, in der wir einfach so dasitzen. Die Zeit still zu stehen scheint und die Welt sich draußen trotzdem weiter dreht. Doch ich weiß, dass sie dort nicht verweilen darf. Also frage ich: „Was ist dann passiert?"

Ich will, dass sie den ganzen Weg geht. Ich will, dass sie nicht hier stehenbleibt. Ich will, dass sie ihn zu Ende geht. Mit mir.
Sie schluchzt.
„Sie haben mich mit einem Hubschrauber ins Krankenhaus nach Rotterdam geflogen. Mehrere Stunden wurde ich operiert. Einige Glasscherben haben sich in meinen Rücken gebohrt. Ich hatte schwere innere Verletzungen."
Jetzt weiß ich, was ihre Tätowierung zu verbergen versucht.
„Es stand lange Zeit auf der Kippe, ob ich es schaffen würde. Und ich…"
Sie verstummte im Satz.
„Sag es." höre ich meine Stimme sagen.
Sie kauert sich mehr zusammen. Ihre Hände krallen sich in meinen Pullover.
„… ich wünschte, ich wäre gestorben. Ich hätte das nicht überleben dürfen."
„Aber das hast Du."
Sie nickt.
„Als ich irgendwann aufwachte, war meine Oma da. Nach den ersten Tagen war ich über den Berg. Ich war mehrere Wochen im Krankenhaus."
Wieder schüttelten sie die Tränen. Und sie brauchte einen Moment, bevor sie weitersprechen konnte.
„Ich fragte sie nach Mama, Papa und Amelie. Sie sagte nichts. Sah nur zu Boden und schüttelte mit dem Kopf. Und als ich nach Frederic fragte, erzählte sie mir, dass er auf dem Weg ins Krankenhaus an seinen Verletzungen gestorben sei. Sie versuchte, nicht zu weinen. Sie versuchte wirklich, nicht zu weinen. Dabei hatte sie ihre Tochter, ihren Schwiegersohn und ihre beiden Enkel verloren."

Rosalie schüttelte den Kopf. Als würde sie es bis heute nicht verstehen.

„Aber Du warst noch da, Rosalie. Sie hatte nicht alles verloren."

„Wäre ich nicht gewesen,…"

„Es war ein Unfall."

„Hätte ich den Brief nicht von Frederic genommen,…"

„Es war ein Unfall, Rosalie. Du hättest nichts daran ändern können."

Sie schnieft.

„Ich weiß."

„Wirklich?"

„Ja. Heute weiß ich es. Aber glauben kann ich es nicht."

„Was ist genau passiert?"

„Mein Vater war übernächtigt. Er hatte viel gearbeitet. Er hätte gar nicht fahren dürfen."

„Was hat er beruflich gemacht?"

„Er war Arzt in dem Krankenhaus, in dem ich heute arbeite. Allerdings war er Herzchirug. Einer der besten Ärzte in Deutschland seinerzeit. Er war mehrfach ausgezeichnet worden für seine Arbeit und hatte gerade eine Professur an der Uni in Münster angenommen. Doch die ganzen Vorträge, die Arbeiten und der ganze Stress waren ihm zu Kopf gestiegen."

„Also war er überarbeitet?"

„Ja, das war er. Außerdem war der Wagen defekt. Sie haben ihn später untersucht und festgestellt, dass sich einer der Bremsschläuche gelöst hatte, dadurch war der Wagen erst außer Kontrolle geraten."

„Seid ihr schnell gefahren?"

„Nein, eigentlich nicht. Sie vermuten, dass der Wagen nur noch etwa 50 km/h fuhr, als wir auf den Stau trafen. Im schlimmsten Fall wären wir wohl auf den Vordermann geprallt. Doch alles zusammen hatte zu dem Unglück geführt."
„Also ist es nicht Deine Schuld."
„Doch. Hätte ich den Brief nicht genommen…"
„Was ist dann passiert?"
„Ich sprach kein Wort mehr. Ich lag nur da in meinem Bett und hoffte, dass man sich geirrt hatte. Dass es ein anderes Mädchen gab, das ihre ganze Familie verloren hatte. Und dass meine Eltern jeden Moment zur Tür reinkommen und mich in den Arm nehmen würden. Doch sie kamen nicht. Nur meine Oma kam. Jeden Tag. Sie brachte mir Essen. Doch ich rührte es nicht an. Sie brachte jedes Mal ein Buch mit, das sie mir stundenlang vorlas. Sie hatte so viel Geduld mit mir."
„Was hat dich dazu gebracht aufzustehen?"
„Sie. Irgendeines Tages kam sie rein. Sie war sauer. Fluchte laut vor sich hin. Und dann sagte sie mir, sie habe genug davon. Entweder ich begann wieder zu essen und zu laufen und sie würde mich mitnehmen zu sich, oder sie würde mich einfach im Krankenhaus lassen. Sie hätte genug davon, dass ich mich selbst aufgeben würde. Und sie würde nicht länger dabei zusehen. Dann drehte sie sich um und verschwand wieder.
Sie kam drei Tage nicht wieder. Und langsam stieg Panik in mir auf. Ich dachte damals, sie würde wirklich nicht wieder kommen. Also stieg ich aus dem Bett. Die Schwestern halfen mir dabei. Ich musste auf Krücken gehen und ganz vorsichtig sein. Doch bei ihrem Besuch am vierten Tag hatte ich bereits wieder gegessen und konnte alleine aufstehen und ein paar Meter mit

den Krücken laufen. Sie hat sich total darüber gefreut. Und mich in den Arm genommen."
„Hast Du auch wieder geredet?"
„Nein."
„Und dann?"
„Nachdem man mich später aus dem Krankenhaus entlassen hatte, fuhren wir zu ihr. Ich konnte es kaum aushalten. Sie folgte mir auf Schritt und Tritt und wollte mir helfen. Doch ich kam mir so unnütz vor. Und all die Bilder an den Wänden. Ich war fast ein wenig erleichtert als meine Tante plötzlich auf der Bildfläche erschien."
„Deine Tante?"
„Ja. Die Schwester meines Vaters. Sie hatte das Sorgerecht für mich vor Gericht erstritten und Recht bekommen."
„Standet Ihr Euch so nah?"
„Nein. Sie war nur scharf auf die Villa meines Vaters und auf das Geld, das meine Eltern angespart hatten. Ich sah sie zum ersten Mal als sie im Winter vor der Tür stand. Die Hände in den Seiten verschränkt und zwei Polizeibeamte hinter sich.
Meine Oma weinte bitterlich, doch sie konnte nichts tun. Und ich war irgendwie erleichtert.
Zurück in Münster war mir aber schnell klar, was sie wirklich wollte. Jedes Wochenende veranstaltete sie Partys. Sie lud all ihre Freunde ein und zeigte ihnen das wunderschöne Haus, das sie geerbt habe. Mich verbannte sie dann immer in mein Zimmer im ersten Stock. Mir war es gleich, da sie mich ansonsten in Ruhe ließ.
Irgendwann flatterte Post von meiner Schule ins Haus. Man bat sie, dafür Sorge zu tragen, dass ich wieder regelmäßig zum Unterricht erscheine, sofern meine Gesundheit das wieder zu-

ließe. Sie kam in mein Zimmer und verkündete nur, ‚ab morgen gehst Du wieder zur Schule, will mir ja nicht nachsagen lassen, dass ich mich nicht um dich kümmere'. Und danach verschwand sie wieder."

‚Herzloses Miststück' dachte ich.

„Ich ging also wieder zur Schule. Mir war es egal. Alles in mir war dumpf und leer. Und mir war alles egal geworden. Ich saß die Stunden im Klassenzimmer ab, ließ mich von meiner Tante wieder nach Hause fahren und ging ins Bett.

Zum Ende des Schuljahres waren meine Noten alle auf sechs gerutscht. Da ich mich nicht am Unterricht beteiligte und die Arbeiten nicht schrieb. Meine Tante ist vollkommen ausgerastet."

Ich spüre, wie sich ein Lächeln auf ihre Lippen legte.

„Sie brachte mich den Sommer über in eine Klinik für Psychotherapie. Auf das die da mal ‚das kranke Kind wieder klar im Kopf bekommen'. Blöd nur, wenn man kein Wort redet. Die körperlichen Verletzungen waren verheilt, doch meine Seele war noch immer gebrochen. Einer der Ärzte nahm sich ganz viel Zeit für mich. Er begleitete mich jeden Tag bei allen Aktivitäten, die man mir aufbrummte. Zunächst sprach er kein Wort. So wie ich. Dann irgendwann nahm er mich zur Seite und sagte: ‚Ich denke, Du hast jetzt zwei Möglichkeiten. Entweder verschließt Du Dich für den Rest des Lebens vor der Welt. Oder aber, Du versuchst, wieder zurückzukehren. Und machst das Beste daraus. Was denkst Du, würden Deine Eltern von Dir wollen?' Das war das Einzige, was er zu mir sagte. Die restliche Zeit meines Aufenthaltes schwieg er wieder.

Am Ende sprach ich immer noch nicht. Doch irgendwas in mir war wieder aufgewacht und ich begann, wie eine Besessene für

die Schule zu arbeiten. Ich musste die Klasse wiederholen. Doch, da ich keine Freunde hatte oder irgendwelche Hobbys, wurde ich schnell die Klassenbeste. Selbst Fächer, in denen ich früher nicht sehr stark war, lagen mir plötzlich. Mir Wissen anzueignen, wurde zur Passion. Und irgendwann begann ich wieder zu sprechen. Ich war in den Ferien bei meiner Oma, meine Tante war froh, dass sie mich in diesen Wochen zu ihr abschieben konnte. Und dort stand ich einfach eines Morgens auf und wünschte ihr einen ‚Guten Morgen' als ich in die Küche kam. Vor Schreck ließ sie den Teller fallen, den sie in der Hand hatte und er zersprang in tausend Teile. Sie sah mich an wie einen Geist."
„Sie hat sich gefreut."
„Ja. Sehr sogar. Sie hat geweint. Hat mich lange gedrückt. Und dann hat sie es nie wieder erwähnt. Als wäre es das normalste von der Welt."
„Du hast sie auch sehr geliebt."
„Sie war alles, was mir geblieben war. Und so bin ich nach dem Abitur zu ihr gezogen. Ich habe in Rotterdam eine Ausbildung zur Rettungsassistentin gemacht."
„Und Deine Tante?"
„Die war stinksauer. Sie musste ausziehen. Ich war volljährig und hatte irgendwann meine Ausbildung abgeschlossen, damit verlor sie das Sorgerecht. Aber das wollte sie nicht einsehen. Sie hat lange versucht, einen Rechtsanwalt zu finden, der das hätte verhindern können. Doch sie fand keinen. Stattdessen beauftragte meine Großmutter einen Anwalt, der sie mit Androhung von Polizei dazu aufforderte, auszuziehen."
„Und das Geld Deiner Eltern?"

„War noch unangetastet auf der Bank. Sie hatte lediglich so viel abheben können, wie sie für sich und mich zum Leben gebraucht hatte. Auch dafür hatte meine Oma gesorgt."

„Und dann?"

„Ich kam wieder nach Münster. Ich wollte nicht mein Leben lang Rettungsassistentin bleiben. Ich wollte Medizin studieren. Wie mein Vater. Vielleicht glaubte ich, dass mich das ihm irgendwie wieder näherbringen würde.

Als ich wieder in unserem Haus stand, war jedoch nichts mehr wie es einmal war. Meine Tante hatte alle Möbel, alle Gemälde, die gesamte Dekoration und alles, was sie in die Finger kriegen konnte, mitgenommen. Bis auf den ersten Stock. Unsere Kinderzimmer. Die waren vermutlich nicht interessant, da sich dort nichts von Wert befand."

„Hast Du sie darauf angesprochen?"

„Nein. Und ich habe es auch meiner Oma nicht erzählt. Mir war es nur Recht. Ich hing an keinem der Möbelstücke. Das, was mir wichtig war, hatte sie dagelassen. Die Kleidungsstücke meiner Eltern und mein Zimmer. So wie das Zimmer von Frederic und von Amelie."

„Hast Du es dann neu eingerichtet?"

Sie schüttelte den Kopf.

„Ich bin quasi in mein altes Zimmer eingezogen und bin zur Uni gegangen."

„Und als Du das Studium abgeschlossen hattest?"

„Ich war die Beste meines Jahrganges und hatte mehrere Angebote für meine Assistenzzeit bekommen, noch bevor ich die letzte Prüfung abgelegt hatte. Eines davon kam aus den USA. Und ich dachte, vielleicht könnte ich in einem anderen Land,

auf einem anderen Kontinent noch einmal ganz von vorne anfangen. Also sagte ich zu."
„Wie lange warst Du dort?"
„Ein paar Jahre. Ich konzentrierte mich auf die Arbeit. Ein oder zwei Mal im Jahr flog ich für ein paar Wochen hier her und besuchte meine Großmutter. Mit jedem Besuch merkte ich, dass sie deutlich älter wurde. Und dann eines Tages, schlief sie für immer ein. Ich hatte eine Marathon-OP von mehreren Stunden. Erst danach erreichte meine andere Tante mich, die Schwester meiner Mutter, um es mir zu erzählen. Ich war total niedergeschlagen und beschloss, wieder zurückzukehren."
Wieder verkrampfte sie sich in meinen Armen.
„Und dann?"
„Ich blieb einige Wochen hier. Überlegte, ob ich hier den Neuanfang mache. Doch das Haus war mir ohne sie so leer vorgekommen. Also packte ich wieder mal meine Sachen. Ich entschied, dass ich für ein halbes Jahr nach Münster gehen wollte. Und entweder bleiben oder aber das Haus endlich verkaufen würde. Ich beauftragte eine Firma mit der Renovierung und der Einrichtung und zog ein. Vor einem halben Jahr begann ich im Krankenhaus, in dem auch mein Vater gearbeitet hatte. Und dann…"
„Dann kam ich."
„Ja."
„Willst Du es verkaufen, das halbe Jahr ist rum?"
„Nein. Und ich glaube, dass mir das immer schon klar war. Ich war dort zu Hause. Es ist das Haus meiner Eltern. Das Haus, in dem ich aufwuchs mit meinem Bruder und meiner Schwester. Es wird für immer auch mein Zuhause sein und ich würde es

nicht ertragen, wenn Fremde dort einziehen würden und ich es für immer verlieren würde."

36. KAPITEL
<Rosalie>

Seine Arme halten mich noch immer fest, als ich zum Ende meiner Geschichte komme. Mehrere Male schon hatte ich sie erzählt. In verschiedenen Therapien, nach meinem Abi. Ich hatte mich geöffnet und darauf gehofft, dass die Wunden einfach verheilen. Wie die Narben auf meinem Rücken. Aber jetzt und hier in seinen Armen, war der Schmerz noch genauso frisch wie in dem Moment, da ich dort im Gras lag. Vielleicht wird es mich niemals loslassen.

Ich hatte gedacht, jetzt, wo meine Oma gestorben war, würde es keinen Menschen mehr geben, dem ich es erzählen müsste. Keiner würde je wieder davon reden oder es erwähnen. Solange ich das nicht wollte. Doch Jonas hatte danach gefragt. Und irgendwas gab ihm das Recht dazu, es zu tun.

Ich fühle mich ihm verbunden wie noch keinem Menschen zuvor. All die Therapeuten hatten gute Ratschläge, sie halfen mir, die Angst und die Schuldgefühle in den Griff zu bekommen. Sie halfen mir weiterzumachen. Aber heilen konnten sie es nicht. Weil sie es nicht verstehen konnten. Sie alle hatten nichts Vergleichbares erlebt.

Jonas hatte das. Und er verstand. Ich wusste es, bei jedem Wort, das über meine Lippen kam. Ich wusste es mit jedem einzelnen Blatt, das sich wieder einmal von meinem Lebensbaum löste und zu Boden fiel.

Erschöpft und ausgelaugt sauge ich seinen Geruch ein. Höre sein Herzklopfen in seiner Brust. Spüre ich seine Nähe und seine Arme um mich. Er hatte mich nicht losgelassen. Er ist den ganzen Weg mit mir gegangen. Er hatte mich nicht aufgeben lassen.

Ich hebe meinen Kopf, um ihn anzusehen. Er sieht hinaus. Ein leerer Blick geradeaus. Seine Gedanken scheinen, sich ebenfalls erst wieder sortieren zu müssen.

Draußen dämmert es bereits. Wir waren schon seit Stunden hier.

„Wollen wir fahren?" frage ich vorsichtig.

„Wenn Du das willst. Wir können auch bleiben. Ganz wie Du möchtest."

„Ich möchte fahren."

„Gut. Dann fahren wir."

Und langsam löst er seine Arme von mir und gleich umfängt mich die Kälte. Der Wagen war aus. Im Wageninneren ist es kalt geworden. Ich habe es wegen seiner Körperwärme nicht bemerkt. Schnell drücke ich den Startknopf an der Armatur und der Wagen brummt auf. Mit Hochdruck beginnt die Lüftung mit ihrer Arbeit.

Nur schwer kann ich mich von ihm lösen und zurück auf den Fahrersitz wechseln.

„Darf ich Dich noch was fragen?"

Ich sehe zu ihm. Er wirft mir einen unsicheren Blick zu.

„Klar."

„Ich weiß nicht, ob es eine dumme Frage ist."

„Frag einfach, dann sehen wir es ja." aufmunternd lächle ich ihn an.

„Mit wie vielen Männern warst Du hier?"

Schnell blickt er zu Boden.

„Es geht mich eigentlich gar nichts an." fügt er schnell hinzu.

„Ich bin nur nicht sicher, was ich von uns halten soll. Von all dem. Für mich ist es… neu. Und ungewohnt. Ich…"
Ich lege ihm einen Finger auf die Lippen.
„Ich war noch nie in einer richtigen Beziehung. Ich habe keinen Mann nah genug an mich heran gelassen, als dass ich ihn hätte lieben können. Ich habe niemanden mit her genommen. Es waren nur Bettgeschichten. Und meine Geschichte habe ich ihnen schon gar nicht erzählt. Auch für mich ist das hier neu, Jonas."
Gebannt folgt er jedem meiner Worte.
„Gut." sagt er dann nur knapp.
Ich lege den Gang ein und lasse den Wagen losrollen.
„Ich will nur, dass Du weißt, wie viel mir das bedeutet. Und ich hatte Angst, dass es Dir nicht so geht." flüstert er.
Mit einem Tritt auf die Bremse kommt der Wagen wieder zum Stehen. Ich sehe zu ihm. In seine wundervollen Augen. Sie sind verweint. Vermutlich wie meine. Er teilt den Schmerz, den ich ertrage. Ich weiß es, weil es mir letzte Nacht genauso ging. Als er mir seine Geschichte erzählt hatte.
So stehen wir also hier. Wir sind beide Menschen, die schreckliche Dinge erlebt haben. Denen das Schicksal übel mitgespielt hat. Die sich auf die eine oder die andere Art aus dem Leben ausgeschlossen haben. Um zu existieren und zu überleben. Wir erkennen einander. Verstehen. Und führen uns gegenseitig zum wunden Punkt in unseren Seele.
Wie verrückt kann das Schicksal sein?
Wieso war es mein Garten, in dem er zusammenbrach?
Wieso hatte ich keinen Dienst?
Wieso war ich zu Hause?
Wie viele Faktoren hätten eine Begegnung verhindern können?
Einfach so.

Doch sie haben es nicht.

Genauso wie sie es damals nicht haben.

Mein Blick geht wieder zur Straße hinauf. An der vor so vielen Jahren das Schicksal mir meine Familie genommen hatte. Und nun, brachte es mir Jonas.

Ich spüre seine Angst. Vor dem, was er für mich empfindet. Für das, was es mit ihm macht. Für das, was er sich nicht zu sagen traut. Und mir geht es genauso.

„Ich fühle mich genau wie Du. Auch für mich ist das neu und ich bin voller Fragen. Wir sollten uns nicht darum sorgen, warum und wieso. Wir sollten nicht überlegen, wo es hinführt oder ob es Sinn macht. Wir sollten einfach genießen, was es ist. Findest Du nicht?"

Er lächelt matt.

„Wenn das Leben so einfach wäre, wären wir vermutlich nicht hier, Schneewittchen."

Der Name. Seine Stimme, die ihn ausspricht. Und doch hatte der Name plötzlich, seit ihm, zeitgleich eine vollkommen andere und die gleiche Bedeutung. Ich habe es gehasst, als Frederic mich damals im Sommer damit geärgert hatte. Doch nun den Namen wieder zu hören. Von ihm. Fühlt sich an wie ein Stück zu Hause. Das wieder aufgetaucht ist. Das zu lange verloren war.

„Fahren wir zurück." sage ich.

Und ich lasse den Wagen wieder losrollen.

37. KAPITEL
<Jonas>

Wir fahren schweigend durch die leeren Straßen im Dorf. Die Sonne ist schon lange verschwunden und die Dunkelheit legt sich wie ein Mantel um uns. Viele neue Informationen. Viele neue Dinge, die auch für mich plötzlich eine Bedeutung haben. Meine Hand ruht auf ihrem Bein. Die Muskeln darunter spannen sich an und entspannen sich wieder, wenn sie Gas gibt. Sicher fährt sie den großen Wagen durch die Straßen.

Wie es wohl für sie war, das Fahren zu lernen? Ob es sie große Überwindung gekostet hatte, den Schritt zu gehen? Viele Antworten hatte sie mir bereits gegeben und doch blieben da Fragen, die ich nicht stellen wollte. Nicht jetzt.

Wieso trafen wir jetzt aufeinander?

Wieso nicht vor zehn Jahren?

Oder in ein paar Monaten?

Was machte diesen Augenblick zu dem richtigen?

Und wohin soll das hier führen?

Ich spüre nur umso deutlicher, dass ich mehr für sie empfinde, als ich mir eingestehen will, je mehr ich versuche, es nicht zu bewerten. Aber war ich dazu überhaupt bereit?

Etwas zu spüren, wie…

Wie, was?

Liebe?

Ist das Liebe?

Fühlt es sich so an?

Es ist Verlangen.

Es ist Vertrauen.

Es ist Zuneigung.

Was ist Liebe?
Wie fühlt sich das an?
Und darf ich sie lieben?
Wo ich ihr doch keine Zukunft zu bieten habe, ja vielleicht noch nicht mal eine Gegenwart?
War ich dabei, mich zu verlieren?
Oder sie?
Ich weiß nur, dass ich hier hingehöre. Ich will nicht von ihr fort.
Zum ersten Mal seit ewigen Zeiten habe ich das Gefühl, dass ich bleiben will. Noch eine Nacht. Noch einen Morgen. Vielleicht noch einen Tag.
Wie viel darf ich verlangen?
Wie weit darf ich gehen, bevor ich uns ins Unglück stürze?
Wie weit darf ich gehen, bevor ich nicht mehr zurück kann?

Wir fahren vor das Haus. Und Rosalie stellt den Motor aus. Sie steigt aus, ich folge ihr. Auf dem Weg zur Haustür greife ich nach ihrer Hand. Diese einfache Berührung, ihre Hand zu halten, hat bereits eine große Bedeutung. Für mich. Sie bedeutet mir etwas. Wie viel oder was, vermag ich nicht zu sagen.

Sie löst ihre Hand von meiner und hängt bedächtig das Bild wieder an die Wand, nachdem wir eingetreten sind. Und plötzlich, als wären sie vorher nicht dagewesen, erkenne ich die tatsächliche Bedeutung all dieser Bilder. Ich trete einen Schritt zurück und bestaune das Leben, das sie darstellen. Die Geschichten, die sie erzählen. Von den Menschen, dessen Namen ich jetzt kenne. Matthias, Helena, Frederic und Amelie. In großer Mühe hatte die Großmutter von Rosalie jeden Moment aus ihrem Leben an die Wand gehangen. Hochzeit. Geburt. Taufe.

Geburtstage. Weihnachten. Sommer. Herbst. Winter. Frühling. In Dutzenden Bildern festgehalten für die Ewigkeit.

„Hast Du herausgefunden, was Deine Mutter mit den Bildern gemacht hat, die Deine Oma ihr zugesandt hat?"

Rosalie lächelt versonnen. Sie war meinem Blick gefolgt und hatte ebenfalls all die Fotos angesehen.

„Sie hat Fotoalben gebastelt. Zu fast jedem Bild hat sie eine kleine Geschichte geschrieben. Oder ein Gedicht. Sie hat Rahmen um die Bilder gemalt und sie mit Herzchen und Blümchen verziert. Besonders…"

Sie kneift die Augen zusammen und geht an der Wand entlang. Bis sie auf einen der Rahmen deutet. Ich trete neben sie.

„Dieses hier."

Es zeigt ihren Vater. Deutlich jünger als auf dem Foto, welches sie mitgenommen hatte. Er saß an einen Baum gelehnt. Sein Haar war bleich. Seine Haut dagegen stark gebräunt. Entspannt und verschmitzt lächelt er in die Kamera.

„Es ist aus dem Jahr, in dem sie sich kennengelernt haben."

„Wo haben sie sich kennengelernt?"

„Hier. Mein Vater war im Urlaub mit seinen Eltern und seiner Schwester. Sie haben sich am Strand getroffen. Mama war mit einer Freundin zum Schwimmen dort. Zwei Tage hat Papa gebraucht, um sie anzusprechen. Zumindest hat sie es so immer erzählt. Und dann ging das Drama erst richtig los. Denn in den Augen der Eltern meines Vaters war sie nicht gut genug. Sie hätten ihn lieber mit einer anderen gesehen. Ich weiß nicht mehr, wer genau. Eine Tochter von einem befreundeten Ehepaar oder so."

Sie nahm das Foto von der Wand und strich liebevoll darüber.

„Und doch haben sie es am Ende geschafft, mit einander einen Weg zu finden. Zusammenzukommen und zu bleiben."
„Meine Mutter hat immer gesagt, solange Du immer noch in der Erinnerung anderer Menschen verweilst, gehst Du nie so ganz."
„Wie war Deine Mutter?" fragt sie.
Sie hängt das Bild wieder auf.
„Komm. Wir setzen uns in die Küche. Ich koche. Und Du erzählst von ihr."
Und sie öffnet die Tür der Küche. Zaghaft folge ich ihr und setze mich an den Küchentisch. Meine Finger malen Kreise auf die Tischdecke.
„Sie war ein ganz besonderer Mensch. Sehr zart. Schon fast zerbrechlich. Sie sprach nicht viel. Aber wenn, dann hatte es eine Bedeutung. Sie liebte mich mehr als alles andere auf der Welt. Sie ließ mich daran keine Sekunde zweifeln. Sie gab sich alle Mühe, mir ein möglichst schönes Leben zu schenken. Wenn ich morgens aus dem Haus ging, hatte sie Tränen in den Augen und wenn ich nachmittags oder abends heimkam, freute sie sich jedes Mal überschwänglich."
„Es muss schwer für sie gewesen sein, als Du nicht mehr heimgekehrt bist."
„Es hat sie zerbrochen, denke ich. Ich ging nach meiner Flucht sofort zu unserer alten Wohnung. Versteckt in der Dunkelheit. Ich wusste ja, dass die Männer auf mich warten würden. Ein Nachbarjunge fand mich lauernd in einem der Büsche und zog mich fort. Er erzählte mir, dass sie sich ein paar Wochen nach meinem Verschwinden das Leben genommen hatte. All unsere Sachen wären irgendwo eingelagert worden. Sie hätten nach mir gefragt und mich gesucht. Aber es schließlich aufgegeben. Da sie nicht mehr da war, hatte ich keinen Grund zu bleiben."

„Hast Du ihr Grab besucht?"
Ich schüttle den Kopf.
„Ich wusste nicht, wo es ist. Und ich hatte Angst, wenn ich Fragen stellen würde, würden sie mich finden. Ich ging zum Bahnhof und erbettelte mir ein paar Mark. Dann setzte ich mich in den nächsten Zug."
Jetzt liegen sie also da. Ihre Geschichte. Und meine. Wir sind beide noch hier. Es gleicht einem Wunder, dass wir beide es überlebt haben. Und nicht daran zerbrochen sind. Oder sind wir das?
„Hast Du das Gefühl, dass Du zerbrochen bist, Rosalie?"
„Wie meinst Du das?"
„Wir haben es beide überlebt. Sind wir daran zerbrochen?"
„Ich denke nicht. Wir haben einfach anders reagiert. Wir haben uns innerlich verschlossen und haben weitergemacht. So gut es eben ging."
„War das richtig?"
„Wir sind noch hier, oder?"
„Wird es schwer sein, sich wieder zu öffnen?"
„Fällt es Dir schwer?"
Ich sehe zu ihr auf.
„Wie meinst Du das?"
„Du öffnest Dich bereits. Und ich tue es auch. Fällt es Dir schwer?"
Ich denke über ihre Frage nach.
„Eigentlich nicht. Aber es fühlt sich merkwürdig an."
„Wie merkwürdig?"
„Als würde ich über Eis laufen. Es knackt und knirscht unter meinen Füßen. Und ich habe Angst, dass es bricht. Also setze ich vorsichtig ein Bein vor das andere."

„So fühlt es sich auch für mich an."
Gedankenverloren und doch ohne einen klaren Gedanken im Kopf, sehe ich wieder auf meine Finger.
„Wir sollten uns eine Pause gönnen." sagt Rosalie munter.
„Eine Pause?"
„Es ist viel passiert seit gestern. Wir sind einen weiten Weg gegangen. Haben viel von uns erzählt, dass normalerweise in der Stille ruht. Wir haben den See stark aufgemischt. Wir sollten allen Gedanken ein wenig Zeit gönnen, sich wieder zu auf dem Grund abzulegen."
Das klingt vernünftig.
„Und wie machen wir das?"
„Ich werde mal ein wenig überlegen, was ich mit Dir anstellen kann. Es gibt viel, was man hier machen und erleben kann. Aber bis dahin…"
Sie stellt einen dampfenden Topf auf den Tisch.
„…. essen wir erst mal."
Sie legt zwei Gabeln zu dem Topf.
„Und die Teller?"
„Wir sind heute mal verrückt und essen aus dem Topf." grinst sie mich an.
Einfach so fliegen die schweren Gedanken hinfort in die Nacht. Sie zaubert wieder Leichtigkeit in meinen Kopf. Und gemeinsam machen wir uns über die Spaghetti her, die sie gekocht hat.
Mein Leibgericht.

38. KAPITEL
<Rosalie>

Er schläft.
Es ist spät.
Nach dem Essen haben wir ein wenig herumgealbert und sind dann ins Bett gegangen.
Wir haben uns ausgezogen und uns nebeneinander gelegt.
Seele nackt. Körper nackt.
Wir haben nicht miteinander geschlafen.
Ich glaube, keiner von uns beiden hatte das im Sinn.
Wir lagen einfach da, haben uns in die Augen gesehen und unsere Nähe genossen. Haut an Haut. Sinne ineinander verfangen.
Fragen und Antworten flogen heute von einem zum anderen. So viel haben wir gesagt. So viel gedacht. So viel verstanden. Und sind so tief in den anderen eingedrungen.
Ich streiche über seine Wange.
Ein Lächeln legt sich auf seine Lippen.
Obwohl es ihn nicht aufweckt.
Er fühlt, dass ich es bin.
So nah bin ich ihm. So nah ist er mir.
Noch finde ich keinen Schlaf.
Zu aufwühlend war die Begegnung mit meiner Vergangenheit. Und den Konsequenzen, die sie bedeuten. Sie sind nicht mehr hier. Sind nicht mehr da. Sie leben nicht mehr.
Ich hatte gelernt, damit umzugehen. Hatte gelernt, es zu verdrängen. Oder darüber hinwegzugehen. Doch heute noch einmal an diesen Ort zu fahren. Mit ihm. Hatte alles wieder aufgewühlt.

Ich weiß, dass ich wieder schlafen werde. Und wieder aufwachen. So oft schon habe ich es geschafft. Auch dieser Tag wird wieder vorübergehen. Doch der Tag heute war anders.
Anders.
Was ein schwerwiegendes Wort.
Als ob alles immer gleich wäre.
Und jetzt. Durch ihn. Ist alles anders.
Sanft beuge ich mich vor und hauche einen Kuss auf seine Stirn.
Ich kuschle mich an ihn. Seine Hände legen sich auf mich. Halten mich fest. Ziehen mich an ihn heran.
Und dann. Ganz langsam. Fliegen sie hinfort. All die Gesichter. All die Schreie. Die Geräusche. Sie alle fliegen hinfort. Ich bin immer noch hier. Ich bin noch da. Ich habe überlebt. Und kein schlechtes Gewissen dieser Welt, wird daran etwas ändern.
Leise löst sich eine Träne aus meinen Augen und rollt über meine Wangen. Zum ersten Mal in meinem Leben, bin ich glücklich darüber. Dass ich jetzt hier bin. Dass ich noch lebe. Dass ich atme. Und dass ich seine Berührung spüren kann. Ich bin noch hier. Ich lebe noch.
Und damit falle ich in einen traumlosen Schlaf.

Am nächsten Morgen weckt mich der Geruch von frischem Brot. Als ich meine Augen öffne, sitzt Jonas im Schneidersitz auf dem Bett vor mir.
„Guten Morgen." strahlt er mich an.
„Guten Morgen."
Verschlafen reibe ich mir die Augen.
„Wie spät ist es?"
„Neun Uhr. Der Tag hat gerade angefangen."

„Wieso bist Du schon wach?"
Er zuckt mit den Schultern.
„Du hast so laut geschnarcht."
„Oh. Das habe ich gar nicht."
Ich nehme eines der Kopfkissen und schlage nach ihm.
„Hey!" er lacht. „Ist das der Dank, dass ich Dir Frühstück gemacht habe?"
Ich sehe auf das Tablet, dass er zwischen uns auf das Bett gelegt hat.
„Hmm. Du verwöhnst mich."
Früchte. Brot. Aufschnitt und eine dampfende Tasse Kaffee.
„Was möchtest Du?"
„Alles."
„Dann los. Bediene Dich."
Er hält mir eine Gabel hin.
„Ach. Ich bin noch sooooo müde."
Theatralisch werfe ich mich zurück in die Kissen und gähne herzhaft.
„Du möchtest also gefüttert werden?"
Seine Augen blitzen auf.
„Ja."
„Na dann."
Er nimmt eine der Früchte und führt sie an meinen Mund. Langsam lässt er sie über meine Lippen fahren. Der Saft rinnt in meinen Mund. Ich lege meine Lippen um seine Finger und schmecke die Frucht, gepaart mit dem Geschmack nach ihm.
„Mehr?" fragt er. Seine Augen werden dunkel.
Ich nicke.

Er nimmt das Tablett vom Bett und stellt es auf den Boden. Als er wieder auftaucht, hat er die Schüssel mit Früchten in der Hand. Ein Stück Birne zwischen den Lippen.
Langsam beugt er sich zu mir herunter. Ich schlinge meine Hände in seinen Nacken. Halte ihn fest. Knabbere sanft an der Birne und umspiele sie mit meiner Zunge.
Er stöhnt auf.
Seine Lippen öffnen sich und die Birne fällt in meinem Mund. Sie schmeckt himmlisch.
„Mehr." sage ich atemlos.
Er nimmt die nächste Frucht. Legt sie sich wieder zwischen die Lippen. Eine Traube. Sie verschwindet wie die Birne.
Vergessen sind die Früchte oder der Kaffee. Unsere Zungen vereinen sich erneut zum Kuss.
Seine Hand wandert ungeduldig über meinen Körper. Seine raue Handfläche kitzelt meine weiche Haut. Und als er an meinem empfindlichsten Punkt angekommen ist, bäumt sich mein Körper auf. Er gehört ganz ihm.
Atemlos sieht er mich an.
„Zeig mir, wie ich das mache." sagt er flehentlich.
Ich lasse meine Hand an meinem Körper heruntergleiten, bis sie auf seiner liegt. Sanft lasse ich meine Finger zwischen seine gleiten und beginne, mich zu selbst zu streicheln.
Er sieht runter zu den Händen. Und mir wieder ins Gesicht.
„Jetzt ich." sagt er und stubst sanft meine Hand weg.
Vorsichtig beginnen seine Finger, kreisende Bewegungen zu machen. Und ich stöhne auf.
Meine Hand rutscht unter sein Shirt und fährt über seinen Bauch. Er treibt mich weiter und weiter. Zu Anfang noch unsi-

cher und vorsichtig. Wird er mit jedem Stöhnen, dass meiner Kehle entringt, mutiger und waghalsiger.
Er lässt seine Finger in mich eindringen und wieder heraus. Streichelt wieder in kreisenden Bewegungen. Und ich spüre, wie die Leidenschaft mich übermannt und mitsichreißt.
Meine Hände krallen sich über mir an den Bettrahmen. Das kalte Eisen. Ich klammere mich daran. In der Hoffnung noch irgendwo einen Halt zu finden. Bevor ich in tausend Teile zerspringe.

39. KAPITEL
<Jonas>

Fasziniert schaue ich zu ihr herunter. Unter meinen Fingern windet sie sich und bäumt sich auf. Sie hat die Augen geschlossen und ihr Mund ist offen. Sie stöhnt. Flüstert meinen Namen. Und dann kommt sie. Ich spüre, wie sie zu pulsieren beginnt. Ihre Beine zu zittern anfangen und sie sich dann ein letztes Mal mit aller Kraft aufbäumt, um zu explodieren, bevor sie in sich zusammenfällt.
An diesen Anblick könnte ich mich gewöhnen.
Seelig lächelnd liegt sie dort nackt in den zerwühlten Kissen und Decken. Sie strahlt eine innere Zufriedenheit aus, die mich ergreift. Ich streife mein Shirt ab. Ich will ihr nahe sein. Ihre Haut an meiner spüren.
Sie öffnet ihre Augen.
„Schlaf mit mir." fordert sie sanft.
„Aber, ich dachte…"
„Du aber nicht. Komm schon. Zieh Deine Hose aus."
Ungeschickt nestelt sie an der Boxershorts, die ich angezogen hatte.
Ich streife sie ab.
Sie lächelt mich an.
„Du bist bereit, wie ich sehe." sagt sie.
Ihre Hand wandert längst zur Stelle, die die Hose eben noch verborgen gehalten hatte.
Kaum hat ihre Hand mich umschlungen, da reißt mich die Lust auch schon mit sich.
„Ich will Dich." stöhne ich auf.
Unsicher sehe ich sie an.

Sie streichelt mich. Massiert mich. Drängt mich. Ich halte es kaum noch aus.

„Schlaf mit mir." flüstert sie noch mal.

Meine Finger fahren über ihren Körper. Spielen mit ihren Brüsten. Sie bäumt sich wieder auf und ich lege mich sanft auf sie. Vorsichtig lasse ich mich in sie gleiten. Sie ist so warm. Sie empfängt mich. Ihre Beine schlingen sich um meine Hüften. Ich zergehe. Über ihr. Mit ihr. Zeit und Raum schwinden dahin. Als wären sie für immer fort.

Mein Mund sucht den ihren und ich verliere mich in ihren Lippen.

Ich kann nicht an mich halten. Und schnell wird der Rhythmus meiner Hüfte schneller und fordernder. Ich will sie spüren. Ich will ihre Nähe. Ich will bei ihr sein. Ich will…

Ich vergesse, was ich will.

Laut schreie ich ihren Namen, während ich mich in ihr ergieße. Und meine Welt aus den Fugen gerät.

Schwer atmend sehe ich auf ihr Gesicht hinab. Ihre Augen haben dieses Funkeln. Meine Hände streichen ihre Haare nach hinten. Ruhen auf ihrem Kopf. Mein Körper auf meinen Ellenbogen. Sanft beuge ich mich runter. Sie sieht mich erwartungsvoll an. Und wieder küsse ich sie. Auf die Stirn. Die Wange. Die Nase. Sie lächelt. Unfassbare Schönheit.

„Wir sollten aufstehen." murmelt Rosalie zwischen zwei Küssen, die mittlerweile Atemzügen zu gleichen scheinen.

Ich brummle nur zustimmend und konzentriere mich wieder auf dieses bemerkenswerte Geschöpf, das mich bis in meine Grundfeste berührt, einfach in dem sie mir in die Augen sieht.

„Jonas." sagt sie gespielt beleidigt.
„Was?"
Ich ziehe eine Augenbraue hoch. Doch mein Lächeln verrät mich.
„Komm schon. Lass uns duschen gehen."
„Hmm."
Wir beide unter der Dusche?
„Na gut."
Mit einem Schwung stehe ich neben dem Bett. Millimeter vom Tablett entfernt.
„Uh, noch mal gut gegangen. Pass auf."
Ich reiche ihr meine Hand und führe sie aus dem Bett, an dem Tablett vorbei. Noch bevor sie ganz den Boden berührt hat, hebe ich sie hoch in meine Arme. An meine Brust. Das ist der Ort, wo sie hingehört.
Sie öffnet die Türen und schon stehen wir im Badezimmer. Vorsichtig und langsam lasse ich sie wieder auf den Boden gleiten.
Sie steigt in die Dusche. Argwöhnisch betrachte ich die kleine Kabine.
„Passt das überhaupt?"
„Klar. Komm schon."
Und lachend zieht sie mich zu sich. Ein Griff und warmes Wasser läuft über unsere verschwitzten Körper.
Sie greift hinter sich nach dem Shampoo und sieht mich auffordernd an.
„Du bist zu groß, Jonas."
Ich beuge mich zu ihr herunter. Soweit es die beengten Platzverhältnisse zulassen. Meine Hände lege ich an ihre Hüfte. Meine Finger berühren die Narben auf ihrem Rücken.

Sanft massiert sie mir den Kopf und verteilt das Shampoo in meine Haare.

Sie lässt sich Zeit. Spült es vorsichtig mit Wasser wieder aus.

„Jetzt Du."

Ich richte mich wieder auf und sie reicht mir die Shampoo-Flasche.

„Dreh Dich um."

Sie wendet sich zur Wand. Ihre Hände an die kalten Fliesen, lässt sie ihren Kopf in den Nacken fallen, sodass ihre Haare sich langsam über ihren Rücken verteilen.

Einen ganz kurzen Moment überlege ich, etwas anderes zu tun, als Haare zu waschen. Mir würde schon noch was einfallen, was in dieser Position ebenfalls möglich wäre. Doch ich schiebe den Gedanken und das aufflammende Verlangen von mir.

Ich träufle etwas Shampoo in die Hand und beginne, ihre Haare zu waschen. Die schweren nassen schwarzen Strähnen fahren wieder und wieder durch meine Finger.

„Du hast wunderschöne Haare." flüstere ich.

Sanft schiebe ich sie auf eine Seite. Lehne mich vor und hauche einen Kuss auf ihren Nacken.

„Und einen schönen Hals."

Mein Mund streift über ihre Schulter.

„Du bist wunderschön."

Sie dreht sich zu mir um. Nimmt meinen Kopf in die Hände und haucht einen Kuss auf meine Lippen.

„Das bist Du auch, Jonas."

Wir beenden unsere Körperpflege in intimer Zweisamkeit.

Sie ist mir so nah, dass sie zu mir geworden zu sein scheint. Wir brauchen keine Worte mehr, um einander zu verstehen. Ein

Blick genügt. Eine Geste. Und schon weiß sie, was ich meine. Und ich, was sie meint.

Schweigend sitzen wir später in Handtücher gehüllt auf dem Boden neben dem Bett und essen das Frühstück, das ich für sie vorbereitet hatte. Dabei sehen wir uns unentwegt in die Augen. Sie strahlt mich an, wieder und wieder. Und auch mich bringt es jedes Mal zum Strahlen.

Als wir den letzten Bissen mit dem kalten Kaffee heruntergespült haben, fragt Rosalie: „Wollen wir los?"

„Los? Wohin?"

„Ich habe doch gesagt, wir machen jetzt mal was anderes, als alte Gefühle wieder aufzukochen. Und ich muss endlich zu meiner Tante, sonst macht sie sich noch Sorgen. Also auf, auf…"

Sie steht vom Boden auf und hält mir die Hand hin.

„… fahren wir zum obligatorischen Verwandtenbesuch."

So einfach. So normal. Und so fremd für mich. Und für sie. Das erste Mal.

Ich lasse mir von ihr aufhelfen und während sie sich anzieht, stehe ich ratlos vor dem offenen Schrank. Was zieht man zu sowas an?

40. KAPITEL
<Rosalie>

Es ist zu komisch. Wie er da steht vor dem Schrank und ratlos hinein schaut. Ich muss mich stark zusammenreißen, um nicht lauthals zu lachen. Das wäre gemein. Es ist das erste Mal für ihn. Naja. Eigentlich ja auch für mich. Ich schiebe mich an ihm vorbei und mustere die Kleidung, die ich für ihn gekauft habe. Ich nehme ein paar Sachen in die Hand und gebe sie ihm.
„Die werden gehen. Meine Tante und mein Onkel sind ganz entspannt. Mach Dir keine Gedanken."
Ich gehe zum Bett herüber und klaube das Tablett vom Boden.
„Ich gehe schon mal runter." flöte ich, als ich an ihm vorbei den Raum verlasse.
Die Tür fällt hinter mir ins Schloss. Und augenblicklich fehlt er mir. Obwohl uns nur die Tür trennt. Der Flur. Die Stufen. Er ist bei mir. In mir. Er ist ein Teil von mir.
Beim Runtergehen lasse ich meine Augen über die Bilder an den Wänden gleiten. Lachende Gesichter. Strahlende Augen. Dieses Haus war einst so voller Leben und so voller Liebe. All das ist mit ihnen gestorben. Es wird wirklich langsam Zeit, dass ich endlich loslasse. Und die Schuldgefühle verabschiede. Jonas hat Recht. Es war ein Unfall. Ein tragischer Unfall. Aber ein Unfall. Nichts, was ich daran ändern könnte. Nichts, was ich wieder gutzumachen hätte.
Mein Blick fällt auf unser letztes Familienbild. Vor ihm bleibe ich stehen. Es ist über zwanzig Jahre her. So viel Zeit ist vergangen.
Was würdet Ihr zu mir sagen, wärt ihr hier?
Und ich weiß die Antwort. Ich habe sie immer schon gewusst.

Mach weiter. Bleib nicht stehen. Sieh nicht zurück.

„Ich liebe Euch." hauche ich in die Leere.

Wieder spüre ich die Tränen in mir aufsteigen.

„Liebe heißt auch verzeihen."

Ich drehe mich erschrocken herum. Jonas steht auf einer der oberen Treppenstufen. Er sieht zu mir herunter.

„Wie lange stehst Du schon da?"

„Und Du?"

Bei der Vieldeutigkeit unserer Fragen huscht wieder mal ein Lächeln auf mein Gesicht.

„Viel zu lange." seufze ich.

„Ich bringe eben das Tablett weg, dann können wir los."

„Okay. Ich hole die Jacken."

Ungeduldig rutscht Jonas im Sitz herum. Gebannt starrt er auf die Straße vor uns. Die Sonne scheint von einem blauen Himmel. Der Winter ist milde in diesem Teil des Landes. Auch wenn die Sonne noch lange nicht die Kraft hat wie im Sommer, ist es angenehm, nach den wolkenverhangenen Tagen zu Hause. Nicht, dass ich davon viel mitbekommen hätte.

„Sollte ich irgendwas wissen?" Jonas durchbricht die Stille.

„Eigentlich nicht. Meine Tante heißt Wilhelmina, mein Onkel Henk. Sie haben zwei Hunde. Und einen Bauernhof mit einem angeschlossenen Campingplatz. Aber im Moment ist nichts los. Keine Saison."

„Haben sie Kinder?"

„Ja, einen Sohn. Robin. Der lebt mit seiner Familie im Norden."

„Hast Du viel Kontakt zu ihnen?"

„So oft es eben geht. Wenn ich arbeite, vergesse ich gerne mal alles andere um mich herum. Aber wenn ich hier bin, schau ich

ein paar Mal bei ihnen vorbei. Und wir versuchen immer einmal im Jahr einen Termin zu finden, an dem auch Robin mit seiner Familie da ist."
„Ein Familientreffen?"
„Sozusagen."
„Also hast Du immer noch eine Familie."
Ich sehe zu ihm rüber. Er lächelt mich verschmitzt an. Ich lache auf.
„Ja, in der Tat. Aber ich dachte, wir lassen das für heute mal mit dem Rühren in der Gefühlswelt."
„Ach Rosalie, ich fürchte bei zwei derartigen emotionalen Chaoten wie uns, bleibt das einfach nicht aus."
„Vermutlich. So, wir sind da."
Ich setze den Blinker und fahre auf den Schotterweg, der als Zufahrt dient.
Sobald wir uns dem Haus nähern, springen Arco und Nanko aus den Büschen und bellen den Wagen an. Vorsichtig fahre ich an ihnen vorbei und parke ein.
„Hast Du Angst vor Hunden?" frage ich Jonas.
„Bis jetzt nicht. Sollte ich?"
„Hmm.. wir werden sehen."
Ich verberge mein Grinsen. Arco und Nanko sind laut, aber nicht wirklich gefährlich. Sobald ich die Tür öffne, ist der Jack-Russel-Terrier Arco auch schon auf meinen Schoß gesprungen und hüpft aufgeregt an mir hoch, um mir zur Begrüßung das Gesicht zu lecken. Ich lege meine Arme um ihn und halte ihn fest, damit ich aussteigen kann. Nanko, ein in die Jahre gekommener Schäferhund, wartet ebenfalls bereits ungeduldig. Und sobald meine Füße den Boden berühren, legt er sich auf den Rücken und sieht mich herausfordernd an.

Jonas steigt ebenfalls aus und tritt zu mir auf die Fahrerseite. Wo ich gerade verzweifelt versuche, den Kuschelanforderungen der beiden Racker gerecht zu werden. Doch sobald ich einen von ihnen kraule, ist der andere eifersüchtig und versucht meine Aufmerksamkeit wieder auf sich zu ziehen.
Belustigt betrachtet Jonas das Spektakel.
„Nein, ich habe keine Angst vor Hunden."
„Vor diesen braucht man auch keine Angst zu haben." ruft es vom Eingang herüber. „Arco. Nanko."
Sofort rennen die beiden Hunde zur Tür. Ich stehe wieder auf, greife nach Jonas Hand und folge den Beiden.
Mit ihren buschigen roten Haaren und einem Handtuch an die Hüfte gedrückt schaut uns meine Tante strahlend entgegen. Sie nimmt mich in die Arme und drückt mir zwei Küsschen auf die Wange. Links. Rechts.
„Endlich, Rosalie. Ich dachte schon, du würdest gar nicht mehr kommen. Und das ist?"
Voller unverhohlener Neugierde mustert sie meinen Begleiter.
„Darf ich vorstellen? Das ist Jonas."
Sie zieht eine Augenbraue hoch und sieht mich fragend an.
„Jonas, ja?"
Sie reicht ihm die Hand und zieht ihn zu sich herunter.
Küsschen links, Küsschen rechts.
Eine leichte Röte steigt in seine Wangen.
„Hallo, Frau..." er sieht mich hilfesuchend an.
„Wilhelmina. Wir sind hier nicht so förmlich. Kommt rein, kommt rein. Henk dürfte auch gleich wieder da sein. Er ist kurz einkaufen gefahren."

Und sie geht voran durch den Flur in die geräumige Küche. Wir folgen ihr und ich setze mich auf einen der Hocker an der Küchentheke.

„Kaffee?" fragt sie über ihre Schulter hinweg, während sie bereits eine Tasse mit der dampfenden Flüssigkeit füllt.

„Gerne."

Jonas setzt sich neben mich. Seine Finger suchen wieder meine. Und umklammern meine Hände.

„Jonas?"

„Ja, gerne. Vielen Dank."

Drei Tassen balancierend kommt sie zu uns herüber.

„Erzählt mal, wie war der Urlaub bis jetzt?"

Ich sehe an ihren Augen, dass sie diese Frage so gar nicht interessiert, sondern vielmehr, warum ich einen Mann mitgebracht habe.

„Sehr schön. Das Wetter ist ja super." antworte ich.

Jonas nimmt seinen Kaffeebecher und pustet auf den Dampf.

„Das stimmt. Habt ihr schon viel unternommen?"

„Bis jetzt noch nicht. Sind ja noch nicht so lange da. Wir wollen es ruhig angehen."

Bei dem Wort ‚wir' ziehen sich wieder ihre Augenbrauen in die Höhe. Es ist ungewohnt für sie, mich so reden zu hören. Für mich ist es das ebenso. Jonas schweigt lieber.

Die Hunde, eben noch ineinander gekuschelt in ihrem Körbchen, heben zeitgleich die Köpfe.

„Oh, da kommt Henk." Wilhelmina nickt in Richtung Fenster.

Und schon springen die Hunde auf und bellen die Tür an, die Jonas hinter sich geschlossen hatte.

„Ja, ja. Ich komme ja schon."

Wilhelmina öffnet die Tür und begleitet die Hunde vor die Tür.

„Aufgeregt?" frage ich Jonas leise.
„Wir?" fragt er lächelnd zurück.
„Ja. Das fand sie auch sehr interessant."
„Ich hab es gemerkt. Du hast noch nie einen Mann hergebracht, oder?"
„Habe ich doch gesagt."
Die Hunde stürmen wieder in die Küche und springen aufgeregt vor einem der Schränke auf und ab.
Es folgen Wilhelmina, eine Einkaufstüte in der Hand, und dann Henk.
„Rosalie!" sagt er strahlend, als er mich entdeckt. Auch von ihm bekomme ich zur Begrüßung ein Küsschen links und rechts.
Er streckt Jonas die Hand entgegen.
„En jij bent?"
„Henk, unser Gast spricht deutsch."
„Oh, ach so. Ich bin Henk." stellt er sich ihm vor.
„Jonas."
Sie schütteln sich die Hände.
„Du bringst also auch endlich mal einen Mann mit, Rosalie. Wurde ja auch Zeit." feixt Henk.
Erschrocken blickt Wilhelmina erst zu mir und dann zu Jonas.
Wir lachen prustend los.
Die Hunde blicken erstaunt zu uns hoch.
„Ja, ich dachte, das wäre mal was Neues." sage ich.
„Gut. Gut."
Henk, unbeirrt der Situation, geht zum Schrank und gibt den Hunden ein paar Snacks.
„Also, Jonas. Was machst Du so beruflich? Bist Du auch Arzt?"
Ich spüre wie Jonas Finger fast meine Hand zerquetschen.
„Er ist selbstständig." sage ich schnell.

Überrascht blickt mich Jonas an.

„Habt Ihr schon Buchungen für dieses Jahr?"

Wilhelmina wirft mir einen fragenden Blick zu, lässt sich aber auf den Themenwechsel ein.

„Die ersten Buchungen hatten wir schon letztes Jahr. Wir sind schon ausgebucht bis Herbst. Aber, bis der Trouble wieder beginnt, haben wir noch ein wenig Zeit. Ostern kommen die ersten Gäste."

„Da ist trotzdem noch genug zu tun." sagt Henk. „Ich wollte gleich die Sonne ausnutzen und die Hecken zurückschneiden. Hast Du nicht Lust mir zu helfen, Jonas? Zu zweit geht es schneller."

„Gerne."

„Meinst Du nicht, Du solltest es langsam angehen? Du hattest vor wenigen Tagen eine schwere Erkältung." sage ich.

„Ach, das geht schon."

Henk klopft ihm beherzt auf die Schulter.

„Ich lasse ihn nur leichte Arbeiten machen. Komm. Lassen wir die Frauen tuscheln. Sie können es kaum erwarten."

Er zwinkert seiner Frau zu.

„Okay."

Jonas' Hand lässt meine los. Er rutscht von seinem Stuhl und folgt Henk aus der Küche.

Die Hunde jagen ihnen hinterher.

Und kaum, dass die Tür geschlossen ist, setzt sich meine Tante auf den Hocker neben mich. Sie wechselt wieder ins niederländische.

„Okay. Und jetzt die Geschichte, Liebchen."

„Was willst Du denn wissen?"

„Alles. Wo hast Du ihn kennengelernt?"

„Er lag in meinem Garten."

Sie lacht. Hält es für einen Witz. Als ich allerdings nicht in ihr Lachen einsteige, sieht sie mich erstaunt an.

„Dein Ernst?"

„Er ist ein Obdachloser. Er hatte eine Bronchitis und wollte sich in meinem Schuppen legen. Der war allerdings abgeschlossen. Und da er keine Kraft mehr hatte, hat er sich vor der Tür in den Schnee fallen lassen."

„Junge, Junge. Und dann?"

„Ich habe ihn mit reingenommen und ihm ein warmes Bett und Essen gegeben. Deswegen bin ich auch erst später gekommen."

„Ihr versteht Euch gut, oder?"

„Ja, sehr gut sogar."

„Das kann man sehen. Ich freue mich so für Dich."

Ihre Stimme wird tränenerstickt.

„Ich habe gedacht, Du würdest Dir das für immer versagen."

„Was?"

„Liebe."

Ich nehme den Kaffeebecher in die Hand.

„Ich weiß nicht, ob es Liebe ist. Es ist noch zu früh."

„Das ist es immer, Liebchen. Aber nach allem was passiert ist, warst Du so unnahbar. Mama hat sich große Sorgen darüber gemacht, was mit Dir passieren wird, wenn sie mal nicht mehr da ist. Wenn sie gewusst hätte, dass Du dann einen Mann mitbringst,..." sie strahlt mich an.

„Mach da nicht mehr draus, als es ist."

„Es ist mehr. Und ich finde es schön. Er ist ein netter junger Mann."

„Du weißt, dass es Männer vor ihm gegeben hat, oder?"

Hält sie mich für ein Mauerblümchen?

„Wissen, würde ich das nicht nennen. Aber ich habe es mir schon gedacht. Dir war aber noch keiner wichtig genug, als dass Du ihn mit hergebracht hättest."
„Das war mit Jonas auch nicht von langer Hand geplant oder so. Er ist einfach…"
Was war er einfach?
Einfach da?
Einfach ein Teil von mir geworden?
„Verstehe."
Meine Tante grinst mich wissend an.
„Ach, ich weiß es auch nicht. Ich habe mich einfach mal von meinen Gefühlen leiten lassen und nicht darüber nachgedacht."
„Und? Hat es sich gelohnt?"
„Ja."
„Du siehst verändert aus."
„Weil ich mal einen Mann mitgebracht habe?"
„Nein, weil Du strahlst. Das habe ich schon ewig nicht mehr bei Dir gesehen."
Sie streicht mir über die Wange.
„Es ist lange her. Es ist gut, dass Du endlich anfängst, weiterzumachen."
„Ich habe doch nie damit aufgehört."
„Schon irgendwie. In den letzten zwanzig Jahren warst Du wie ein Geist. Nur noch ein Hauch von Leben in Dir. Ich weiß, dass Du Dir Vorwürfe machst, aber Du musst es irgendwann gut sein lassen. Sonst verpasst Du noch Dein ganzes Leben."
„Ich weiß. Ist nicht einfach, loszulassen."
„Das hat auch keiner gesagt. Aber es ist so lange her. Wie lange willst Du Dich noch dafür bestrafen?"
„Vielleicht noch einen Tag." sage ich lächelnd.

Wilhelmina sieht mich ernst an.

„Und vielleicht fängst Du heute einfach mal damit an, es nicht mehr zu tun."

Ich weiß, sie hat Recht. So oft schon haben wir darüber gesprochen. Und bisher habe ich es immer unter ‚gutgemeinter Ratschlag' verbucht, gelächelt und es dann wieder verdrängt. Doch heute schien dieser Satz eine andere Bedeutung angenommen zu haben.

„Weiß er davon?"

„Jonas?"

„Nein, der Weihnachtsmann. Klar, Jonas."

„Ja. Wir sind gestern zum Deich gefahren, da habe ich es ihm erzählt."

„Du warst dort?"

„Ich wollte, dass er es sieht. Damit er es wirklich verstehen kann. Es kam mir nicht genug vor, davon nur zu erzählen."

Sie schweigt eine Weile. Trinkt gedankenverloren ihren Kaffee. Und ich tue es ihr gleich.

41. KAPITEL
<Jonas>

Henk ist kein Mann der großen Worte. Und ich bin erleichtert, dass er keine Fragen stellt. Noch nie habe ich mich dafür geschämt, wer ich bin. Aber ich wollte nicht, dass sie einen falschen Eindruck von Rosalie bekommen. Ich bin mir durchaus bewusst, wie unsere Verbindung nach außen wirken muss.

Ich, der Obdachlose in großen Schwierigkeiten, sie, die Ärztin mit großem Haus und Ferienhaus. Vielleicht würde man mich für einen Schmarotzer halten. Jemanden, der sie ausnutzt.

„Gibst Du mir mal die Heckenschere?"

Henk steht auf der Leiter und wühlt in der Hecke herum. Ich nehme die Schere vom Boden auf und reiche sie ihm hoch.

Er hat ein Lächeln auf den Lippen, seitdem er seine Arbeiten begonnen hat. Er geht wirklich in seinem Leben und seiner Arbeit auf. Es macht ihm Spaß. Er summt ein Lied und arbeitet ansonsten sehr konzentriert daran, die Hecken auf der Wiese in Form zu schneiden.

Wenn er die groben Arbeiten erledigt hat, macht er sich an die Feinheiten. Seine Zunge legt sich zwischen seine Lippen, wenn er mit viel Sorgfalt den Bäumen seine Vorstellung von korrektem Aussehen aufzwingt.

Wie er Rosalie versprochen hatte, ließ er mich keine schweren Arbeiten machen. Ich durfte die Schere angeben, die Leiter halten und den kleinen Traktor immer wieder ein paar Meter nach vorne fahren.

Trotzdem machte es Spaß, bei dem schönen Wetter an der frischen Luft zu sein und Henk bei der Arbeit zu beobachten.

Die Anspannung, die sich morgens noch angestaut hatte, löste sich langsam von mir.

Je länger das Schweigen von Henk andauert, desto weniger habe ich Angst davor, er würde Fragen stellen, die ich nicht beantworten würde können oder wollen.

Mein Blick schweift über die Wiese auf der wir sind. Ein großes Areal ist durch die Hecken in mehrere kleine Nischen eingeteilt. Im Sommer waren sie vermutlich mit Zelten und Wohnwagen besiedelt. Die beiden Hunde haben sich von irgendwo her einen Ball besorgt, um den sie sich jetzt laut kläffend und Schwanz wedelnd streiten.

„Jonas?"

Mein Blick geht wieder nach oben zu Henk. Der hat die Heckenschere in der Hand und hält sie in meine Richtung.

„Oh, entschuldige."

Schnell nehme ich sie ihm ab und lege sie vorsichtig auf den Boden.

„Das geht nicht kaputt." meint Henk schmunzelnd. „Hier."

Er reicht ein paar Zweige nach unten.

Ich nehme sie ihm ab und werfe sie auf den Anhänger am Traktor. Der hat sich schon gut gefüllt. Wie lange waren wir schon hier am Arbeiten? Ich habe wohl die Zeit vergessen.

Bedächtig blickt Henk auf die von ihm bereits abgearbeiteten Hecken. Ich folge seinem Blick. Wir haben ein gutes Stück bearbeitet.

„Genug für heute." sagt Henk und steigt von der Leiter runter.

„Danke für Deine Hilfe."

„Ich habe doch gar nichts gemacht." antworte ich verblüfft.

„Du weißt es zu schätzen, Junge."

Als er auf dem Boden steht, klopft er mir auf die Schulter.

„Willkommen in der Familie."
Dann bückt er sich zu den Werkzeugen und sammelt sie auf. Ohne ein weiteres Wort.
Vollkommen perplex stehe ich da und sehe ihm dabei zu.
Was…?
Wie…?
Warum..?
Ich bin sprachlos.
Henk ist kein Mann der großen Worte. Aber die, die er spricht, treffen mich bis tief ins Mark.

Als er die Grünabfälle auf einen Acker fährt, räume ich die Geräte in den Schuppen. Mein Blick fällt auf den Boden. Ein paar Blätter haben sich augenscheinlich im letzten Herbst hierin verirrt. Ich nehme den Besen aus einer Ecke und beginne den Boden zu fegen. Ich komme mir unnütz vor, irgendwas will ich dann heute auch wenigstens noch erledigen.

Henk schmunzelt nur, als er von seiner Tour wieder kommt. Er nimmt mir den Besen aus der Hand und stellt ihn wieder in die Ecke.
„Schon gut, Jonas. Genug Arbeit für heute. Komm. Wir schauen, ob die Mädels was gekocht haben."
Und ohne ein weiteres Wort geht er voran zum Haus.

Durch die leicht geöffneten Fenster dringt Dampf aus der Küche in die kühle Luft. Und beim Geruch, der ihm folgt, gibt mein Magen ein lautes Knurren von sich.
Ich folge Henk in die Küche und einen Moment lang erkenne ich Rosalie kaum wieder. Gemeinsam mit ihrer Tante steht sie

vor dem Herd. Einen hölzernen Kochlöffel in der Hand und ein Tuch um den Kopf gebunden, geben die beiden eine Darbietung eines Liedes aus dem Radio. Lachend tanzen sie vor dem Herd hin und her.

„Stören wir?" fragt Henk schallend lachend.

Ertappt drehen sich die beiden zu uns um und mir bleibt das Herz für eine Sekunde stehen. Der Blick in ihre Augen lässt mich alles um mich herum vergessen. Sie strahlt. Wie ich sie noch nie hab strahlen gesehen. Ihre Augen funkeln vor Freude und Überschwänglichkeit. Vergessen sind Henk und Wilhelmina. Mit großen Schritten durchschreite ich den Raum und stehe nur eine Sekunde später vor ihr. Sanft lege ich ihr Gesicht in meine Hände. Ihre Lippen sind leicht geöffnet. Und diesen Blick, den sie mir jetzt zuwirft. Nie mehr möchte ich ihn in meinem Leben vergessen. Als wären tausend Blitze in ihren Augen.

Sanft beuge ich mich zu ihr runter und lasse meine Lippen über ihre fahren. Sie legt ihre Arme um mich. Hält mich fest. Die Welt um uns herum hört auf zu existieren. Ein Kribbeln kriecht in meinen Bauch und verteilt sich über meinen ganzen Körper. Alles dreht sich schneller und schneller. Nur wir stehen.

Nur sehr schwer kann ich mich von ihren Lippen trennen und hebe wieder den Blick, nur um noch einmal in ihre Augen sehen zu können. Die Blitze. Sie sind noch da. Und zu ihnen gesellt sich noch etwas anderes. Etwas, dass ich kenne. Etwas, dass mir gehört. Etwas, dass ich mit ihr mache.

„Ich liebe Dich." flüstert meine Stimme.

Mein Herz schlägt laut in meiner Brust.

Und ich will es ihr sagen.

Will ihr alles sagen.

„Rosalie, ich weiß ich habe nichts. Und ich bin nichts. Aber ich will alles für Dich sein. Ich weiß nicht wie es gehen kann. Aber ich werde einen Weg finden, der Mann zu werden, damit ich es wert bin, an Deiner Seite zu sein und ich…"
Sie legt einen Finger an meine Lippen.
„Ich weiß. Alles, Jonas. Ich weiß es."
Und ihre zarten Lippen suchen und finden die meinen.
„Ich liebe Dich."
Ihre Worte, gehaucht, kaum hörbar, doch für mich das einzig Wahre.

42. KAPITEL
<Rosalie>

Die Nacht ist herein gebrochen, als Wilhelmina und Henk uns zur Tür bringen und sich von uns verabschieden. Küsschen links, Küsschen rechts. Wilhelmina hält mich einen Augenblick und flüstert in mein Ohr.
„Lass es los. Lebe!"
Dann gehen wir zum Wagen, ein letzter Wink durch die Fensterscheiben und wir brausen davon.
Mit offenen Mündern und Augen hatten sie da gestanden, als Jonas die Gefühle übermannt hatten und er sein Herz geöffnet hat. Für mich. Mit mir.
Er beobachtet mich. Ich spüre es. Brauche mich nicht zu ihm zu drehen. Still sitzt er auf seinem Sitz und beobachtet mich. Das Strahlen legt sich wieder auf mein Gesicht.
Ich bringe einige Kilometer zwischen uns und meiner Familie. Dann biege ich von der Hauptstraße ab.
Ich will ihm nahe sein.
Ich will nicht warten.
Ein verlassener Parkplatz auf einem der Deiche zu den Binnenseen erscheint mir der richtige Platz zu sein. Um diese Uhrzeit zu dieser Jahreszeit sind wir alleine in der Nacht. Kein flackerndes Licht huscht über die dunklen Wege und Felder.
Wir sind ganz allein.
Ich parke den Wagen. Stelle den Motor aus. Ungeduldig befreie ich mich von meiner Jacke und meinem Pullover. Ich bin schon auf seinem Schoß, bevor er begreift, was hier passiert.
Augenblicklich brennt das Feuer der Leidenschaft in seinen Augen.

„Rosalie…" stöhnt er atemlos „… hier? Jetzt?"
Ich halte inne und nicke. Meine Wangen glühen. Die Schmetterlinge in meinem Bauch tanzen einen Tango.
Noch einmal sieht er mich zweifelnd an. Dann sagt er nur „Ach, scheiß drauf." und verschwunden ist sein Pullover. Nackte Haut unter meinen hungrigen Fingern.
Er streicht hart über meinen Rücken. Streift ungeduldig meinen BH von meinen Schultern, während ich meine Hose abstreife.
Meine Haare umhüllen sein Gesicht.
Schneller.
Ungeduldig öffne ich den Gürtel an seiner Hose, während ich meine von meiner Hüfte streife.
„Oh Gott, Rosalie."
Er wirft den Kopf in den Nacken.
Schneller.
Und er ist bereit für mich.
Langsam hebe ich meine Hüften über ihn.
Ich kralle meine Finger in seinen Nacken.
„Sieh' mich an."
Ich will es sehen.
Ich will sehen, was es für ihn bedeutet.
Wie elektrisiert sieht er mich an.
„Mehr, Rosalie. Ich will mehr. Jetzt."
In ihm wütet die gleiche Ungeduld wie in mir. Und ohne auch nur einen weiteren Atemzug zu verschwenden, senke ich meine Hüften und nehme ihn in mich auf.
Wieder und wieder.
Er klammert sich an mich.
Wie ein Ertrinkender, hält er sich an mir fest.
Während ich mich auf ihm bewege.

„Oh Gott." stöhnt er immer wieder.

Ich fühle mich stark und schwach zugleich.

Schneller und schneller geht unser Atem. Bewegen sich unsere Körper. Treiben wir uns an. Gehen wir weit über die Grenzen, in denen wir so lange gelebt haben.

Befreit und beflügelt schreie ich vor Lust.

Und dann finden wir einander im Höhepunkt.

Alles in uns explodiert und treibt uns noch ein kleines Stück höher.

Bevor wir sanft wie eine Feder zum Boden zurück schweben.

Verlieren wir uns in einem ewig währenden Kuss, noch bevor wir genug Atem haben.

„Ich liebe Dich!"

Er sagt es mit einer solchen Inbrunst und einem solchen Hunger, dass mir ein Schauer über den Rücken läuft. Und ich verstehe ihn. Nur zu gut. Ich verstehe jedes Wort. Auch die, die er nicht ausspricht.

„Ich liebe Dich." sanft küsse ich seine Wange.

Noch nie habe ich diese Worte benutzt. Noch nie habe ich sie mich sagen hören. Doch sie sind mir nicht länger fremd. Nicht mit ihm. Sie sind wahr. So viel ich vielleicht noch nicht verstehe, so sehr ich noch gefangen bin in der Vergangenheit, diese Worte sind wahr.

Und sie werden es immer sein.

Teil IV

Die Sonne erscheint am Horizont.
Färbt alles in ein sanftes Rot.
Es ist geschehen, es ist so weit.
Ich bin wieder ich.
Nicht länger fort.
Ich bin zurück.
Kein Geist wohnt mehr in diesem Körper.
Mein Blick fällt auf sie.
Ihre Haut so zart,
ihr Duft betörend,
ihre Augen das Universum,
in dem ich zu versinken versuche.
Alles ist vergessen.
Alles liegt weit hinter uns.
Grau in Grau die Erinnerung.
Eine neue Zeit.
Ein neues Leben.
Ich bin ich.
Wir sind wir.
Liebe durchflutet jede Berührung.
Jeder Hauch ihres Wesens.
Ich bin verloren.
Für immer in ihr.
Würde der Tag nur eine Stunde dauern,
wäre es der längste in meinem Leben.
Jeder Moment mit ihr wohnt in der Ewigkeit.
Ich habe aufgehört zu fragen.
Und aufgehört mich zu drehen.
Mit ihr stehe ich hier.
Fest im Leben.
Für immer
Dein.

43. KAPITEL
<Rosalie>

Salsa-Rhythmen im Radio.
Ich tanze im Takt der Musik.
Singe und pfeife.
Lache über mich selbst.
Das Leben ist wunderbar.
Kann man Glück anfassen?
Der Blick im Spiegel zeigt mir das Gesicht meines neuen Ichs.
Die Tage fliegen dahin. Voller Zärtlichkeiten, Schweigen, Reden und Verstehen.
Wir haben tagelang im Bett verbracht. Sind schwimmen gegangen. Haben in Rotterdam in einem Club die Nacht durchgetanzt und waren noch ein paar Mal bei Wilhelmina und Henk.
Unserem ersten ‚Ich liebe Dich' folgten viele Male, in denen die Worte über unsere Lippen drangen.
Jonas hat sich vollkommen verändert. Er hat nicht mehr viel gemein mit dem Obdachlosen, den ich im Garten fand.
Er ist entspannt. Witzig. Charmant. Romantisch. Hingebungsvoll. Er ist richtig aufgeblüht.
Und auch ich fühle mich freier und lebendiger als je zuvor.
Zu schade, dass der Urlaub sich langsam aber sicher dem Ende zu neigt.
Zwei wundervolle Tage liegen noch vor uns. Doch dann müssen wir unsere Sachen packen und uns wieder auf den Weg nach Münster machen. Dann habe ich noch mal zwei Tage, bevor meine erste Schicht beginnt.
Das Ende eines wunderschönen Urlaubs und der Anfang eines neuen Lebens. Wir haben bisher nicht darüber gesprochen, aber

ich bin mir sicher, wir finden einen Weg, wie wir auch im Alltag funktionieren.

Gestern haben wir uns schon mal von Henk und Wilhelmina verabschiedet. Henk war sichtlich geknickt. Jonas hatte sich zu seinem Gehilfen gemausert. Und das, obwohl Henk sonst niemanden wirklich an sich ranlässt und schon gar nicht an seine geliebten Geräte. Doch sobald wir auf den Hof fuhren, stand Henk schon wartend da und hatte eine Liste an Arbeiten, die er gemeinsam mit Jonas erledigen wollte.

Jonas schien das nichts auszumachen. Im Gegenteil. Henk gab ihm das Gefühl, ein Teil der Familie zu sein. Und er genoss es sichtlich.

Vorhin hat er sich das erste Mal, seit wir hier sind, von mir zurückgezogen. Mit einem kleinen Notizbuch und einem Stift, eingehüllt in eine Wolldecke, hat er sich in den Sessel ans Fenster gesetzt und einfach hinausgeschaut. Ich glaube, es ist das gleiche Notizbuch, das ich beim Waschen in seiner Jacke gefunden hatte.

Um ihn bei seinen Gedanken nicht zu stören, habe ich mich umgezogen und bin auf dem Weg zum Supermarkt. Zeit für den letzten Einkauf.

Der Parkplatz ist fast leer. Nur einzelne Autos warten auf ihre Besitzer. Und keines der Nummernschilder zeigt eine deutsche Herkunft des Wagens. Keine Saison.

Mit einem Schwung setze ich den Wagen in eine Parklücke vor dem Eingang und steige aus.

Als ich den Laden betrete, fällt mein Blick auf einen Wagen, der auf den Parkplatz einbiegt. Er hat ein Kennzeichen aus Berlin. Also sind wir wohl doch nicht die einzigen Urlauber hier.

Schon begrüßt mich die kühle, klimatisierte Luft im Laden.

Eine halbe Stunde später ist der Einkaufswagen viel zu voll.
Man sollte eben nicht hungrig einkaufen gehen.
Mein Portemonnaie wandert wieder in meine Jackentasche, während ich die letzten Artikel vom Band in die Taschen im Einkaufswagen lege.
‚Schnell zurück' denke ich und wieder legt sich ein Lächeln auf mein Gesicht. ‚Gleich sehe ich ihn wieder. Er wartet schon zu Hause auf mich.'
Und das Lied aus dem Radio geht mir wieder durch den Kopf. Ich schiebe den Wagen zum Ausgang.
Durch die Glastüren erkenne ich, dass neben meinem Wagen das Auto mit dem Berliner Kennzeichen geparkt hat. Ein Mann lehnt an der Tür und schaut auf den Ausgang.
Komisch.
Kaum öffnen sich die gläsernen Ladentüren und die Rollen des Einkaufswagens berühren den Parkplatz, da geht ein Ruck durch ihn und er kommt auf mich zu.
„Frau Dr. Bäumer?"
„Ja?"
Fragend sehe ich ihn an.
„Wir müssen uns unterhalten." sagt er ernst.

44. KAPITEL
<Jonas>

Wieder geht mein Blick zur Wanduhr. Zwei Stunden ist sie schon weg. Sie fehlt mir. Kaum war die Tür hinter ihr geschlossen, konnte ich mich nicht mehr auf das Schreiben konzentrieren. Ich hatte begonnen, aufzuräumen und Ordnung zu schaffen. Doch seit einer halben Stunde gab es nichts mehr zu tun.
Wie das wohl wird, wenn wir erst wieder zu Hause sind und sie zur Arbeit geht.
Zu Hause.
Wie seltsam es sich anfühlt.
Mein Blick schweift zum gefühlten hundertsten Mal über die Auffahrt. Kein Auto zu sehen.
Wo bleibt sie nur.
Wieder gehe ich durch das Wohnzimmer.
Aber nein, es gibt wirklich nichts mehr zu tun.
Da endlich höre ich den Motor.
Schnell gehe ich zur Haustür und reiße sie auf.
Rosalie parkt den Wagen und der Kofferraum öffnet sich.
Ich gehe hinter den Wagen und nehme die zwei Taschen darin heraus. Mit einem Druck auf den Kopf an der Heckklappe fährt die Tür automatisch wieder zu.
Rosalie kommt um den Wagen herum zu mir.
Beim Anblick ihres Gesichtes lasse ich fast die Taschen fallen.
Sie ist aschfahl. Sieht verwirrt aus. Und sind das Tränen in ihren Augen?
„Rosalie, ist alles in Ordnung?"
Sie nickt. Blickt zu Boden.
„Brauchst Du Hilfe?"

„Nein. Die kann ich gerade noch tragen. Was ist passiert?"
„Nichts, alles in Ordnung."
Ihr Blick hebt sich und sie lächelt mich an. Doch es ist kein echtes Lächeln. Es ist aufgesetzt.
„Was ist los, Rosalie? Du siehst aus, als hättest Du einen Geist gesehen."
Doch sie schweigt.
Dreht sich auf dem Absatz um und geht zum Haus.
Ich folge ihr.
Sie geht ohne Umschweife die Treppen rauf, sieht sich nicht noch einmal zu mir um.
Ratlos blicke ich ihr nach.
Ein lauter Knall ertönt, als sie eine der Türen hinter sich zuschlägt.
Was ist nur los?
Habe ich was falsch gemacht?
Hatte sie einen Unfall?
Ich lasse die Taschen auf den Boden sinken und gehe noch mal zum Wagen raus.
Keine Beule zu sehen.
Ich verstehe es nicht.
Wieder im Haus, nehme ich die Einkäufe und trage sie in die Küche. Mit der Hoffnung hier auf des Rätsels Lösung zu stoßen verstaue ich sie nach und nach in den Schränken.
Kein Hinweis, was das Verhalten von Rosalie erklären würde.
Es ist viel.
Viel zu viel für zwei Tage.
Oh. Mein. Gott.
Sie ist schwanger!

Meine Knie geben nach und ich setze mich auf einen der Küchenstühle.
Es war naiv, dass wir nicht daran gedacht haben.
Wir haben nicht verhütet. Nicht einmal.
Ich hatte vermutet, dass sie anderweitig Vorkehrungen trifft.
Weil sie es nie angesprochen hatte.
Oh Mann.
Ich?
Vater?
Jetzt?
Das Adrenalin rauscht in meinen Ohren.
Wie sollen wir das nur hinbekommen?
Klar, Rosalie könnte ja auch weiter arbeiten gehen. Ich könnte mich dann um das Kind kümmern.
Aber ich mit einem Kind.
Die Gedanken überschlagen sich.
Ich muss zu ihr.
Jetzt!
Also springe ich vom Stuhl auf, der bei der Heftigkeit meiner Bewegung geräuschvoll umfällt. Im Nu bin ich durch die Tür und haste die Treppen rauf.
Wir werden das hinkriegen!
Ganz sicher.
Gott. Sie muss vollkommen durcheinander sein.
Und ich Trampel, habe total falsch reagiert.
Oder?
Mit einem Ruck öffne ich die Schlafzimmertür.
Und da liegt sie.
Im Bett. Vergraben unter den Decken.
Vorsichtig lege ich mich zu ihr.

„Rosalie, das ist okay. Wir kriegen das schon hin." sage ich sanft.

Sie hebt die Bettdecke an und ein verweintes Gesicht blickt mir entgegen.

„Was kriegen wir hin?"

Es zerreißt mir das Herz, sie so zu sehen.

„Das mit dem Kind. Wir werden einen Weg finden."

„Welches Kind? Wovon zum Teufel redest Du?"

„Ich dachte. Weil Du so viel eingekauft hast. Und weil Du so… Und wir haben nicht verhütet. Und…"

„Ich bin NICHT schwanger." sagt sie gedehnt.

„Sicher?"

Sie lacht hohl auf.

„Ja, sehr sicher. Ich kann nicht schwanger werden."

„Wieso nicht."

„Ich habe doch gesagt, ich hatte schwere innere Verletzungen nach dem Unfall. Sie mussten mir die Gebärmutter entfernen."

„Oh. Es tut mir leid."

Sie greift nach meiner Hand. Sie beginnt zu schluchzen.

„Halt mich fest. Bitte Jonas. Halt mich einfach fest."

„Okay."

Schnell schlüpfe ich zu ihr unter die Decke und umgreife diesen wundervollen Körper, von dem ich jeden Zentimeter kenne. Von dieser Frau, die ich dachte besser zu kennen, als mich selbst.

Sie spricht kein Wort mehr. Zittert am ganzen Körper. So fest ich kann, halt ich sie fest. Sie schluchzt und weint. Endlos scheinen die Tränen aus ihren Augen über ihre Wangen zu strömen.

Was kann ich nur tun?

45. KAPITEL
<Rosalie>

Sag kein Wort. Sag es ihm nicht. Wieso nur haben sich in einer Sekunde alle Dinge so verkompliziert? Gerade noch waren wir einfach nur glücklich. Und dann ist sie da. Seine Vergangenheit. Steht einfach so da.
Vor mir.
Ich wusste, dass wir ihr nicht auf ewig aus dem Weg gehen können. Doch irgendwas in mir hatte es ausgeblendet. So als hätte es nie existiert.
Sag kein Wort.
Sag es ihm nicht.
Ich hatte ewig noch im Auto gesessen und auf das Lenkrad gestarrt. Abgewägt. Hin und her überlegt. Und ich bin alle Optionen durchgegangen. Aber als er dann vor mir stand. Ich konnte es ihm nicht sagen.
Ich kann es ihm nicht sagen.
Ich darf es ihm nicht sagen.
Es ist zu seinem Schutz. Für seine Sicherheit.
Doch ihm etwas zu verbergen, bricht mir das Herz. Ich will keine Geheimnisse haben. Nicht vor ihm. Aber ich kann es nicht sagen.
Ich darf nicht.
Es ist besser für ihn, wenn er es nicht weiß.
Noch nicht.
Seine starken Arme umfassen mich.
Er fragt nicht mehr.
Er hält mich fest.
Wieso nur sind die Dinge plötzlich so kompliziert geworden?

46. KAPITEL
<Jonas>

Langsam gibt ihr Körper nach. Die Tränen versiegen. Und ihr Atem geht langsamer. Das Zittern hört auf. Ihre Augen geschlossen.

„Rosalie?" leise hauche ich ihren Namen.

Doch sie reagiert nicht.

Es macht mir Angst und schmerzt zugleich.

Was ist nur los mit ihr?

Sie wird es mir sagen. Wenn sie kann, wird sie es mir sagen.

Ich lockere meinen Griff.

Schließe die Augen.

Atme tief ein und sauge ihren Duft ein.

Wird sie es mir sagen?

47. KAPITEL
<Rosalie>

Die Nacht bricht ein, als wir die deutsche Grenze passieren. Er hat den Vorfall vor zwei Tagen mit keinem Wort mehr erwähnt. Und ich hatte versucht, es zu vergessen, so gut es eben ging. Wenn wir zu Hause sind, werde ich es ihm erzählen. Und wenn er dann gehen will, dann lasse ich ihn gehen. Das habe ich mir fest vorgenommen. Es ist seine Entscheidung.
Vielleicht können wir ja auch irgendwie einen Weg finden, dass es nicht notwendig ist, dass er geht.
Ich hatte gestern bereits mit meinem Anwalt telefoniert und ihm die Situation geschildert. Er hat für Jonas am Montag einen Termin. Sofern er das möchte.
Und was, wenn nicht?
„Alles okay, Rosalie?"
„Ja, wieso fragst Du?"
„Weil Du seit zehn Minuten auf Deinen Fingernägeln herumkaust."
Ich lege beide Hände wieder ans Lenkrad.
„Wenn wir zu Hause sind, gibt es etwas, über das wir reden müssen."
„Willst Du es mir also endlich erzählen?"
„Ja. Zu Hause. Nicht jetzt."
Ich höre, wie er einen Schwall Luft aus seiner Lunge presst.
„Habe ich irgendwas falsch gemacht?" fragt er vorsichtig.
„Nein, aber ich vielleicht. Und wir reden zu Hause darüber."
Ich greife nach seiner Hand. Ziehe sie an meine Wange.
Vielleicht war das alles, was wir bekommen werden. Einen Urlaub.

48. KAPITEL

Mit einem Blick auf die Monitore checkte Hans Baumann zum wiederholten Mal die Lage. Ein Knistern im Funkgerät, dann erklang Birgits Stimme.

„Südseite alles ruhig."

Hans nahm das Funkgerät und drückte eine Taste.

„Im Haus ist auch nichts zu sehen."

„Bist Du Dir sicher, dass sie heute kommen?"

„Nein, sicher bin ich mir nicht. Aber ich will nichts riskieren. Wie sieht es bei Euch aus, Markus?"

„Hier kommt schon zum zweiten Mal ein Wagen vorbei. Vier Personen. Soweit ich das erkennen konnte, alle männlich."

„Klingt nach unseren Verdächtigen." meldete sich Birgit wieder.

„Warten wir es ab."

Wieder suchten seine Augen die verschiedenen Monitore ab. Doch keine Regung war zu sehen im Haus oder der Auffahrt.

„Wann hat die Ärztin gesagt, kommen sie zurück?"

„Heute." Hans blickte auf seine Armbanduhr.

Es war Glück, dass eine andere Ärztin sich bei ihnen gemeldet hatte, die über eine Blutprobe von Jonas Richter verfügte. Nun hatten sie Gewissheit darüber, dass er lebte. Hans hatte sich nach der Bestätigung augenblicklich auf den Weg gemacht und Frau Dr. Bäumer abgefangen, um ihr die Situation zu erläutern. Zu groß war die Sorge darüber, dass sich Jonas Richter wieder auf die Flucht begeben und sie damit alle Möglichkeiten ihn zu schützen verlieren würden. Sie hatten Achim und seinen Männern einen Tipp zugespielt, um sie in eine Falle zu locken. So lagen jetzt mehrere Einheiten auf der Lauer für einen Zugriff.

Einbruch wäre zumindest schon mal ein Anfang für ein, so hoffte Hans, langes und erfolgreiches Ermittlungsverfahren.

„Zwei Verliebte im Urlaub, kann mir vorstellen, die haben es nicht so eilig." funkte Birgit.

An ihrer Stimme erkannte Hans, dass sie lächelte.

„Wollen wir es hoffen." antwortete Hans.

Die Stimme eines weiteren Kollegen schaltete sich in den Funkverkehr.

„Wie sah der Wagen aus, Fuchs? Ein weißer Mercedes?"

„Korrekt. Hamburger Kennzeichen."

„Wagen ist gesichtet. Er parkt etwa zehn Meter von unserer Position."

„Vielleicht checken sie nur die Lage." meinte Hans.

„Sie steigen aus."

„Habe Sichtkontakt." meldete sich Birgit.

Ein Kribbeln ging durch seinen Körper. Seine Hand griff automatisch zu seiner Waffe, die bisher neben dem dampfenden Kaffeebecher auf der Ablage gelegen hatte.

Und dann sah er sie. Auf dem Monitor der Kamera, die den Garten zeigte.

Achim Koch schritt voran. Er versuchte gar nicht, sich unauffällig zu bewegen, als er sich mit seinen Männern dem Haus näherte.

„Siehst Du sie?" fragte Birgit.

„Positiv. Sie nähern sich der Rückseite."

Er erkannte Gustav Möller und Kristian Drees. Der vierte Mann hatte sich vermummt, doch Hans war sich sicher, dass es sich um Max Krüger handelte.

Achim schien seinen Jungs eine Anweisung zu geben und sofort legte Max Krüger eine Tasche neben die Glastür zum Garten und begann sie aufzubrechen.

Hans nahm wieder sein Funkgerät und gab eine Meldung an alle Einheiten.

„Sie steigen ein. Zugriff über die Rückseite. Sind alle bereit?"

Die einzelnen Teams meldeten sich mit einer kurzen Bestätigung zurück.

„Auf mein Kommando."

Er stand auf und legte sich seine Schutzweste an. Seine Waffe steckte er in das Holster. Endlich, nach so vielen Jahren, würde er Achim Koch zur Strecke bringen.

Er wandte sich zur Tür und wollte gerade rausgehen, als sein Funkgerät ein Rauschen von sich gab und die Meldung eines Kollegen ihn augenblicklich erstarren ließ, der mit seiner Einheit ein Stück abseits Stellung bezogen hatte, um die Vorderseite zu sichern.

„Sichtkontakt zum Zeugen."

„Was?"

Hastig drehte sich Hans wieder zu den Monitoren. Dabei warf er den Kaffeebecher um, aus dem sich die restliche Flüssigkeit auf dem Fußboden verteilte.

Und da sah er sie. Der Wagen der Ärztin parkte vor dem Haus und Dr. Bäumer und Jonas Richter waren bereits auf dem Weg zur Tür.

Ein Fluch stieß über seine Lippen. Sofort nahm er das Funkgerät zur Hand.

„Zugriff abbrechen! Zeugen an der Haustür. Holt sie da weg!"

Er beobachtete wieder die Monitore im Haus. Auch Achim Koch und seine Schergen schienen die Ankunft der beiden mitbekommen zu haben. Da im Haus auch Mikrofone installiert worden waren, konnte Hans hören, wie er Befehl gab, die Tür zu schließen und sich still zu verhalten.

Sein Puls raste.

Doch die beiden hatten das Haus bereits betreten, bevor seine Kollegen sie erreichen konnten.

„Verdammt."

Er drückte wieder die Taste am Funkgerät.

„Zeugen in Gefahr. Ich wiederhole, Zeugen in Gefahr. Kein Zugriff. Bringt Euch in Stellung. Keine Einzelgänge."

Wiederum bestätigten seine Kollegen seine Anweisungen.

Dann herrschte Stille.

49. KAPITEL
<Jonas>

Ich folge Rosalie ins Haus. Gleich wird sie mit mir reden. Gleich wird sie es mir sagen, wiederhole ich unaufhörlich in meinem Kopf, als wir durch den Flur gehen.

Im Schatten entdecke ich eine Bewegung, dann legt sich ein Arm um Rosalie und zieht sie ins Wohnzimmer. Das Licht wird angeschaltet und ich sehe vor mir die Gesichter der Männer, denen ich so oft in meinen Alpträumen begegnet war.

„Willkommen zu Hause, Jonas."

Ihr Anführer sieht mich funkelnd an.

Meine Knie wollen unter mir nachgeben.

Max war der Schatten, der sich Rosalie gegriffen hat. Er reißt sie herum und zerrt sie zur Couch. Dort wirft er sie zu Boden.

„Ihr krümmt ihr kein Haar." schreie ich sie an.

„Sonst was?" brummt Kristian.

Die Waffe in seiner Hand ist auf mich gerichtet.

„Sonst mache ich Dich fertig, Du Wichser."

„Mutig wie eh und je. Stell Dich da rüber. Eine falsche Bewegung und Deine Perle kann zusehen, wie ich Dir das Gehirn rausballer."

Mit der Waffe wedelt er in Richtung Wohnzimmerfenster.

Ich blicke von ihm zu ihr und gehe dann zu der Stelle, die er mir weist. Ich habe keine Wahl.

„Bleib ruhig." zischt Rosalie.

Max holt aus und verpasst ihr mit der Waffe in der Hand eine Ohrfeige.

„Schnauze."

Die Wut in mir wird zum wilden Tier. Doch die Angst davor, dass sie Rosalie etwas antun könnten, überwiegt den Wunsch nach Rache.
„So ist es brav." sagt Kristian mit einem schmierigen Grinsen.
„Wird Zeit, dass ich mich vorstelle."
Ihr Anführer tritt vor.
„Lasst sie gehen. Sie hat nichts mit der Sache zu tun." knurre ich ihn an.
„Du weißt, dass das nicht geht, Jonas. Sie hat schon viel zu viel gesehen." sagt er ruhig.
Er geht auf Rosalie zu.
„Mein Name ist Achim Koch. Ich bin der Grund, warum ihr beide den heutigen Abend nicht überleben werdet."
Er kniet sich neben sie auf den Boden. Legt seine Hand unter ihr Kinn und zwingt sie, ihn anzusehen.
„Du hast Geschmack, das muss ich Dir lassen."
„Nimm Deine Drecksgriffel…"
Weiter komme ich nicht. Kristian verpasst mir einen Hieb mit seiner Waffe in den Magen. Der Schmerz blendet mich für einen Moment. Und ich krümme mich, um ihn in Schach zu halten.
„Halt die Schnauze. Wir wollen doch freundlich bleiben."
Doch Achim lässt von ihr ab, steht wieder auf und kommt auf mich zu.
„Du hättest es uns allen leichter machen können, wenn Du nicht weggelaufen wärst."
„Und dann? Deine Idioten waren doch zu dämlich. Die hätten ja doch danebengeschossen."
Ein kaltes Lächeln legt sich auf Achims Gesicht.
Kristian spielt ungeduldig mit seiner Waffe.

„Lass mich diese Spacken ausschalten."

„Noch nicht. Ich will erst wissen, was er der Polizei erzählt hat."

„Der Polizei?" verwirrt sehe ich ihn an.

„Ich habe kein Wort mit denen geredet."

„Wirklich? Bist Du so dumm?"

„Was hätte ich denn sagen sollen? Die hätten mir sowieso nicht geglaubt. Ich hatte es doch probiert."

„Ja, damals nicht. Als Du Dich mit diesem Waldzausel bei denen blicken lassen hast."

„Den ihr ebenfalls nicht hättet töten müssen."

„Oh, mein Bester. Das geht allein auf Dein Konto. Genauso wie Dein Freund."

„IHR habt Christoph getötet, nicht ich."

„Wir haben ihn nicht getötet." sagt Gustav.

„Ach nein? Er hat Eure Psychoscheiße nicht mehr ausgehalten und ist daran zerbrochen. Ich denke schon, dass man Euch das anrechnen kann. Wie ist das eigentlich? Steht Ihr auf Kinder?"

Mein Blick schweift von einem zum anderen.

„Steht ihr darauf Kinder zu ficken? Hilflose Kinder?"

Wieder hebt Kristian seine Waffe. Dieses Mal trifft das kalte Eisen meine Stirn.

„Nein." schreit Rosalie. „Sei einfach still. Bitte. Sei einfach still." fügt sie flehentlich hinzu.

„Hör auf Deine Freundin." zischt Kristian.

„Du kennst nur die halbe Wahrheit."

Achim übernahm wieder das Wort.

„Es war ein Geschäft. Nicht mehr. Kinderpornos haben sich einfach gut verkauft zu der Zeit. Gab noch kein Internet und die Spinner haben sich ein Video einiges kosten lassen."

„Dafür hast Du Kinderleben auf dem Gewissen."

„Ich kann hervorragend schlafen in der Luxusvilla, die ich mir davon leisten konnte. Du auch? Sieh an, was aus Dir geworden ist. Du Ritter mit der weißen Weste. In der Gosse bist Du gelandet."

„So viel hast Du für das Leben meines Freundes verdient, dass Du davon bis heute im Luxus schwelgen kannst?"

„Es war ein großzügiges Startkapital für meine weiteren beruflichen Aktivitäten, ja."

Und dann stelle ich die Frage, auf die ich schon seit über zwanzig Jahren eine Antwort suche.

„Wieso hast Du ihnen verboten mich anzurühren? Was hat Dich dazu gebracht, mich zu verschonen."

Und einen kleinen Moment sehe ich etwas Verletzliches in seinen Augen.

„Sag es mir. Gib mir noch diese eine Antwort."

„Die Zeit zu reden ist vorbei, Jonas. Es ist Zeit, es zu Ende zu bringen."

„Was denn? Ich habe nicht mit der Polizei geredet, und das werde ich auch nicht. Ich habe Dir schon gesagt, dass sie sowieso nicht auf mich hören werden."

„Jetzt haben sie aber die Leichen gefunden. Du bist ein Risiko, das ich nicht länger bereit bin einzugehen."

Kristians Waffe erhebt sich und er zielt auf meinen Kopf.

„Was machen wir mit der Kleinen?" fragt Max.

„Knall sie ab." sagt Achim trocken.

Und Max hebt seine Waffe.

50. KAPITEL
<Rosalie>

Das darf nicht wahr sein.
Das muss ein Traum sein.
Bitte, lass es ein Traum sein.
Ich sehe, wie Jonas zum Sprung auf den Mann ansetzt, der eine geladene Waffe an meinen Kopf hält.

Sekunde Eins

NEIN!

51. KAPITEL

„Zugriff! Zugriff!" brüllte Hans ins Funkgerät. Und eine Sekunde später sprang er aus dem Einsatzwagen.

Sein Herz klopfte in seiner Brust als er im Sprint den Weg zum Haus lief.

„Warum haben wir den Scheiß Wagen so weit weg geparkt?" fluchte er im Laufen.

„Zeuge am Boden." rauschte es aus dem Funkgerät.

„Verdammte Scheiße."

Und er versuchte, noch schneller zu rennen. Doch es kam ihm vor, als würden ihn seine Anstrengungen nur langsamer werden lassen.

Endlich sah er das Haus vor sich.

„Situation gesichert. Verdächtige festgesetzt." hörte er Birgits Stimme.

Noch einen Schritt und er war durch die Tür, die nutzlos aus den Angeln hang. Die Kollegen hatten sie aufgebrochen.

Außer Atem kam er im Wohnzimmer an.

Die Kollegen zerrten die vier Männer, die bereits Handschellen trugen, zur Seite. Und dort lag ihr Zeuge. Das Glas der Fensterfront lag verteilt auf dem Boden. Und Jonas Richter lag halb im Wohnzimmer, halb auf der Terrasse. Blut um seinen Kopf im frischen Schnee. Und mehr Blut auf dem Wohnzimmerboden. Die Augen geschlossen. Wie tot.

„Lebt er?"

Die Ärztin kam aus einem der Nebenräume gehechtet mit einer schwarzen Tasche in der Hand.

„SIE HABEN VERSPROCHEN, DASS IHM NICHTS PASSIERT!" schrie sie ihn an.

Sie öffnete die Tasche im Laufen und hatte bereits die ersten Instrumente in der Hand, als sie sich neben Jonas Richter auf den Boden warf.

Sie begann in Rekordzeit seine Verletzungen notdürftig zu behandeln.

„ICH BRAUCHE EIN HANDY." schrie sie in den Raum.

Schnell eilte Hans zu ihr und reichte ihr sein Handy.

Ohne aufzusehen, griff sie danach. Sie wählte eine Nummer und klemmte es sich zwischen Ohr und Schulter, um ihre Arbeiten fortzusetzen.

„Hallo Gertud. Hier ist Dr. Rosalie Bäumer. Ich brauche SOFORT einen OP. Ich habe einen Patienten mit Schussverletzung und Kopfwunde."

Sie nahm eine dieser Arztlampen in die Hand und öffnete die geschlossenen Augen des Mannes am Boden.

„Vermutlich Gehirnblutung. Ich brauche auch ein transportables CT im OP."

Schnell fliegen ihre Finger zwischen Tasche und Opfer hin und her.

„Was?"

Sie richtet sich auf.

„Ja, eigentlich habe ich noch keinen Dienst. Aber der Patient braucht sofort Hilfe. Wir können das später diskutieren. Bereiten Sie den OP vor und stellen Sie ein Team zusammen. Wir sind in wenigen Minuten da."

Damit beendete sie das Gespräch.

Er drehte sich zu den anderen herum, die wie er stumm den hektischen Bewegungen der Ärztin folgten.

„RTW?"

„Bereits alarmiert." sagte Fuchs.

„Gibt es sonst noch Verletzte?"

Er sah sich die am Boden knienden Männer an.

„Nichts Dramatisches. Wir können es auf der Wache versorgen." teilte ihm einer der Münsteraner Kollegen mit.

„Gut, dann führt sie ab und bereitet alles vor. Bitte achtet darauf, dass ihr genauestens alle Richtlinien befolgt. Ich komme später nach."

„Ich kümmere mich mit Vergnügen persönlich um Herrn Koch." sagte Birgit und wies die Kollegen an.

Nach und nach leerte sich das Wohnzimmer.

„Markus."

„Ja."

„Bleibst Du hier und überwachst die Sicherung des Tatortes?"

„Sicher."

„Wir wurden gerufen?"

Zwei Sanitäter kamen mit einer Trage in den Raum.

„Hier her. Schnell." rief die Ärztin am Boden.

Während sie den Patienten zum Transport vorbereiteten, unterrichtete sie die Beiden über den Zustand. Dann eilten sie aus dem Haus zum Krankenwagen und Hans folgte ihnen.

52. KAPITEL
<Rosalie>

Sanft bläst die Maschine Luft in seine Lunge. Ich versuche, ihm nicht ins Gesicht zu sehen. Versuche auszublenden, wer da vor mir auf der Trage liegt und routiniert meine Arbeiten zu erledigen. Doch meine Hände wollen heute nicht so, wie ich will. Sie zittern leicht, als ich versuche, ihn an eine Infusion anzuschließen.

„Ich mach schon." sagt der Rettungsassistent, der mit mir im hinteren Fonds eingestiegen war.

Er nimmt mir die Nadel aus der Hand und mit einem Griff steckt sie in seinem Arm.

Kurz lehne ich mich zurück.

Einatmen.

Ausatmen.

Ich versuche, das Adrenalin in meinen Körper in den Griff zu bekommen. Hier im Wagen können wir sowieso nicht viel machen. Durch die Bewegungen des Fahrzeuges ist es nicht möglich, seine Wunde am Bein zu säubern oder die Glassplitter aus seinem Rücken zu entfernen. Ich werde warten müssen, bis ich im OP bin.

Was aber dringender ist, ist die Überprüfung seines Gehirns. Nachdem Schuss traf die Kugel erst ihn und flog dann weiter durch das Wohnzimmerfenster. Und Jonas fiel durch den Scherbenregen. Durch den Schock, hatte sein Körper jegliche Aktivität für einen Moment eingestellt. So fehlte die automatische Schutzhaltung über die Arme und Hände. Und er war ungehindert mit seinem Kopf hart auf dem Betonboden aufgeprallt.

„Konzentrier Dich!" ermahne ich mich laut.

Noch einmal gehe ich seinen ganzen Körper entlang und diktiere dem Rettungsassistenten die Verletzungen, die er per Funk bereits an die Klinik weitergibt.

Man hatte uns unterwegs bestätigt, dass der OP bereits auf uns warten würde. Und nur kurze Zeit später halten wir abrupt vor dem Krankenhaus.

Die Räder der Trage scheppern über den Klinikboden, als wir im Laufschritt Jonas zum OP fahren.

Wir sind durch die letzte Flügeltür, als Tom aus einem der anderen OPs kommt.

„Rosalie?"

„Keine Zeit. Ich habe einen Patienten."

Er packt mich am Arm. Reißt mich zu sich herum.

„Was soll das heißen, DU hast einen Patienten. Du hast keinen Dienst."

„Bitte Tom, ich erklär es Dir später. Ich habe eine mögliche Hirnblutung. Es eilt."

Er blickt auf die Rettungsassistenten, die unbeirrt weiter laufen und Jonas durch die von Gertrud offene gehaltene Tür schieben.

„Wer ist das? Und wieso bist Du bei ihm?"

„Bitte Tom. Wir können das später noch regeln."

Ich versuche mich loszureißen. Doch Tom hält mich unbeirrt fest.

„Schau mich an." sagt er scharf.

Und trotzig blicke ich ihm in die Augen.

„Kennst Du den Mann auf der Trage?"

„Ja."

„Du weißt, dass ich das nicht zulassen kann."

„Aber er braucht…"

„… Hilfe. Ja. Die wird er auch kriegen. Aber nicht von Dir. Sieh Dir Deine Hände an. Glaubst Du im Ernst, Du bist in der Lage, jetzt zu operieren?"
Ich blicke runter zu meinen Händen. Sie zittern wie Espenlaub. Scheiß Verräter!
Tom bindet sich seinen Mundschutz wieder um.
„Ich werde mich darum persönlich kümmern. Du wirst hier warten."
Er nickt zu den Sitzplätzen auf dem Flur.
„Tom. Bitte. Lass mich wenigstens mit in den OP."
„Nein. Du setzt Dich da hin. Gertrud kann Dich informieren. Ich brauche Deine Anspannung nicht da drin."
Er nickt zur offenen Tür.
Die Rettungsassistenten kommen heraus. Die Trage ist leer. Jonas liegt bereits auf dem Tisch.
„Rosalie." sagt Tom ernst. „Ich mach das schon. Setz Dich und warte!"
Dann lässt er meinen Arm los und geht zur offenen Tür.
Mit einem sanften Klicken, fällt sie hinter ihm ins Schloss.
Mit zittrigen Knien gehe ich auf die Stühle zu. Ich komme gerade noch an, bevor meine Knie nachgeben und ich auf den Stühlen zusammensacke.

Eine Hand legt sich auf meine Schulter.
Ich blicke auf in das Gesicht des Polizeibeamten, der mich im Urlaub am Supermarkt abgefangen hatte.
„Es tut mir leid."
„Sie haben es versprochen." sage ich.
Voller Wut spüre ich, wie sich schwere Tränen in meinen Augen sammeln. Trotzig wische ich sie weg.

„Sie haben es versprochen."
„Ich weiß, es tut mir leid."
„Wie haben Sie uns gefunden?"
„Wir haben die Daten von ihm an alle Ärzte und Krankenhäuser in Münster weitergegeben. Ihre Freundin hat sich gemeldet. Durch die Blutprobe, die sie zur Untersuchung abgenommen hatte, konnten wir feststellen, dass es sich tatsächlich um Jonas Richter handelte. Sie hatte uns auch gesagt, wo wir sie finden würden."
„Aber darüber haben die uns nicht gefunden. Meine Freundin hätte denen das nie gesagt."
Er seufzt.
„Wir haben ihnen einen Tipp gegeben. Wir waren in Stellung und wollten gerade den Zugriff durchführen, als sie vorfuhren. Es war nie beabsichtigt, sie in Gefahr zu bringen. Es hätte nicht passieren dürfen."
„Was werden sie mit ihnen machen?"
„Im Augenblick sind sie erst mal festgenommen und das Ermittlungsverfahren wird eingeleitet. Später werden wir sie verhören. Und einer von ihnen wird reden."
„Und wenn sie nicht reden?"
„Wir haben genug Beweise. Glauben Sie mir, einer von denen wird clever genug sein und reden."
Ein Kloß setzt sich in meinen Hals.
„Aber das wird Jonas nicht helfen."
„Ich weiß." sagt er matt.
Schweigend sehen wir beide auf die Tür zum OP.
„Kann ich irgendwas für Sie tun? Irgendwen anrufen?"
Schuldbewusst nestle ich sein Handy aus meiner Tasche und gebe es ihm.

Dann schüttle ich den Kopf.

„Es gibt niemanden."

„Was ist mit Elisabeth Kampmann?"

„Wer?" verwirrt sehe ich ihn an.

„Lissie. Wir haben sie gefunden und waren bei ihr, nachdem sie mir von ihr erzählt haben."

„Ach so. Ja. Die sollte ich vielleicht anrufen. Wie spät ist es überhaupt?"

Zeitgleich schauen wir auf die Uhr an der Wand.

„Gleich Zwölf."

Er zückt sein Handy.

„Haben Sie ihre Nummer?"

Ich schüttle den Kopf.

„Nicht hier. Sie steht zu Hause an der Pinnwand."

„Ich kümmere mich darum."

„Vielleicht warten Sie bis morgen früh. Sie kann hier jetzt doch nichts machen. Und es hat keinen Sinn, wenn wir beide hier tatenlos rumsitzen."

„In Ordnung. Scheint mir auch vernünftiger zu sein. Ihre Schwester war nicht sehr begeistert von unserem Besuch."

Zwei OP-Schwestern kommen eilig über den Gang gelaufen und verschwinden hinter der Tür.

„Wenn ich nichts mehr für Sie tun kann, werde ich jetzt gehen. Es warten noch vier Verhöre auf mich."

Ich schüttle den Kopf.

„Wenn Sie nicht die Zeit zurückdrehen können."

„Ich wünschte ich könnte."

Noch einmal klopft er auf meine Schultern.

Dann steht er auf.

Er kramt in seinen Taschen und holt eine Visitenkarte hervor.

„Wenn es Neuigkeiten gibt, rufen Sie mich bitte an. Wenn ich im Verhör bin, wird mein Kollege den Anruf entgegennehmen."
Ich nicke. Nehme die Visitenkarte und stecke sie ein.
„Bis später." verabschiedet er sich und geht den Gang entlang zur Schwingtür. Und dann bin ich allein.
Die Zeit verändert sich. Endlos schleicht der Sekundenzeiger von einer Zahl zur nächsten. Weitere Ärzte kommen und verschwinden in den OP. Es werden Blutkonserven und Infusionen gebracht und von Gertrud in Empfang genommen. Sie nickt nur kurz in meine Richtung, bevor sie wieder verschwindet.
Ich fühle mich hilflos. Normalerweise bin ich auf der anderen Seite der Tür. Und dann auf den Patienten fokussiert. Ich vergesse, was um mich herum passiert, während ich meine Arbeit erledige.
Im OP herrscht ein eingespieltes Teamwork. Jeder weiß, was zu tun ist. Jeder ist an seinem Platz und routiniert wird es erledigt. Es ist leicht, sich darauf zu konzentrieren, wenn man keine Bindung zu dem Patienten vor sich hat. Wenn es nicht Jonas ist. Wenn nicht auch mein Leben davon abhängt.
Ich stehe auf.
Still dazusitzen verstärkt nur das Adrenalin, das durch meinen Körper peitscht.
Ich gehe den Gang auf und ab.
Einer der anderen OP-Räume öffnet sich und ein Patient wird hinausgeschoben.
Wenig später folgen einige meiner Kollegen.
Der Chefarzt unserer Abteilung ist einer von ihnen.
Als er mich auf dem Gang entdeckt, entschuldigt er sich und kommt auf mich zu.
„Dr. Bäumer. Haben Sie nicht noch Urlaub?"

Ich nicke.

„Ich wurde überfallen zu Hause. Mein Freund liegt auf dem Tisch von Dr. Wolff."

Ich nicke zu der Tür.

„Überfallen?" seine Augenbraue schnellt in die Höhe.

„Geht es Ihnen gut?"

Ich nicke.

Seine Hand geht zu meiner Stirn. Er schiebt meine Haare an die Seite.

„Sie bluten. Lassen Sie mich das ansehen."

„Danke, aber das ist sicher nur ein Kratzer."

„Kommen Sie schon. Ich schau mir das schnell an."

Und ohne sich noch mal umzudrehen, geht er voraus in einen der Behandlungsräume.

Ich folge ihm.

Im Raum setze ich mich auf die Liege.

Er zieht einen Hocker zu sich und setzt sich vor mich.

Seine Brille wird aus dem Haar auf die Nase geschoben und schon ist er nah an meinem Gesicht und überprüft die Wunde.

„Eine Platzwunde. Wir müssen nicht nähen." sagt er nach kurzer Überprüfung.

Er greift zum Desinfektionsmittel. Es brennt auf meiner Haut. Konzentriert säubert er die Wunde und klebt schließlich ein Pflaster darauf.

„Noch mehr?" fragt er, nachdem er fertig ist.

Ich schüttle den Kopf.

„Gut."

Er schiebt die Brille wieder auf seinen Kopf.

„Möchten Sie einen Kaffee?"

„Nein, danke. Wenn es Ihnen nichts ausmacht, möchte ich wieder zurück. Ich will nicht verpassen, wenn sie dort Neuigkeiten für mich haben."

Er steht auf und schiebt den Hocker wieder zurück.

„Selbstverständlich. Ich veranlasse, dass Herr Dr. Wolff mich ebenfalls informiert, wenn er fertig ist. Ab wann haben Sie wieder Dienst?"

„Ab Montag."

„Wenn Sie mehr Zeit benötigen, lassen Sie es mich wissen, dann sorge ich für eine Vertretung."

„Danke."

Dann stehe ich auf und verlasse den Raum. Eine innere Unruhe hatte mich gepackt, sobald die Tür des Behandlungsraumes geschlossen war. Doch als ich wieder auf dem Gang stehe, beruhige ich mich wieder.

Ich habe nichts verpasst. Alles ist noch genauso still wie vorher. Und wieder beginne ich meine Runde auf dem Gang. Auf und ab.

Endlich öffnet sich die Tür und Gertrud sieht sich suchend um. Ich eile zu ihr.

„Wie sieht es aus?" frage ich atemlos.

„Wir sind noch dabei. Er hält sich gut. Seine Werte sind im Moment stabil."

„Aber…?"

„Aber, er hatte eine Gehirnblutung. Wir mussten seinen Schädel öffnen. Wir haben sie jetzt im Griff. Der Neurologe ist guter Hoffnung, dass keine bleibenden Schäden entstanden sind. Aber genau,…"

„… wissen wir das erst, wenn er aufwacht."

Mir wird übel.

„Geht es Dir gut?"

„Ja. Nur der Magen. Erzähl weiter."

„Wir haben das künstliche Koma eingeleitet. Und der Neurologe überprüft nur noch seine Werte."

„Und die anderen Verletzungen?"

„Tom ist noch dabei. Er wollte dem Neurologen nicht im Weg stehen. Er hat die Schusswunde gesäubert und vernäht. Aber er hat beim Sturz seinen Fußknöchel gebrochen. Der Orthopäde ist bereits unterwegs."

„Die Glassplitter?"

„Da gehen wir jetzt ran. Dazu müssen wir ihn bewegen. Und wir mussten abwarten, bis er stabil im künstlichen Koma ist."

„Gut."

„Er macht sich wirklich gut, Rosalie. Mach Dir keine Sorgen. Wir kriegen das schon hin."

„Danke, Gertrud."

„Kein Problem. Setz Dich wieder. Das Schlimmste haben wir schon überstanden."

„Was, wenn er nicht mehr aufwacht?"

„Du kennst alle Antworten auf Deine Fragen. Er hat auf Reize reagiert, als er hier ankam. Kein Koma. Er wird schon wieder. Er schläft nur. Wie oft schon hast Du Patienten so behandelt?"

„Es ist anders, wenn man auf dieser Seite der Tür steht."

„Ich weiß."

Sie schenkt mir ein aufmunterndes Lächeln.

„Ich muss wieder rein."

„Okay."

Sie dreht sich um und verschwindet wieder im OP.

Ich eile zur Toilette auf dem Flur und entlasse meinen Mageninhalt in die Kloschüssel.
Kalter Schweiß steht mir auf der Stirn.
Künstliches Koma.
Aber er lebt.
Er lebt!

Als sich endlich die Tür öffnet und Jonas herausgeschoben wird, ist der Morgen bereits angebrochen.
Um ihn herum hängen Schläuche und Katheder. Sein Bein ist geschient und mit einem dicken Verband versehen. Auch sein Kopf ist verbunden.
Leblos liegt er da.
Die Augen geschlossen.
„Alles in Ordnung, Rosalie."
Tom schiebt sich hinter ihm durch die Tür.
Ich gehe zum Bett. Lege meine Hand auf seine. Sie ist warm.
„Er kommt jetzt auf die Intensivstation. Dann sehen wir weiter."
Ich höre ihn nicht. Er erzählt von der OP und gibt Einzelheiten von sich. Mein Blick ist wie gebannt auf Jonas gerichtet. Alles um uns herum verschwindet.
„Rosalie?" Tom sieht mich auffordernd an.
„Entschuldige, was hast Du gesagt?"
„Möchtest Du ihn begleiten."
„Ja, selbstverständlich."
Er nickt den Schwestern zu, die beginnen das Bett zum Aufzug zu schieben. Ich will ihnen folgen, als Tom mich festhält.
„Hör mal, es geht mich nichts an." sagt er leise. „Aber vor zwei Wochen, da gab es ihn noch nicht, oder?"

Verwirrt starre ich ihn an.

„Was?"

„Na, unser Date." er blickt sich hektisch um, kontrolliert ob ihn auch wirklich niemand hört.

Ich lache hohl auf.

„Macht Dir das wirklich Sorgen? Jetzt?"

„Schon gut. Ich hätte nicht fragen sollen."

Er schüttelt den Kopf.

„Erinnerst Du Dich an den Obdachlosen an dem Abend?"

„Der Säufer? Den Du unbedingt ins Haus holen musstest. Hat uns ganz schön den Abend versaut."

„Er ist kein Säufer. Und gerade lag er auf Deinem OP-Tisch. Du solltest aufhören, so oberflächlich zu denken, Tom. Wirklich!"

Mit großen Augen sieht er mich an.

„Danke für Deine Arbeit."

Dann drehe ich mich um und haste zu Jonas, der bereits in den Aufzug geschoben wurde.

Mein Rücken schmerzt. Doch der Schmerz ist eine Wohltat. Etwas, das ich verdient habe. Seit Stunden sitze ich neben seinem Bett. Und nach der Ungewissheit während der Operation hatte ich genügend Zeit, das Geschehene wieder und wieder durchzugehen.

Es war meine Schuld.

Wieder.

Ich hätte es ihm sagen sollen.

Was, wenn er es nicht überlebt hätte?

Was, wenn er bleibende Schäden hat?

Was, wenn es Komplikationen gibt?

Wieso nur habe ich nichts gesagt?
Ich habe einen Stuhl ans Bett gestellt. Sitze bei ihm.
Seine Hand ruht in meiner.
Irgendetwas in mir hofft, dass sie sich bewegt. Dass er mir ein Zeichen gibt. Dass er aufwacht.
Natürlich weiß ich, wie bescheuert das ist. Wer, wenn nicht ich, weiß ganz genau, was in seinem Körper gerade passiert.
Das künstliche Koma wird ihm helfen.
Es wird dem Körper die Möglichkeit geben, in Ruhe seine Arbeit zu verrichten und die Wunden heilen zu lassen.
Doch ihn dort so leblos liegen zu sehen, mit dem Beatmungsschlauch im Mund. Die Geräte piepen zu hören. Die Kurven auf der Maschine zu sehen, die stetig auf und ab wandern, um mitzuteilen, dass sein Herz noch schlägt. All das ist mehr als ich ertragen kann.
Es ist meine Schuld.
Schon wieder.
Die Tür hinter mir öffnet sich.
Es ist noch gar nicht an der Zeit für die nächste Kontrolle.
Ich drehe mich um.
Dort steht Lissie.
Ihre Haare in einem wirren roten Knoten zusammengebunden, der sich deutlich von der hellblauen Schutzkleidung abhebt, die sie trägt. Sie ist bleich. Mit offenem Mund starrt sie auf Jonas.
„Ist er tot?"
„Nein Lissie, er lebt. Komm rein. Schließ die Tür."
Schnell dreht sie sich um und verschließt sie.
Langsam kommt sie zum Bett. Bleibt hinter mir stehen.
„Wie bist Du reingekommen?"

„Ich hab gesagt, ich bin seine Schwester. Sie hatten wohl einen Notfall in einem der anderen Zimmer. Da haben sie nicht weiter nachgefragt."
Sie zuckt mit den Schultern.
Mit großen Augen betrachtet sie die Maschinen.
„Wie geht es ihm?"
„So weit so gut. Sie haben ihn gestern Nacht operiert."
„Was ist überhaupt passiert?"
Und ich erzähle ihr von den Ereignissen des Vorabends. Zusehends weiten sich ihre Augen noch weiter. Und ich versuche, möglichst viele Details auszusparen. Als ich am Ende angekommen bin, stellt sie Fragen zu der OP und seinem Zustand. Ich versuche, sie zu beruhigen und lasse auch hier so viel aus, wie ich kann.
Langsam und vorsichtig geht sie um das Bett herum und nähert sich ihm. Sie lässt einen Abstand zwischen sich und dem Bett. Und scheint das Erzählte zu verarbeiten.
„Es geht ihm gut, Lissie." sage ich sanft.
„Es ist so merkwürdig, ihn so zu sehen."
Sie streift sich eine Strähne hinter das Ohr.
„Er ist so stark. Er hat immer auf mich aufgepasst. Und um ehrlich zu sein, hielt ich seinen Wahn vor diesen Männern für Hirngespinste."
„Nein, sie sind sehr real."
„Haben die sie wenigstens festgenommen?"
„Ja, haben sie. Und der Kriminalkommissar hat mir gesagt, dass zumindest einer von ihnen dabei ist, ein volles Geständnis abzulegen."
„Wann hast Du mit ihm gesprochen?"

„Vor etwa einer halben Stunde. Die Schwestern haben sich um Jonas gekümmert und ich musste vor die Tür. Da habe ich ihn angerufen und über den Zustand von Jonas informiert."
„Sie waren vor ein paar Tagen bei mir."
„Ich weiß. Ich hoffe, das hat nicht zum Streit zwischen Dir und Deiner Schwester geführt."
„DAS nicht."
„Was heißt das?"
„Einer der Polizisten kam heute Morgen, um mich zu informieren. Das hat sie mitgekriegt und ist ausgerastet."
„Was heißt ausgerastet?"
„Ach, sie hat mich vor die Tür gesetzt. Halb so wild."
Sie macht eine wegwerfende Handbewegung.
„Das ist schon wild." sage ich.
„Wir haben das immer, wenn wir zu lange aufeinander hocken. Irgendwann kommt dann alles hoch und ich muss wieder weg. Auf Dauer halten wir es nicht miteinander aus. Die beruhigt sich schon wieder."
„Was kommt dann hoch?"
Sie schüttelt mit dem Kopf.
„Spielt keine Rolle."
Ein Klopfen an der Tür und ein Team von Ärzten betritt den Raum.
„Guten Morgen." begrüßt mich unser Chefarzt, der als erstes eintritt.
„Guten Morgen." grüße ich zurück.
„Wir möchten gerne die Visite durchführen. Wollen Sie bleiben?"
„Nein, schon gut. Ich bin auf dem aktuellen Stand."
Ich stehe auf. Lasse schweren Herzens Jonas Hand los.

„Komm, Lissie."
Sie lässt sich nicht zwei Mal bitten. Augenblicklich dreht sie sich auf dem Absatz um und schiebt sich an den Ärzten vorbei nach draußen.
Ich schließe hinter uns die Tür.
„Hände desinfizieren." sage ich und nicke zum Spender an der Wand, während ich die Schutzkleidung ausziehe.
„Ja, ich weiß. Das war das Einzige, was die Schwester vorhin noch im Vorbeieilen gesagt hatte."
Sie nimmt ein wenig aus dem Spender und verteilt es auf ihren Händen. Dann gehen wir den Flur entlang zum Ausgang.
Am Schwesternzimmer beugt sie sich kurz hinter die Theke und greift einen Rucksack.
Als sie meinen fragenden Blick sieht, sagt sie: „Ist meiner. Durfte ich ja nicht mit reinnehmen."

Wir nehmen den Aufzug und fahren nach unten. Wenige Minuten später stehen wir vor einem der Nebeneingänge im Freien. Tief sauge ich ein paar Mal die kalte frische Luft in meine Lungen. Der Sauerstoff heizt das übermüdete System in meinem Körper wieder an und ich fühle mich besser.
Mein Blick geht wieder zu Lissie.
Sie kramt in ihrer Tasche, zückt eine Schachtel Zigaretten und zündet sich, mit zitternden Fingern, eine an.
„Du rauchst?"
„Nur, wenn es die Situation verlangt."
„Mach Dir keine Sorgen um Jonas. Das sieht alles schlimmer aus, als es ist."

„Verkauf mich nicht für dumm. Ich weiß schon, wann ich etwas ernst nehmen muss und wann nicht. Aber das ist es nicht. Ich hasse Krankenhäuser."
Sie bläst den Qualm in die Luft.
„Wieso?"
„Lange Geschichte."
Wir gehen ein paar Schritte.
„Wie lange bist Du schon wach?" fragt Lissie mich mit einem Seitenblick.
„Keine Ahnung. Wie spät ist es denn?"
Sie schiebt ihren Ärmel hoch.
„Kurz nach elf."
„Dann etwas mehr als sechsundzwanzig Stunden."
„Willst Du nicht nach Hause? Ein bisschen schlafen? Ich kann doch so lange bei Chucco bleiben."
„Er heißt Jonas."
Sie sieht mich verwundert an und zuckt dann mit den Schultern.
„Für mich ist und bleibt er Chucco."
„Wie lange kennt ihr Euch beide schon?"
„Zwei Jahre."
Wieder bläst sie eine Rauchwolke in den Himmel.
„Ich dachte Du magst das Krankenhaus nicht?"
Sie sieht zum Eingang.
„Tue ich auch nicht. Aber Du brauchst Schlaf. Vielleicht eine Dusche und frische Klamotten. So wie ich das sehe, können wir beide nichts tun, oder? Warum also nicht?"
„Ich gehe hier nicht weg. Ich schlafe nachher ein bisschen."
„Auf diesem ungemütlichen Stuhl? Da kriege ich ja schon vom Gedanken einen Hexenschuss."

„Ich bin es gewohnt, lange wach zu bleiben und kurz zu schlafen an ungewöhnlichen Orten. Ich arbeite normalerweise hier."
Sie zuckt mit den Schultern.
„Dann nicht."
Ein klein wenig Erleichterung schwingt in ihrer Stimme.
„Wo willst Du denn jetzt hin?"
Ich nicke zum Rucksack, den sie im Schnee auf dem Boden abgelegt hatte.
„Keine Ahnung. Ich finde schon was. Vielleicht gibt es Platz im Obdachlosenheim. Oder sonst irgendwo."
„Ich wüsste einen Ort."
„Wo denn?"
„Bei mir."
Ich krame die Hausschlüssel aus der Tasche.
„Du könntest Dich bei mir einrichten. Ist keiner da. Du hast das ganze Haus für Dich."
„Das kann ich nicht machen."
„Wieso nicht?"
„Weil das eben nicht geht."
Sie wirft ihre Zigarette auf den Boden und drückt sie aus.
„Eigentlich hatte ich gehofft, dass ich Dich um einen Gefallen bitten könnte." sage ich.
„Welchen Gefallen?"
„Unsere ganzen Sachen sind noch im Wagen. Auch ein paar Lebensmittel. Außerdem ist einiges zu Bruch gegangen. Ich will nicht weg von Jonas. Aber ich habe sonst niemanden, den ich um Hilfe bitten könnte."
Ihre Augen blitzen, als sie mich ansieht.
Ich sehe es förmlich in ihrem Kopf arbeiten.

Das wichtigste ist, eine Aufgabe zu haben. Weiterzumachen. Ich würde nicht von seiner Seite weichen. Lissie hielt es kaum aus, weil sie Krankenhäuser verabscheute. Es ist perfekt.
Und sie scheint es ebenso zu sehen.
Sie greift nach dem Schlüssel in meiner Hand.
„Okay."
„Mein Portemonnaie liegt noch im Wagen. Im Handschuhfach. Darin ist noch etwas Geld und meine Kreditkarte."
„Ich will doch nicht Dein Geld."
„Du wirst es brauchen, für die Reparaturen."
„Wie lange willst Du denn hier bleiben?"
„Bis ich weiß, dass es ihm wirklich gut geht."
„Und wie lange kann das dauern?"
„Ein paar Tage."
Sie zieht die Augenbraue in die Höhe.
„Tage?"
„Irgendwann werden sie ihn aus dem künstlichen Koma holen, dann erst wird sich zeigen, ob sein Gehirn beschädigt ist."
„Aber Du kannst nicht tagelang in der Klinik bleiben. Musst Du nicht auch irgendwann wieder arbeiten?"
„Eigentlich ab übermorgen. Aber ich denke, ich werde noch ein paar Urlaubstage dranhängen."
Sie blickt vom Schlüssel in ihrer Hand auf den Eingang des Krankenhauses und wieder zurück.
„Und das würde Dir wirklich helfen?"
„Ja, sehr sogar, Lissie."
„Okay. Dann kümmere ich mich um alles andere. Wenn ich sonst schon nichts tun kann."
„Danke."
Ich drücke sie kurz.

„Und mach Dir keine Gedanken wegen des Geldes. Ich habe genug. Die Reparaturen werden sicher nicht billig."
Sie nickt.
„Das erste Zimmer oben links ist mein altes Zimmer. Wenn Du die Sachen aus dem Schrank in eines der anderen Zimmer packst, kannst Du es benutzen, wenn Du willst."
„Ich zieh aber nicht bei Dir ein."
„Ich weiß, aber ein paar Tage wirst Du bleiben, oder? Solange bis Jonas wieder fit ist."
„Ja, ein paar Tage wird es schon gehen."
„Danke, Lissie."
Damit stehe ich auf und eile zurück zu Jonas' Zimmer.

53. KAPITEL
<Lissie>

Mir ist nicht entgangen, was sie eigentlich wirklich wollte. Sie hatte den gleichen Blick drauf wie Chucco. Wieso haben die beiden nur immer das Gefühl, dass sie sich um mich kümmern müssen?

Ich sehe ihr nach, wie sie im Aufzug verschwindet. Zurück an Chuccos Bett.

Beim Gedanken daran, wie er da gelegen hatte. So bleich. So still. Mein Magen rumort wieder. Es war ein Wunder, dass ich rein und raus kam, ohne mich zu erbrechen.

So viele alte Erinnerungen kriechen in mir hoch, bei den Gerüchen und Geräuschen in Krankenhäusern. Ich war schon seit Jahren in keinem mehr.

Aber Chucco zu sehen, war es allemal wert. Auch wenn es schwer war, ihn da liegen zu sehen. Er lebt.

Und Rosalie war bei ihm. Sollte irgendwas sein, würde sie die Ärzte mit Sicherheit dazu bringen, ihr zuzuhören und ihr zu Hilfe zu eilen. Im Gegensatz zu mir.

Ich hebe meinen Rucksack vom Boden und klopfe den Schnee ab.

Ich hasse den Winter.

Und das Krankenhaus.

Und dass Chucco da oben liegt.

Ich schultere meinen Rucksack und mache mich auf den Weg zu Rosalies Haus.

Mit jedem Schritt weg von hier, wird es mir besser gehen. Das ist mal sicher.

Als ich in die Auffahrt biege, sehe ich einen Polizisten vor der Haustür stehen. Naja. Eigentlich in der Tür. Denn die steht neben dem Eingang und sieht ziemlich ramponiert aus.
Ich werde wohl die Heizung hochdrehen müssen.
„Sie können hier nicht rein." sagt der Polizist barsch, als ich mich ihm nähere.
„Ihnen auch einen Guten Tag."
„Guten Tag. Hier gibt es nichts zu sehen."
Was dachte er, wen er da vor sich hat?
Einen bescheuerten Gaffer?
„Ich wollte auch nichts ‚sehen'. Rosalie hat mich geschickt. Ich soll mich um das Haus kümmern."
„Rosalie?"
„Ja. Die Eigentümerin von dem Haus, vor dem Sie stehen."
„Sie meinen Frau Dr. Bäumer?"
Genervt rolle ich mit den Augen.
„Wie viele Rosalies werden hier wohl wohnen?"
„Ich darf keine fremden Leute ins Haus lassen. Außerdem ist die Spurensicherung noch bei der Arbeit."
„Wie lange wird das noch dauern?"
„Nicht mehr lange. Aber wie gesagt, ich darf sowieso keinem Fremden Zugang gewähren."
Na toll, so viel zu dem Plan, mich nützlich zu machen.
„Was ist denn los?"
Ein anderer Polizist kommt aus dem Haus. Ich erkenne ihn. Er war am Morgen bei mir gewesen, um mir zu sagen, dass Chucco im Krankenhaus ist. Fuchs hieß er, glaube ich. Ich erinnere mich, dass ich noch einen Scherz über seinen Namen gemacht habe, bevor meine Schwester ausgerastet ist.
„Oh, Frau Kampmann."

Wie ich diesen Namen hasse.

„Lissie, bitte."

„Okay. Hallo Lissie. Was machst Du hier? Ich dachte, Du wolltest zum Krankenhaus."

„Da war ich. Rosalie hat mir ihren Schlüssel gegeben."

Wie zum Beweis halte ich ihn in die Höhe.

„Sie hat mich gebeten, mich um das Haus zu kümmern."

„Verstehe."

„Kann ich dann rein?"

„Im Moment noch nicht. Die Spurensicherung arbeitet noch. Aber sie dürften gleich fertig sein."

„Na gut. Dann warte ich."

Ich nehme den Schlüssel zum Wagen und öffne ihn mit der Fernbedienung.

Mein Rucksack landet auf dem Beifahrersitz und ich will schon einsteigen, als der Polizist vor der Tür sich räuspert.

„Haben Sie einen Führerschein?"

Oh Gott, geht der mir auf die Nerven.

„Nein, habe ich nicht. Ich will aber auch nur drinsitzen und darauf warten, dass sie endlich fertig sind. Ich fahre nicht weg."

„Ich fürchte, dass ich…"

Fuchs unterbricht seinen Kollegen.

„Das geht schon in Ordnung, Lissie."

Dann verschwindet er wieder im Haus und ich steige ins Auto.

Ein Startknopf am Armaturenbrett lässt den Motor aufheulen. Ich stelle die Heizung auf Maximum und nehme mein Smartphone aus der Tasche.

Eine Suche ergibt mehrere Treffer für Handwerksbetriebe. Nach und nach telefoniere ich die Nummern ab und finde schließlich einen, der sofort jemanden schicken kann.

Während ich auf ihn warte, beobachte ich die in weiß gekleideten Mitarbeiter der Spurensicherung, die nach und nach etliche Geräte und Kisten aus dem Haus tragen.
Fuchs tritt ebenfalls raus und kommt zum Wagen.
Ich öffne die Tür.
„Wir sind fertig."
„Gut. Ich habe schon jemanden angerufen, der sich um die Haustür kümmert."
„Sie brauchen auch einen Glaser." sagt Fuchs mit einem zerknirschten Gesicht.
„Ist ein Fenster kaputt?"
„Ja, das hinten zum Garten raus."
Ich lange zum Handschuhfach und finde darin tatsächlich Rosalies Portemonnaie. Es sind ein paar hundert Euro darin.
„Wir sind soweit fertig. Du kannst jetzt auch ins Haus."
„Okay, danke."
„Sollen wir noch einen Moment bleiben?"
Wegen einer zerbrochenen Glasscheibe?
„Nein, danke. Nicht nötig."
„Gut. Dann ziehen wir uns jetzt zurück."
Er winkt seinem Kollegen und zusammen gehen sie zum Wagen, der an der Straße parkt.
Ich beschließe, mir erst mal einen Überblick zu verschaffen und gehe mit Schlüssel und Portemonnaie in der Hand durch die Haustür rein, nachdem ich den Wagen ausgestellt und abgeschlossen habe.

Fassungslos stehe ich vor dem kaputten Fenster. Eine getrocknete Blutlache im Wohnzimmer, Blut an den Resten der Glas-

scheibe, die einmal innen und außen voneinander trennte und draußen eine sanfte Schneedecke. Ein roter Fleck darin.
Blut.
So viel Blut.
Das alles war von Chucco?
Wieder merke ich die Übelkeit langsam in mir aufsteigen. Dieses Mal nicht aus Angst oder wegen der Erinnerungen. Sondern wegen dem, was vor mir liegt.
Heute Morgen hatte ich Chucco in dem Bett liegen sehen. Doch ich war so sehr damit beschäftigt, mich darauf zu konzentrieren nicht auszuflippen.
Jetzt.
Wo ich all das Blut vor mir sehe, wird mir erst klar, was wirklich passiert war.
Oh, Gott.
Chucco!
Meine Knie sacken unter mir weg und ich sinke zu Boden.
Die Spuren zeigen deutlich, wie er da gelegen hatte.
Meine Angst vom Morgen mischt sich mit der Angst um Chucco und ich beginne zu zittern.
Unbändig.
Unaufhörlich.
Wütend ziehe ich die Knie an.
Ich will nicht zittern.
Will nicht Angst haben.
Doch ich kann es nicht aufhalten.
Kann es nicht kontrollieren.

„Hallo?"
Eine dunkle Männerstimme schallt von der Haustür ins Haus.
Trotzig wische ich die Tränen aus meinen Augen.
Schwerfällig erhebe ich mich vom Boden.
Doch meine Knie halten. Ich falle nicht wieder zurück.
Ich drehe mich um. Will es nicht mehr sehen.
„Ich komme."
Erschrocken über das Flüstern, das aus meiner Kehle dringt.

54. KAPITEL
<Rosalie>

Meine Augen brennen vor Müdigkeit. Doch ich kann nicht schlafen. Jedes Mal, wenn ich die Augen schließe, sehe ich ihn fallen. Sein Blick so leer. Das Funkeln darin erloschen. Fällt er und sein Kopf schlägt ungehindert auf den Boden.
Wieder springe ich von dem Stuhl auf, der neben seinem Bett steht. Es ist das hundertste Mal in der vergangenen Stunde. Ich hatte unzählige Male seine Hand genommen, meinen Kopf daneben auf dem Bett gelegt und versucht, wenigstens ein paar Minuten zu schlafen. Doch ich finde keine Ruhe.
Ich stelle mich ans Fenster. Lege den Kopf gegen das kalte Glas. Dicke Schneeflocken fallen über Münster vom Himmel. Ich versuche mich darauf zu konzentrieren. Sehe einer Schneeflocke hinterher. Dann der nächsten. Doch sie verschwimmen vor meinen Augen.
Es klopft an der Tür.
„Frau Dr. Bäumer?"
Verstohlen wische ich die Tränen weg und drehe mich um.
„Ja?"
„Fuchs mein Name. Kommissar Baumann schickt mich. Ich soll kurz nach Ihnen sehen."
„Unverändert." sage ich.
Das Wort hat eine andere Bedeutung für mich bekommen. Sonst war ich diejenige, die die Angehörigen darüber informiert. Dann war ‚unverändert' nicht unbedingt negativ. Unverändert hieß, die Werte waren stabil. Unverändert im künstlichen Koma hieß, dass der Körper seine Arbeiten verrichten kann.

Jetzt ist es eine schwere Last, die auf meinen Schultern thront. Jetzt ist es eine Sekunde, die zur Ewigkeit wird. Jetzt ist es das Warten auf eine Verbesserung. Jetzt ist unverändert mein Feind geworden.

„Elisabeth Kampmann ist jetzt bei Ihnen. Sie sagte, Sie hätten vereinbart, dass sie sich um alles kümmert?"

„Ja, das stimmt."

„Okay. Ich habe hier einige Sachen von Jonas Richter."

Er hebt den durchsichtigen Plastikbeutel hoch, den er bei sich hat und reicht ihn mir.

„Es sind persönliche Dinge, die uns die Unfallchirurgie ausgehändigt hat. Die meisten Sachen werden zu Beweismitteln, wie seine Kleidung. Aber ich dachte, Sie hätten diese Sachen vielleicht gerne."

Schon tausend Mal habe ich diese Beutel gesehen. Die OP-Schwestern packten die Sachen zusammen und legten sie zur Seite, während ich mich für die Operation vorbereitete. Jetzt halte ich einen davon in der Hand. Und darin sind nur wenige Sachen. Ich erkenne das Notizbuch, einen Stift, ein altes Portemonnaie, ein paar Münzen.

Das ist alles.

Alles, was mir von Jonas bleiben würde, wenn irgendwas schieflaufen sollte.

„Danke."

Gedankenverloren streiche ich über den Beutel. Drücke ihn an meine Brust.

„Selbstverständlich. Kriminalkommissar Baumann wird noch mal vorbeischauen. Vielleicht morgen oder übermorgen."

Ich nicke.

„Können Sie uns bitte informieren, wenn sein Zustand sich verändert?"
„Selbstverständlich."
„Gut, dann werde ich Sie wieder allein lassen."
„Vielen Dank für die Sachen."
Er blickt mich einen Moment lang an.
„Gern geschehen. Passen Sie auf sich auf."
Dann winkt er zum Abschied und verlässt den Raum.
Matt lege ich den Beutel vorsichtig auf das Bett und setze mich wieder auf den Stuhl. Ich umfasse seine Hand und lege meinen Kopf auf das Bett.
Ich schließe meine Augen.
Und wieder sehe ich ihn fallen.

55. KAPITEL
<Lissie>

Der Handwerker setzt ein Provisorium als Haustür ein und hat auch gleich das Fenster notdürftig mit Holzplatten wieder verschlossen. Er verspricht, in den kommenden Tagen mit einem neuen Fenster und einer neuen Tür vorbeizukommen um sie einzusetzen. Die Spuren am Boden hat er während seiner Arbeit mit keinem Wort erwähnt, als würde bei all seinen Kunden Blut auf dem Boden kleben.

Doch ich kann es jetzt wirklich keine Sekunde mehr ertragen.

Ich brauche eine Weile, bis ich die Putzsachen in einer Art Waschküche finde. Ich fülle einen Eimer mit heißem Wasser und gebe etwas Putzmittel hinzu.

Zunächst fege ich vorsichtig die Glassplitter zusammen und werfe sie in den Müll. Und dann knie ich neben dem Fleck und beginne, vorsichtig das Wasser darüber zu verteilen. Stück für Stück verschwindet er im Putzeimer. Das Wasser färbt sich rot.

Als ich endlich fertig bin, stehe ich auf und bewundere mein Werk. Doch der Fleck ist noch nicht weg. Obwohl ich das Blut aufgenommen habe, sieht man deutlich eine Veränderung im Holzboden. Er hat das Blut scheinbar aufgesogen.

Verdammt!

Ich schnappe mir mein Smartphone und wähle die Nummer meiner Schwester.

Es klingelt ein paar Mal, bis sie sich meldet.

„Hey. Sag mal, weißt Du, wie ich Blut von Holzboden weg bekomme?"

„WAS?!" schreit sie auf.

Ich rolle genervt mit den Augen.

„Blut, Boden, Holz?" wiederhole ich.
„Blut?"
„Weißt Du das oder nicht?"
„Was ist nur los mit Dir? Du rufst mich nach unserem Streit heute Morgen an, um mich zu fragen, wie Du Blut vom Boden kriegst?"
„Schon gut. Weißt Du was, ich schau mal im Internet."
Ich höre, wie sie ein paar Mal tief ein- und ausatmet.
„Das ist mir einfach zu viel." sagt sie leise.
„Mir zu sagen, wie man das weg bekommt?"
„Nein, die Scheiße, in die Du Dich immer wieder reinreitest."
„Im Augenblick bin ich im Haus einer Ärztin und versuche, die Spuren von einem Angriff auf meinen besten Freund wegzubekommen, damit sie sie nicht sehen muss, wenn sie von seinem Krankenbett nach Hause kommt. Ich finde so verrückt ist es dieses Mal gar nicht."
„Du weißt ganz genau, was ich meine."
Ihr liebstes Argument.
„Hör zu, ich finde auch eine Antwort darauf im Internet. Nicht schlimm. Ich melde mich wieder, wenn Du Dich beruhigt hast."
„Ich mich beruhigt habe? Wie wäre es, wenn Du Dich mal bei mir entschuldigst?"
„Wofür?"
„Dafür, dass die Polizei vor meiner Wohnung stand. Dafür, dass Du Dich immer in Schwierigkeiten bringst. Und dass Du dann am Ende wieder auf meiner Türschwelle stehst mit neuen Schauergeschichten. Ich habe immer Angst um Dich. Ist Dir das klar? Ich denke jedes Mal, wenn Du aus der Haustür stürmst, dass es vielleicht das letzte Mal ist, dass ich Dich zu Gesicht bekomme."

„Es tut mir leid." sage ich trocken.
„Einfach so?"
„Nicht genug?" frage ich trotzig.
„Nein, Lissie. Nicht genug."
„Okay. Ich lass mir was einfallen. Aber jetzt muss ich den bescheuerten Flecken wegkriegen. Ich kann ihn echt nicht mehr sehen."
Ich nehme den Hörer vom Ohr und will auflegen, als ich sie seufzend sagen höre: „Wo genau bist Du denn?"

Die Hände vor der Brust verschränkt starrt sie auf den Fleck am Boden.
„Wir brauchen Fleckenentferner. Hat sie sowas hier?"
„Keine Ahnung. Wie sieht sowas aus?"
„Wo hat sie ihre Putzsachen?"
Ich zeige auf die Wäschekammer.
„Dann lass uns nachsehen. Sonst müssen wir was holen."
„Wir müssen dann was holen?" frage ich sie verwundert.
„Willst Du meine Hilfe, oder soll ich wieder gehen?"
Wir finden Fleckenentferner und während Karina damit den Fußboden bearbeitet, hole ich die Sachen aus dem Wagen und trage sie ins Haus.
Als alle Sachen verstaut sind, schnappe ich mir eine Weinflasche und zwei Gläser aus der Küche und schlendere zu Karina.
„Kriegst Du ihn weg?"
„Schon passiert."
Sie zeigt auf den Boden. Im Licht der Lampe sieht man tatsächlich keinen Unterschied mehr zu dem restlichen Boden.
„Wow."

Ich stelle die Flasche und die Gläser auf den Boden und setze mich zu ihr.

„Das ist ja ein geiles Zeug."

„Wein?" fragt sie mich mit einem abschätzigen Blick auf die Flasche.

„Ja, mir ist jetzt nach Alkohol." antworte ich seufzend.

„Trinkst Du oft?"

„Wenn mein bester Freund angeschossen wird, dann ja."

Ich sehe, wie sie sich wieder aufplustert, um das nächste Donnerwetter über mich auszuschütten. Doch sie beißt sich auf die Zunge und nickt nur. Also schenke ich uns beiden etwas in die Gläser.

„Auf die Freundschaft." sage ich und proste ihr zu.

„Auf die Familie." sagt sie.

Und mit einem Zug leere ich mein Glas.

„Ach Lissie, lass es langsam angehen."

„Das erste Glas war zum vergessen. Das zweite Glas…" ich schütte mir nach „… ist jetzt zum gemütlichen Trinken."

„Was ist denn überhaupt passiert?"

Ich schwenke das Glas in meiner Hand und schaue auf die kleinen Wellen, die der Wein dabei schlägt.

„Kann ich Dich was fragen, Karina?"

„Klar."

„Warum war das nicht Deine erste Frage heute Morgen?"

„Du weißt warum."

„Nein. Sag es mir."

„Wir hatten beide diese scheiß Kindheit, erinnerst Du Dich."

„Wie könnte ich das vergessen?"

„Und Du bist dann einfach abgehauen und hast mich nicht mal angerufen."

„Du bist doch nach Münster gezogen und hast mich allein zurückgelassen."

„Ich hab mir solche Sorgen gemacht."

„Ich bin doch hier."

„Aber wie? Du lebst auf der Straße. Weißt nie wo Du die nächste Nacht schlafen wirst und ziehst mit diesem Typen durch die Lande und begibst Dich ständig in Gefahr. Es ist wie ein Film mit Dir. Ein schräger Film, der niemals endet."

„Ich musste einfach weg. Und Chucco ist nicht ein Typ. Er hat auf mich aufgepasst. Hat uns was für die Nächte gesucht und war immer für mich da in den letzten Jahren."

„Aber er ist ein Fremder. Wieso bist Du damals nicht zu mir gekommen."

„Du weißt genau warum."

„Nein, weiß ich nicht."

„Weil wir beide uns immer daran erinnern, was damals gewesen ist. Es ist, als würde es wieder real in Deiner Nähe. Und Du spürst das auch. Deswegen kriegen wir uns doch ständig in die Wolle. Wir können nicht aufeinander hocken. Das würde nicht gutgehen."

„Aber zwischen bei mir wohnen und auf der Straße leben, gibt es doch tausend Alternativen. Du bist doch nicht dumm, Lissie. Wieso nur machst Du nichts aus Dir."

„Weil das eben nicht so einfach ist."

„Du läufst immer noch vor ihm weg."

„Ach Karina, hör auf, herum zu philosophieren."

„Er ist tot."

„Was?"

„Er ist gestorben. Vor einem Monat."

„Und Mama?"

„Der geht es gut."
„Woran ist er gestorben?"
„Herzversagen."
„Er hatte ein Herz?" lache ich kalt auf.
Augenblicklich blitzen all die alten Erinnerungen in mir auf. Unser Vater war ein Tyrann. Er war so voller Wut und Hass. Mit großer Freude hatte er Karina und mich mit Gewalt ‚erzogen', wie er es nannte. Meine Mutter war viel zu schwach, um sich ihm entgegen zu stellen. Sie weinte bitterlich, wenn sie uns wieder mal mit Prellungen oder gebrochenen Knochen ins Krankenhaus fahren musste. Den Ärzten faselte sie irgendwas davon vor, dass wir uns beim Spielen verletzt hätten.
Und als Karina dann ausgezogen war, hatte er sich voll und ganz auf mich fixiert. Mich und meine blöde große Klappe. Irgendwann habe ich es einfach nicht mehr ausgehalten. Ich ging durch die Tür und blickte nicht zurück.
„Du brauchst nicht mehr vor ihm wegzulaufen."
Ich nehme noch einen Schluck Wein.
„Weißt Du schon, wo Du heute Nacht schläfst?" fragt Karina vorsichtig.
„Ja. Hier."
Ich nicke zur Treppe.
„Rosalie hat gesagt, ich kann erst mal ihr altes Zimmer nehmen."
Karina zieht ihre Augenbraue hoch.
„Einfach so?"
„Wie ‚einfach so'?"
„Sie lässt eine Wildfremde einfach so in ihrem Haus wohnen?"

„Ist sie jetzt scheiße, weil sie mich aufnimmt? Wäre es Dir lieber, sie würde das nicht tun und ich müsste im Winter mit dem Schnee draußen noch nach einer Unterkunft suchen?"
Wut kocht in mir hoch.
Ich beiße mir auf die Zunge.
Manchmal habe ich Angst.
Angst davor, so zu werden wie er.
Vor allem in ihrer Nähe.
„So habe ich das nicht gemeint."
Mit einer Bewegung nehme ich die Flasche und stehe wieder auf.
„Zeit, dass Du gehst. Danke für Deine Hilfe."

56. KAPITEL
<Rosalie>

Das Klacken der Tür, die ins Schloss fällt, lässt mich hochschrecken. Mein Kopf, noch nicht ganz wach, schnellt nach oben. Da steht Tom. Ein Tablett mit Essen in der Hand und eine Akte unter den Arm geklemmt.
„Hey!" sagt er. „Ich wollte Dich nicht wecken."
„Schon gut."
Ich strecke meine verspannten Muskeln.
„Meine Schicht ist zu Ende und ich wollte kurz nach Dir sehen."
„Das ist lieb, wäre aber nicht nötig gewesen."
„Ich weiß."
Er geht zum Tisch an der anderen Seite des Raumes.
„Komm. Du musst was essen."
„Keinen Hunger."
„Dann kriegst Du auch nicht die Ergebnisse vom CT zu sehen."
„Die habe ich schon gesehen."
„Auch die von der Untersuchung heute Nachmittag?"
„Woher hast Du die?"
Er lächelt.
„Ich wusste, dass ich Dich damit kriege. Komm schon. Ein wenig von dem leckeren Krankenhausbrot und seine Akte gehört ganz Dir."
Wie auf Befehl beginnt mein Magen zu knurren.
‚Verräter' denke ich.
Doch er hat ja Recht. Ich muss was essen. Also stehe ich auf und gehe zu ihm an den Tisch.
Ich greife nach der Akte. Doch er zieht sie weg.

„Erst essen."
„Sklaventreiber."
Schnell mache ich mir eines der Brote und stecke es zwischen meine Lippen.
Er lacht.
„Ruhig an. Die Akte läuft Dir nicht weg."
Da ich keine Chance habe, Tom umzustimmen, begnüge ich mich damit, das Brot zu essen, das er mitgebracht hat. Er plaudert währenddessen auf mich ein. Von seinem Tag. Von den Operationen, die er durchgeführt hat. Irgendwas von einer neuen OP-Schwester, auf die er offensichtlich ein Auge geworfen hat. Belanglosigkeiten, die mich davon ablenken sollen, weswegen wir hier eigentlich sitzen.
„Darf ich jetzt?" frage ich, als ich alles aufgegessen habe.
„Hier."
Er reicht mir die Akte. Ich öffne sie ungeduldig und ziehe die Bilder vom CT heraus. Ich halte sie gen Bett, sodass das schwache Licht hinter Jonas gegen sie scheint.
„Siehst Du, hier."
Er deutet auf das Bild.
„Warte."
Er nimmt die Akte und nimmt ein anderes Bild heraus. Er hält es daneben.
„Gestern Nacht und heute Nachmittag."
Es sind deutliche Veränderungen zu sehen. Sein Gehirn ist etwas abgeschwollen. Und die Blutung verschwunden.
„Es geht ihm besser." sagt Tom beruhigend.
„Gott sei Dank." flüstere ich.

„Ich habe mit dem Neurologen gesprochen. Er ist sehr zufrieden. Er will das künstliche Koma noch ein paar Tage aufrechterhalten. Bis die Schwellung vollständig ausgeheilt ist."
„Ich weiß wie das läuft Tom."
„Ich dachte, Du willst es vielleicht trotzdem noch mal hören."
Wir legen die Bilder wieder in die Akte.
„Ich habe nur keine Ahnung, was ich machen soll, wenn er am Ende nicht wieder aufwacht."
Ich beginne zu zittern.
Tom greift nach meiner Hand auf dem Tisch und drückt sie fest.
„Er wird aufwachen. Da bin ich mir sicher."
„Du weißt genauso gut wie ich, dass das jetzt kein Mensch vorhersagen kann." erwidere ich trotzig.
„Wenn Du an meinem Bett sitzen würdest, würde ich wieder aufwachen."
Erschrocken ziehe ich meine Hand aus seiner und sehe ihn fragend an.
„Was meinst Du damit."
„Du bist wunderschön. Du bist intelligent. Willensstark. Als ich bei Dir war. Bei unserem Date. Ich wollte nicht einfach mit Dir schlafen. Deshalb habe ich Deine Versuche ignoriert. Ich wollte, dass Du mehr für mich wirst."
„Und Du denkst, jetzt ist ein guter Zeitpunkt, mir das zu sagen? Während ich am Bett meines Freundes sitze und Angst habe, dass er nie mehr aufwacht? Was zum…"
Ich springe von meinem Stuhl hoch.
„Verschwinde hier. Sofort!"
Unbeirrt nimmt Tom die Akte und das Tablett vom Tisch.

„Ich wollte Dir nur sagen, wenn er für Dich nur halb so viel empfindet wie ich, dann wird er alles tun, um wieder bei Dir zu sein."

„Er kann GAR NICHTS tun."

„Du weißt ebenso viel über die Wahrnehmung von Patienten im Koma wie ich. Und welche Auswirkungen das haben kann."

„Dafür gibt es keine Beweise."

„Was Du brauchst, sind keine Beweise! Was Du brauchst, Rosalie, ist Hoffnung!"

Damit wendet er sich zur Tür und geht.

„Er hat ja Recht."

Meine Stimme hallt fast in dem sonst so stillen Raum.

Ich habe mich auf das Bett gesetzt. Halte Jonas Hand.

„Du fehlst mir."

Stille.

„Bitte verlass mich nicht."

Eine Träne folgt der Ersten. Sie tropfen auf das Bettlaken. Ungehindert.

„Ich weiß nicht, wie ich ohne Dich leben kann. Wieso kann ich nur nichts tun? Wieso kann ich Dir nicht irgendwie helfen?"

Mein Blick verweilt auf seinem Gesicht.

„Du schläfst. Du schläfst nur. Bald wachst Du wieder auf. Ich bin hier. Ich werde nicht weggehen. Ich werde auf Dich warten. Du wirst aufwachen."

Doch meine Worte verschluckt die Stille.

Ich weiß, dass er nicht reagieren kann.

Und trotzdem hoffe ich es.

Nur ein kleines Zeichen.

Von mir selbst genervt, stehe ich wieder auf.

Laufe im Zimmer auf und ab.

Ich beginne, ein Lied zu singen. Ich weiß nicht, welches es ist. Ich achte nicht darauf. Er soll nur wissen, dass ich hier bin. Wenn er mich hören kann, dann soll er wissen, dass ich hier bin.

Mein Blick fällt auf den Beutel, der noch immer auf dem Bett liegt. Ich gehe rüber und schütte die Sachen auf das Bett.

Dann greife ich nach dem Notizbuch.

Vor meinen inneren Augen sehe ich ihn wieder im Sessel sitzen. Den Stift zwischen den Lippen. Das war erst vor ein paar Tagen. Es fühlt sich an, als wäre es Jahre her.

Ich öffne es und blättere durch die Seiten.

Zeilen über Zeilen. Zeichnungen. Worte. Gedanken.

Die Seiten sind leicht gelb.

Die Schrift auf den ersten Seiten leicht ausgeblichen.

Ich blättere zur letzten beschriebenen Seite.

Mein Name steht oben drauf. Daneben hat er ein Herz gemalt.

Darunter steht ein Text. Rechts und links davon hat er Blumen gemalt. Sie ähneln denen, die ich auf dem Rücken trage.

Laut beginne ich die Zeilen vorzulesen.

> *„Die Sonne erscheint am Horizont.*
> *Färbt alles in ein sanftes Rot.*
> *Es ist geschehen, es ist soweit.*
> *Ich bin wieder ich..."*

57. KAPITEL
<Lissie>

Schon bevor ich die Augen aufschlage, fühle ich die pochenden Kopfschmerzen. Ich hätte den Wein nicht trinken sollen. Ich weiß, dass ich ihn nicht vertrage.
Müde strecke ich mich unter der warmen Decke.
Ich nestle mein Smartphone vom Nachttisch und schalte es ein.
Kein Anruf.
Keine Nachricht.
Konny ist ein Arschloch!
Eigentlich wollte er nach Münster kommen, sobald die Luft rein ist. Doch seitdem ich hier bin, hat er sich noch nicht einmal gemeldet. Vermutlich hat er längst eine andere.
Vollidiot!
Ich werfe die Decke von meinen Beinen und stehe auf.
‚Ich hab es Dir gleich gesagt.' höre ich Chuccos Stimme sagen.
Die Kopfschmerzen werden stärker.
Ich beeile mich, meine Sachen zusammenzusuchen und gehe ins Bad.
Die Sachen die hier stehen, hat schon lange niemand mehr benutzt. Aber trotzdem war kaum Staub darauf.
Mit einem Griff habe ich den Wasserhahn geöffnet und nach einigem Quietschen in der Leitung, tropft Wasser in die Duschwanne.
„Tu mir das nicht an!" schimpfe ich sie an.
Und wie auf Kommando raschelt und blubbert es und die Wassertropfen werden zu einem Strahl.
Ich lege meine Sachen auf den Toilettendeckel und stelle mich darunter.

Vor der Haustür ist ein Spiegel an der Wand. Und ich starre seit Minuten hinein. Ich weiß, wie ich aussehe. Weiß, wie ich auf andere wirke. Und sonst ist es mir scheißegal. Aber heute muss ich ins Krankenhaus. Zu Chucco. Und ich fühle mich unwohl in den Sachen. Weil sie deutlich zeigen, woher ich komme. Ich will nicht, dass die was Falsches über Chucco denken. Ich will nicht, dass sie mich heute so ansehen.

Mein Rucksack landet auf dem Boden und ich gehe wieder in Rosalies Schlafzimmer. Ich hatte vorhin die Taschen auf dem Bett ausgepackt und ein paar Sachen in meinen Rucksack gepackt. Sie freut sich sicher über ein paar frische Sachen.

Meine Augen scannen die Klamotten. Sie hat die gleiche Größe wie ich.

Ich nehme mir eine Hose und einen Pullover. Sie hat sicher nichts dagegen. Und ich leihe sie mir ja nur.

Also lege ich meine Sachen ab und ziehe ihre über.

Wieder im Flur, bleibe ich vor dem Spiegel stehen.

Besser!

Meine roten Haare bändige ich in einem Dutt. Ich werfe mir eine ihrer Jacken über, die an der Garderobe hängen, hebe meinen Rucksack auf und mache mich auf den Weg ins Krankenhaus.

Die Übelkeit kriecht wieder in meinen Magen und versucht, meine Speiseröhre zu erklimmen. Ich schaue nur auf den Boden. Atme tief ein und aus und bahne mir einen Weg zur Intensivstation.

„Guten Tag. Kann ich Ihnen helfen?"

Zwei Füße stehen mir plötzlich im Weg. Ich schaue auf.

Eine der Schwestern steht vor mir.

„Hallo! Ich war gestern schon mal hier. Ich will zu Chucco."
„Wir haben keinen Patienten mit diesem Namen."
„Verzeihen Sie. Ich meine Jonas. Ich bin seine Schwester."
„Jonas Richter?"
„Ja, genau."
„Er ist nicht im Zimmer zur Zeit."
„Was heißt das? Ist irgendwas passiert?"
„Er ist bei einer Untersuchung im Computertomographen, das dauert noch etwa eine Stunde. Vielleicht möchten Sie im Warteraum so lange Platz nehmen?".
„Nein, danke. Wissen Sie wo Rosalie ist?"
„Frau Dr. Bäumer? Sie hat ihn zur Untersuchung begleitet, glaube ich."
„Und wo ist das?"
„Dort ist leider kein Zutritt für Besucher. Nur für Ärzte und Patienten."
„Okay. Vielen Dank. Dann komme ich später wieder."
Ich drehe mich um und verlasse die Station.

Es dauert eine Ewigkeit, bis ich dahinter steige, wie das Krankenhaus aufgebaut ist und wo sie die Untersuchungsräume haben. Und noch mal ewig, bis ich den richtigen Gang finde. Aber dann erblicke ich Rosalie in einem schmucklosen, grauen Gang.
„Hey!" begrüße ich sie.
„Lissie! Wie kommst Du denn hierher?"
„War gar nicht einfach, Euch zu finden. Ist er in einem der Räume?"
„Ja. Er ist im CT."
„Dauert das lange?"
„Eine Weile."

„Was untersuchen die da?"
„Sie schauen sich sein Gehirn an. Und prüfen ob die Schwellung weiter zurückgegangen ist."
„Ist das gut?"
„Gestern Nachmittag war es schon etwas besser. Und ja, das ist gut. Wenn die Schwellung ganz zurückgegangen ist, können sie ihn aus dem künstlichen Koma holen."
„Also wird alles gut?"
„Das wissen wir erst, wenn er wach ist."
„Und wann wird das sein?"
„Keine Ahnung."
„Kann es auch sein, dass er nie wieder wach wird?"
Sie nickt. In ihren Augen sammeln sich Tränen.
Sie sieht müde aus. Tiefe Ringe haben sich unter ihren Augen gebildet.
„Hast Du geschlafen?"
„Ein wenig."
„Ich habe Dir ein paar frische Sachen mitgebracht."
Aus meinem Rucksack befördere ich die Sachen und gebe sie Rosalie.
„Oh Lissie, das ist lieb."
Sie nimmt die Sachen und steht auf.
„Ich gehe eben da rüber zur Toilette und zieh mich um. Bin sofort wieder da."

Alleine auf dem Gang, macht sich mein Magen wieder bemerkbar. Der Geruch von Desinfektionsmittel steigt in meine Nase und die alten Erinnerungen kriechen wieder aus ihren Löchern. Er ist tot!

Rosalie steht plötzlich vor mir.

„Alles okay, Lissie?"

„Ja, nur das Krankenhaus macht mich mürbe."

„Du musst nicht warten, wenn Du gehen willst."

„Nein, ich warte. Das geht schon wieder vorbei."

Sie wirft mir einen skeptischen Blick zu, belässt es aber zum Glück dabei und lässt sich auf den Stuhl neben mir fallen.

„Kannst Du die hier nachher mitnehmen?" fragt sie und zeigt auf ihre alten Sachen.

58. KAPITEL
<Rosalie>

Meine Sachen stehen ihr gut. Ungewohnt, sie mal nicht in ihren doch recht auffälligen Klamotten zu sehen.
Warum hat sie sich wohl für meine entschieden?
Nachdem sie jedoch so verschlossen ist, beschließe ich, es nicht weiter anzusprechen. Das Krankenhaus scheint ihr zu schaffen zu machen. Wir können später darüber reden.
„Hast Du zu Hause alles, was Du brauchst?" frage ich unverfänglich.
Sie nickt.
„Ein Handwerker war da, er kümmert sich um eine neue Tür und ein neues Fenster und hat solange Provisorien eingebaut."
Die Tür gegenüber öffnet sich und sie schieben Jonas auf den Gang.
Ich springe sofort von meinem Stuhl und gehe zum Bett.
„Wie sieht es aus?" frage ich den Assistenzarzt, der die Untersuchung durchgeführt hatte.
„Die Schwellung ist weiter zurückgegangen. Aber sie sollten das mit dem Neurologen besprechen."
„Schon gut, das reicht mir erst mal als Information."

Wieder im Zimmer, schließen die Schwestern Jonas wieder an die Maschinen an.
„Er hat gar keinen Schlauch mehr im Mund." sagt Lissie leise zu mir, während wir ihnen bei der Arbeit zusehen.
„Sie haben die Narkose etwas reduziert und die künstliche Beatmung eingestellt."
„Die Narkose? Ich dachte, er liegt im künstlichen Koma."

„Das ist eine lange Narkose. Sie betäuben den Körper, damit er sich im Schlaf besser erholen kann."
„Wieso haben sie es reduziert?"
„Weil es ihm langsam besser geht."
„Kann er dann jetzt aufwachen?"
„Noch nicht. Der Neurologe kommt später, dann wird er sich die Bilder ansehen und entscheiden, wie es weitergeht."
„Wenigstens hat er keinen Schlauch mehr im Mund."
Lissie hat Recht. Es ist eigentlich ein großer Schritt. Doch als solchen habe ich ihn gar nicht wahrgenommen. Die Angst, dass er am Ende nicht aufwacht, ist stärker als jede Vernunft. Tom hatte Recht.
Was ich brauche, ist Hoffnung.

Es dauert nicht lange, bis die Tür sich wieder öffnet und der Neurologe eintritt.
„Dr. Bäumer?"
„Guten Tag, Dr. Klein."
„Hallo." sagt Lissie.
Sie steht auf und geht zur anderen Seite des Raumes. Stellt sich mit dem Rücken zu uns. Ich meine, sie etwas murmeln zu hören.
„Ich dachte, die wollen Sie sich ansehen."
Er reicht mir ein Tablet. Darauf sind die Bilder vom CT.
Ich zoome an die betroffene Stelle, kann aber keine Schwellung mehr erkennen.
„Wie Sie sehen können, hat sich die Schwellung vollständig zurückgebildet."
Mein Herz macht einen Hüpfer.
„Wann können Sie ihn operieren?"

Lissie dreht sich zu uns um, sieht mich fragend an.

„Wir wollen heute Nachmittag die Schädelplatte wieder einsetzen. Danach wollen wir die Narkose langsam absetzen."

Bei dem Wort Schädelplatte schlägt sich Lissie eine Hand vor den Mund, die andere vor den Bauch. Sie flitzt an uns vorbei aus dem Zimmer.

„Ist mit ihr alles okay?" fragt Dr. Klein leicht amüsiert.

„Vermutlich etwas zu viel für ihren Magen."

„Gut. Haben Sie noch Fragen?"

„Nein, eigentlich nicht. Ich bin mit der Vorgehensweise vertraut."

„Sollte sich was ändern, sagen Sie den Schwestern, sie sollen sich bei mir melden. Ich werde später noch mal nach ihm sehen."

„Vielen Dank für alles."

Er nickt. Verlässt dann das Zimmer. Und wieder bin ich alleine mit Jonas.

Ich gehe zum Bett, nehme seine Hand.

„Du kommst zurück. Du musst zurückkommen. Hörst Du?"

Lissie!

Sie hatte ich für einen Augenblick fast vergessen.

Schnell eile ich aus dem Zimmer und sehe mich suchend um.

Sie ist nicht auf dem Gang, also gehe ich zur nächsten Toilette.

Hinter einer der Türen höre ich sie schniefen.

„Lissie?" frage ich vorsichtig.

„Könnt Ihr einen nicht vorwarnen, bevor ihr so einen Horror vom Stapel lasst?"

Unfreiwillig muss ich grinsen.

„Wir?"

„Ja!"

Ich höre wie sie würgt, doch sie erbricht sich nicht.
„Hast Du heute Morgen was gegessen?"
Sie zieht die Spülung und kommt aus der Kabine.
Weiß wie Schnee.
„Zum Glück nicht."
Sie beugt sich über das Waschbecken und lässt kaltes Wasser durch ihre Finger rinnen, bevor sie den Kopf darunter hält.
Ich nehme ein paar Papiertücher und lasse Wasser darüber laufen. Dann lege ich sie ihr in den Nacken.
Sie bleibt kopfüber vor dem Waschbecken stehen und atmet ein paar Mal tief durch.
„Wir sollten was essen gehen. Ich könnte auch was vertragen."
„Erzähl mir erst, was genau das heißt, die Schädeldecke wieder einsetzen."
„Bist Du Dir sicher?"
Sie nickt.
„Lieber hier, wo die Toilette in unmittelbarer Nähe ist."
Ein verstohlenes Lächeln huscht über ihr Gesicht.
„Jonas hat sich bei seinem Sturz ein Schädel-Hirn-Trauma zugezogen. Das bedeutet, dass sein Gehirn angeschwollen ist. Im Schädel ist aber nicht sehr viel Platz. Wenn also das Gehirn anschwillt, entnimmt man in schwierigen Fällen ein Stück der Schädeldecke, um dem Hirn Platz zu geben."
„Das heißt, der liegt jetzt da, mit einem offenen Kopf?"
Sie sieht mich entsetzt an.
„Ja, im Moment noch."
„Und wo ist seine Schädeldecke."
Ich lache auf, doch bei dem bösen Blick den Lissie mir zuwirft, beiße ich mir auf die Zunge.

„Ach Lissie, das ist auch nur ein Knochen und man hat ihm nur einen kleinen Teil entfernt. Der liegt jetzt auf Eis und heute Nachmittag setzen sie es wieder ein."
„Ihr Ärzte seid alle total bescheuert."
„Wieso?"
„Weil das der Horror ist. Wenn ich mir das auch nur vorstelle."
Wieder beginnt sie zu würgen. Doch sie kann ihre Magen beruhigen.
„Okay. Genug davon. Ich muss hier raus. Ich brauche dringend frische Luft."
„Ist gut, komm. Ich begleite Dich."
Ich hake mich bei ihr unter und zusammen machen wir uns auf den Weg zum Aufzug.

59. KAPITEL
<Lissie>

Kaum sind wir vor der Tür, da reiße ich fast die Schachtel Zigaretten aus meiner Tasche. Mit zitternden Fingern ziehe ich eine heraus und zünde sie mir an.

„Du solltest wirklich nicht rauchen."

„Du bist nicht meine Mutter." sage ich trotzig.

„Ich meine nur, wegen Deines Kreislaufes."

„Wir sind vor der Tür. Hier bist Du keine Ärztin. Hier bist Du Rosalie."

Sie kichert.

Ich funkle sie böse an, doch eigentlich hat sie ja Recht.

Ein paar Züge, dann werfe ich sie in den Schnee.

„Besser?"

„Ein bisschen."

„Wollen wir was essen?"

„Aber nicht im Krankenhaus."

„Die Cafeteria ist im Eingangsbereich. Stell Dir einfach vor, es wäre eine Einkaufsmeile."

Sie hakt sich wieder bei mir unter und wir gehen um das Gebäude herum. Tatsächlich wirkt der Eingang nicht wie der eines Krankenhauses. Und es riecht auch nicht so stark nach Desinfektionsmittel.

Wir suchen uns einen freien Tisch und Rosalie sieht mich auffordernd an.

„Was ist?"

„Du hast mein Geld." sagt sie grinsend.

„Ach ja."

Ich ziehe ihr Portemonnaie aus der Tasche und reiche es ihr.

„Was willst Du?"
„Ein Wasser."
„Nichts zu essen? Die Küche ist sehr gut."
„Ich habe keinen Hunger."
Sie zuckt mit den Schultern und geht zur Theke, um ihre Bestellung aufzugeben.
Nach den letzten Tagen, ist es offensichtlich, wie viel Chucco ihr bedeutet. Doch Chucco ist ein Einzelgänger. Ein verschlossener Kauz. Es fällt mir schwer, mir vorzustellen, dass er sich ihr gegenüber geöffnet hat. Immerhin bin ich schon seit Jahren an seiner Seite und trotzdem erzählt er mir nie, wovon er nachts träumt, wenn er schreiend aufwacht.
Ob er ihr das erzählt hat?
Sie ist wirklich eine schöne Frau. Die wenigen Männer im Café drehen sich alle zu ihr um. Doch, sie scheint es nicht im Mindesten zu interessieren. Ich bin mir nicht mal sicher, ob sie das überhaupt mitbekommt.
Strahlend kommt sie wieder zum Tisch zurück.
„Heute gibt es Grünkohl. Ich habe Dir auch gleich eine Portion bestellt. Falls Du doch noch Hunger kriegen solltest."

Die Zeit mit ihr verfliegt nur so. Sie gibt sich alle Mühe, um mich abzulenken und mich zum Lachen zu bringen. Obwohl ich in ihren Augen sehe, dass ihr danach eigentlich nicht zu Mute ist. Immer wieder sieht sie zur Uhr.
„Wenn Du wieder zu ihm willst, geh ruhig." sage ich, als ich die letzten Bissen des Eintopfs auf meine Gabel lade.
„Ich kann doch nichts machen. Und das Sitzen und Warten macht mich noch verrückt."

„Wenn sie heute Abend die Narkose beenden, wann wird er dann aufwachen?"

„Das kann ein paar Stunden oder Tage dauern."

„Tage?"

„Ja. Lissie, es kann auch sein, dass er gar nicht wieder wach wird."

„Er wird wieder wach." sage ich bestimmt.

Traurig sieht sie mich an.

„Wieso bist Du so sicher?"

„Ich kenne Chucco schon sehr lange. Der ist nicht so für's Schlafen."

Sie lehnt sich im Stuhl zurück, wischt wie beiläufig eine Träne aus ihrem Augenwinkel.

Sanft greife ich nach ihrer Hand.

„Hey." sage ich. „Er macht das schon. Er ist hart im Nehmen."

„Was, wenn nicht?"

„Was, wenn doch?"

Ihre Augen wandern wieder zur Uhr.

„Geh schon."

„Willst Du nicht mit?"

Ich schüttle den Kopf.

„Für mich ist das hier nichts. Ich gehe besser wieder zum Haus. Keine Ahnung, wann der Handwerker wiederkommt."

„Danke, dass Du Dich darum kümmerst."

„Kein Problem. Tut mir leid, dass ich Dir hier keine große Stütze bin."

„Du bist mir eine riesige Hilfe." sagt Rosalie.

Sie steht auf, drückt mich fest und gibt mir ihr Portemonnaie wieder.

„Warte noch."

Ich ziehe einen Stift aus der Tasche und kritzle auf eine der Servietten meine Telefonnummer.

„Ruf mich bitte an, wenn er wach werden sollte oder wenn Du irgendwas brauchst."

Sie nimmt die Serviette und streicht mir über die Haare.

„Das mache ich. Danke Lissie."

Dann dreht sie sich um und verschwindet eiligen Schrittes aus dem Café. Nicht auf die Blicke achtend, die ihr nachgeworfen werden.

Stunden später liege ich wieder in ihrem alten Bett. Nochmal kontrolliere ich die Lautstärke meines Handys. Es ist auf brutal laut eingestellt. Ich will nicht verpassen, wenn sie noch mal anruft.

Sie hatte vorhin angerufen, um mir zu sagen, dass die Operation gut verlaufen ist und dass sie jetzt die Narkose einstellen. Das war um sechs Uhr. Mittlerweile ist es fast Mitternacht. Und noch hat sie nicht wieder angerufen.

Aber sie hat gesagt, dass wir Geduld brauchen.

‚Es kann Stunden oder Tage dauern.' höre ich ihre Stimme sagen.

Hauptsache, er wacht überhaupt wieder auf.

Ich kneife meine Augen fest zusammen und versuche die blöden Tränen wegzuwischen, die schon wieder in meinen Augen brennen.

60. KAPITEL
‹Jonas›

Schmerz hämmert durch meinen Kopf. Ich will meine Hand darauf legen, doch ich kann sie nicht bewegen. Spüre ich sie überhaupt?
Wo bin ich?
Was ist passiert?
Und dann sehe ich die Bilder wieder vor mir.
Silbern blitzt die Waffe in Max' Hand, als er sie auf Rosalie richtet. Ich hechte auf Max zu, versuche ihn aufzuhalten, da löst sich ein Schuss und ich werde ich zu Boden geworfen.
Rosalie!
Wo ist sie?
Ich will meine Augen öffnen.
Doch meine Augenlider sind viel zu schwer.
Rosalie?
Ich versuche, ihren Namen zu sagen. Doch auch mein Mund gehorcht mir nicht.
Mein Hals kratzt.
Verdammt!
Wo zum Teufel bin ich?
Ich versuche, mich zu beruhigen. Mich zu konzentrieren.
Piep.
Piep.
Piep.
Meine Ohren funktionieren also noch.
Doch ansonsten höre ich nichts. Bleierne Stille.
Konzentrier Dich.
Öffne Deine Augen.

Wieder und wieder versuche ich es. Und irgendwann kann ich sie tatsächlich einen Spalt öffnen.

Weiß.

Ansonsten ist alles verschwommen.

Geblendet fallen meine Lider wieder über meine Augen.

Ich muss sie wieder öffnen. Ich muss herausfinden, was mit Rosalie ist.

Wurde sie getroffen?

Wieder öffne ich meine Augen. Dieses Mal fällt es mir etwas leichter.

Langsam fokussieren meine Augen einen Punkt an der Wand. Und das Bild um mich herum wird schärfer.

Weiße Wände. Ein Bett. Und da!

Rosalie!

Wieder versuchen meine Lippen ihren Namen zu sagen. Doch außer einem röchelnden Geräusch kommt nichts daraus hervor.

Genervt schließe ich wieder die Augen.

Sie ist okay!

Sie ist hier!

Ein weiteres Mal öffne ich die Augen.

Sie ist immer noch da.

Sie scheint zu schlafen.

Ihre Hände halten meine und sie sitzt auf einem Stuhl, ihren Kopf auf dem Bett.

Meine Hand ist nur wenige Zentimeter von ihrem Gesicht entfernt. Ich will sie berühren. Doch sie gehorcht mir nicht. Aber ich spüre ihre Finger. Oder glaube ich das nur?

Meine Augen wandern nach rechts und links.

Ich bin im Krankenhaus.

Sie muss sich schreckliche Sorgen machen.

Wie lange habe ich geschlafen?
Wieder lasse ich meinen Blick zurück zu ihr gleiten.
Sie hat viel geweint.
Ich sehe es ihr an, auch wenn sie die Augen geschlossen hat.
Tiefe Ränder sind darunter in ihrer Wange eingegraben.
Lippen, rot wie Blut.
Haut, weiß wie Schnee.
Haare, schwarz wie Ebenholz.
„Schneewittchen." sage ich und dieses Mal durchbrechen die Worte die Barriere auf meinen Lippen.
Leise.
Aber sie sind da.
Augenblicklich schlägt Rosalie ihre Augen auf.
„Jonas?"
Sie sieht verschlafen zu mir hoch.
„Rosalie."
„Jonas!"
Erleichterung in ihren Augen.
„Jonas, Du bist wach."
„Geht es Dir gut?"
Sie lacht hohl auf, während dicke Tränen ihre Wangen hinabrollen.
„Nicht weinen."
Ich versuche, meine Hand zu heben. Ihre Tränen wegzuwischen, doch sie bewegen sich nicht.
„Ich rufe die Schwester." sagt sie und steht auf.
„Nein! Bleib."
„Aber sie müssen nach Dir sehen."
„Das können sie später noch. Komm her."

Sie tritt an meine Seite. Beugt sich über mich und haucht einen Kuss auf meine Stirn.

„Spürst Du das?" fragt sie.

„Ja."

„Jonas, es tut mir so leid."

Sie greift wieder nach meiner Hand und legt sie in ihre. Sanfte Wellen schwimmen durch meine Adern.

Ja, ich kann sie spüren.

Wieder versuche ich, sie zu bewegen. Doch es gelingt mir nicht.

„Ich kann meine Hand nicht bewegen."

„Mach ruhig. Du hast Zeit."

„Ich will Dich berühren."

Sie nimmt meine Hand, legt sie an ihre Wange.

Ich spüre die feuchten Tränen an meinen Fingern.

„Kannst Du das fühlen?"

„Ja. Wieso weinst Du?"

„Ich dachte, ich hätte Dich verloren."

„Ich dachte das Gleiche von Dir."

„Es ist alles meine Schuld."

„Was ist Deine Schuld?"

„Ich hätte es Dir sagen sollen."

„Wusstest Du, dass sie da sein würden?"

Sie schüttelt ihren wunderschönen Kopf.

„Aber ich wusste, dass sie Dir auf den Fersen sind."

„Rosalie, das spielt doch überhaupt keine Rolle. Ich bin müde. Erzähl es mir nachher, okay?"

Erschöpft nickt sie.

„Soll ich jetzt die Schwestern holen?"

„Nein. Leg Dich zu mir."

„Das geht nicht."

Ich muss lächeln.

„Sonst war ich immer derjenige, der das gesagt hat."

Auch ihre Lippen verziehen sich zu einem Lächeln. Auch wenn es nicht bis zu ihren Augen reicht.

„Warum geht das nicht?"

„Ich will Dir nicht wehtun."

„Bitte, Rosalie. Halt mich fest."

Mehr braucht es nicht.

Vorsichtig zieht sie die Bettdecke herunter und legt sich zu mir. Meinen Arm legt sie um sich, bevor sie die Decke wieder über uns ausbreitet.

Ich spüre jede ihrer Bewegungen, den Lufthauch, ihre Wärme als sie neben mir liegt.

„Aber nicht lange." sagt sie mahnend.

„Nur eine kleine Weile. Ein paar Minuten schlafen."

„Ich liebe Dich." flüstert sie noch, doch da fallen mir schon die Augen zu und ich gleite in den Schlaf.

Als ich wieder wach werde, ist sie immer noch da. Ich spüre sie und rieche ihren wundervollen Duft. Es pocht immer noch ein Schmerz in meinem Kopf, doch er ist nicht mehr so stark.

Ich öffne meine Augen. Es klappt beim ersten Versuch.

Ihr Bein liegt über meinen. Ihr Arm ist um mich geschlungen. Und meine andere Hand ruht darauf. Ich habe sie also offensichtlich im Schlaf bewegt.

Ich versuche, sie zu bewegen und ich sehe, wie sie langsam über ihren Arm streicht.

Sie scheint noch zu schlafen.

Die Tür öffnet sich und eine Schwester kommt herein.

Ich bewege die Hand zu meiner Lippe und lege einen Zeigefinger darauf.
Sie strahlt mich an und nickt.
Vorsichtig, auf Zehenspitzen, geht sie neben mir ans Bett. Ich folge ihren Bewegungen und kann sogar den Kopf leicht neigen.
Sie drückt auf ein paar Maschinen herum, dann legt sie ihre Hand auf meine Stirn. Sie zwinkert mir zu und sieht mich auffordernd an. Ich zwinkere ebenfalls. Sie hält den Daumen nach oben.
Ihre Hände machen eine Bewegung, als würde sie eine Handpuppe tragen, die reden kann.
„Ja." flüstere ich.
Sie schaut zu Rosalie und hält wieder den Daumen hoch.
Dann winkt sie mir zu und verschwindet aus dem Raum.
Und wir bleiben zurück.
Meine Hand lege ich langsam wieder auf Rosalies Arm.

Teil V

Ein neuer Tag. Ein neuer Anfang.
Die Nacht liegt weit hinter uns.
Schwarz in schwarz die Dunkelheit.
War sie schon zu lange ein Teil von mir.
Ihr Lachen leitet mich.
Zurück ins Leben.
Zurück ins Jetzt.
Alles Dunkel ist vergangen.
Aller Schmerz gestillt.
Sie ist hier.
Wo anders sollte ich sein?
Sie ist ein Teil von mir.
Für immer.
Ein letztes Mal.
Für Dich.
Meinem Bruder.
Meinem Freund.
Noch ein einziges Mal.
Dann wartet die Zukunft auf mich.
Und alles, was war, bleibt hier zurück.
Ich lasse Dich fliegen.
Mit den Möwen im Wind.
Ich lasse Dich frei.
Halte nicht mehr an Dir fest.
Sie wird mich leiten.
Mit ihr werde ich gehen.
Zu allem, was ist.
Und allem, was sein wird.
Leb wohl.
Und ruhe in Frieden.
Wir werden uns wiedersehen.
Wenn die Zeit reif ist dafür.

61. KAPITEL

Die ersten Strahlen der Frühlingssonne kämpften sich durch die Wolkendecke, die seit Tagen über der Stadt hing. Auf dem Parkplatz vor dem Polizeirevier fuhr ein großer schwarzer Wagen. Als er geparkt hatte, öffnete sich die Fahrertür und eine junge Frau mit langen schwarzen Haaren stieg aus. Sie ging zur Beifahrerseite und öffnete die Tür.
Zunächst kamen Krücken zum Vorschein, doch ihnen folgte ein junger Mann, der sich darauf abstützend auf den Weg zum Eingang machte. Sie ging an seiner Seite, öffnete ihm die Tür.
Im Flur wartete bereits Kriminalkommissar Baumann auf die Beiden.
„Bereit?" fragte er an Jonas gewandt.
„Augenblick." antwortete der ihm.
Er wandte sich an Rosalie.
„Ich liebe Dich."
„Ich liebe Dich auch." flüsterte sie. „Bist Du Dir sicher, dass ich nicht mitgehen soll?"
Er nickt.
„Das mache ich alleine."
Sie hauchte einen Kuss auf seine Stirn.
Dann ging Baumann voraus den Gang entlang und Rosalie ließ sich auf einen der Stühle sinken.
Bei der Befragung hatte sie neben ihm gesessen und seine Hand gehalten. Doch den Termin heute wollte er allein hinter sich bringen.
Es war lange Zeit fraglich, ob der Tatverdächtige sich zu diesem Treffen bereit erklären würde. Doch er ignorierte den Rat

seines Anwaltes und hatte letztlich zugestimmt. Er bestand sogar darauf, dass dieser ohne seinen Anwalt stattfinden würde. Baumann war extra für diesen Termin von Berlin angereist. Seit seiner Verhaftung sprach Achim Koch nur mit seinem Anwalt. Baumann war gespannt, ob und was der Junge ihm zu sagen hatte. Und warum Koch zugestimmt hatte.

Er zeigte Jonas Richter die Tür zum Verhandlungszimmer, klemmte eine Aktenmappe unter seine Achsel und gesellte sich dann zum Anwalt von Koch und dem Staatsanwalt in einem separaten Raum, indem sie dieses Treffen verfolgen konnten.

Jonas atmete tief ein und wieder aus. Dann öffnete er umständlich die Tür und trat ein.

„Was willst Du?" knurrte Achim Koch.
„Dir auch einen schönen Guten Tag." sagte Jonas gelassen.
Er schloss die Tür wieder und humpelte zum Tisch. Die Mappe legte er darauf, dann setzte er sich auf den Stuhl gegenüber von Achim.
„Was soll das werden? Ein Verhör?" fragte Achim genervt, den Blick auf die Akte gerichtet.
„Du weißt, dass es keins ist. Sonst hättest Du Deinen Anwalt zu diesem Treffen eingeladen."
„Also? Was willst Du."
„Eigentlich fehlen Dir Informationen. Und die Staatsanwaltschaft hat mir erlaubt, dass ich sie Dir gebe."
„Warum sollten sie das erlauben?"
„Geduld. Wir haben Zeit."
„Stell Deine Scheiß-Frage und dann scher Dich zum Teufel."
Jonas grinste, was Achim nur noch wütender machte.
„Was gibt es da zu grinsen?"

„Schon gut, fangen wir an."
Jonas faltete seine Hände auf dem Tisch.
„Sie haben alle Beweise hier zusammengetragen und werden Dir hier den Prozess machen."
„Das weiß ich schon. Aber viel Erfolg werden sie nicht haben. Alles was sie mir vorwerfen wollen, ist schon lange verjährt."
„Ich glaube, da täuscht Du Dich. Mord und Anstiftung zum Mord verjähren nicht. Gustav, Kristian und Max sind sehr redselig. Sie bestätigen nicht nur, dass sie auf Deinen Wunsch hin gemordet haben, sie gestehen auch Straftaten, die noch nicht verjährt sind. Die Liste wird von Stunde zu Stunde länger."
Achim funkelt ihn böse an.
„Du verschwendest meine Zeit, wenn das alles ist, was Du besprechen wolltest."
Jonas blickt ihm gelassen in die Augen.
„Gut, machen wir weiter. Sag mir, ob Du Deinen Jungs den Befehl gegeben hast, mich zu entführen. Oder war es Zufall?"
„Fick Dich."
„Ich nehme an, dass es Zufall war. Du warst überrascht, als Du mich gesehen hast. Aber Du hast mich erkannt, nicht wahr? Oder zumindest hast Du sie erkannt."
Jonas öffnete die Akte und holte daraus ein Foto hervor.
Er legte es vor Achim auf den Tisch.
Es war eine Aufnahme seiner Mutter.
Achim nahm es in die Hand. Strich über das Bild. Sein Mienenspiel wurde weicher, er zeigte sogar ein Lächeln.
„Erzähl mir, woher Du sie kanntest."
Der Blick von Achim ging zwischen dem Bild und Jonas hin und her.

„Du hast ihre Augen. Und ihre Wangenknochen. Man sieht deutlich ihre Gene in Deinem Gesicht."

Wieder strich er über das Bild.

„Wenn ich eine Schwäche in meinem Leben gehabt habe, dann sie. Das erste Mal sah ich sie auf der Bühne eines kleinen Theaters in Berlin. Sie war eine Schönheit und ich verliebte mich in der ersten Sekunde in sie. Doch ich war nicht gut für sie. Ich war einer Bande beigetreten. Nichts Wildes. Ein paar Einbrüche. Ein paar Diebstähle. Aber ich wusste, dass sie das nicht verstehen würde."

Er legte das Bild auf den Tisch.

„Doch ich konnte sie nicht vergessen. Und so ging ich wieder hin. Und wieder. Und wieder. Bis sie die letzte Vorführung des Stückes ankündigten. Ich schwor mir, sie nicht anzusehen. Ich schwor mir, sie zu vergessen. Ich schwor mir, dass ich sie nie wieder sehen würde.

Doch an dem Abend fand ich mich selbst vor dem Ausgang wartend mit Blumen in der Hand. Ich hatte meinen besten Anzug herausgesucht. Und stand dort im Dunkeln, bis sie herauskam.

Sie war verwundert, wollte erst an mir vorbeigehen. Doch ich lud sie zum Essen ein und weiß der Himmel warum, sie sagte zu. Also gingen wir in eine Bar in der Nähe. Wir aßen, tranken, lachten und tanzten die ganze Nacht.

Als ich sie morgens nach Hause brachte, sagte ich ihr, dass ich sie liebe. Und sie kicherte. Ein glockenhelles Lachen, das ich bis heute nicht vergessen kann."

Ein echtes Lächeln huschte über seine Wangen.

„Wir trafen uns in den darauffolgenden Wochen einige Male. Und es war für einen Moment so, als würde die Zeit stillstehen.

Als würde es nur uns geben und den Moment. Doch dem Anführer der Bande gefiel es gar nicht, dass ich mich anderweitig beschäftigte. Er folgte mir eines Abends und passte mich vor der Haustür bei ihr ab. Er machte sich über mich lustig. Und drohte, zu ihr zu gehen und ihr zu sagen, womit ich das Geld verdiene, mit dem ich ihr all die schönen Geschenke gekauft hatte. Ich sagte ihm, er solle sich zum Teufel scheren."
Seine Stimme brach.
„Doch als ich die Stufen zu ihrer Wohnung hochging, wusste ich, dass er Recht hatte. Irgendwas in mir wollte glauben, dass ihre Liebe zu mir groß genug war und sie es akzeptieren könnte. Also erzählte ich ihr alles."
„Hat sie es verstanden?"
Er schüttelte den Kopf.
„Sie hatte zu weinen begonnen und hörte stundenlang nicht auf. Sie sprach immer wieder von Familie und einer Zukunft. Und mir wurde mehr und mehr klar, dass ich ihr nicht das Leben bieten können würde, dass sie verdient hatte."
„Also hast Du sie verlassen."
Achim nickte.
„Ich machte Schluss mit ihr. Und ich wollte, dass ich es mir nicht noch mal anders überlegen kann. Also tat ich ihr weh."
„Körperlich?"
„Nein. Das hätte ich nie gekonnt."
„Wie hast Du ihr wehgetan?"
„Ich sagte ihr, dass ich sie nur umgarnt habe, weil ich sie ficken wollte. Dass ich eine Wette am Laufen hatte mit meinen Jungs, wie lange es wohl dauern würde, bis sie die Hüllen fallen lassen würde."
Er wand sich im Schmerz der Erinnerungen.

„Ich habe ihr noch viele schreckliche Dinge gesagt. Und ich sah, wie sie zerbrach. Und dann ging ich."
„Hast Du sie danach noch mal gesehen?"
Achim schüttelte den Kopf.
„Am nächsten Tag erledigte ich den Anführer, weil er mir gedroht hatte und übernahm seinen Posten. Ich schwor mir, nie mehr zurückzusehen."
„Und dann kam ich."
Achims Blick wanderte von der Fotografie auf dem Tisch zu Jonas' Gesicht.
„Ich erkannte sie in Dir. In der Sekunde, da ich Dich vor mir stehen sah. Und der Schmerz war unerträglich für mich. Ich wusste, ich konnte Dich nicht gehen lassen. Du hattest zu viel gesehen und ich hätte mein Gesicht vor den anderen verloren. Doch zu wissen, dass sie da draußen auf Dich warten würde. Dass ich ihr wieder unendliche Schmerzen zufügen würde."
„Also hast Du den anderen gesagt, sie sollen mich nicht anrühren."
Achim nickte.
„Ich habe gesagt, Du seist zu alt. Sie hatten sich zwar gewundert, warum wir Dich dann nicht sofort erledigen. Aber sie haben meine Befehle niemals in Frage gestellt."
„Und was hattest Du mit mir vor? Was war der Plan?"
„Es gab keinen."
Eine Weile schwiegen sie sich an.
Dann öffnete Jonas erneut die Akte und nahm eine Reihe Fotos heraus, die er vor Achim auf dem Tisch auslegte.
„Sie nahm sich das Leben."
Die Bilder waren Tatortaufnahmen von ihrem Selbstmord.
„Wenige Wochen, nachdem ich verschwunden war."

Tränen sammelten sich in Achims Augen.

„Als sie das Einzige verlor, was ihr wichtig war."

„Es tut mir leid." sagte Achim.

Doch er sagte es nicht zu Jonas.

„Die Polizei hatte Dich von dem Moment an in Verdacht, als sie die Leichen gefunden haben. Weißt Du warum?"

Unfähig ein Wort zu sagen, schüttelte Achim den Kopf.

Ein letztes Mal öffnete Jonas die Aktenmappe. Das letzte Foto legte er über die anderen. Es zeigte die Jacke, die Baumann und seine Kollegen bei der Leiche von Christoph gefunden hatten.

Jonas zeigte darauf.

„Wegen dieses Blutflecks. Die DNA zeigte, dass Dein Sohn am Tatort war."

Achim blickte auf.

Wütend stierte er Jonas an.

„Was soll der Scheiß? Ich habe keinen Sohn."

Ungerührt legte Jonas den Bericht neben das Foto.

„Hier ist der DNA-Beweis."

Die Augen von Achim flogen über den Zettel.

„Ich verstehe davon kein Wort."

„Dein Anwalt kann es überprüfen."

„Und wer soll das sein?"

„Ich."

„Was? Nein? Das kann nicht sein!" schrie Achim wütend.

„Es ist wahr. Du bist mein Vater. Sie war schwanger, als Du sie an dem Abend verlassen hast. Ich vermute, sie wollte es Dir sagen. Doch Du hast ihr keine Chance gegeben. Also hat sie in der Theatergruppe gekündigt und sich einen Job als Haushälterin gesucht. Sie hat hart gearbeitet, um für uns zu sorgen. Sie hat auf alles verzichtet. Und liebte mich abgöttisch."

„DAS IST NICHT WAHR!"
„Du hast sie verlassen. Ich glaube, sie hat Dich wirklich geliebt. Und ich war alles, was ihr von Dir geblieben ist. Und dann hast Du ihr das auch noch genommen."
„Hör auf, Du lügst!"
„Du weißt, dass es wahr ist."
Wieder griff Achim nach dem Foto seiner Mutter auf dem Tisch.
„Ich habe das nicht gewollt."
„Und doch ist es passiert."
Jonas legte das Foto der Überreste seiner Mutter über das Foto in Achims Hand.
„Ihr Tod ist Deine Schuld."
Dann stand Jonas auf.
„Und um ein Haar hättest Du Deinen eigenen Sohn töten lassen. Dein eigen Fleisch und Blut."
„Das ist nicht wahr." wimmerte Achim wieder.
„Du musst es nicht glauben. Es steht dort. Schwarz auf Weiß."
Jonas nahm seine Krücken und ging zur Tür.
„Warte!"
Langsam drehte er sich um.
„Warum? Warum wolltest Du unbedingt dieses Gespräch. Wolltest Du es mir heimzahlen?"
Jonas lächelte kalt.
„Weil ich wusste, Du würdest mir zuhören. Ich wusste, dass ich es Dir sagen muss, damit Du wirklich verstehst, was Du getan hast. Und ich wollte es aus Deinem Mund hören."
Verächtlich fügte er hinzu: „Vater."
Achims Hände krallten sich an den Tisch. Die Knöchel traten weiß hervor.

„Und jetzt werde ich gehen. Ich wünsche Dir die Hölle, die Du verdienst."

Dann verließ er den Verhörraum.

Ohne einen weiteren Blick zurück, ging er zu Rosalie, die auf ihn wartete. Gemeinsam traten sie durch die Tür in die Frühlingssonne.

Er wusste nicht, was vor ihm lag.

Doch er wusste, was er nun endgültig hinter sich lassen würde.

62. KAPITEL
Erster Weihnachtstag

Rosalie stand im Wohnzimmer des Hauses in Zeeland. Ein prächtiger Weihnachtsbaum thronte gegenüber dem Kamin. Am Vorabend hatten sie noch lange zusammen gesessen und Geschenke ausgepackt. Das Geschenkpapier hatte Lissies Neugierde nicht lange standgehalten. Seufzend begann Rosalie die Reste zusammen zu suchen. Sie hatten noch ein wenig Zeit, bevor sie zu Wilhelmina und Henk fahren würden.
Jonas hatte begonnen, das Chaos in der Küche zu beseitigen. Durch die Tür hörte sie ihn die Weihnachtslieder aus dem Radio mitsingen. Sie schmunzelte bei den Fantasietexten, mit denen er die Melodie begleitete.
Vor ein paar Tagen waren sie gemeinsam hergefahren. Da sie im letzten Jahr an den Feiertagen gearbeitet hatte, hatte sie dieses Jahr frei. Und Lissie hatte so lange genervt, bis sie direkt nach ihrer letzten Schicht ins Auto gestiegen waren, um herzukommen.
Der Tod ihres Freundes hatte sie zutiefst bestürzt. Jonas und Rosalie hatten sich lange Zeit große Sorgen um sie gemacht. Es hatte Wochen gedauert, bis sie ihr Lachen wiedergefunden hatte.
Ihr Blick wanderte zur Wohnzimmerwand. Lissie hatte direkt nach ihrer Ankunft einige Bilderrahmen angebracht. Fotos von ihrem ersten Urlaub hier im Sommer. Kurz bevor sie die Lehre bei einer Friseurin begonnen hatte.
Jonas und Lissie im Sand bei der Errichtung ihrer ersten Sandburg von vielen. Rosalie im schattigen Gras unter dem Baum im Garten mit einem Buch in der Hand. Ein Selfie von ihnen Drei-

en in den Dünen, am Strand und vor dem Haus. Fotos von ihrer Radtour, ihrem Shoppingtrip und ihrem Bootsausflug. Sie hatte bereits eine Seite des Wohnzimmers mit Fotos tapeziert.

Rosalie grinste, als sie daran dachte, wie Lissie konzentriert an die Arbeit gegangen war.

Alles hatte sich in dem einen Jahr verändert. Nicht nur die Haarfarbe der immer noch quirligen jungen Frau.

Jonas war nach seiner Entlassung aus dem Krankenhaus fast direkt in die Reha gekommen. Nur schwer hatte sich Rosalie wieder auf die Arbeit konzentrieren können. Doch sie telefonierten jeden Tag miteinander und Lissie, die nicht wieder aus ihrem alten Zimmer ausgezogen war, gab sich alle Mühe, damit die Trennung nicht zu sehr schmerzte.

Danach schritt seine Heilung schnell voran. Und mittlerweile war von diesem schrecklichen Abend nichts mehr zu sehen. Lediglich ein paar Narben zierten noch seine wundervolle Haut. Und die Liebe zwischen ihnen wuchs weiter und weiter. Mit jedem Tag, den sie mit einander erlebten. Nicht einen Streit hatten sie gehabt. Nicht eine Meinungsverschiedenheit. Sie waren einfach glücklich miteinander und verstanden sich blind.

Anfang des Jahres würde er die Abendschule besuchen, um seinen Abschluss nachzuholen. Lissie hatte ihm tatsächlich eine Einschulungstüte besorgt. Sie hatte sie Rosalie gezeigt und sie schwören lassen, nichts zu verraten.

Nach vielen Jahren voller Schmerzen und Vorwürfen hatte Rosalie etwas gefunden, was mit Geld nicht zu bezahlen war.

Eine Familie.

Ihre Familie.

Auch wenn sie nicht tatsächlich verwandt waren, so waren sie doch zu einer geworden.

Für immer.

Wenn sie von Wilhelmina und Henk zurückkommen würden, würde sie ihm den Antrag machen und sie wusste, er würde ja sagen.

Zumindest hoffte sie das. Denn Lissie hatte bereits mit den Planungen begonnen.

„Schatz?"

Jonas blickte von der geöffneten Küchentür fragend zu ihr rüber.

Schnell wischte sie sich die Tränen von den Augen.

Dieses Mal waren es Freudentränen.

„Alles okay?"

Er kam zu ihr und nahm sie in den Arm.

„Ja." sagte sie.

Sanft hauchte er einen Kuss auf ihren Kopf.

„Habe ich Dir schon gesagt, wie wunderschön Du bist?"

„Schon zehn Mal heute."

„Leute! Ehrlich. Sucht Euch ´nen Hotel."

Lissie stand in der anderen Tür. Die Arme vor der Brust verschränkt. Ein breites Lächeln im Gesicht, bevor sie zu ihnen ging und ebenfalls ihre Arme um sie schlang.

Nie mehr alleine.

Für alle Zeit gemeinsam.

Von jetzt an.

Für immer.

-ENDE-

Danksagung

Es ist ein zweites Mal soweit. Ich darf Danke sagen. Und wo soll ich da bloß anfangen. Seit dem Moment, da ich tatsächlich zum allerersten Mal meinen ersten eigenen Roman in den Händen halten durfte, ist so viel passiert. Und ich bin für jeden kleinen und großen Moment dankbar!

Ich habe mit Vielem gerechnet, aber die Realität hat meine Vorstellungen (eigentlich waren es ja eher Befürchtungen) bei Weitem übertroffen. Es gibt eine Vielzahl an Begegnungen und Erlebnissen, die alle einzigartig sind und für immer in meinen Gedanken weilen werden. Ich kann nicht in Worte fassen, was für ein Gefühl es ist.

Bevor ich den Mut fand, den Schritt zu gehen, das Buch zu veröffentlichen, war ich geplagt von Selbstzweifeln und Angst. Vor dem Unbekannten. Reicht das? Ist das wirklich ein Roman? Wollen Leute so etwas überhaupt lesen? Es tat gut, zu hören, dass er den Leserinnen und Lesern gefiel, dass sie sich in dem Roman wiederfinden konnten. Ihn „erleben" konnten.

EUCH ALLEN, die ihr meine Bücher lest. Die ihr mich auf meiner Reise begleitet. Die ihr dafür sorgt, dass ich voller Eifer Zeile um Zeile auf's Papier bringe, in dem Glauben, dass ich etwas, das ich viel zu lange im Verborgenen hielt, endlich in die Welt hinaus lassen kann. Ihr alle seid meine Inspiration. Und ich bin jede Sekunde, jeden Moment und jeden Augenblick einfach nur dankbar dafür, dass ich das erleben darf. VIELEN LIEBEN DANK!!!!!

Und natürlich denen, die mein Leben drum herum begleiten und es zu etwas Besonderem machen...

An manchen Tagen fällt es schwerer als an anderen. Doch genau an diesen Tagen, da seid Ihr einfach plötzlich da. Egal auf welche Art und zu welchem Moment. Ihr lasst mich niemals vergessen, worauf es im Leben ankommt. Ich bin gesegnet mit wundervollen und liebenswerten Menschen, die immer hinter mir stehen und die auch dann an mich glauben, wenn ich das mal nicht schaffe. Danke, dass es Euch für mich gibt!

#specialthanksto

@Mum & Dad
Voller Stolz, meinem tiefen Respekt und aller Liebe die ich in mir trage! Ihr seid die größte Kraft. Der tiefste Frieden. Das lauteste Lachen. Die sanfteste Geborgenheit. Nichts auf der Welt, das mir so viel bedeutet. Ich liebe Euch von ganzem Herzen!!! Vielen Dank für all Eure Wunder!

@dem Rest der Bande
Geschwisterliebe ist nicht immer einfach. Aber doch mit keinem Geld der Welt zu bezahlen! Habt Dank, für die vielen Jahre voller Chaos (Leben)!!!

@Renate
Was soll ich sagen? Kein Roman ohne Dich! Meine treuste und ehrlichste und kritischste „Lektorin". Danke, dass Du nie genug von mir hast!

@Annette
Manchmal glaube ich, Du vergisst ab und zu was für ein wundervoller Mensch Du bist. Mögen Dich diese Zeilen immer wieder daran erinnern!

@Manuela
Danke Dir!!! Für Dein offenes Ohr in jeder Situation. Du hast schon an die Verfilmung geglaubt, da stand noch kein Wort auf Papier! :-*

@Sylvie
Ich fass es immer noch nicht, dass ich Dir sage, wie ich mir das Cover in etwa vorstelle und Du seelenruhig dieses (richtige) Foto zückst. Danke!

@Meinem allerersten Fanclub :)
Danke Kerstin. Für Deine wundervolle, ehrliche und immer herzliche Art!

@Markus B. aka Papagello
Wie versprochen! Hier Deine Zeile. Danke für die Schoki und die Gute Laune in den richtigen Momenten!!! Aber Du, mir ist das Bummeln...

@Last but not least
Ännimaus, Sarah, Jörg & A., Dietmar & Sabine, T. & M., Laura, M.-L. & Family, Margret & Jürgen, Sosso, K., den (Ex-) Campingnachbarn, den LFG'ern, den besten Kollegen der Welt und allen anderen die mein Leben bereichern und es zu etwas ganz Besonderem machen! Danke Danke Danke Danke Danke!!! :-*

And last but not least, the home of my heart. Zeeland is niet alleen maar een vakantieadress, Zeeland is thuis komen. Hier vind ik altijd weer de rust en de kracht om het thuis opnieuw op te pakken. Even lekker genieten. Het blijft altijd een deel van me, ook al ben ik er niet. Ik draag het altijd met me mee.

Bereits von Sandra Meijer erschienen:

Jackpot! Und alles wird anders

„Alexandra's Leben ist beschaulich. Die Arbeitsbelastung neigt sich zusammen mit dem ersten Jahr bei ihrer neuen Stelle dem Ende zu und sie freut sich auf ein paar freie Tage, als das Glück bei ihr Einzug hält und sie den Jackpot im Lotto knackt. Was sich aber als Weg zur Sorglosigkeit anhört, birgt mehr Verantwortung, als sie gedacht hätte. Was macht man, wenn man plötzlich über Nacht mehrfache Millionärin wird?

Und noch bevor sie wieder den Boden unter den Füßen spürt, bekommt die Presse einen Tipp und ihr Gesicht ist allgegenwärtig in den Nachrichten. Doch ein gutaussehender Rechtsanwalt eilt ihr zu Hilfe und schickt sie auf eine Reise quer durch Südeuropa. Auf ihrem Weg warten nicht nur neue Eindrücke und das lang ersehnte Urlaubsgefühl. Es ist eine Reise voller Begegnungen. Und so bleibt am Ende nur zu klären:

Wenn Dir alle Türen offen stehen, für welche entscheidest Du Dich?

~~~~~~

Dieses Buch will unterhalten. Es ist ein Urlaubsroman. Etwas, das an einem sonnigen Tag in einem Liegestuhl gelesen werden möchte und an regnerischen Tagen zum Träumen einlädt. Lassen Sie sich mitreißen und gehen Sie mit Alex auf diese wundervolle Reise in ein neues Leben.

ISBN: 978-3837035681
Verlag: Books on Demand
Auch als Ebook erhältlich